◇ 21 世纪高职高专规划教材·财经管理系列

财经法规与
会计职业道德

向兆礼　黄若男　主　编

韩真良　张军杰　副主编

清华大学出版社
北京交通大学出版社

·北京·

内 容 简 介

本教材是由长期在高等职业院校从事财经法规与会计职业道德教学的教师和有关部门的同志集体编写的。本教材根据我国现行有关法律法规，从理论上对财经法律法规做出解释，用会计方法对现行制度加以阐述。本书编写的目的在于使读者通过系统学习财经法规的基本理论、财政法规制度、税收法律制度，以及支付结算法律制度在现实经济业务中的处理、运用，认识了解会计职业道德对实际工作的基本要求；培养和提高会计人员正确分析和解决会计工作中法律制度和道德规范方面各种问题的能力，掌握会计从业人员应有的基础知识和技能。

本教材不仅可供高职院校会计学、审计学、财务管理学，以及其他经济、管理类在校生学习和参考，也可供参加会计从业资格考试人员自学之用。

图书在版编目（CIP）数据

财经法规与会计职业道德/向兆礼，黄若男主编. —北京：清华大学出版社；北京交通大学出版社，2011.2

（21世纪高职高专规划教材·财经管理系列）

ISBN 978 - 7 - 5121 - 0517 - 1

Ⅰ. ①财… Ⅱ. ①向… ②黄… Ⅲ. ①财政法-中国-高等学校：技术学校-教材 ②经济法-中国-高等学校：技术学校-教材 ③会计人员-职业道德-高等学校：技术学校-教材 Ⅳ. ① D922.2 ② F233

中国版本图书馆 CIP 数据核字（2011）第 023701 号

责任编辑：杨正泽　刘　辉

出版发行：清 华 大 学 出 版 社　邮编：100084　电话：010 - 62776969
　　　　　北京交通大学出版社　邮编：100044　电话：010 - 51686414

印　刷　者：北京交大印刷厂

经　　　销：全国新华书店

开　　　本：185×230　印张：16.75　字数：376 千字

版　　　次：2011 年 3 月第 1 版　2011 年 3 月第 1 次印刷

书　　　号：ISBN 978 - 7 - 5121 - 0517 - 1/D·89

印　　　数：1～4 000 册　定价：26.00 元

本书如有质量问题，请向北京交通大学出版社质监组反映。对您的意见和批评，我们表示欢迎和感谢。

投诉电话：010 - 51686043，51686008；传真：010 - 62225406；E-mail：press@bjtu.edu.cn。

出 版 说 明

高职高专教育是我国高等教育的重要组成部分，它的根本任务是培养生产、建设、管理和服务第一线需要的德、智、体、美全面发展的高等技术应用型专门人才，所培养的学生在掌握必要的基础理论和专业知识的基础上，应重点掌握从事本专业领域实际工作的基本知识和职业技能，因而与其对应的教材也必须有自己的体系和特色。

为了适应我国高职高专教育发展及其对教学改革和教材建设的需要，在教育部的指导下，我们在全国范围内组织并成立了"21世纪高职高专教育教材研究与编审委员会"（以下简称"教材研究与编审委员会"）。"教材研究与编审委员会"的成员单位皆为教学改革成效较大、办学特色鲜明、办学实力强的高等专科学校、高等职业学校、成人高等学校及高等院校主办的二级职业技术学院，其中一些学校是国家重点建设的示范性职业技术学院。

为了保证规划教材的出版质量，"教材研究与编审委员会"在全国范围内选聘"21世纪高职高专规划教材编审委员会"（以下简称"教材编审委员会"）成员和征集教材，并要求"教材编审委员会"成员和规划教材的编著者必须是从事高职高专教学第一线的优秀教师或生产第一线的专家。"教材编审委员会"组织各专业的专家、教授对所征集的教材进行评选，对所列选教材进行审定。

目前，"教材研究与编审委员会"计划用2~3年的时间出版各类高职高专教材200种，范围覆盖计算机应用、电子电气、财会与管理、商务英语等专业的主要课程。此次规划教材全部按教育部制定的"高职高专教育基础课程教学基本要求"编写，其中部分教材是教育部《新世纪高职高专教育人才培养模式和教学内容体系改革与建设项目计划》的研究成果。此次规划教材按照突出应用性、实践性和针对性的原则编写并重组系列课程教材结构，力求反映高职高专课程和教学内容体系改革方向；反映当前教学的新内容，突出基础理论知识的应用和实践技能的培养；适应"实践的要求和岗位的需要"，不依照"学科"体系，即贴近岗位、淡化学科；在兼顾理论和实践内容的同时，避免"全"而"深"的面面俱到，基础理论以应用为目的，以必要、够用为度；尽量体现新知识、新技术、新工艺、新方法，以利于学生综合素质的形成和科学思维方式与创新能力的培养。

此外，为了使规划教材更具广泛性、科学性、先进性和代表性，我们希望全国从事高职高专教育的院校能够积极加入到"教材研究与编审委员会"中来，推荐"教材编审委员会"成员和有特色的、有创新的教材。同时，希望将教学实践中的意见与建议，及时反馈给我们，以便对已出版的教材不断修订、完善，不断提高教材质量，完善教材体系，为社会奉献更多、更新的与高职高专教育配套的高质量教材。

此次所有规划教材由全国重点大学出版社——清华大学出版社与北京交通大学出版社联合出版，适合于各类高等专科学校、高等职业学校、成人高等学校及高等院校主办的二级职业技术学院使用。

21世纪高职高专教育教材研究与编审委员会

2011年3月

前　言

经济越发展，会计越重要。随着社会主义市场经济的不断发展、完善，会计作为一种通用管理语言，越来越受到社会各界的重视。加强经济管理，必须严格地应用会计行为规范来调整会计单位、单位负责人、会计机构负责人、会计人员，以及会计中介机构与人员的会计行为。本书是为学习和掌握会计法律制度、财政法规制度、税收法律制度、支付结算法律制度和会计职业道德的基本知识而编写的。本书编写上力求内容翔实，结构严谨，语言简练、通俗、易懂，注意理论和实践相结合，有针对性地介绍了我国现行的会计法律制度、财政法规制度、税收法律制度、支付结算法律制度和会计职业道德。

全书共分为五章，第一、二、三章由黔南职院财经系向兆礼编写；第四、五章由黔南职院财经系黄若男、韩真良、张军杰编写，全书由向兆礼教授审阅并定稿。在本书的编写过程中，得到韩真良、张军杰同志以及北京交通大学出版社、贵州省黔南州财政局会计结算中心、黔诚会计师事务所、黔南开元茶叶有限责任公司、都匀市地税局、都匀市嘉和房地产有限责任公司有关同志的大力支持和帮助，使本书得以顺利付梓，在此由衷地感谢！

由于编著者水平有限，加之我们仓促走笔，书中疏误之处在所难免，恳请广大读者和同行专家学者批评指正，以便日后修订，使之更加完善。

相关教学课件可以从出版社网站（http://press.bjtu.edu.cn）下载，也可以发邮件至cbsyzz@jg.bjtu.edu.cn 索取。

编　者

2011 年 3 月

目 录

第一章

会计法律制度

第一节　会计法律制度概述

一、会计法律制度的含义

《宪法》规定："中华人民共和国实行依法治国，建设社会主义法制国家。"依法治国当然包括依法治理会计工作，会计核算要法制化。会计核算法制化是指会计机构、会计人员依法进行会计核算工作。会计核算工作法制化的"依法"，不仅要依据会计的法律、行政法规和规章制度来进行会计核算工作，也要依据其他法律、行政法规和规章制度中有关会计的规定来进行会计核算工作，还包括依据会计法规制定的本单位的财务会计制度、本单位依据法律规定作出的决定、指示等。会计工作的法制化，要求会计核算工作的全部和全过程都要依法进行。会计核算法制化的基本特征是会计核算工作依法进行的全面性和强制性。会计核算法制化不仅要求企业、事业等单位依法组织和考核会计核算工作，还要求会计工作的管理部门依法管理会计核算工作。会计核算法制化需要建立、健全会计法规体系。会计作为一种经济管理活动，首先对经济组织的经济活动进行核算和实施监督。同时，任何一个经济组织活动不可能是孤立进行的，必然会与多方面发生直接或间接的联系，影响有关方面的经济利益，如一个产品生产企业，要与供应单位、销售单位、债权债务单位、投资者、银行，以及财政、税务、工商等有关部门发生购销关系、债权债务关系、分配关系、信贷关系、税款征纳、管理与被管理关系，等等。会计如何处理上述经济关系，不仅对本经济组织的财务收支、利益分配等产生影响，对国家、其他经济组织甚至个人都会产生影响。因此，为了保证会计工作的有序进行，规范会计行为，保证会计资料真实、完整，加强经济管理和财务管理，提高经济效益，维护社会市场经济秩序，就必须要有一个普遍约束力的法律制度来调整经济关系中的各种会计关系。

会计法律制度是指国家权力机关和行政机关制定的，用来调整社会经济活动中会计行为和会计关系规范性文件的总称。它有狭义和广义之分。狭义的会计法律制度是专指以法律形式表现出来的会计法，即全国人民代表大会常务委员会 1985 年通过的《中华人民会计法》（以下简称《中华人民共和国会计法》），该法分别在 1993 年和 1999 年进行了修订。《中华人民共和国会计法》是会计工作的基本法律依据，它以法律的形式确定了会计工作的地位、任务和作用，规定了会计工作的基本准则。《中华人民共和国会计法》属于经济法体系中的一个组成部分。广义的会计法律制度是指国家颁布的有关会计方面的法律、法规、规章的总称，不仅包括《中华人民共和国会计法》、《财务会计报告条例》、《总会计师条例》、《企业会计准则》、《企业财务通则》、《企业会计制度》等，而且还包括其他相关法律中的会计规范，如《公司法》中关于账簿设置、使用、财务报表编制、披露的规范，《审计法》中关于违法行为的处罚规范，等等。此外，作为会计管理体制的一部分，《注册会计师法》及依据《注册会计师法》制定的独立审计准则，亦构成广义的会计法律制度的组成部分。

二、会计法律制度的特征

会计法律制度是我国整个法律体系中的一个重要分支，与整个法律体系紧密相连，发挥着重要作用，会计法律制度作为法律体系的重要组成部分，除了具有法律规范的国家意志性、普遍约束性、国家强制性、明确公开性和权利义务性等一般性特征外，也具有自身的特点，主要表现在以下几点。

（一）专业性

所谓会计法律制度的专业性特征，是指会计法律制度有自己独特的调整对象，即会计行为与会计法律关系。会计法律制度是为了规范和加强会计工作，保障会计人员依法行使职权，发挥会计核算和会计监督在维护社会市场经济秩序、加强经济管理、提高经济效益中的作用而制定的。

（二）技术性

会计法律制度的技术性特征，是会计法律制度区别于其他法律制度的最主要的特征。会计法律制度中相当多的内容为会计核算的技术、方法和程序的规定，它们体现了会计核算工作内在的要求，属于技术性法律规范。

（三）协调性

会计法律制度的协调性特征，包含两个方面的内容：一方面是指会计法律制度的内容与其他经济法规的内容必须相互协调。会计工作是经济管理的基础性工作，会计作为一种管理活动广泛应用于各个部门、各个单位，会计的这种基础性作用，决定了会计法律制度的内容应当与其他经济法规（税法、公司法、证券法等）的内容协调一致，才能使会计法律制度得到有效的贯彻执行。另一方面则表现为对会计监督权限的协调。由于财政、税务、审计、人民银行、证券监管等部门都有权对会计信息的真实性进行检查监督，因此，会计法律制度有必要对各部门监督权限的协调进行规定，以避免各部门对企事业单位的会计行为进行重复检查和多头检查。

三、会计法律制度的调整对象

会计法律制度的调整对象是会计行为与会计法律关系。会计行为是在会计法律关系中进行的，会计人员处理会计信息、业务经办人员提供经济往来业务的原始凭证、单位负责人决策资金运用等会计法律关系参与者的行为，具体包括会计核算、会计监督和会计管理三类行为。会计核算行为是指运用会计的专门方法，对经济业务事项进行确认、记录、计量和报告，为经济管理提供信息的行为；会计监督行为是指会计人员通过会计工作对经济组织活动的合法性、合理性和有效性进行检查，使其达到预期目的的活动。会计法律制度首先是规范会计行为，它为各类经济业务事项的具体核算、实施会计监督及会计管理提供法律指南。

会计法律关系是指国家机关、社会团体、公司、企业、事业单位及外国在我国常驻机构等其他组织在会计活动中发生的受会计法律规范调整的具体经济关系，它是会计主体在按照会计法律规范进行会计核算和财务管理时所形成的权利与义务关系。与其他法律相比，会计法律关系具有只产生于会计活动之中，与货币计量、资金运动密不可分的特点。

四、会计法律关系

（一）法律关系与会计法律关系

法律关系是法律规范调整人们行为过程中形成的，以权利和义务为内容的特殊的社会关系。

法律关系由法律关系主体、法律关系内容和法律关系客体三个要素构成。其中，法律关系主体是指法律关系的参加者，即法律关系权利的享有者和义务的承担者。法律关系内容是指法律关系享有的法律权利和承担的法律义务。法律权利是指法律关系享有的法律确认和保障以某种政党利益为追求的行为自由，法律义务则是指法律关系主体根据法律的规定必须承担的作用或不作用的责任。法律关系客体是指法律关系主体的权利和义务所共同指向的对象，又称权利客体和义务客体，它是将法律关系主体间的权利和义务联系在一起的客观基础，包括物、非物质财富（即精神财富）和行为。

社会关系一般分为物质关系和思想关系两大类。物质关系主要是指生产关系，是人们在生产过程中的关系，构成社会的基础。思想关系是指通过日常的意识而形成的人与人之间的关系，是生产关系的上层建筑。法律关系是一种思想关系，它由生产关系所决定。有的法律关系，如财产关系、买卖关系比较直接地体现生产关系；有的法律关系，如家庭成员间的非财产关系、公民与国家机关及国家机关之间的政治生活方面的法律关系并不直接体现为生产关系，但是作为上层建筑现象的法律关系归根结底是由社会的生产关系所决定的。

法律关系是体现意志性的特殊社会关系。这是因为，首先，任何法律关系都表现着统治阶级的意志；其次，每一具体的法律关系，通常总是通过该法律关系的所有参与者或其中一方的意思表示而产生的，即使有某些情况是由于某种法律文件的规定或某一事件的出现而产生的，这一法律关系体系中所确定的权利和义务，也必须通过该法律关系参与者的意志行为才能完成。承认法律关系的意志性并不意味着否认法律关系归根结底决定于物质生活条件这一事实。任何社会的法律关系，都不能不反映着生产关系的特征。当一种社会经济形态被另一种社会经济形态所代替时，必然引起旧的法律关系的消灭和新的法律关系的产生，永恒、抽象的法律关系是不存在的。同时，经济以外的政治观点、法律观点、道德观念、社会舆论等各种因素，也对法律关系具有影响作用。

应当指出的是，法律关系是以法律规范为前提而形成的，它与法律规范有着不可分割的联系。因为法律关系是对人们的行为及其相互关系加以调整而出现的一种状态，没有相应的法律规范就不可能形成相应的法律关系，法律规范为人们设定不同的权利和义务，并且由国家强制力保证这种权利的行使和义务的履行。一方面，社会关系纷繁复杂，并不是所有的社会关系都能成为法律关系，法律关系只选择那些应该调整而且可以调整的社会关系进行调整，使之变为法律关系。另一方面，法律规范只有在具体的法律关系中才能得以实现，才能对社会生活起调整作用。一般来说，法律规范本身并不直接导致具体的法律关系的产生、变更和消灭，只是为这种关系的产生、变更或消灭提供一种模式，只有当作为法律规范适用条件的法律事实出现时，才引起具体的法律关系的产生、变更或消灭。会计法律规范是专门用来调整会计法律关系的。在我国，会计法律关系是指国家机关、社会团体、公司、企业、事业单位及外国在我国常驻机构等其他组织在会计活动中发生的受会计法律规范调整的具体经济关系，它是会计主体在按照会计法律规范进行会计核算和财务管理时所形成的权利与义务关系。

(二) 会计法律关系的构成要素

会计法律关系由会计法律关系主体、会计法律关系内容和会计法律关系客体三个要素构成，三者缺一不可，缺少任何一个要素，法律关系都无法成立。

1. 会计法律关系主体

会计法律关系主体是指会计法律关系的参加者，即在会计法律关系中权利的享有者和义务的承担者。它是会计法律关系的三要素之一，没有会计法律关系主体，也就不存在会计法律关系。

会计法律关系的参加者是多种多样的，既可以是自然人，也可以是法人，还可以是不具备法人资格的其他组织。在我国，会计法律规范的调整对象是会计信息的提供者（单位负责人、会计机构、会计人员、其他人员等）和会计信息的需要者（包括投资者、社会管理机构等）双方的法律关系以及上述部门、人员与会计主管机关及有关机关之间的监督管理关系。根据《中华人民共和国会计法》的有关规定，其主要适用于两大类主体：一是办理会计事务的单位和个人，包括国家机关、社会团体、公司、企业、事业单位及外国在我国的常驻机构等其他组织；二是会计主管机关和其他有关机关，包括县级以上财政部门和审计、税务、银行、证券监管和保险监管等部门。在会计法律关系中，会计法律关系主体的权利是受到法律保护的，表现为法律允许其采用一定的会计核算、会计监督和财务管理的方法，同时，会计法律关系主体的义务也是被法律要求要履行的，其履行方式则表现为被要求依法进行会计核算和会计监督。

2. 会计法律关系内容

任何法律关系都是在法律关系主体之间形成的权利和义务关系，因此，权利和义务就构成了法律关系的内容。离开了特定的权利和义务，任何法律关系都不可能存在。会计法律关系也不例外，其内容是指在会计法律中会计法律关系主体享有的经济权利和承担的经济义务。

权利是会计法律规范允许会计法律关系主体作出或不作出一定行为的许可和保障，是权利人为了满足自身利益而采取的、并由其他人的法律义务所保证的、被允许的行为尺度。依法进行会计核算、会计监督及财务管理是会计法律关系主体的重要权利。会计主体可以根据资本保全、资本增值和经营管理的需要，对本主体的经济活动进行事前、事中和事后的监督，并进行会计核算业务的处理及日常的财务管理。这是法律关系最主要也是最经常行使的会计法律关系所赋予的权利。在会计核算和会计监督中，为了保证会计核算和会计监督得以实现，会计法律关系还赋予了会计机构和会计人员的一定的职责权限，如《中华人民共和国会计法》第十四条规定："会计机构、会计人员必须按照国家统一的会计制度的规定对原始凭证进行审核，对不真实、不完整的原始凭证予以退回，并要求按照国家统一的会计制度的规定更正、补充。"会计人员受单位负责人的委托对本单位经济活动进行事前、事中和事后的检查、核算、监督和管理，保证各项经济活动符合国家有关法律、法规的规定，限制和制止违法的经济活动和其他活动。除了上述经常行使的权利外，当会计法律关系主体的权利受到侵犯时，会计法律关系还享有向有关行政机关、仲裁机关及法院要求伸张自己的权利。

根据权利与义务对等的原则，会计法律关系主体除了享有经济权利，也将承担相应的经济义务。义务是会计法律规范规定会计法律关系主体必须为或不为某种行为的责任，它是给义务人规定的必要的行为尺度。义务人必须按照权利人的要求，遵守这种行为尺度，以满足权利人的要求。会计法律关系中的义务主要是严格遵守会计法律规范的规定。会计法律关系主体在进行会计核算、会计监督和财务管理时，必须严格遵守《中华人民共和国会计法》以及根据《中华人民共和国会计法》制定的国家统一的会计制度中的各项规定严格履行职责权限。单位负责人、总会计师、会计机构负责人或会计主管人员、会计人员及其他人员在具体会计与财务工作中都应认真履行自己的职责，不得失职。各级财政部门及审计、税务、银行、证券监管、保险监管等应当履行好有关法律、行政法规规定的职责，对有关单位的会计资料实施检查监督的义务。上述义务是会计法律关系主体的经常性义务，当会计法律关系中各主体间发生纠纷、争论，对方可以到有关行政机关、仲裁机关及法院要求伸张自己的权利，有关行政机关、仲裁机关及法院已经受理，开始调解、仲裁和审理时，被起诉方还应履行应诉的义务。

3. 会计法律关系客体

会计法律关系的客体是会计法律关系主体的权利和义务所共同指向的对象。客体是会计法律关系构成的一个必不可少的基本要素，它将会计法律关系主体间的权利和义务联系在一起是客观基础，没有客体为中介，主体就没有了依据，会计法律关系也就无法形成。根据在具体的法律关系中主体所相应的权利和承担的义务不同，可将客体分为物、货币、非物质财富和行为。作为会计法律关系客体的物是指能够在会计法律关系中充当权利和义务对象的一定价值的物品或其他财富，如固定资产、原材料、库存商品、周转材料、半成品等都可以构成会计法律关系的客体。

货币是商品社会中物的价值的直接表现，它更是为经常地作为会计法律关系的客体，主要包括现金、银行存款和其他货币资金。作为法律关系客体的非物质财富是人们智力创造的结晶，如商标、专利、著作、人格、名誉等，作为会计法律关系客体的非物质财富则主要指无形资产、商誉等。

法律上的行为是指权利主体的权利和义务所共同指向的作为或不作为。作为是指积极行为，不作为是指消极行为或抑制一定行为。法律行为是在社会活动中引起法律关系产生、变更和消灭的最经常的事实，其成立必须具有下列条件。第一，必须出于人们自觉的作为和不作为。无意识能力的未成年人、神经病患者以及一般人在胁迫下的作为和不作为都不能被视为法律行为。第二，必须是基于当事人的意思而具有外部表现的举动，单纯心理上的活动不产生法律上的后果，如有犯罪意思而无犯罪行为的，不能视为犯罪，也不能视为法律行为。第三，必须为法律规范所确认而发生法律效力的行为。不由法律调整、不发生法律效力的，如通常的社交、恋爱就不是法律行为。行为作为会计法律关系的客体，具有较强的普遍性。在会计核算、会计监督和财务管理中，审核原始凭证、登记记账凭证、建立账户、审核记账凭证、登记账簿、对账、编制财务会计报告、建立和运行财务管理制度、制止和揭露违法犯罪事件等都是会计行为。

五、会计法律制度的构成

（一）当代我国法的渊源

当代我国法的渊源主要以宪法为核心的各项制定法，包括宪法、法律、行政法规、地方性法规、经济特区的规范性文件、特别行政区的法律规范、国际条约、国际惯例等。这是由我国国家和法的本质决定的。

1. 宪法

宪法是每一个民主国家最根本的法的渊源，其法律地位和效力是最高的。它是国家最高权力的象征和标志。我国宪法是由我国最高权力机关——全国人民代表大会制定和修改的，一切法律、行政法规、地方性法规都不得同宪法相抵触。

2. 法律

法律的地位和效力仅次于宪法，法律由于制定机关的不同可分为两大类：一类为基本法律，即由全国人民代表大会制定和修改的刑事、民事、国家机构和其他方面的规范性文件，如刑法等；另一类为基本法律以外的其他法律，即由全国人民代表大会常务委员会制定和修改的规范性文件，如会计法、审计法和注册会计师法等。

3. 行政法规

行政法规是指作为国家最高行政机关的国务院所制定的规范性文件，其法律地位和效力次于宪法和法律。国务院所发布的决定和命令，属于规范性的行政法规。目前我国的行政法规的数量远远超过全国人民代表大会及常务委员会制定的法律的数量。

4. 地方性法规、民族自治法规、经济特区的规范性文件

地方性法规是一定的地方国家权力机关，根据本行政区域的具体情况和实际需要，依法制定的在本行政区域内具有法律效力的规范性文件。民族自治地方的人民代表大会有权依照当地民族的政治、经济和文化的特点，制定自治条例和单行条例，但应报上一级人民代表大会常委会批准之后才生效，民族自治法规只在本自治区域有效。经济特区的规范性文件是由全国人民代表大会及其常务委员会授权我国实行特殊政策的经济特区的地方人大制定的，其法律地位和效力不同于一般的法规、规章。

5. 规章

规章是行政法律规范文件，从其制定机关而言分为两种：一种是由国务院组成部门以及直属机构在它们的职权范围内制定的规范性文件，部门规章规定的事项应当属于国务院的行政法规、决定、命令的事项；另一种是省、自治区、直辖市人民政府以及省、自治区人民政府所在地的市和经国务院批准的较大的市的人民政府依照法定程序制定的规范性文件。规章在各自的权限范围内施行。

6. 特别行政区的法律

我国特别行政区实行不同于全国其他地区的政治、经济、法律制度，因而在立法权限和法律形式上也有特殊性，特别行政区的法律、法规在当代我国法的渊源中成为单独的一类。

7. 国际条约、国际惯例

国际条约是指我国作为国际法主体同缔结的双边、多边协议和其他具有条约、协定性质的文件。国际惯例是指国际法规规则及各种国际裁决机构和判例所体现或确认的国际法规规则和国际交往中形成的共同遵守的不成文的习惯。国际惯例是国际条约的补充。

（二）会计法律制度的构成

会计法律制度是我国整个法律体系的一个组成部分，由会计法律、会计行政法规、国家统一的会计制度及地方性会计法规等构成。

1. 会计法律

会计法律是指由我国最高权力机关——全国人民代表大会及其常务委员会经过一定立法程序制定的有关会计工作的法律规范。在我国会计法律领域中，《中华人民共和国会计法》属于国家法律层次，它是会计法律体系中权威性最高、最具法律效力的法律规范，是制定其他各层次会计法规的依据，是会计工作的基本法。

现行的《中华人民共和国会计法》是 1985 年 1 月 21 日第六届全国人民代表大会常务委员会第九次会议通过、根据 1993 年 12 月 29 日第八届全国人民代表大会常务委员会第五次会议《关于修改〈中华人民共和国会计法〉的决定》修正、1999 年 10 月 31 日第九届全国人民代表大会第十二次会议修订的，共分为七章五十二条，主要对会计核算、会计监督、会计机构和会计人员、法律责任做出了规定，自 2000 年 7 月 1 日起施行。

2. 会计行政法规

会计行政法规是指由国家最高行政机关——国务院制定并发布，或者国务院有关部门拟订并经国务院批准发布，调整经济生活中某些方面会计关系的法律规范。会计行政法规依据会计法律制定，是对会计法律的具体化或某些方面的补充。在我国现行的会计法规中，属于会计行政法规的有《总会计师条例》、《企业财务会计报告条例》，以及经国务院批准，财政部发布的《企业会计准则》等。

3. 国家统一的会计制度

国家统一的会计制度是指国务院财政部门根据《中华人民共和国会计法》制定的关于会计核算、会计监督、会计机构和会计人员及会计工作管理的制度，包括规章和规范性的文件。会计规章是根据《立法法》规定的程序，由财政部制定，并由部门首长签署命令予以公布的制度办法，如 2001 年 2 月 20 日以财政部第 10 号令形式发布的《财政部门实施会计监督办法》。会计规范性文件是指主管全国会计的行政部门即国务院财政部门制定并发布的《企业会计制度》、《金融企业会计制度》、《小企业会计制度》、《会计基础工作规范》、《会计从业资格管理办法》，以及财政部与国家档案局联合发布的《会计档案管理办法》等。

国家统一的会计制度具体内容由国家统一的会计核算制度、国家统一的会计监督制度、国家统一的会计机构和会计人员制度、国家统一的会计工作管理制度等构成。其中，国家统一的会计核算制度又包括了会计准则和会计制度。在此基础之上，国务院有关部门可以依照《中华人民共和国会计法》和国家统一的会计制度制定对会计核算和会计监督有特殊要求的行业实施国家统一的会计制度的具体办法或者补充规定。中国人民解放军总后勤部可以依照《中华人民共和国会计法》和国家统一的会计制度制定军队实施国家统一的会计制度的具体办法。

4. 地方性会计法规

除了上述三个层次之外，各省、自治区、直辖市人民代表大会及其常务委员会也可在与会计法律、会计行政法规不相抵触的前提下，结合本地区的实际情况制定一些在本行政区域之内实施的地方性会计法规。此外，实行计划单列市、经济特区的人民代表大会及其常务委员会在宪法、法律和行政法规允许的范围内制定的会计规范性文件，也属于地方性会计法规。

从上述我国的会计法律体系中不难看出，《中华人民共和国会计法》在整个会计法律体系中处于最高层次，居于核心地位，起着主导的作用。并且，《中华人民共和国会计法》在我国法律体系中属于其他法律这一层次的重要组成部分，国家有关部门依据《中华人民共和国会计法》制定、发布调整经济生活中各个方面会计关系的法律规范文件，进一步地充实了会计法律体系的整体内容。

第二节　会计管理体制

会计管理体制是指一国对会计工作进行管理的制度安排，它包括会计工作管理、会计规范的制定、会计人员的管理等几个方面的内容。

一、会计工作管理体制

会计工作管理体制是划分会计管理工作职责权限的制度，包括会计工作管理组成形式、管理权限划分、管理机构设置等内容。我国会计工作管理体制实行"统一领导，分级管理"的原则，这一原则是划分会计工作管理权责的重要原则，具体反映在会计工作的管理部门与会计制度的制定权限两个方面。

（一）会计工作的管理部门

《中华人民共和国会计法》第七条规定："国务院财政部门主管全国的会计工作，县级以上地方各级人民政府财政部门管理本行政区域内的会计工作。"这一规定明确了我国会计工作由财政部门管理，并在管理体制上遵循"统一领导，分级管理"的原则。

1. 国务院财政部门主管全国的会计工作

国务院财政部门主管全国的会计工作，一方面是从国家机构的设置和权责归属来考虑的，另一方面也是根据以往的实践和所累积的经验来确定的。新中国建立以来，全国的会计工作一直是由财政部门管理，这是因为财务会计工作与国家财政收支的关系十分密切，是财政工作的一项基础工作，财政部门管理会计工作，有利于相互结合，相互促进，更好地为财政工作服务，国务院财政部门主管全国的会计工作，不仅是一种权力，更是一种法律赋予的责任。国务院财政部门抓好会计这项基础性工作，就能从宏观上掌握和控制财政的收支情况，搞好增收节支，维护财经秩序；反之，会计工作混乱，财政制度得不到贯彻执行，必然会造成财政收入流失，支出失控，进而影响整个国家的财政计划。因此，各年会计机构和会计人员都应当依照法律规定，服从国务院财政部门的统一领导，落实法律所规定的各项职责。

2. 地方各级财政部门管理本行政区域内的会计工作

我国财政部门管理会计工作，一直遵循的是"统一领导，分级管理"的原则，具体做法是：在国务院财政部门统一规划、统一领导全国会计工作的前提下，充分发挥地方各级人民政府财政部门管理会计工作的积极性，县级以上地方各级人民政府财政部门应当积极配合国务院财政部门管理好本行政区域内的会计工作，要根据上级财政部门的规划和要求，根据本行政区域的实际情况，与各有关部门相互配合，管理好本行政区域内的会计工作。

此外，应当指出，财政部门管理会计工作，并不排除业务主管部门以及税务、审计等有关部门在会计管理工作中的作用，对于会计工作的监管，不仅要发挥财政部门的作用，还要发挥业务主管部门及政府其他管理部门的作用。

（二）会计制度的制定权限

会计制度是指政府管理部门对处理会计事务所制定的规章、准则、办法等规范性文件的总称，包括为会计工作、会计核算、会计监督、会计机构、会计人员和会计档案等方面所制定的规范性文件。会计制度既是各单位组成会计管理工作和产生相互可比、口径一致的会计信息的依据，也是国家财政经济政策在会计工作中的具体体现。因此，为了规范各单位的会计核算，保证真实、完整地提供会计信息，《中华人民共和国会计法》第八条对会计制度的制定作出了明确的规定："国家实行统一的会计制度"。国家统一的会计制度由国务院财政部门依据本法制定并公布。国务院有关部门，可以依照《中华人民共和国会计法》和国家统一的会计制度制定对会计核算和会计监督有特殊要求的行业实施国家统一的会计制度的具体办法或者补充规定，报国务院财政部门审核批准。中国人民解放军总后勤部可以依照《中华人民共和国会计法》和国家统一的会计制度制定军队实施国家统一的会计制度的具体办法，报国务院财政部门备案。

1. 国务院财政部门制定国家统一的会计制度

根据《中华人民共和国会计法》的这一规定，在全国范围内实施的、内容上必须统一规范的会计制度，由国务院财政部门制定。这是为了保证会计制度的统一性，也便于《中华人民共和国会计法》的实施。在会计制度制定权限上坚持必要的统一，是我国会计工作管理实践的一项重要经验，将这一经验规定在法律中，既肯定了会计制度应当进行必要的统一原则，又向国务院财政部门作了明确的立法授权。依据这一授权，国务院财政部门有权根据管理会计工作的需要，按照《中华人民共和国会计法》所确立的基本原则和要求，制定国家统一的会计制度，国家统一的会计制度包括国家统一的会计核算制度、国家统一的会计监督制度、国家统一的会计机构和会计人员制度、国家统一的会计工作管理制度等具体内容。

2. 国务院其他部门制定各行业特殊要求的补充规定

有的行业对会计核算和会计监督有特殊要求的内容，并且一个行业对会计核算和会计监督的特殊要求又是其他行业所没有的，而国家统一的会计制度并没有对每个行业的特殊要求具体作出规定，因此，《中华人民共和国会计法》对有特殊要求的行业实施国家统一的会计制度的具体办法或者补充规定的制定也进行了规定：在制定主体上，国家统一的会计制度由国务院财政部门制定，而对会计核算和会计监督有特殊要求的行业实施国家统一的会计制度的具体办法和补充规定，则由财政部门以外的国务院其他部门制定；在适用范围上，国务院有关部门制定的具体办法或补充规定，只能对会计核算和会计监督有特殊要求的行业适用，即这些具体办法或补充规定仅适用于本行业范围；在制定程序上，国务院其他部门制定的具体办法或补充规定必须报国务院财政部门审核批准，只有经过国务院财政部门审核批准后才能实施，否则不能实施。

3. 中国人民解放军总后勤部制定军队实施的国家统一会计制度具体办法

军队与地方相比，在会计工作管理等方面有其一定的特殊性，所以，《中华人民共和国会计法》对军队实施国家统一的会计制度的具体办法的制定权限单独进行了规定：由中国人民解放军总后勤部负责制定军队实施国家统一的会计制度的具体办法，该具体办法的适用范围限于军队范围内，并且，在制定程序上，军队制定的、在军队实施的国家统一的会计制度的具体办法不同于国务院其他部门制定的实施具体办法或补充规定，只需报国务院财政部门备案即可，不需经审核批准即可执行。

需要强调的是，国务院其他部门及中国人民解放军总后勤部制定的具体办法或补充规定的内容必须依照《中华人民共和国会计法》和国家统一的会计制度的规定，不得与其相抵触。

二、会计人员管理体制

会计工作是一项专业性和政策性很强的技术工作，为保证会计工作的质量和会计工作秩序，《中华人民共和国会计法》还对具体办理会计业务的会计人员的从业资格以及管理进行了规定。

(一) 会计人员的从业资格

为了保证会计核算和会计监督的质量，使会计人员能够胜任各会计岗位，《中华人民共和国会计法》第三十八条规定："从事会计工作的人员，必须取得会计从业资格证书。担任单位会计机构负责人（会计主管人员）的，除取得会计从业资格证书外，还应当具备会计师以上专业技术职务资格或者从事会计工作三年以上的经历。会计人员从业资格管理办法由国务院财政部门规定。"

《会计从业资格管理办法》也对会计人员进行了严格的规定，要求在国家机关、社会团体、公司、企业、事业单位和其他组织从事会计工作的人员必须取得会计从业资格，持有会计从业资格证书。各单位不得任用（聘用）不具备会计从业资格的人员从事会计工作，不具备会计从业资格的人员，不得从事会计工作，不得参加会计专业技术资格考试、评审、会计专业职务的聘任，不得申请取得会计人员荣誉证书。

担任单位会计机构负责人（会计主管人员）的，首先必须取得会计从业资格证书，这是由于会计机构负责人（会计主管人员）是对一个单位的会计工作负有管理责任的人员，他必须是一个掌握会计工作技能的会计人员。其次，还应当具备会计师以上专业技术职务资格或者从事会计工作三年以上的经历，会计机构负责人（会计主管人员）对其所属单位的会计工作负有管理和领导的责任，对他的任职资格要求应当高于一般的会计人员，他必须熟悉其所在单位的会计工作程序和特点，具有一定的会计理论与实务水平，而对这种水平与能力的检验方式，一是通过国家统一的会计专业技术职务资格考试进行，根据要求应当通过会计师以上专业技术职务资格考试，二是通过对其工作经历的考察进行，当其从事会计工作三年以上时，也具备了担任会计机构负责人（会计主管人员）的任职资格。

《总会计师条例》中还对总会计师必须具备的条件进行了规定，其中，包括"取得会计任职资格后，主管一个单位或者单位内一个重要方面的财务工作时间不少于三年"。

（二）会计人员的管理

会计人员的管理主要是对会计人员的从业管理和人事管理。根据《中华人民共和国会计法》和有关法规的规定，财政部门负责会计人员的业务管理，包括会计从业资格管理、会计专业技术资格管理、会计人员评优表彰奖惩，以及会计人员继续教育管理等。

《会计从业资格管理办法》对会计人员的从业资格管理进一步明确规定：县级以上地方人民政府财政部门负责本行政区域内的会计从业资格管理；财政部委托中央直属机关事务管理局、国务院机关事务管理局按照各自权限分别负责中央在京单位的会计从业资格管理；新疆建设兵团财务局负责所属单位的会计从业资格管理；财政部委托铁道部负责铁路系统的会计从业资格管理；财政部委托中国人民武装警察部队后勤部和中国人民解放军总后勤部分别负责我国人民武装警察部队、我国人民解放军系统的会计从业资格的管理。

会计人员的人事管理，主要是指会计人员的任免，属于单位内部事务，在满足会计从业资格的前提下，由会计人员所在单位按照有关规定进行。

三、单位内部的会计工作管理

（一）单位负责人的会计责任

单位负责人是指单位法定代表人或者法律、行政法规规定代表单位行使职权的主要负责人，单位负责人负责单位的会计工作管理，应当保证会计机构、会计人员依法履行职责，不得授意、指使、强令会计机构和会计人员违法办理会计事项。《中华人民共和国会计法》第四条规定："单位负责人对本单位的会计工作和会计资料的真实性、完整性负责。"这一规定明确了单位负责人是本单位会计行为的责任主体，应当对本单位的会计工作全面负责。《中华人民共和国会计法》将单位负责人作为会计责任的主体，并不意味着在一切情形下，主要的会计责任都由单位负责人来承担。单位负责人并没有直接参与具体会计业务的处理，其对单位会计工作秩序的责任主要是一种领导责任。单位负责人应当建立健全有效的内部控制制度、内部制约机制，明确会计工作相关人员的职责权限、工作规程和纪律要求，并按正常途径了解上述制度的执行情况和会计工作相关人员履行职责的情况，保证其管理意志在各个环节得以实施，保证会计工作相关人员按照单位负责人认可的程序、要求办理会计事务，保证会计事务的规则程序能够有效防范和控制违法、舞弊等会计行为的发生。

（二）会计机构、会计人员的职责

《中华人民共和国会计法》规定单位负责人为本单位会计行为的责任主体，并不排斥会计人员和其他人员的职能作用，这与发挥单位其他人员的职能作用并不矛盾。单位作为一个社会组织，应当是职责明确、相互制约、各司其职、有序运转、共同为实现单位目标而努力的群体，而单位负责人应当是该群体的管理者、指挥者、协调者和督促者。《中华人民共和国会计法》第五条规定："会计机构、会计人员依照本法规定进行会计核算、实行会计监督。"会计人员是指公司、企业、事业单位和其他组织所设置的会计机构中，或者在国家机关、社会团体中从事会计工作的人员，其主要职责是：执行《中华人民共和国会计法》，依法进行会计核算、监督财务收支，拟定经济业务计划，考核分析预算、财务计划的执行情况及办理其他会计事务。进行会计核算、实行会计监督是会计机构、会计人员最基本的职责。

会计机构、会计人员进行会计核算，实行会计监督，还需要单位负责人、单位的其他人员和其他单位的有关人员的支持和配合。他们也应有责任和义务保证会计机构、会计人员依法履行职责，不能阻碍会计机构、会计人员依法行使职权，因此，《中华人民共和国会计法》第五条还规定："任何单位或者个人不得以任何方式授意、指使、强令会计机构、会计人员伪造、变造会计凭证、会计账簿和其他会计资料、提供虚假财务会计报告。任何单位或者个人不得对依法履行职责、抵制违反本法规定行为的会计人员实行打击报复。"

第三节　会计核算

一、会计核算的含义及其基本前提

会计核算是会计的一项基本职能，其基本内涵是以货币为计量单位，运用专门的会计方法，对生产经营活动或预算执行过程及其结果进行全面、系统、连续的记录、计算、分析，定期编制财务会计报告和其他一系列内部管理所需要的会计资料，为经营决策和宏观经济管理提供信息和资料的一项会计活动。会计核算主要有会计确认、计量、记录和报告四个环节。会计核算需要做的工作主要有记账、算账、报账。会计核算的方法有设置会计科目及账户、复式记账、填制和审核会计凭证、登记账簿、成本计算、财产清查及编制会计报表。由此可见，会计核算的内容几乎包括了所有能够用货币计量的经济活动，通过会计核算，可以及时、正确反映单位经济活动的全貌及其结果，为调整和控制经济管理活动提供可靠的数据资料。会计核算是会计信息系统中一系列重要程序的结合，其基本程序有三个重要环节，即填制会计凭证、登记会计账簿和编制财务会计报告，在这三个环节中，会计核算对象的确定、会计方法的选择、会计数据的搜集等，都以会计核算的基本前提为依据。会计核算的基本前提包括：会计主体、持续经营、会计分期和货币计量。

会计主体又称为会计实体、会计个体，是指为其核算和监督的特定单位或组织。会计主体不明确，则资产、负债就难以界定，收入、费用便无法计量，经济责任、经济利益的归属就不能分清。会计主体假设是指会计工作总是在某一个特定单位里进行的，会计所核算的是一个特定单位的经济活动。每一个会计主体都应具有独立性，成为一个有独立资金、能够独立进行生产经营活动和业务活动的独立会计核算单位。会计工作就是在这个特定主体内进行的，会计报表也只能反映这个主体的经济活动。会计主体假设明确了会计工作的空间范围。一般来说，凡是拥有独立的资金、自主经营、独立核算盈亏并编制报表的企业或单位就构成了一个会计主体。会计主体这一基本前提要求会计人员只能核算和监督所在主体的经济活动，其意义在于：一是将特定主体的经济活动与该主体所有者及职工个人的经济活动区别开来；二是将该主体的经济活动与其他单位的经济活动区别开来，从而界定了从事会计工作和提供会计信息的空间范围，同时说明某会计的会计信息仅与该会计主体的整个活动和成果有关，对于会计主体内部各个单位来说，不存在独立性。这样就能够真实反映特定会计主体的财务状况和经营成果，为经营决策提供有用的信息。应当注意的是，会计主体与法律主体（法人）并非是对等的概念，法人可以是会计主体，但是会计主体不一定是法律主体。例如，由自然人所创办的独资与合伙企业不具有法人资格，这类企业的财产和债务在法律上被视为业主或合伙人的财产和债务，但是在会计核算上必须将其作为会计主体，以便将企业的经营活动区别开来。企业集团由若干具有法人资格的企业组成，各个企业是独立的会计主体，但为了反映整个集团的财务状况、经营成果及现金流量情况，还应编制该集团的合并会计报表，而这里的企业集团是会计主体，但通常不是一个独立的法人。

持续经营前提是指会计核算是以持续、正常的生产经营活动为前提，而不考虑企业是否将破产清算。它明确了会计工作的时间范围。持续经营前提的意义在于：它为会计核算中使用的一系列会计原则的确定和会计处理的方法选择提供了基础，即它可以使会计原则建立在非清算的基础上，从而为解决很多常见的资产计价和收益确认问题提供了基础。例如，由于有了持续经营，对资产的估价才能采用历史成本计价入账；对固定资产计提折旧，采取在规定年限内分期计提转为费用；资本支出和收益支出的划分才成为可能；权责发生制原则的建立才有了基础。总之，只有在持续经营的前提下，提供企业会计信息所采用的会计程序、会计方法和会计原则才能保持一贯性和稳定性，才能提供有关各方所需的有用信息。因此，会计主体必须以持续经营作为前提条件。持续经营假设并不意味企业将永远存在下去，任何企业都不可能长生不老。一旦企业进入破产清算，持续经营基础就将为清算基础所取代，从而使这一前提不复存在。但是这不会影响持续经营前提在大多数企业的会计核算中发挥作用。

为了及时获得会计信息，充分发挥会计的核算和监督职能，应当合理地划分会计期间，即进行会计分期。会计分期前提是指把企业持续经营的过程划分为若干较短的会计期间，以便于分期结算账目，按期编制会计报表。不属于本会计期间的经济业务不能反映在本会计账目和报表中，它是对持续经营前提的必要补充，它是对会计工作时间范围的具体划分。会计期间是指会计核算工作中为核算生产经营活动或预算执行情况的规定的起讫日期，通常为一年，称为会计年度。会计年度可以采用公历年度制，即以公历1月1日至12月31日为一个会计年度，也可以采用营业年度，即以每年业务最清淡的时间点作为会计年度的起点和终点。我国会计准则规定会计年度采用公历年度制，同时，每个会计年度还具体划分为半年度、季度、月度，其起讫日期我国也都采用公历日历制。会计分期的意义在于：通过会计期间的划分，界定了会计信息的时间段落，从而产生了本期与非本期的区别，奠定权责发生制原则、收入费用配比原则、支出划分原则、谨慎性原则、及时性原则等若干会计原则的基本理论基础，并分期结算账目、编制会计报表、及时向有关各方提供会计信息，从而使满足单位内部及有关各方进行经营决策的需要成为可能。

货币计量前提，是指企业生产经营活动及经营成果，都采用货币作为统一的计量单位，都通过价值稳定的货币予以综合反映，其他计量单位也要使用，但不占主要地位，同时对币值变动在目前情况下不予考虑，这是对会计核算计量尺度的设定。企业的经济活动千差万别，财产物资种类繁多，选择合理实用又简化的计量单位，对于提高会计信息质量具有至关重要的作用。货币计量前提的意义在于：确认以货币为主要计量单位，同其他三项基本前提一起，为各项会计原则的确立奠定了基础。根据《企业会计制度》的规定，会计核算以人民币为记账本位币。业务收支以外币为主的企业，可以选择某种外币作为记账本位币，但编制的会计报表应当折算为人民币。在境外设立的我国企业向国内报送的会计报表，也应当折算为人民币反映。

上述会计核算的四项基本前提具有相互依存，相互补充的关系。会计主体明确会计核算的空间范围，持续经营和会计分期明确了会计核算的时间长度，而货币计量则为会计核算提供了必要手段。没有会计主体，就不会有持续经营；没有持续经营，就不会有会计分期；没有货币计量，就不会有现代会计。

二、会计信息质量要求

会计信息质量要求是对企业财务报告中所提供会计信息质量的基本要求。是使财务报告中所提供会计信息对投资者等使用者决策有用应具备的基本特征，它主要包括可靠性、相关性、可理解性、可比性、实质重于形式、重要性、谨慎性和及时性等。其中，可靠性、相关性、可理解性和可比性是会计信息的首要质量要求，是企业财务报告中所提供会计信息应具备的基本质量特征；实质重于形式、重要性、谨慎性和及时性是会计信息的次要质量要求，是对可靠性、相关性、可理解性、可比性等首要质量要求的补充和完善，尤其是在某些特殊交易或者事项进行处理时，需要根据这些质量要求来把握其会计处理原则，另外，及时性还是会计信息相关性和可靠性的制约因素，企业需要在相关性和可靠性之间寻求一种平衡，以确定信息及时披露的时间。

（一）可靠性

会计信息质量的可靠性，要求企业应当以实际发生的交易或者事项为依据进行确认、计量和报告，如实反映符合确认和计量要求的各项会计要素及其他相关信息，保证会计信息真实可靠、内容完整。会计信息要有用，必须以可靠为基础，如果财务报告所提供的会计信息是不可靠的，就会给会计信息使用者的决策产生误导甚至损失。可靠性要求企业应当做到：一是以实际发生的交易或者事项为依据进行确认、计量，将符合会计要素定义及其确认条件的资产、负债、所有者权益、收入、费用和利润等如实反映在财务报表中，不得根据虚构的没有发生的或者尚未发生的交易或者事项进行确认、计量和报告；二是在符合重要性和成本效益原则的前提下，保证会计信息的完整性，其中包括应当编制的报表及其附注内容等应当保持完整，不得随意遗漏或者减少应予披露的信息，与使用者决策相关的有用信息都应当充分披露。

（二）相关性原则

相关性原则要求企业提供的会计信息能够反映企业的财务状况，经营成果和现金流量，以满足会计信息使用者的需要。坚持这一原则就是要在会计核算的收集、加工、处理和提供会计信息的过程中，充分考虑会计信息使用者的需求，即会计信息与使用者的经济决策应该相关，对使用者有用。

（三）可理解性

会计信息质量的可理解性，要求企业提供的会计信息应当清晰明了，便于财务报告使用者理解和使用。企业编制财务报告、提供会计信息的目的在于使用，而要使使用者有效使用会计信息，就应当能让其了解会计信息的内涵，弄懂会计信息的内容，这就要求财务报告所提供的会计信息应当清晰明了，易于理解。只有这样，才能提高会计信息的有用性，实现财务报告的目标，满足向财务报告使用者提供决策有用信息的要求。

（四）可比性

会计信息质量的可比性，要求企业的会计核算应当按照规定的会计处理方法进行，会计指标应当口径一致，相互可比，它是从横向方面对会计核算的要求。要保证会计核算资料横向可比，就应要求各企业的会计指标的口径一致，而这种要求只有在所有企业都严格按照国家统一的会计制度规定的会计处理方法进行会计处理时才能得到满足。

（五）实质重于形式

会计信息质量的实质重于形式，要求企业应当按照交易或事项的经济实质进行会计核算，而不应当仅仅按照它们的法律形式作为会计核算的依据。遵循实质重于形式原则，体现了对经济实质的尊重，能够保证会计核算信息与客观经济事实相符。

（六）重要性原则

会计信息质量的重要性，要求企业在会计核算过程中对交易或事项应当区别其重要程度，采用不同的核算方法。这是会计核算本身进行成本、效益权衡的体现。应当指出的是，某一会计事项是否重要，除了严格参照有关的会计法规外，更重要的是依赖于会计人员结合本企业具体情况所作出的专业判断。

（七）谨慎性

会计信息质量的谨慎性，要求企业在进行会计核算时，不得多计资产或收益，不得少计负债或费用，不得设置秘密准备。它的目的在于避免虚夸资产和收益，抑制由此给企业生产经营带来的风险。但是谨慎性一般并不能与蓄意隐瞒利润、逃避纳税等划等号，因而遵循这一原则还包括禁止提取不符合规定的秘密准备。

（八）及时性

会计信息质量的及时性，要求企业的会计核算及时进行，不得提前或延后。会计核算如果不及时，就很难准确反映企业在一定时点上的财务状况、一定期间的经营成果和现金流量。个别企业甚至通过提前或延后确认收入、费用来人为地调节利润，造成会计信息失真，这是必须严厉禁止的。

三、会计核算的一般要求

会计核算的一般要求是指各单位进行会计核算应当遵循的基本规范。主要体现在以下几个方面。

（一）建账的要求

建账是如实记录和反映经济活动情况的重要前提。依法建账是建账的最基本要求，这里的"法"是广义的会计法律制度，而不是狭义的会计法。《中华人民共和国会计法》第三条规定："各单位必须依法设置会计账簿，并保证其真实、完整。"要求国家机关、社会团体、公司、企业、事业单位和其他经济组织都必须按照要求设置会计账簿、进行会计核算，不具备建账条件的，应按要求实行代理记账。

依法建账是要设置并有效利用会计账簿，设置会计账簿的种类和具体要求，应当符合《中华人民共和国会计法》和国家统一的会计制度的规定。各单位发生的各项经济业务事项应当在依法设置的会计账簿上统一登记、核算，不得违反规定私设会计账簿登记、核算。并且，在设置会计账簿的同时，必须保证会计账簿的真实和完整。会计账簿的内容、处理程序等必须真实、完整，不真实、不完整的会计账簿，不仅不能如实记录经济业务事项的发生情况和提供有用的会计资料，反而会误导会计信息使用者，使其做出不正确的判断，危害单位经营管理的改善和社会经济秩序。因此，依法建账既是国家法律的强制性规定，也是各单位加强经济管理的客观要求。

（二）会计核算依据的要求

《中华人民共和国会计法》第九条规定："各单位必须根据实际发生的经济业务事项进行会计核算，填制会计凭证，登记会计账簿，编制财务会计报告。任何单位不得以虚假的经济业务事项或者资料进行会计核算。"《企业会计制度》第十一条规定："（一）会计核算应当以实际发生的交易或事项为依据，如实反映企业的财务状况、经营成果和现金流量。（二）企业应当按照交易或事项的经济实质进行会计核算，而不应当仅仅按照它们的法律形式作为会计核算的依据。"实际发生的经济业务事项，是指各单位在生产经营活动或者预算执行过程中发生的各种经济活动事项。要求各单位必须根据实际发生的经济业务事项进行会计核算，具体包括两层意思：第一，各单位所有涉及资金运动或者资金增减变化的事项，都必须办理会计手续，进行记录、计算，以保证会计记录和反映的完整性。第二，各单位的会计核算，必须以实际发生的经济业务事项为依据，既不能遗漏、隐藏或者篡改已经发生的经济业务事项，更不能以实际没有发生的虚假事项进行会计核算。以实际发生的经济业务事项为依据进行会计核算，是会计核算的重要前提，是填制会计凭证、登记会计账簿、编制财务会计报告的基础，是保证会计资料质量的关键。

（三）会计资料的要求

会计资料，是在会计核算过程中形成的，记录和反映实际发生的经济业务事项资料，包括会计凭证、会计账簿、财务会计报告等会计核算专业资料。会计资料是记录会计核算过程和结果的载体，是投资者做出投资决策，经营者进行经营管理，国家进行宏观调控的重要依据。同时，它也是一种重要的社会信息资源。因此，各单位提供的会计资料必须保证其真实性和完整性，这是会计资料的最基本的质量要求，也是会计工作的生命。会计资料的真实性，主要是指会计资料所反映的内容和结果，应当同本单位实际发生的经济业务事项的内容及其结果相一致。会计资料的完整性，主要是指构成会计资料的各项要素都必须齐全，以便会计资料如实、全面地记录和反映经济业务事项的发生情况，便于会计资料使用者全面、准确地了解经济活动情况。为了保证会计资料的真实、完整，《中华人民共和国会计法》第十三条明确规定："会计凭证、会计账簿、财务会计报告和其他会计资料，必须符合国家统一的会计制度的规定。"

（四）会计处理方法的要求

会计处理方法是指单位对经济业务事项进行确认、计量、记录和报告的方法，一般包括存货计价会计处理方法、折旧提取方法、收入确认的方法、企业所得税会计处理方法、长期投资会计处理方法、坏账损失提取和核算方法、编制合并会计报表的方法、外币折算处理方法等。不同的会计处理方法会影响会计资料的一致性和可比性，进而影响对会计资料的使用。《中华人民共和国会计法》第十八条规定："各单位采用的会计处理方法，前后各期应当一致，不得随意变更；确有必要变更的，应当按照国家统一的会计制度规定变更，并将变更的原因、情况及影响在财务报告中说明。"这就要求一个单位一旦选定一种会计处理方法，就应当保持一贯性，这是会计核算一贯性原则的具体表现。同时，也不是绝对禁止单位变更会计处理方法，一般来讲，当单位出现下列两种情形时也可以变更会计处理方法：一是变更会计处理方法后能够使单位所提供的财务状况、经营成果和现金流量等信息更加可靠、更为相关，如单位经济业务的性质和特点发生了较大变化，不变更会计处理方法就不足以真实反映单位的经济活动；二是国家的会计制度发生了变化，如制定了新的会计制度，根据新的会计制度的要求单位需要变更会计处理方法等。但是，单位在变更会计处理方法时，应当将变更原因、情况及影响在财务会计报告中说明，具体包括会计处理方法变更的内容和理由、会计处理方法变更的影响数及累积影响数不能合理确定的理由等。

（五）会计记录文字的要求

会计记录文字是在进行会计核算时，为记载经济业务发生情况和辅助说明会计数字所体现的经济内涵而使用的文字。它是正确进行会计核算和表述各种会计资料的重要媒介，对会计人员准确记录会计资料和会计资料使用者细致了解会计资料所表示的经济内涵等，起着重要辅助作用。会计资料作为一种商业语言和社会资源，必须规范统一，而会计资料起辅助作用的会计记录文字也必须是通用的，为广大会计资料使用者所熟悉的。在我国，会计记录的文字应当使用中文；民族自治地方会计记录可以同时使用当地通用的一种民族文字；在我国境内的外商投资企业、外国企业和其他外国组织的会计记录可以同时使用一种外国文字。

（六）会计电算化的要求

会计电算化是电子计算机在会计工作中的应用的简称。用电子计算机技术代替手工会计核算是现代科学技术和企业生产经营管理过程的有机结合，有利于提高会计工作效率，更好地发挥会计的职能作用，是现代化管理和会计自身的客观需要，是会计核算的发展方向。

用电子计算机进行会计核算与手工会计核算在会计法律上的规定是相同的，因为两者使用的原始会计资料是一致的，由此产生的其他会计资料也必须是相同的。不同之处是在实行会计电算化后，除了部分原始会计资料以外，其他会计资料是由电子计算机按照规定的程序生成的。为了加强对会计电算化工作的管理，规范会计核算软件，保证会计核算软件的质量，从而保证通过电子计算机生成的会计信息真实、准确，国家统一的会计制度对会计核算软件的功能及电子计算机生成的会计凭证、会计账簿、财务会计报表和其他会计资料的格式、内容等，专门作了统一规范：①会计核算软件应当符合我国法律、法规、规章的规定，保证会计数据合法、真实、准确、完整，有利于提高工作效率。②会计核算软件具备五项初始功能，即输入会计核算所必需的最初数字及有关资料，输入需要在本期进行对账的未达账项，选择会计核算方法，自动定义转账凭证，输入操作人员岗位分工情况。初始化功能运行结束后，软件必须提供必要的方法，对初始数据进行正确性校验。③会计核算软件应当提供输入记账凭证的功能，并应提供对已输入但未登记会计账簿的记账凭证进行修改、审核的功能，同时还应当分别提供对审核功能与输入、修改功能的使用权限的控制。④会计核算软件应当提供根据审核通过的机内记账凭证及所附原始凭证登记账簿的功能，自动进行银行对账的功能、自动编制会计报表的功能及自动结账功能。会计核算软件应当同时提供机内合计数据的查询及机内会计凭证，以供用户选择。⑤会计核算软件应能提供机内合计数据的查询，以及机内会计凭证、会计账簿、会计报表的打印和输出功能。⑥会计核算软件应具有按照初始化功能中的设定防止非指定人员擅自使用的功能，以及对指定人员进行权限的控制。

四、会计核算的内容

一个单位在生产经营和业务活动中，会产生各种经济业务事项。会计核算的内容包括单位生产经营和业务活动中所发生的一切可以用货币计量反映的经济业务事项。经济业务事项一般包括经济业务和经济事项两类。经济业务是指一个经济组织与外部主体之间所发生的价值交换行为，如企业向供应商购进材料物资、向经销商出售产品或商品等。经济事项，主要是指一个主体经济组织内部所发生的价值转移行为，如生产企业生产车间领用原材料，产成品完工入库等，此外，还包括一些外部环境因素对企业所产生的直接影响，如给单位造成实际损失的水灾、火灾、地震等。《中华人民共和国会计法》对会计核算内容的规定，是保证会计核算数字真实、准确、完整地反映经济信息的基础和前提，是保证会计核算质量的关键。《中华人民共和国会计法》对会计核算的内容分为七大类，具体内容如下。

（一）款项和有价证券的收付

款项是指作为支付手段的货币资金，一般包括现金、银行存款和其他货币资金。其他货币资金是指存款地点和用途与现金及银行存款不同、但可以视为现金和银行存款的货币资金，主要包括外埠存款、银行汇票存款、在途货币资金、信用证存款、各种备用金等。有价证券是指表示一定财产拥有权或支配权的证券，如国库券、股票、公司证券和其他债券等。款项和有价证券是各单位流动性最强的资产，由于其所具有的高度流动性，在会计核算过程中，容易出现问题。因此，加强对款项和有价证券的管理和控制是非常重要的。各单位应按照国家统一的会计制度的规定，真实、及时地对款项和有价证券进行核算，以保证这些资产的安全与完整。

（二）财物的收发、增减和使用

财物是指财产和物资。从会计意义上说，财物是指单位拥有或控制的能以货币计量的各种经济资源。按照《企业会计准则》的规定，资产是指过去的交易或事项形成并由企业拥有或控制的，预计未来会给企业带来经济利益的资源，包括财产、债权和其他权益。资产的具体内容包括流动资产、固定资产、无形资产、长期投资和其他资产。这类资产涉及各单位生产过程中的劳动资料、劳动工具和劳动手段，是任何一个经济组织不可欠缺的。这些资产价值一般较大，也是会计核算中经常性的业务活动，如果这类资产在会计核算上出现问题，就会直接影响到生产经营活动的正常进行。因此，各单位必须加强对单位财物收发、增减和使用环节的管理，严格按照国家统一的会计制度的规定进行核算，维护单位正常的经济秩序和会计核算程序。

（三）债权债务的发生和结算

从会计意义上讲，债权债务是指由于过去的交易或事项所引起的单位的现有权利或义务。其中，债权主要包括应收账款、应收票据、其他应收款、长期债权投资等；债务是指需要单位将来以转移资产或提供劳务加以清偿的义务，主要包括短期借款、应付票据、应付账款、预收帐款、应付职工薪酬、应交税费、应付利润、其他应付款、长期借款、应付债券、长期应付款等。随着市场经济的发展，商业信用程度的加强，各单位之间发生的债权债务活动是单位日常生产经营和业务活动中大量发生的经济业务事项，其发生和结算涉及单位与其他单位以及其他有关方面的经济利益，关系到单位自身的资金周转，影响着单位的生产经营活动和业务活动。因此，各单位必须加强债权债务的核算，及时、真实、完整地核算和反映单位的债权债务，处理好与其他单位、个人之间的财务关系，以防止非法行为在债权债务环节的发生。

（四）资本、基金的增减

资本也称所有者权利，是指投资者对企业净资产的所有权，是企业全部资产减去全部负债后的余额，包括实收资本、资本公积、盈余公积和未分配利润。基金是指各单位按照法律法规的规定而设置或筹集的，具有特定用途的专项资金，如政府资金、社会保险基金、教育基金等。资本、基金增减的会计核算，要遵循国家有关部门的规定进行，它有很强的政策性，要严格按照合同、协议、董事会决议或政府部门有关文件等办理。

（五）收入、费用、成本的计算

收入对企业及其他营利性组织来讲，是指它们在销售商品、提供劳务等日常活动中所形成的经济利益的总流入；对行政、事业单位来讲，收入是指经费的拨入。费用对企业及其他营利性组织而言，是指他们在生产和销售商品、提供劳务等日常活动中产生的各种耗费；对行政、事业单位来讲，费用是经费的支出。成本是指对象化了的费用，即以具体产品为对象计算的费用。收入、费用、成本都是计算和判断单位经营成果及其盈亏状况的主要依据。各单位应当重视收入、费用、成本环节的管理，按照国家统一的会计制度的规定，正确核算收入、费用、成本。

（六）财务成果的计算和处理

财务成果是单位在一定期间内经济活动的最终成果，也就是单位所得与所费的配比，两者相抵后的差额，有的表现为盈利，有的则表现为亏损。财务成果的计算和处理一般包括利润的计算、所得税费用的计算和交纳、利润的分配和亏损的弥补等。由于财务成果的计算和处理涉及投资者、社会公众、国家等方面的经济利益，因此，各单位必须严格按照国家统一的会计制度的规定，正确处理财务成果。

（七）需要办理会计手续，进行会计核算的其他事项

其他事项是指除上述六类经济业务事项以外按照国家统一的会计制度的规定应办理会计手续和进行会计核算的其他经济业务事项。前面六类内容基本上涵盖了会计核算的主要内容，但由于会计环境纷繁复杂，经济活动及会计业务的发展日新月异，会计核算仍有可能出现一些新的业务和内容，如企业的终止清算、破产清算等业务的核算，对这些会计事项，也必须进行会计核算。

五、会计年度和记账本位币

（一）会计年度

会计年度是指以年度为单位进行会计核算的时间区间，划分会计期间是会计上最重要的假设之一，它对会计核算有着重要的影响和作用。由于有了会计期间，才产生了本期和非本期的区别，从而产生了收付实现制和权责发生制，才使不同类型的单位有了记账的基准。会计期间的划分和会计年度的确定，使它们将连续不断的经营活动分为若干个较短的会计期间，有利于单位及时结算账目和编制会计报表；有利于及时向有关方面提供反映财务状况和

经营成果的会计信息，及时满足单位内部加强管理及其他有关方面进行决策的需要。根据《中华人民共和国会计法》的规定，我国是以公历年度为会计年度，即每年1月1日起至12月31日止为一个会计年度。每一个会计年度还可以按照公历日期具体划分为半年度、季度、月度。

(二) 记账本位币

会计核算要对经济活动进行记录、计量、比较、汇总等，要全面、完整地反映经济活动的全过程，在客观上需要一种统一的计量单位作为计量的尺度。会计核算采用货币计量，使会计核算的对象即会计主体的经济活动统一地表现为货币资金运动，从而能够全面、完整地反映会计主体的经营成果、财务状况及其变动情况。以货币作为会计核算的计量单位，是一种人为的假设，是会计重要的假设之一。在会计核算中，日常登记账簿和编制财务会计报告用以计量的货币，也就是单位进行会计核算业务时所使用的货币，称为记账本位币。在我国，会计核算应以人民币为记账本位币，人民币是我国的法定货币，在我国境内具有广泛的流通性。以人民币作为记账本位币，具有广泛的适应性，便于会计信息的口径一致，随着我国对外开放的进一步扩大，外商投资企业在我国得到迅速发展，同时，我国向外国的投资和对外贸易也日渐增多，这将涉及两种或两种以上货币的业务往来，而且在这些单位的日常经营活动中，人民币以外的其他货币收支逐步占主导地位。为了便于这些单位对外开展业务，简化会计核算手续，方便我国财务会计报告使用者的阅读和使用，对业务收支以人民币以外的货币为主的单位，可以选定其中一种货币作为记账本位币，但是编制财务会计报告应当折算为人民币。

六、填制与审核会计凭证

(一) 会计凭证的种类及填制要求

1. 会计凭证的种类

会计凭证是指具有一定格式，用以记录经济业务事项发生和完成情况的书面证明。各单位按照有关规定办理会计手续，进行会计核算时，必须以会计凭证为依据。因此，会计凭证是会计资料的重要组成部分，是形成其他会计资料的来源。按其来源和用途，会计凭证分为原始凭证和记账凭证两种。原始凭证又称单据，是指在经济业务发生时，由业务经办人员取得或者填制，用以证明某项经济业务已经发生或完成情况，明确有关经济责任，作为记账原始依据的一种会计凭证，它是会计核算的原始依据，来源于实际发生的经济业务事项。原始凭证按其取得的来源不同，可分为一次性原始凭证、累计原始凭证和汇总原始凭证；按其经济业务类别，可分为款项收付业务原始凭证、出入库业务原始凭证、成本费用原始凭证、购销业务原始凭证、固定资产业务原始凭证、转账业务原始凭证等。记账凭证，亦称传票，是指根据审核无误的原始凭证或原始凭证汇总表编制的用来确定会计分录，作为记账直接依据的一种会计凭证。它是在会计资料的形成过程中，起着便于记账、减少差错、保证记账质量的作用。记账凭证按其反映的经济业务是否与货币有关可以分为收款凭证、付款凭证和转账凭证；按其填制方式不同可分为复式记账凭证和单式记账凭证。

2. 填制会计凭证的要求

根据《会计基础工作规范》第五十二条规定，填制会计凭证，字迹必须清晰、工整，并符合下列要求。

第一，阿拉伯数字应当一个一个地写，不得连笔写。阿拉伯数字金额前面应当书写货币币种符号或者货币名称简写和币种符号。币种符号与阿拉伯金额之间不得留有空格。凡阿拉伯数字前写有币种符号的，数字后面不再写货币单位。

第二，所有以元为单位的阿拉伯数字，除表示单价的情况外，一律填制到角分；无角分的，角位和分位可写成"00"，或者符号"—"；有角无分的，分位应当写"0"，不得用符号"—"代替。

第三，汉字大写金额数字如零、壹、贰、叁、肆、伍、陆、柒、捌、玖、拾、佰、仟、万、亿等，一律用正楷或者行书体书写，不得用〇、一、二、三、四、五、六、七、八、九、十等简化字代替，不得任意自造简化字。大写金额数字到元或者角为止，在"元"或者"角"字后应当写"整"字或者"正"字；大写金额数字有分的，"分"字后面不写"整"字或"正"字。

第四，大写金额数字前未印有货币名称的，应当加填货币名称，货币名称与金额之间不得留有空格。

第五，阿拉伯数字中间有"0"时，汉字大写金额要写"零"字；阿拉伯数字金额中间连续有几个"0"时，汉字大写金额中可以只写一个"零"字；阿拉伯金额数字元位是"0"，或者数字中间连续有几个"0"、元位也是"0"但角位不是"0"时，汉字大写金额可以只写一个"零"字，也可以不写"零"字。

（二）原始凭证的填制、取得与审核

1. 原始凭证的基本要求

原始凭证是会计核算的起点和基础，是记账的原始依据。因此，原始凭证必须真实、准确、完整地记录和反映每一项经济业务事项，如果原始凭证填制错误，或者原始凭证被伪造，就会破坏经济业务的本来面貌。为了保证原始凭证能够正确、及时、清晰地反映经济业务的真实情况，原始凭证的填制必须记录真实、内容完整、填制及时、书写清楚，除此之外，《会计基础工作规范》第四十八条还规定了原始凭证的基本要求。

第一，原始凭证的内容必须具备：凭证的名称；填制凭证的日期；填制单位名称或者填制人姓名；经办人员的签名或者盖章；接受凭证单位名称；经济业务内容；数量、单价和金额。

第二，从外单位取得的原始凭证，必须盖有填制单位的公章；从个人取得的原始凭证，必须有填制人的签名或者盖章。自制原始凭证必须有经办单位领导人或者其指定人员签名或者盖章。对外开出的原始凭证，必须加盖本单位公章。

第三，凡填有大写和小写金额的原始凭证，大写与小写金额必须相符。购买实物的原始凭证，必须有验收证明。支付款项的原始凭证，必须有收款单位和收款人的收款证明。

第四，一式几联的原始凭证，应当注明各联的用途，只能以一联作为报销凭证。一式几联的发票和收据，必须用双面复写纸（发票和收据本身具有复写纸功能的除外）套写，并连续编号。作废时应当加盖"作废"戳记，连同存根一起保持，不得撕毁。

第五，发生销货退回的，除填制退货发票外，还必须有退货验收证明；退款时，必须取得对方的收款收据或者汇款银行的凭证，不得以退货发票代替收据。

第六，职工公出借款凭证，必须附在记账凭证之后。收回借款时，应当另开收据或者退还借据副本，不得退还借款收据。

第七，经上级有关部门批准的经济业务，应当将批准文件作为原始凭证附件。如果批准文件需要单独归档的，应当在凭证上注明批准机关名称、日期和文件字号。

2. 原始凭证的审核及其处理

审核原始凭证，是确保会计信息质量的重要措施之一，也是会计机构、会计人员的法定职责。审核重点包括两方面：一是审核原始凭证的真实性和合法性。真实性是指原始凭证上表述的经济内容确实是经济业务事项的本来面貌，没有掩盖、歪曲和编造；合法性是指原始凭证所表述的经济业务事项符合有关法律、法规、规章、制度的规定。二是审核原始凭证的准确性和完整性。准确性是指原始凭证准确地记录了经济业务事项的真实情况，有关数量单价和金额计算无误；完整性是指原始凭证应具备的各项内容都齐全、手续都完整。

只有经过严格审核无误的原始凭证，才能作为编制记账凭证的依据，这是保证会计核算真实、完整的基础。《中华人民共和国会计法》第十四条第三款规定："会计机构、会计人员必须按照国家统一的会计制度的规定对原始凭证进行审核，对不真实、不合法的原始凭证有权不予接受，并向单位负责人报告；对记载不准确、不完整的原始凭证予以退回，并要求按照国家统一的会计制度的规定更正、补充。"这是对经审核发现问题的原始凭证的处理作出的规定，不真实的原始凭证是指原始凭证所记录和反映的经济业务事项虚假或者根本不存在；不合法的原始凭证是指原始凭证所记录和反映的经济业务事项违反国家有关法律、法规和国家统一的会计制度的规定。对于不真实、不合法的原始凭证，会计机构、会计人员有权不予接受，这是会计机构、会计人员的一种权利，同时为了保证单位负责人及时了解情况或者及时纠正违法行为，应当将这个情况及时报告单位负责人。记载不真实的原始凭证是指原始凭证的内容记载有误；不完整的原始凭证是指原始凭证的填写有遗漏或者省略。对于记载不准确、不完整的原始凭证，会计机构、会计人员应予以退回，并要求更正或补充。因为记载不真实、不完整的原始凭证只是内容有填写错误或不齐全、手续不完备，所以在处理上与前种情况有所不同，不应当简单地拒绝接受；而是将其退回，并要求有关经济业务事项的经办人员按照国家统一的会计制度的规定进行更正、补充，待内容补充完整、齐全后再予办理。

为了明确相关人员的经济责任，防止利用原始凭证进行舞弊，《中华人民共和国会计法》

第十四条第四款规定："原始凭证记载的各项内容均不得涂改；原始凭证有错误的，应当由出具单位重开或者更正，更正处应当加盖出具单位印章。原始凭证金额有错误的，应当由出具单位重开，不得在原始凭证上更正。"按照这一规定，原始凭证一经填制，就得保持其原装，不得擅自涂改、挖补。但是，实务中要求所有的单位填制的原始凭证都没有任何错误是不可能的，因此，又进一步对原始凭证的更正进行了规定：原始凭证记载的内容有错误的，应当由出具单位重开或更正，更正工作必须由出具单位进行，并在更正处加盖出具单位印章；原始凭证金额出现错误的不能更正，只能由原始凭证出具单位重新开具。同时也要求原始凭证出具单位应当开具准确无误的原始凭证，对于填制有误的原始凭证，负有更正和重新开具的法律义务，不得拒绝。

（三）记账凭证的填制与审核

1. 记账凭证的填制

填制记账凭证是会计核算过程中非常重要的环节，是会计准确提供信息的关键，根据《会计基础工作规范》的规定，记账凭证必须具备如下内容：填制凭证的日期；凭证编号；经济业务的摘要；会计科目；金额；所附原始凭证张数；填制凭证人员；稽核人员；记账人员；会计机构负责人；会计主管人员签名或者盖章。收款和付款记账凭证还应当由出纳人员签名或者盖章。以自制的原始凭证或者原始凭证汇总表代替记账凭证的，也必须具备记账凭证应有的要素。

在实际填制记账凭证过程中，还应注意以下几个方面。

第一，填制记账凭证时，应当对记账凭证进行连续编号。一笔经济业务需要填制两张或两张以上记账凭证的，可以采用分数编号法编号。

第二，记账凭证可以根据每一张原始凭证填制，或者根据若干张同类原始凭证汇总填制，也可根据原始凭证汇总表填制。但不得将不同内容和类别的原始凭证汇总填制在一张记账凭证上。

第三，除结账和更正错误的记账凭证可以不附原始凭证外，其他记账凭证必须附有原始凭证。如果一张原始凭证涉及几张记账凭证，可以把原始凭证附在一张主要的记账凭证后面，并在其他记账凭证上注明附有该原始凭证的记账凭证的编号或者附原始凭证的复印件。一张原始凭证所列支出需要几个单位共同负担的，应当将其他单位负担的部分，开给对方原始凭证分割单，进行核算。原始凭证分割单必须具备原始凭证的基本内容：凭证名称；填制凭证日期；填制凭证单位名称或者填制人姓名；经办人的签名或者盖章；接受单位名称；经济业务内容；数量、单价、金额和费用分摊情况等。

第四，如果在填制记账凭证时发生错误，应当重新填制。已经登记入账的记账凭证，在当年内发现填写错误时，可以用红字填写一张与原内容相同的记账凭证，在摘要栏注明"注销某月某日某号凭证"字样，同时再用蓝字填写一张正确的记账凭证，注明"订正某月某日某号记账凭证"字样。如果会计科目没有错误，只是金额错误，也可以将正确数字与错误数字之间的差额，另编一张调整的记账凭证，调增金额用蓝字，调减金额用红字。发现以前年度记账凭证有错误的，只需用蓝字填写一张更正的记账凭证即可。

第五，记账凭证填制完经济业务事项后，如有空行，应当自金额栏最后一笔金额数字下的空行处至合计数上的空行处划线注销。

2. 记账凭证的审核

记账凭证是根据审核无误的原始凭证或原始凭证汇总表编制的，对其审核，实际上是对原始凭证的再审核，主要包括以下几个方面。

第一，审核记账凭证是否附有原始凭证，记录的事项与所附原始凭证的内容是否相同。

第二，审核会计分录是否正确，即所运用的科目名称、记账方向和金额是否正确。

第三，审核记账凭证内容是否完整，如摘要填写是否清楚、准确，日期是否正确，数字和文字的填写是否清晰、规范，有关人员是否签章等。

审核后，如发现错误，应按规定的方法及时更正。只有审核无误的记账凭证才能作为登记账簿的依据。

七、会计账簿

（一）会计账簿及其种类

会计账簿是指全面记录和反映一个单位经济业务事项，把大量分散的数据或资料进行归类整理，逐步加工成有用会计信息的簿籍。它是记录会计核算过程和结果的载体，是编制财务会计报告的重要依据。会计账簿的建立、登记、核对、结账，是会计工作的重要一环，是如实记录和反映经济活动的重要前提。

会计账簿包括总账、明细账、日记账和其他辅助性账簿。

总账，也称总分类账，是指根据会计科目开设的账簿，用来分类登记全部经济业务事项，提供资产、负债、所有者权益、收入、费用、成本、利润等总括核算的资料。总账一般有订本式和活页式两种。各单位应根据所采用的记账方法和财务处理程序的需要设置总账。

明细账也称明细分类账，是指根据总账科目所属的明细科目设置的账簿，用于分类登记某一经济业务事项，提供有关明细核算资料。利用明细账，有利于了解会计资料的形成，可以对经济业务事项有关信息和数据作进一步的加工整理和分析。明细账一般采用活页式。

日记账也称序时账，是指按照经济业务事项发生时间的先后顺序，逐日逐笔进行登记的账簿，包括现金日记账和银行存款日记账。现金日记账和银行存款日记账必须采用订本式账簿，不得采用活页式或卡片式账簿。日记账是各单位加强库存现金和银行存款管理的重要账簿。

其他辅助性账簿也称备查账，是指对无法在上述账簿中登记的经济业务事项进行补充记录的账簿，主要包括各种租借设备及物资的辅助登记、应收及应付款项的备查登记，担保及抵押备查登记等。设置备查簿，可以提供会计核算的参考资料，便于日后有关事项的核查。

（二）会计账簿的启用

各单位应当按照国家统一的会计制度的规定和会计业务的需要设置会计账簿。启用会计账簿时，应当在账簿封面上写明单位名称和账簿名称。在账簿扉页上应当附启用表，内容包括：启用日期、账簿页数、记账人员和会计机构负责人、主管人员姓名，并加盖名章和单位公章。记账人员或者会计机构负责人、会计主管人员调动工作时，应当注明交接日期、接办人员或者经交人员姓名，并由交接双方人员签名或者盖章。启用订本式账簿，应当从第一页到最后一页顺序编定页数，不得跳页、缺号。使用活页式账页，应当按账户顺序编号，并需定期装订成册。装订后再按实际使用的账页顺序编定页码。另加目录，记明每个账户的名称和页次。

（三）会计账簿的登记

会计人员应当根据审核无误的记账凭证登记会计账簿，登记账簿的基本要求主要有以下几个方面。

① 登记会计账簿时，应当将会计凭证日期、编号、业务内容摘要、金额和其他有关资料逐项记入账内，做到数字准确、摘要清楚、登记及时、字迹工整。

② 登记完毕后，要在记账凭证上签名或者盖章，并注明已经登账的符号，表示已经记账。

③ 账簿中书写的文字和数字上要留有适当空格，不得写满格，一般应占格距的1/2。

④ 登记账簿要用蓝黑墨水或者碳素墨水书写，不得使用圆珠笔（银行的复写账簿除外）或者铅笔书写。

⑤ 下列情况可以用红色墨水记账：用于冲销错误记录的红字冲账记账凭证；用于在不设借贷等栏的多栏式账页中登记减少数；用于未印明余额方向的三栏式账户余额栏内登记负数余额；根据国家统一的会计制度的规定可以用红字登记的其他会计记录。

⑥ 各种账簿按页次顺序连续登记，不得跳行、隔页。如果发生跳行、隔页，应当将空行、空页划线注销，或者注明"此行空白"、"此页空白"字样，并由记账人员签名或者盖章。

⑦ 凡需要结出余额的账户，结出余额后，应在"借或贷"等栏内写明"借"或者"贷"等字样。没有余额的账户，应当在"借或贷"等栏内写"平"字，并在余额栏内用"0"表示。

现金日记账和银行存款日记账必须逐日结出余额。

⑧ 每一账页登记完毕结转下页时，应当结出本页合计数及余额，写在本页最后一行和下页第一行有关栏内，并在摘要栏内分别注明"过次页"和"承前页"字样；也可以将本页合计数及金额只写在下页第一行有关栏内，并在摘要栏内注明"承前页"字样。

对需要结计本月发生额的账户，结计"过次页"的本页合计数应当为自本月初起至本页末止的发生额合计数；对需要结计本年累计发生额的账户，结计"过次页"的本页合计数应当为自年初起至本页末止的累计数；对既不需要结计本月发生额也不需要结计本年累计发生额的账户，可以只将每页末的余额结转次页。

实行会计电算化的单位，总账和明细账应当定期打印。发生收款和付款业务的，在输入收款凭证或付款凭证的当天必须打印出现金日记账和银行存款日记账，并与库存现金核对无误。

对于账簿登记发生的错误，不准涂改、挖补、刮擦或用化学药水清除字迹，不准重新抄写，应根据错误的具体情况按照下列方法更正：

第一，登记账簿时发生错误，应当将错误的文字或者数字划红线注销，但必须使原有字迹仍可辨认；然后在划线上方填写正确的文字或者数字，并由记账人员在更正处盖章。对于错误的数字，应当全部划红线更正，不得只更正其中的错误数字。对于文字错误，可只划去错误的部分。

第二，由于记账凭证错误而使账簿记录发生错误，应当按更正的记账凭证登记账簿。

（四）会计账簿的核对

会计账簿的核对，又称为对账，是指在结账前，将账簿记录与货币资金、往来结算，财产物资等进行相互核对，保证账证相符、账账相符、账实相符和账表相符。

1. 账证核对

账证核对，是核对会计账簿记录与原始凭证、记账凭证的时间、凭证字号、内容、金额是否一致，记账方向是否相符。

2. 账账核对

账账核对，是核对不同会计账簿之间的账簿记录是否相符，包括：总账与有关账户余额的核对，总账与明细账核对，总账与日记账核对，会计部门的财产物资明细账与财产物资保管和使用部门的有关明细账核对等。

3. 账实核对

账实核对，是核对会计账簿记录与财产等实有数额是否相符。包括：现金日记账账面余额与现金实际库存数相核对；银行存款日记账账面余额与银行对账单相核对；各种财物明细账账面余额与财物实存数额相核对；各种应收、应付款明细账账面余额与有关债务、债权单位或者个人核对等。

4. 账表核对

账表核对，是核对会计账簿记录与会计报表有关内容是否相符，主要将会计报表各项目的数据与会计账簿相关数据进行核对。

（五）结账

结账，就是在将一定时期内所发生的经济业务事项全部登记入账的基础上，结计出各个账户的"本期发生额"和"期末余额"，并将余额结转下期或转入新账。结账分为月结、季结和年结。

结账前，必须将本期内所有发生的各项经济业务全部登记入账。

结账时，应当结出每个账户的期末余额。需要结出当月发生额的，应当在摘要栏内注明

"本月合计"字样，并在下面通栏划单红线；需要结出本年累计发生额的，应当在摘要栏内注明"本年累计"字样，并在下面通栏划单红线；十二月末的"本年累计"就是全年累计发生额。全年累计发生额下面应当通栏划双红线。年度终了时，所有总账账户都应当结出发生额和年末余额。

年度终了，要把各账户的余额结转到下一会计年度，并在摘要栏注明"结转下年"字样；在下一会计年度新建有关会计账簿的第一行余额栏内填写上年结转的余额，并在摘要栏注明"上年结转"字样。

八、财务会计报告

财务会计报告，是会计核算的基本目的之一。会计核算经过记录、计量、分类、加工、整理，在逐步予以条理化和系统化后，按照一定的方式加以表达和传递，使之成为可供使用的会计信息和资料，这就要通过定期编制财务会计报告来实现。

（一）财务会计报告的含义及构成

财务会计报告，也称财务报告、会计报告，是指单位对外提供的反映单位某一特定日期的财务状况和某一期间经营成果、现金流量的文件。编制财务会计报告，是对单位会计核算工作的全面总结，也是及时提供真实、完整会计资料的重要环节。根据《企业财务会计报告条例》的规定，企业财务会计报告按编制时间分为年度、半年度、季度和月度财务会计报告。年度、半年度财务会计报告应当包括会计报表、会计报表附注、财务情况说明书。

会计报表是财务会计报告的重要内容，它以报表的形式传递会计信息。会计报表主要根据会计账簿记录，按照会计报表的固定格式和项目编制。企业对外提供的会计报表主要包括：资产负债表、利润表、现金流量表、资产减值准备明细表、利润分配表、股东权益增减变动表、分部报表、其他相关附表等。分别从不同的侧面反映了某一企业的财务状况、经营成果和理财过程，它们之间存在着相互衔接的关系。

会计报表附注是为了便于会计报表使用者理解会计报表的内容而对会计报表的编制基础、编制依据、编制原则和方法及项目等所作的解释。会计报表附注至少应当包括下列内容：不符合基本会计假设的说明；重要会计政策和会计估计及其变更情况、变更原因及其对财务状况和经营成果的影响；或有事项和资产负债表日后事项的说明；关联方关系及其交易说明；重要资产转让及其出售情况；企业合并、分立；重大投资、金融活动；会计报表中重要项目的明细资料；有助于理解和分析会计报表需要说明的其他事项。

财务情况说明书是对单位一定会计期间财务、成本等情况进行分析总结的书面文字报告，也是财务会计报告的重要组成部分。财务情况说明书全面提供公司、企业和其他单位生产经营活动情况，分析总结经济业绩和存在的不足，是财务会计报告使用者，特别是单位负责人和国家有关管理部门了解和考核有关单位在生产经营和业务活动的开展情况的重要资料。财务情况说明书至少应当对下列情况作出说明：企业生产经营的基本情况；利润实现和分配情况；资金增减和周转情况；对企业财务情况、经营成果和现金流量有重大影响的其他事项。

（二）财务会计报告的编制

1. 财务会计报告的编制依据

按照规定，财务会计报告应当依据经过审核的会计账簿记录和有关资料编制，并做到数字真实、计算准确、内容完整、说明清楚，依据经过审核的会计账簿记录和有关资料编制财务会计报告，是保证财务会计报告的重要环节。任何单位和个人不得授意、指使、强令他人违反规定，改变财务会计报告的编制基础、编制依据、编制原则和方法。

2. 财务会计报告的编制要求符合法律、行政法规和国家统一的会计制度规定

会计报表之间、会计报表各项目之间，凡有对应关系的数字，应当相互一致；会计报表中本期与上期有关数字应当相互衔接；会计报表附注的财务情况说明书应当按照规定，对会计报表中需要说明的事项做出真实、完整、清楚的说明。

（三）财务会计报告的对外提供

各单位应当按照国家统一的会计制度的规定认真编制财务会计报表、会计报表附注及财务情况说明书，做到项目齐全，内容完整。

各单位应当按照国家规定的期限对外报送财务会计报告。月度中期财务会计报告应当于月度终了后6天内（节假日顺延，下同）对外提供；季度中期财务会计报告应当于季度终了后15天内对外提供；半年度中期财务会计报告应当于年度中期结束后60天内对提供；年度财务会计报告应当于年度终了后4个月对外提供。

对不同的会计信息使用者提供财务报告，其编制依据应当一致。

对报送的财务会计报告应当依次编定页数，加具封面，装订成册，加盖公章。封面上注明：单位名称、单位统一代码、组织形式、地址、报表所属年度或者月份、报出日期，并由单位负责人和主管会计工作的负责人，会计机构负责人（会计主管人员）签名并盖章；设置总会计师的企业，还应当由总会计师签名并盖章。

单位负责人对财务会计报告的合法性、真实性、完整性负法律责任。

根据法律和国家有关规定应当对财务会计报告进行审计的，财务会计报告编制单位应当先行委托注册会计师进行审核，并将注册会计师出具的审核报告随同财务会计报告按照规定的期限报送有关部门。如果发现对外报送的财务会计报告有错误，应当及时办理更正手续。除更正本单位留存的财务报告外，并应同时通知接受财务会计报告的单位更正。错误较多的，应当重新编制。

九、财产清查

财产清查是会计核算工作的一项重要程序，特别是在编制年度财务会计报告之前，必须

进行财产清查,并对账实不符等问题根据国家统一的会计制度的规定进行会计处理,以保证财务会计报告反映的会计信息真实、完整。财产清查制度是通过定期或不定期、全面或部分地对各项财产物资进行实地盘点和对库存现金、银行存款、债权债务进行清查核实的一种制度。通过清查,可以发现财产管理工作中存在的问题,以便查清原因,改善经营管理,保护财产的完整和安全;可以确定各项财产的实存数,以便查明实存数与账面数是否相符,并查明不符的原因和责任,制定相应措施,做到账实相符,保证会计资料的真实性。按照规定,各单位应当定期将会计账簿记录与实物、款项及有关资料相互核对,保证会计账簿记录与实物及款项的实有数额相符。

十、会计档案管理

会计档案是记录和反映经济业务的重要历史资料和证据。会计档案是国家档案的重要组成部分,也是各单位的重要档案,是对一个单位经济活动的记录和反映。通过会计档案,可以了解每项经济业务的来龙去脉;会计档案是检查一个单位是否遵守财经纪律的书面证明,可以揭示在会计资料上弄虚作假、违法乱纪的行为;会计档案还可以为国家、单位提供详细的经济资料,对国家制定宏观经济政策及单位制定经济决策具有一定的参考价值。鉴于会计档案的重要性,各单位必须加强会计档案的管理,建立会计档案的立卷、归档、保管、查阅和销毁等管理制度,确保会计档案资料的安全和完整,并充分加以利用。

(一) 会计档案的范围和种类

会计档案包括会计凭证、会计账簿、财务会计报告和其他会计资料等会计核算专业资料。各单位的预算、计划、制度等文件属于文书档案,不属于会计档案,应当执行文书档案的管理规定。

会计档案包括的范围:会计凭证类,包括原始凭证、记账凭证、汇总凭证和其他会计凭证等;会计账簿类,包括总账、明细账、日记账、固定资产卡片、备查账、其他会计账簿等;财务会计报告类,包括月度、季度、半年度、年度会计报表及相关文字分析材料等;其他类,包括银行对账单、银行存款余额调节表、会计档案移交清册、会计档案保管清册、会计档案销毁清册等。

(二) 会计档案的归档和移交

对于会计档案应当进行科学管理,做到妥善保管、有序存放、方便查阅、严防损毁、散失和泄密。实行会计电算化的单位应当保存打印出纸质会计档案。各单位每年形成的会计档案,应当由会计机构按照归档要求负责整理立卷,装订成册,编制会计档案移交清册。当年形成的会计档案,在会计年度终了后,可暂由会计机构保管一年。一年保管期满后,原则上应当由会计机构编制移交清册,移交本单位档案机构统一保管;未设立档案机构的单位,应当在会计机构内指定专人保管。会计机构在向单位保管部门移交会计档案时要编制移交清册，详细登记所移交档案的名称、卷号、册数、起止年度、应保管期限等，便于分清责任，加强会计档案管理。档案机构接受保管的会计档案，原则上应当保持原卷册的封装，个别需要拆封重新整理的，应当同会计机构和原经办人共同整理，以分清责任。

保管的会计档案应当积极为本单位提供和利用。会计档案不得借出，如有特殊需要，须经本单位负责人批准，在不拆散原卷前提下，可以提供查阅或者复制，并办理登记手续。

(三) 会计档案的保管期限

会计档案的重要程度不同，其保管期限也有所不同。会计档案保管期限分为永久和定期两类。永久，是指会计档案须永久保存；定期，是指会计档案保存到法定的时间，定期保管期限分为 3 年、5 年、10 年、15 年和 25 年五种。会计档案的保管期限是从会计年度终了后的第一天算起。

(四) 会计档案的销毁

1. 编制会计档案销毁清册

会计档案销毁清册是指销毁会计档案的记录和报批文件。会计档案保管期满需要销毁的，由本单位档案机构提出意见，会同会计机构共同进行审批和鉴定，并在此基础上编制会计档案销毁清册。会计档案清册的内容一般应包括：会计档案名称、卷号、册数、起止年度和档案编号，应保管期限、已保管期限、销毁日期等。单位负责人应当在会计档案销毁清册上签署意见。

2. 专人负责监销

销毁会计档案时，应当由单位的档案机构和会计机构共同派人监销；国家机关销毁会计档案时，还应当有同级财政、审计部门派人监销；各级财政部门销毁会计档案时，应当由同级审计部门派人监销。监销人员在销毁会计档案前应当按照会计档案销毁清册所列内容，清点核对所要销毁的会计档案。销毁后，监销人员应当在会计档案销毁清册上签名盖章并将销毁情况报告本单位负责人。

3. 不得销毁的会计档案

对于保管期满但未结清的债权债务原始凭证和涉及其他未了事项的原始凭证，不得销毁，而应当单独抽出立卷，保管到未了事项完结时为止。单独抽出立卷的会计档案，应当在会计档案销毁清册和会计档案保管清册上列明。另外，正在项目建设期间的建设单位，其保管期满的会计档案也不得销毁。

(五) 会计档案的交接

单位之间交接会计档案时，交接双方应当办理会计档案交接手续。移交会计档案的单位，应当编制会计档案移交清册，列明应当移交的会计档案名称、卷号、册数、起止年度和档案编号、应当保管期限、已保管期限等内容。交接会计档案时，交接双方应当按照会计档案移交清册所列内容逐项交接，并由交接双方的单位负责人负责监交。交接完毕后，交接双方经办人员和监交人员应当在会计档案移交清册上签名或者盖章。

第四节　会　计　监　督

一、会计监督的含义

所谓会计监督，是指单位内部的会计机构和会计人员以及依法享有经济监督检查职权的政府有关部门和依法经批准成立的社会中介组织，对国家机关、社会团体、企事业单位和其他组织经济活动的合法性、合理性和会计资料真实性、完整性及本单位内部预算执行情况所进行的监督。会计监督是会计的基本职能之一，它是我国经济监督体系的重要组成部分，会计监督分为内部监督与外部监督。实施会计监督的主要目的是为了保证国家财经法规、政策、纪律的贯彻执行，以确保经济活动的合法性和合理性，维护社会经济秩序；同时通过控制和引导经济活动，改善生产经营，提高经济效益。会计监督的主要内容包括：对财产、资金进行审查监督，以保证其完整性和合理使用；对预算资金收支进行审查监督，保证国家预算的执行；分析会计资料，评价经济活动成果；调整经营计划，以降低耗费、提高效益等。根据《中华人民共和国会计法》的规定，我国建立了三位一体的会计监督体系，由单位内部会计监督、政府监督和社会监督三部分构成。其中，单位内部监督是一种内部监督形式，政府监督和社会监督属于外部监督形式。

二、单位内部监督

（一）单位内部监督的含义

《中华人民共和国会计法》第二十七条规定："各单位应当建立、健全本单位内部会计监督制度。"这一规定有两层含义：一是各单位都必须建立内部会计监督制度，这是各单位的法定义务，必须履行；二是各单位的内部会计监督制度必须健全。单位内部会计监督制度，是指为了保护单位资金的安全、完整，保证其经营活动符合国家法律、法规和内部有关管理制度，提高经济管理水平和效率，而在单位内部采取的一系列相互制约、相互监督的制度和方法。一方面，一个单位经营管理状况的好坏，与该单位内部会计监督与控制制度是否完整、严密有着密切的关系，如果内部会计监督与控制制度不完善，就会产生各种管理上的漏洞，就会使单位的生产经营、财物投资活动失去控制，进而会使单位的经济活动产生混乱，危及单位的生存与发展。因此，在会计工作中实行单位内部会计监督相当重要。另一方面，单位内部会计监督制度是内部控制制度的重要组成部分，建立健全单位内部监督制度是贯彻执行会计法律、法规、规章，保证会计工作有序进行，完善会计监督体系的重要措施。

根据《会计基础工作规范》的规定：各单位的会计机构、会计人员对本单位的经济活动进行会计监督。内部会计监督的主体是各单位的会计机构和会计人员；内部会计监督的对象是单位的经济活动。尽管单位内部会计监督的主体是各单位的会计机构和会计人员，但内部会计监督不仅仅是会计机构和会计人员的事情，单位负责人应当积极支持、保障会计机构和会计人员行使好内部会计监督职权。

（二）单位内部会计监督制度的基本内容及要求

根据《中华人民共和国会计法》和《会计基础工作规范》的有关规定，单位内部会计监督制度包括内部会计管理体系、会计人员岗位责任制度、账务处理程序制度、内部牵制制度、稽核制度、原始记录管理制度、定额管理制度、计量验收制度、财产清查制度、财务收支审批制度、成本核算制度和财务会计分析制度等方面的内容。

在建立、健全上述内容的内部监督制度时，《中华人民共和国会计法》第二十七条还从以下几方面规定了单位内部会计监督制度应当符合的基本要求。

第一，记账人员与经济业务事项或会计事项的审批人员、经办人员、财物保管人员的职责权限应当明确，并相互分离、相互制约。这是内部牵制制度的具体体现。所谓会计机构内部牵制制度，是指凡是涉及款项和财物收发、结算及登记的任何一项工作，必须由两人或两人以上分工办理，以起到相互分离、相互制约作用的一种工作制度。只有做到资产保管与会计核算相分离，经营责任与会计责任相互分离，授权与执行相分离，执行业务与审核业务相分离，业务执行与业务记录相分离，才能使内部会计监督与控制程序行之有效。

第二，重大对外投资、资产处置、资金调度和其他重要经济业务事项的决策和执行的相互监督、相互制约的程序应当明确。这是对重要事项监督和制约制度的规定。所谓重大对外投资，是指单位数额较大，具有战略性意义的对外投资，它与一般的收益性证券投资有着显著的区别；重大资产处置，是指价值较高的资产的清理、报废、出售等，它不同于一般产品销售，如固定资产的处置；重大资金调度，是指数额较大的资金收入、付出、投放、收回等，它不同于日常的资金收付。这类重要的经济业务事项往往涉及的金额较大，对单位的经营活动和未来发展具有较大的影响，因而应加强监督和制约。

第三，财产清查的范围、期限和组织程序应当明确。财产清查，是指对单位货币资金、财产物资和债权债务的清理和查证。财产清查制度的内容包括财产清查的范围、组织、期限、方法，对财产清查中发现问题的处理办法，对财产管理人员的奖惩办法等。由于财产清查直接关系到会计核算的准确性、实物保管的安全完整性和会计记录与存量实物相符性，因此，《中华人民共和国会计法》特别强调必须在财产清查制度中对财产清查的范围、期限和组织程序做出规定。

第四，对会计资料定期进行内部审计的办法和程序应当明确。内部审计是指在各单位负责人的领导下，在单位内设置独立的审计机构和配备专职审计人员，根据国家法律、法规和政策的规定，采用一定的程序和方法，对本单位及其下属单位经济活动的合法性、合理性、合规性、效益性以及反映经济活动的真实性进行审核、监证、评价并提出改进工作建议的一种经济监督活动。通过内部审计，可以发现并纠正单位会计核算、会计资料以及财务收支、经济活动中的不合规、不真实、不准确、不完整的情况，以维护国家财经法纪，保证单位财产安全、会计资料的真实与完整，因此，《中华人民共和国会计法》要求明确内部审计的办法和程序，对会计工作实行控制和再监督。

（三）相关人员在单位内部会计监督中的职责权限

《中华人民共和国会计法》第二十八条规定："单位负责人应当保证会计机构、会计人员依法履行职责，不得授意、指使、强令会计机构、会计人员违法办理会计事项。会计机构、会计人员对违反本法和国家统一的会计制度规定的会计事项，有权拒绝办理或者按照职权予以纠正。"第二十九条规定："会计机构、会计人员发现会计账簿记录与实物、款项及有关资料不相符的，按照国家统一的会计制度的规定有权自行处理的，应当及时处理；无权处理的，应当立即向单位负责人报告，请求查明原因，作出处理。"这是对相关人员在单位内部会计监督中的职责权限的规定，通过明确单位负责人的义务和会计机构、会计人员的职权来强化会计监督的制约作用从法律制度上来保证实现会计监督。

1. 单位负责人在单位内部会计监督中的义务

《中华人民共和国会计法》对单位负责人在单位内部会计监督中的义务作了两个方面的规定。

第一，保证会计机构、会计人员依法履行职责。这一义务有四个方面的含义：一是不得非法干涉会计机构、会计人员依法行使职权；二是他人非法干涉会计机构、会计人员依法行使职权时，单位负责人依法应当制止并且要支持会计机构、会计人员的合法行为；三是建立、建全本单位的内部制度，依法赋予会计机构、会计人员充分的职权；四是会计机构、会计人员提出的合法建议应予采纳，对于会计机构、会计人员依法履行职责的行为不能打击报复。

第二，不得授意、指使、强令会计机构、会计人员违法办理会计事项。这一义务是一个禁止性的规定，为强制性规范，属于不作为，如果作为则属违法行为。不作为包括授意、指使、强令三个方面，授意是指暗示他人按其意思行事，指使是指通过明示方式指示他人按其意思行事，三种行为的核心有两个：一个是属于故意行为，态度明确；另一个意图是办理违法事项。

2. 会计机构和会计人员在单位内部会计监督中的职权

《中华人民共和国会计法》在对会计机构和会计人员依法行使会计核算、会计监督作出义务规定的基础上，又从权利角度强调了会计机构和会计人员在单位内部监督中的职权。

第一，会计机构和会计人员有权拒绝办理或者收下违法会计事项。单位内部会计监督，在很多情况下是由会计机构和会计人员在处理会计业务过程中进行的。由于会计机构和会计人员熟悉会计业务及相关的法规制度，对会计事项是否合法的界限比较清楚，由会计机构和会计人员在处理会计业务过程中严格把关、实行监督，可以有效防范违法会计行为的发生。因此，授权会计机构和会计人员对违法会计事项可以或者拒绝办理或者纠正。这一职权的核心是拒绝或者纠正。拒绝的前提是违反《中华人民共和国会计法》和国家统一的会计制度规定的会计事项，如会计机构和会计人员有权不接受不真实、不合法的原始凭证，有权拒绝单位负责人授意、指使、强令办理的违法会计事项等。纠正的前提有两个：一是纠正的对象是违反《中华人民共和国会计法》和国家统一的会计制度规定的会计事项；二是依法职权进行纠正，即属于会计机构和会计会计人员职权范围内的，在其职权范围内进行纠正，如对记载不准确、不完整的原始凭证予以退回，要求经办人员更正、补充，如不属于会计机构和会计人员的职权范围，则有权及时向单位负责人报告，请求单位负责人依法处理。

第二，会计机构和会计人员对账实不符的情况要及时作出处理，会计账簿记录与实物、款项及有关资料相符是会计工作的基本要求，也是单位进行物资管理的基本措施。由于种种原因，如内部管理制度不健全等，可能造成会计工作混乱和会计数据失真，会计机构和会计人员在发现会计账簿记录与实物、款项及有关资料不相符时，按照国家统一的会计制度规定，属于会计机构和会计人员职权范围内的，应当及时处理。如物资的合理损耗，会计机构和会计人员就可以依照国家规定的损耗标准直接进行处理；银行存款账户余额与银行对账单不一致时，会计人员就可以编制银行存款余额调节表调节相符。而对所发现的不相符的情况，会计机构和会计人员无权处理的，应立即向单位负责人报告，请求查明原因，作出处理。如对单位物资出现被盗、发生火灾、水灾等情况，会计机构和会计人员就无权处理，对此，就应立即报告单位负责人，由单位负责人依法处理。

三、会计工作的政府监督

(一) 会计工作政府监督的含义及其实施的相关主体

会计工作的政府监督，是一种外部监督，主要是指财政部门代表国家对单位和单位中相关人员的会计行为实施的监督检查，以及对发现的违法会计行为实施的行政处罚。会计工作的政府监督是我国经济监督体系的一个重要方面，它的健全和发展是单位内部实行严格的会计监督制度的必要保证，是对单位内部会计监督的有力支持。根据《中华人民共和国会计法》的规定，县级以上人民政府财政部门为各单位会计工作的监督检查部门，对各单位会计工作行使监督权，对违法会计行为实施行政处罚。财政部门是会计工作政府监督的实施主体，这里的财政部门包括国务院财政部门、国务院财政部门的派出机构和县级以上人民政府财政部门。因此，除财政部门外，《中华人民共和国会计法》还规定审计、税务、人民银行、证券监管、保险监管等部门依照有关法律、行政规定的职责和权限，可以对有关单位的会计资料实施监督检查，因此，上述部门在法定职责和权限内对单位的会计资料实施的监督检查也属于会计工作的政府监督，它们也是会计工作政府监督的实施主体。

(二) 财政部门实施会计监督的对象及范围

财政部 2001 年 2 月 20 日公布了《财政部门实施会计监督办法》，该办法自公布之日起施行，它适用于国务院财政部门及其派出机构和县级以上人民政府财政部门对国家机关、社会团体、公司、企业、事业单位和其他组织执行《中华人民共和国会计法》和国家统一的会计制度的行为实施监督检查及对违法会计行为实施行政处罚。根据《财政部门实施会计监督办法》的规定，财政部门实施会计监督检查的对象是会计行为，并对发现的有违法会计行为的单位和个人实施行政处罚。违法会计行为是指公民、法人和其他组织违反《中华人民共和国会计法》和其他有关法律、行政法规、国家统一的会计制度的行为。

《中华人民共和国会计法》第三十二条对财政部门实施会计监督的范围和内容做出明确规定，财政部门可以依法对各单位的下列情况实施监督。

1. 是否依法设置会计账簿

具体包括：按照国家的相关法律、行政法规和国家统一的会计制度的规定，各单位是否依法设置账簿；已经设置会计账簿的单位，所设置的会计账簿是否符合相关法律、行政法规和国家统一的会计制度的要求；各单位是否存在账外账的违法行为等。

2. 会计凭证、会计账簿、财务会计报告和其他会计资料是否真实、完整

具体包括：各单位对所发生的经济业务事项是否及时办理会计手续并进行会计核算；各单位的会计资料是否与实际发生的经济业务相符，是否做到账实相符、账证相符、账账相符和账表相符；各单位提供的财务会计报告是否符合相关法律、行政法规和国家统一的会计制度的规定等。

财政部门在对各单位会计资料实施监督时，如果发现有重大违法嫌疑的，国务院财政部门及其派出机构可以向与被监督单位有经济业务往来的单位和被监督单位开立账户的金融机构查询有关情况，有关单位和金融机构应当予以支持，不得拒绝。这是对财政部门在实施会计监督中行使查询权做出的规定，但对财政部门实施行使查询权规定了两个限制条件：一是财政部门只有在对会计凭证、会计账簿、财务会计报告和其他会计资料实施监督，发现有重大违法嫌疑时，才能行使查询的权力，以避免其滥用职权，侵犯被监督单位和其他有关单位的合法权益；二是行使查询权的应当是国务院财政部门及其派出机构，除此之外，地方各级人民政府财政部门无权行使查询权。

3. 会计核算是否符合《中华人民共和国会计法》和国家统一的会计制度的规定

具体包括：各单位会计核算的内容是否真实、完整；所采用的会计年度、记账本位币、会计处理方法、会计记录文字等是否符合法律、行政法规和国家统一的会计制度的规定；各单位对资产、负债、所有者权益、收入、支出、费用、成本、利润的确认、计量和报告是否符合国家统一的会计制度的规定；各单位会计档案是否符合法定的要求等。

4. 从事会计工作的人员是否具备从业资格

具体包括：各单位从事会计工作人员是否取得了会计从业资格证书并接受财政部门的管理；会计机构负责人的任职资格是否符合条件等。

因此，国务院财政部门和省、自治区、直辖市人民政府财政部门，依法对注册会计师、会计师事务所和注册会计师协会进行监督、指导。财政部门对会计师事务所出具审计报告的程序和内容进行监督。

（三）其他部门对有关单位会计资料的监督

根据《中华人民共和国会计法》的规定，在会计工作的政府监督中，除财政部门外，

审计、税务、银行、证券监管、保险监管等部门按照法律、行政法规的授权和部门的职责分工，从行业管理、履行职责的角度出发，也有对有关单位的会计资料实施监督检查的权利。

审计监督是国务院审计机关和各级人民政府的审计机关，依据我国宪法和法律对各级人民政府的财政收支、对国家的财政金融机构和企事业组织的财政收支进行审查监督。各级审计机关独立行使审计监督权，不受其他行政机关、社会团体的干涉，一切属于政府审计范围的机关、企事业单位都必须接受审计监督。

税务监督是各级税务机关在税收征收管理过程中，对各单位的纳税及影响纳税的其他工作所实行的监督。税务机关依照中华人民共和国税收征收管理办法的规定，有权对有关单位的会计资料进行监督检查，这里所指的税务机关，包括国家税务总局、各级地方行政区域的国家税务局、地方税务局及其相应的分支机构。

《中华人民共和国会计法》赋予人民银行行使对金融机构的政府会计监督职责，2003年3月6日，国务院提请第十届全国人大一次会议审议国务院机构改革方案第十届全国人大党委会第二次会议通过了《全国人民代表大会常务委员会关于我国银行业监督管理委员会履行原由中国人民银行履行的监督管理职责的决定》，确定我国银行业监督管理委员会（简称银监会）履行原由中国人民银行履行的审批、监督、管理银行、金融资产管理公司、信托投资公司及其他存款类金融机构等职责，涉及金融机构的会计监督由银监会来承担，原来人民银行的监督职能转交给银监会。2003年12月27日十届全国人大党委会六次会议通过的《中华人民共和国银行业监督管理法》进一步明确规定了银监会的职责和监督管理方式。

国务院证券监管部门是我国证券市场的管理机关，对全国证券市场实行集中统一监督管理，在证券发行、证券交易、上市公司收购活动中，对证券交易所、证券公司、证券登记结算机构、证券业协会和证券交易所，履行法定管理职责。证券监管部门实施的会计监督贯穿于证券的发行、上市、信息公开及证券监管等各个环节上。

根据我国《保险法》的规定，保险监管部门具有对保险公司的会计资料进行监督检查的职责。这里的保险监管部门是指我国保险监督管理委员会（简称保监会）及其派出机构。保险监管部门有权检查保险公司的业务状况、财务状况及资金运用状况，有权要求保险公司在规定的期限内提供有关的书面报告和资料，保险公司应依法接受监督检查。

为了合理界定财政部门与其他部门监督检查有关单位会计资料的职责权限，避免职责交叉和重复检查，监督检查部门在实施会计监督时应做到以下两个方面。

第一，有关部门必须在法定职责范围内对有关单位的会计资料实施监督检查。财政部门有权对所有单位的会计资料实施监督检查，审计、税务、银行监管、证券监管、保险监管等部门对有关单位的会计资料实施监督检查，并不是面向所有的单位，有关部门应当依据法定职责范围实施监督检查，而不能超越规定的权限。

第二，监督检查部门应当避免重复查账。监督检查部门对有关单位的会计资料依法实施监督检查后，应当出具检查结论，不能只检查而没有结果，这是对监督检查部门的一种约束。监督检查部门已经做出的检查结论如果能满足其他监督检查部门履行本部门职责需要的，其他监督检查部门应当积极加以利用，避免因重复查账而加重被监督检查单位的负担，影响监督检查部门工作效率。

（四）实施会计工作政府监督的部门及其工作人员和被监督单位的义务

1. 实施会计工作政府监督的部门及其工作人员和被监督单位的义务

财政、税务、审计、银行监管、证券监管、保险监管等部门应当依照有关法律、行政法规规定的职责，对有关单位的会计资料实施监督检查。按照规定，这些部门及其工作人员在依法实施监督检查时，有查阅有关单位的会计凭证、会计账簿、财务会计报告及其他会计资料的职权，有的还有查询银行资料的职权。这些资料对于任何单位来说，都反映了该单位的基本经营状况或财务情况，有的还会涉及单位的商业秘密，甚至是国家秘密。国家秘密是关系国家安全和利益的，依照法定程序确定，在一定时间内只限一定范围的人员知悉的事项。一切国家机关、武装力量、政党、社会团体、企事业单位和公民都有保守国家秘密的义务。商业秘密则涉及一个或几个单位的利益，有时甚至关系到单位的生存，应受到有关法律、行政法规的保护。因此，《中华人民共和国会计法》第三十四条规定："依法对有关单位的会计资料实施监督检查的部门及其工作人员对在监督检查中知悉的国家秘密和商业秘密负有保密义务。"在这里，规定的保密义务的主体为"依法对有关单位的会计资料实施监督检查的部门及其工作人员"，保密义务的内容为"在监督检查中知悉的国家秘密和商业秘密"，把保密作为一项法定义务进行了明确规定，既然是法律规定的义务，就需要认真履行，履行法定职责的部门和人员更应模范履行法定义务，如果上述部门和人员不履行法定义务，应依法承担相应的法律责任。

2. 被监督单位应当依法接受监督

会计工作具有很强的技术性、系统性，如果提供的会计资料不充分，甚至弄虚作假，监督工作就很难顺利开展，因此，监督检查部门对各单位实施会计监督检查就必须得到被监督检查单位的配合。《中华人民共和国会计法》第三十五条规定："各单位必须依照法律、行政法规的规定，接受有关监督检查部门依法实施的监督检查，如实提供会计凭证、会计账簿、财务会计报告和其他会计资料以及有关情况，不得拒绝、隐匿、谎报。"各单位接受依法实施的监督检查是法定义务，必须如实提供会计凭证、会计账簿、财务会计报告和其他会计资料以及有关情况，不得违反，如有拒绝、隐匿、谎报等情况，则是违法行为，应承担法律责任。

四、会计工作的社会监督

（一）会计工作的社会监督概述

会计工作的社会监督主要是指由注册会计师及其所在的会计师事务所依法对委托单位的经济活动进行的审计、鉴证的一种监督制度。会计工作的社会监督实质是审计，注册会计师是审计人员，不是单位内部的会计人员，他们的监督不是和会计核算同时进行的，而是在会计核算完成后进行的，监督的对象主要是会计报表的客观性和公允性，它是一种外部监督。

注册会计师审计须按照独立审计准则的要求进行，审计过程中应遵循独立性、客观性、公正性的基本要求。独立性即注册会计师在执行审计业务、行使审计职权时，不受其他行政机关、社会团体和个人的干涉而独立行使审计监督权；客观性即以事实为依据的原则，它是实事求是观点在审计监督工作中的体现；公正性即对审计工作所提的意见，应当坚持证据确凿，评价合理，宽严适度，公平正直。会计工作的社会监督以其特有的独立性、客观性和公正性而得到法律的认可，具有很强的权威性。通过社会监督，应该说可以有效地保证会计信息质量。单位内部的会计监督、有关部门对单位实施的政府监督以及注册会计师为主实施的社会监督，构成了会计监督的整体，它们之间相辅相成，共同为社会经济服务。从发展社会主义市场经济的要求和保障会计监督的实施出发，必须充分发挥注册会计师在社会经济生活中的监督和服务作用。

（二）注册会计师及其所在会计师事务所业务范围

注册会计师是依法取得注册会计师证书并接受委托从事审计和会计咨询、会计服务的执业人员，根据《注册会计师法》的规定，注册会计师及其所在的会计师事务所依法承办下列审计业务。

1. 审查企业财务会计报表，出具审计报告

加强会计工作的社会监督，主要是依法实行企业年度会计报表注册会计师审计制度，它是国家有效制止和防范利用会计报表弄虚作假、提高会计报表信息质量的重要手段。注册会计师依法审查企业财务会计报表出具的审计报告具有证明效力。

2. 验证企业资本，出具验资报告

根据《公司法》、《企业登记管理条例》等法律法规的规定，公司及其他企业在设立审批时，必须提交注册会计师出具的验资报告。此外，公司及其他企业申请变更注册资本时也要提交验资报告。因此，验资业务是注册会计师业务的重要组成部分。同审计报告一样，验资报告具有法定证明效力。

3. 办理企业合并、分立、清算事宜中的审计业务，出具有关报告

企业在合并、分立或终止清算时，应当按照国家财务会计法规的规定，分别编制合并、分立会计报表以及清算会计报表。为了帮助会计报表使用人确立对这些报表的信赖程度，企业需要委托注册会计师对其编报的会计报表进行审计。在对这些会计报表的审计过程中，注册会计师同样应当审查形成会计报表各项目数据的所有会计资料及其反映的经济业务，并关注企业合并、分立及清算过程中出现的特定事项，在取得充分、适当的审计证据后，复核各项审计结论编制和出具审计报告，表示审计意见。

4. 法律、行政法规规定的其他审计业务

在实际工作中，注册会计还可根据国家法律、行政法规的规定，接受委托，对以下特殊目的业务进行审计：①按照特殊编制的会计报表；②会计报表的组成部分，包括会计报表特

定项目或特定账户的特定内容；③法规、合同所涉及的财务会计规定的遵循情况；④简要会计报表。这些业务的办理，需要注册会计师具备和运用相关的专业知识，注意处理问题的特殊性。

此外，会计咨询和会计服务也在注册会计师及其所在会计师事务业务范围之内。注册会计师提供的会计咨询和会计服务业务主要包括代理记账、代为编制会计报表、对会计政策的选择和运用提供建议、税务代理、担任常年会计顾问等。注册会计师执行的会计咨询和会计服务业务属于服务性质，是所有具备条件的中介机构甚至个人都能够从事的非法定业务，而注册会计师执行的审计业务则属于法定业务，非注册会计师不得承办。

（三）注册会计师审计会计资料的规定

《中华人民共和国会计法》第三十条规定："有关法律、行政法规规定，须经注册会计师进行审计的单位，应当向受委托的会计师事务如实提供会计凭证、会计账簿、财务会计报告和其他资料以及有关情况说明。任何单位或者个人不得以任何方式要求或者示意注册会计师及其所在的会计师事务出具不实或者不当的审计报告。财政部门有权对会计师事务所出具审计报告的程序和内容进行监督。"这实际上是从以下 3 个方面对注册会计师审计会计资料进行了规定。

1. 委托注册会计师审计的单位应当如实提供会计资料，这是保证注册会计师审计工作得以顺利开展的重要基础

注册会计师开展审计业务，只能依据委托人提供的会计资料和有关情况，按照规定的审计规则、审计程序进行。如果委托人不予以配合，甚至隐瞒事实，提供虚假的会计资料，注册会计师的审计业务就无法开展，出具的审计报告就无法达到客观公正的要求。因此，应当如实提供会计资料和有关情况说明，这是委托人的法定责任和义务。

2. 任何单位或个人不得干扰注册会计师独立开展审计业务

注册会计师开展审计业务所，有既定的规则、程序，出具的审计报告有法律效力，由注册会计师及其所在的会计师事务所承担法律责任。注册会计师承担的职责，要求其必须按照法定规则和职业判断做出客观、公正的审计结论，不受外界的干扰和左右，外界也不应违法干预注册会计师的审计业务。但在现实工作中，违法干预、干扰注册会计师审计业务的现象比较突出，委托人、投资人、债务人，甚至政府部门的个别人示意；威胁注册会计师出具不实、不当的审计报告，常常严重干扰注册会计师审计业务的正常进行。因此，《中华人民共和国会计法》特别规定任何单位或者个人不得以任何方式要求或者示意注册会计师及其所在的会计师事务所出具不实或者不当的审计报告。

3. 财政部门有对会计师事务所出具的审计报告进行监督的职责

《中华人民共和国会计法》规定财政部门有权对会计师事务所出具审计报告的程序和内容进行监督，即是规定财政部门对注册会计师及其所在的会计师事务所的审计质量进行再监督。财政部门作为会计工作的主管部门，对涉及因会计工作的社会监督所产生的需经注册会计师及其所在的会计师事务所出具审计报告的工作进行监督，自然属于其应有的职权范围，

而监督的重点就是会计师事务所出具审计报告的程序和内容，在这两方面进行有效的监督，就能防止审计报告的真实性和合法性上出现问题，从而进一步完善和强化了会计监督工作。

（四）注册会计师的审计责任

被审计单位接受注册会计师审计，应当区分会计责任和审计责任。会计责任是被审计单位对建立健全和有效执行单位的内部控制制度，保护单位提交的会计资料的真实性、合法性和完整性，保护单位资产的安全与完整等负有的责任。审计责任则是指注册会计师对委托人和被审计单位应尽的义务，如注册会计师应依法独立实施审计程序，获取充分适当的审计证据，依法出具审计报告，清楚地表达对被审计单位会计报表整体的意见，并对出具的审计报告负责等。会计责任与审计责任不能混淆，也不能相互替代、减轻和免除。

注册会计师的审计责任包括三类：一是行政责任，是指注册会计师及其所在的会计师事务所由于违反了法律、执业标准或是其他规章制度而必须承担的行政上的法律后果。二是民事责任，是指注册会计师及其所在的会计师事务所由于违反了合同导致民事侵权行为所引起的法律后果。三是刑事责任，是指注册会计师及其所在的会计师事务所由于重大过失、舞弊行为违反了刑法所应承担的法律后果，它是审计责任中最严厉的一种。

此外，为了发挥社会各方面的力量，鼓励任何单位和个人检举违法会计行为，《中华人民共和国会计法》规定，任何单位和个人对违反《中华人民共和国会计法》和国家统一的会计制度的行为有权检举，这也属于会计工作的社会监督的范畴。

第五节　会计机构与会计人员

一、会计机构的设置和会计人员的配备

（一）会计机构设置和会计人员配备的基本原则

会计机构，是各单位贯彻执行财经法规，制定和执行会计制度，组织领导和办理会计事务的职能机构。会计人员，是各单位中直接从事会计工作的专职人员。会计机构和会计人员是各单位会计工作的主要承担者，在加强会计基础工作中起着关键性的作用。因此，建立健全会计机构，配备与本单位工作相适应的、具有较高业务素质的会计人员，是做好会计工作，充分发挥会计职能的组织保证。

《中华人民共和国会计法》第三十六条第一款规定："各单位应当根据会计业务的需要，设置会计机构，或者在有关机构中设置会计人员并指定会计主管人员；不具备设置条件的应当委托经批准设立从事会计代理记账业务的中介机构代理记账。"可见，为了科学、合理地组织会计工作，原则上各单位都需要设置专门从事会计工作的职能部门即会计机构。但是，由于各单位的经营和业务规模、会计业务的繁简等情况不同，各单位可以并且有权根据业务

需要决定是否设置专门的会计机构。一般而言，一个单位是否单独设置会计机构取决于以下三个因素：一是单位的规模的大小；二是经济业务和财务收支的繁简；三是经营管理的要求。从有效发挥会计职能的角度出发，并结合上述要求，大、中型企业（包括集团公司、股份有限公司、有限责任公司等）应当单独设置会计机构；财务收支数额较大、会计业务较多的行政事业单位、社会团体和其他组织也应单独设置会计机构，而那些规模很小、财务收支数额不大、会计业务比较简单的企业、机关、团体、事业单位等，可以不单独设置会计机构，将业务并入其他有关职能机构。对于不具备设置会计机构条件的单位，应当委托中介机构代理记账。

设置会计机构的单位，应当配备一定数量并符合会计从业资格的会计人员，任命相应的会计机构负责人。财务收支数额不大、会计业务比较简单而不需要设置会计机构的单位，应当在有关职能机构中配备办理会计事务的专职和兼职会计人员，并在这些会计人员中指定一人为会计主管人员，负责领导和办理本单位的会计业务。

（二）代理记账

1. 代理记账概述

《中华人民共和国会计法》规定，不具备设置会计机构条件的，应当委托经批准设立从事会计代理记账业务的中介机构代理记账。所谓代理记账是指从事代理记账业务的社会中介机构接受委托人的委托办理会计业务。委托人是指委托代理记账机构办理会计业务的单位，一般是不具备配备专职会计人员条件的小型经济组织，包括一些应当建账的个体工商户。代理记账机构是指从事代理记账业务的中介机构，包括专门记账公司、会计师事务或者其他社会咨询服务机构。为了具体规范代理记账业务，财政部于1994年6月23日发布了《代理记账管理暂行办法》，对从事代理记账的条件、代理记账的程序、委托双方的责任和义务等做了具体的规定。

根据规定，从事代理记账的中介机构应当符合以下条件：一是至少有3名持有会计证的专职从业人员，并同时可以聘用一定数量相同条件的兼职从业人员；二是主管代理记账业务的负责人必须具有会计师以上专业技术资格；三是有健全的代理记账业务规范和财务管理制度；四是机构的设立是依法经过工商行政管理部门或者其他管理部门核准登记，并且其他代理机构（除会计师事务所外）必须向县级以上的财政部门申请代理记账资格，持有县级以上财政部门核发的代理记账许可证证书才能从事代理记账业务。

2. 代理记账的业务范围

根据规定，代理记账机构可以接受委托办理委托人的以下业务。

第一，根据委托人提供的原始凭证和其他资料，按照国家统一的会计制度的规定进行会计核算，包括审核原始凭证、填制记账凭证、登记会计账簿、编制财务会计报告等。

第二，对外提供财务会计报告。代理记账机构为委托人编制的财务会计报告，经代理记账机构负责人和委托人签名并盖章后，按照有关法律、行政法规和国家统一的会计制度的规定对外提供。

第三，向税务机关提供税务资料。

第四，委托人委托的其他会计业务。委托人委托代理记账机构代理记账，应当与代理记账的中介机构签订书面委托合同。委托合同除应具备法律规定的基本条款外，还应该明确以下内容：委托人、受托人对会计资料真实、完整应承担的责任；会计凭证传递程序和签收手续；编制和提供财务会计报告的要求；会计档案的保管要求；委托人、受托人终止委托合同应当办理的会计交接事宜等。

3. 委托代理记账人义务

委托人委托代理机构代理记账的，应当履行以下义务：

第一，对本单位发生的经济业务事项，应当填制或取得符合国家统一的会计制度规定的原始凭证；

第二，应当配备专人负责日常货币资金收支和保管；

第三，及时向代理记账机构提供真实、完整的原始凭证和其他相关资料；

第四，对于代理记账机构退回的要求按照国家统一的会计制度规定进行更正、补充的原始凭证，应当及时予以更正、补充。

代理记账的中介机构按照委托合同约定承办记账业务，应当遵守法律、法规和规章的规定。代理记账机构为委托人编制的财务会计报告，经代理记账机构负责人和委托人审阅签章后，按照规定报送有关部门。

4. 代理记账机构人员的义务

代理记账从业人员，应当履行以下义务。

第一，按照委托合同办理代理记账业务，遵守有关法律、行政法规和国家统一的会计制度的规定；

第二，对在执行业务中知悉的商业秘密应当保密；

第三，对委托人示意其作出不当的会计处理提供不实的会计资料，以及其他不符合法律、行政法规和国家统一的会计制度规定的要求，应当拒绝；

第四，对委托人提出的有关会计处理原则问题应当予以解释。

委托人对代理记账机构在委托合同约定范围内的行为承担责任，代理记账机构对其专职从业人员和兼职从业人员的业务活动承担责任。代理记账机构在执行业务中违反《中华人民共和国会计法》和国家统一的会计制度规定的，由财政部依照有关法律、行政法规的规定处理。代理记账机构违反《代理记账管理暂行办法》和国家有关规定造成委托人会计核算混乱、损害国家和委托人利益的，委托人故意向代理记账机构隐瞒真实情况或委托伙同代理记账机构共同提供不真实会计资料的，应当承担相应的法律责任。

（三）总会计师的设置

总会计师是在单位负责人领导下，主管本单位的会计机构工作，进行会计核算、实施会计监督工作的负责人。总会计师是主管本单位财务会计工作的行政领导，主要是协助单位负责人工作，直接对单位负责人负责。《中华人民共和国会计法》第三十六条第二款规定："国有的和国有资产占控股地位的或者主导地位的大中型企业必须设置总会计师。总会计师的任职资格、任免程序、职责权限由国务院规定。"

根据《中华人民共和国会计法》的规定，国有的和国有资产占控股地位或者主导地位的大中型企业必须设置总会计师，《中华人民共和国会计法》不限制其他单位根据需要设置总会计师，其他单位可以根据业务需要自行决定是否设置总会计师。对于国有大中型企业，总会计师由本单位主要领导人提名，政府主管部门任命或者聘任；免职或者解聘程序与任命或者聘任程序相同。对于事业单位和业务主管部门，总会计师依照干部管理权限任命或聘任；免职或者解聘程序与任命或者聘任程序相同。城乡集体所有制企事业单位任免（包括聘任或解聘）总会计师，可参照《总会计师条例》的有关规定办理。其他单位的总会计师，应当按照有关法律的规定任免（包括聘任或解聘）。

二、会计机构负责人（会计主管人员）的任职资格

会计机构负责人（会计主管人员）是指在一个单位内负责会计工作的中层领导人员。会计机构负责人，是在单位负责人的直接领导下对会计机构的全部行政和业务工作负责的会计人员；会计主管人员，是不设置会计机构单位在会计人员中指定的会计工作负责人。在单位负责人的领导下，会计机构负责人（会计主管人员）负有组织、管理本单位所有会计工作的责任，其工作水平的高低直接关系到整个单位会计工作的水平和质量，因此，《中华人民共和国会计法》对会计机构负责人及会计主管人员任职资格进行了明确规定。

单位会计机构负责人或者会计主管人员，首先必须取得会计从业资格证书。这是由于会计机构负责人（会计主管人员）是对一个单位的会计工作负有管理责任的人员，必须首先是一个掌握会计工作技能的会计人员。其次，还应当具备会计师以上专业技术职务资格或者从事会计工作 3 年以上的经历。会计机构负责人（会计主管人员）对其所属单位的会计工作负有管理和领导的责任，对其资格要求应当高于一般的会计人员，其必须熟悉所在单位的会计工作程序和特点，具备一定的会计理论与会计实务水平，而对这种水平与能力的检验方式，途径之一是通过国家统一的会计技术职务资格考试，根据《中华人民共和国会计法》的要求通过会计师以上专业技术资格考试；另一种途径是通过对其工作经历的考察进行的，当其从事会计工作 3 年以上时，也具备担任会计机构负责人（会计主管人员）的任职资格。

三、会计从业资格管理

（一）会计从业资格的含义

会计从业资格是指进入会计职业、从事会计工作的一种法定资质，是进入会计职业的"门槛"。从事会计工作的人员，应当具备从业资格和条件，这是保证会计工作质量的重要前提。

《中华人民共和国会计法》第三十八条第一款规定："从事会计工作的人员，必须取得会计从业资格证书。"这是从法律上对会计从业资格作出的规定，即如果从事会计工作，必须先取得会计从业资格证书。会计从业资格证书是具备会计从业资格的证明文件，是证明会计工作人员能够从事会计工作的合法凭证，是进入会计岗位的"准入证"。会计从业资格证书不得涂改、转让，一经取得，在全国范围内有效。

会计从业资格管理制度是在会计证管理制度的基础上发展起来的，为了加强会计从业资格管理，规范会计人员行为，2005年1月22日财政部（第26号）新发布了《会计从业资格管理办法》，自2005年3月1日起施行。

（二）会计从业资格证书的适用范围及会计从业资格的管理机构

《会计从业资格管理办法》第二条和第三十八条规定，在国家相关社会团体、公司、企业、事业单位和其他组织从事会计工作的人员（包括香港特别行政区、澳门特别行政区、台湾地区人员，以及外籍人员在我国境内从事会计工作的人员），必须取得会计从业资格，持有会计从业资格证书。

根据《会计从业资格管理办法》第二条的规定，下列人员属于从事会计工作的人员：①会计机构负责人（会计主管人员）；②出纳；③稽核；④资本、基金核算；⑤收入、支出、债权债务核算；⑥工资、成本费用、财务成果核算；⑦财产物资的收发、增减核算；⑧总账；⑨财务会计报告编制；⑩会计机构内会计档案管理。也就是说，上述从事会计工作的人员必须取得会计从业资格，持有会计从业资格证书，同时，还应当具备必要的专业知识和专业技能，熟悉国家有关法律、法规、规章和国家统一的会计制度，遵守职业道德。

会计从业资格的管理体制，主要实行属地原则，由县级以上（含县级）财政部门负责本行政区域内的会计从业资格管理。同时，考虑到我国国情和管理工作的实际需要，对于个别特殊部门，经财政部授权，负责所辖部门或系统的会计从业资格管理，中国人民解放军、中国人民武装警察部队、铁道部系统的会计从业资格管理，由中国人民解放军总后勤部、中国人民武装警察部队后勤部和铁道部分别负责。财政部委托新疆生产建立兵团财务局负责所属单位的会计从业资格的管理。

（三）会计从业资格的取得

1. 会计从业资格考试制度

根据《会计从业资格管理办法》的规定，从业资格的取得实行考试制度。会计从业资格考试科目为：财经法规与会计职业道德、会计基础、初级会计电算化（或者珠算五级）。会计从业资格考试大纲由财政部统一制定并公布。

省、自治区、直辖市、计划单列市财政厅（局）、新疆生产建设兵团财务局、中共中央直属机关事务管理局、国务院机关事务管理局、铁道部、中国人民解放军总后勤部和中国人民武装警察部队后勤部等会计从业资格管理机构，负责组织实施会计从业资格考试工作。具体包括：制定会计从业资格考试考务规则；组织会计从业资格考试命题；实施考试考务工作；监督检查会计从业资格考试考风、考纪。会计从业资格管理机构应当公布会计从业资格考试的报名条件、报考办法、考试科目、考试规则及考试相关要求，并将会计从业资格考试试题于考试结束后 30 日内报财政部备案。

2. 参加会计从业资格考试的条件

《会计从业资格管理办法》第八条对参加会计从业资格考试的条件进行了规定，明确指出申请参加会计从业资格考试的人员，应当符合下列基本条件：

① 遵守会计法律及其他财经法律法规；

② 具备良好的道德品质；

③ 具备会计专业基础知识与技能。

同时，还明确了两种不能参加会计从业资格考试的情形。

其一，有下列所列的违法情形，尚未被追究刑事责任而依法吊销会计从业资格证书人员，自被吊销之日起 5 年（含 5 年）内不得参加会计从业资格考试，不得重新取得会计从业资格证书：

① 不依法设置会计账簿的；

② 私设会计账簿的；

③ 未按照规定填制、取得原始凭证或者填制、取得的原始凭证不符合规定的；

④ 以未经审核的会计凭证为依据登记会计账簿或者会计账簿不符合规定的；

⑤ 随意变更会计处理方法的；

⑥ 向不同的会计资料使用者提供财务会计报告编制依据不一致的；

⑦ 未按照规定使用会计记录文字或者记账本位币的；

⑧ 未按照规定保管会计资料，致使会计资料毁损、灭失的；

⑨ 未按照规定建立并实施单位内部会计监督制度或者拒绝依法实施的监督或者不如实提供有关会计资料及有关情况的；

⑩ 任用会计人员不符合《中华人民共和国会计法》规定的；

⑪ 伪造、变更会计凭证、会计账簿，编制虚假财务会计报告的；

⑫ 隐匿或者故意销毁依法应当保存的会计凭证、会计账簿、财务会计报告的。

其二，因有提供虚假财务会计报告，做假账，隐匿或者故意销毁会计凭证、会计账簿、财务会计报告，贪污、挪用公款，职务侵占等与会计职务有关的违法行为，被依法追究刑事责任的人员，不得参加会计从业资格考试，不得取得或者重新取得会计从业资格证书。

参加会计从业资格考试舞弊的，由会计从业资格管理机构取消其该科目的考试成绩，情节严重的，取消其全部考试成绩。用假学历、假证书等手段得以免试考试科目并取得会计从业资格证书的，由会计从业资格管理机构撤销其会计从业资格。

3. 会计从业资格部分考试税目的免试条件

《会计从业资格管理办法》第十条规定：申请人符合参加会计从业资格考试基本条件并且具备国家教育行政主管部门认可的中专以上（含中专，下同）会计类专业学历（或学位）的，自毕业之日起 2 年内（含 2 年），免试会计基础、初级会计电算化（或者珠算五级）。

会计类专业包括：会计学、会计电算化、注册会计师专门化、审计学、财务管理、理财学。

4. 会计从业资格证书的申请、受理与颁发

会计从业资格的申请人，可向会计从业资格的管理机构申请会计从业资格证书。在申请会计从业资格证书时，应当按要求填写《会计从业资格证书申请表》，并准备以下申请材料：考试成绩合格证明；有效身份证原件；近期同一底片一寸免冠证件照两张。有免试科目以及必考科目考试成绩合格的申请人员，还应持学历或学位证书原件。申请人因其他原因，可委托代理人申请会计从业资格证书，但必须对其申请材料实质内容的真实性负责。

会计从业资格管理机构负责会计从业资格证书申报的受理。申请人的申请材料齐全、符合规定的，会计从业资格管理机构应当当场受理；申请材料不齐全或者不符合规定的，会计从业资格管理机构应当当场或者5日之内告知申请人需要补正的全部内容，逾期不告知的，自收到申请材料之日起即为受理。

会计从业资格管理机构能够当场作出决定的，应当当场作出颁发会计从业资格证书的书面决定；不能当场作出决定的，应当自受理之日起20日内对申请人提交的申请材料进行审查，并作出是否颁发会计从业资格证书决定；20日内不能作出决定的，经会计从业资格管理机构负责人批准，可以延长10日，并应当将延长期限的理由告知申请人。会计从业资格管理机构作出准予颁发会计从业资格证书的决定后，应当自作出决定之日起10日内向申请人颁发会计从业资格证书。

（四）会计从业资格证书的管理

为了加强对会计从业证书的有效管理，督促会计人员持证上岗，树立会计从业资格证书的权威性，《会计从业资格管理办法》规定，对会计从业资格证书实行注册登记制度。注册登记制度即是对会计人员的聘用、变动等进行注册登记，接受有关会计从业资格管理机构的管理。具体包括上岗注册登记、离岗备案、调转登记、变更登记等。

1. 上岗注册登记

持证人员从事会计工作应当自从事会计工作之日起90日内填写注册登记表，并持会计资格证书和所在单位出具的从事会计工作的证明，向单位所在地或所属部门的会计从业资格管理机构办理注册登记。

2. 离岗备案

持证人员离开会计岗位超过6个月的，应当填写注册登记表，并持会计从业资格证书，向原注册登记的会计从业资格管理机构备案。

3. 调转登记

从事会计工作的人员因工作单位变动，并且继续从事会计工作的，需到原注册登记的会计从业资格管理机构办理档案调出手续，并于办理调出手续后的90日内到新工作单位所在地的会计从业资格管理机构办理注册登记手续。

4. 变更登记

会计从业资格管理机构应当建立持证人员从业档案信息系统，及时记载、更新持证人员下列信息：持证人员相关基础信息和注册、变更、调转登记情况；持证人员从事会计工作情况；持证人员接受继续教育情况；持证人员受到表彰奖励情况；持证人员因违反会计法律、法规、规章和会计职业道德被处罚情况。持证人员的学历或学位、会计专业技术职务资格以及前述信息内容发生变更的，可以持相关有效证明和会计从业资格证书，向所属会计从业资格管理机构办理从业档案信息变更。持证人员发生上述事项的变更，应当及时主动到所在地会计从业资格管理机构办理上述事项的登记。按照登记表中有关事项内容的要求填写，这既是持证人员的一项权利，更是一项义务。持证人员信息变更登记时，应当按规定提交有关证明，如最高学历（学位）证书、最高专业技术资格证书、接受继续教育的证明等。各级会计从业资格管理机构应当积极为持证人员提供便捷的条件，方便持证人员办理信息变更手续。

（五）会计人员继续教育

1. 会计人员继续教育的含义

会计人员继续教育是指取得会计从业资格的人员继续接受一定形式的、有组织的理论知识、专业技能和职业道德教育的培训活动形式的、不断提高和保持其专业胜任能力和职业道德水平。可见，会计人员继续教育是对会计人员进行的以提高会计人员政治素质、业务能力以及职业道德水平，不断更新、补充、拓展技能的再教育活动，它是会计管理工作的一个重要组成部分，是提高会计队伍整体素质的重要措施。

根据规定，会计人员继续教育的对象是取得会计从业资格的人员，具体包括在国家机关、社会团体、企业、事业单位和其他组织中取得会计从业资格的，从事会计工作的会计人员和不在会计岗位的其他人员。会计人员继续教育分为高级、中级和初级。高级会计人员继续教育的对象为具备高级会计专业技术资格（职称）及具备相当水平的会计人员；中级会计人员继续教育的对象为具备中级会计专业技术资格（职称）及其相当水平的会计人员；初级会计人员继续教育的对象为具备初级会计专业技术资格（职称）和已经取得会计从业资格的会计人员。

会计人员继续教育具有针对性、适应性和灵活性特点。针对性即针对不同对象确定不同的教育内容，采取不同的教育方式，解决实际问题。适应性即联系实际工作需要，学以致用。灵活性指继续教育的内容、方法、形式等方面具有灵活性。

2. 会计人员继续教育的内容

会计人员继续教育的主要任务是提高持有会计从业资格证书的人员的法治意识、业务能力、职业道德水平，使其相关法律知识、专业知识和技能不断得到更新、补充、拓展和提高。因此，根据有关规定，会计人员继续教育的内容主要包括：会计理论与实务；财务、会计法律法规制度；会计职业道德规范；其他相关知识与法规等。

3. 会计人员继续教育的形式和学时要求

会计人员继续教育的形式包括接受培训和自学两种。其中，接受培训主要包括：财政部门会计管理机构组织的培训及其批准的培训单位组织的培训、省级以上业务主管部门举办的业务培训、正在普通院校或成人院校接受国家承认的会计专业学历教育、财政部门会计管理机构认可的其他形式。自学形式则多种多样，不拘一格，如部门单位组织的业务学习、岗位培训、承担课题研究，参加会计专业技术资格考试、注册会计师考试等。根据《会计从业资格管理办法》的规定，会计人员应当接受继续教育，每年参加继续教育不得少于 24 小时。

四、会计专业职务与会计技术资格

（一）会计专业职务

会计专业职务是用来区别会计人员业务技能的技术等级。根据 1986 年 4 月中央职称改革工作领导小组转发财政部制定的《会计专业职务试行条例》的规定，会计专业职务分为高级会计师、会计师、助理会计师和会计人员。高级会计师为高级职务，会计师为中级职务，助理会计师和会计人员为初级职务。《会计专业职务试行条例》对会计专业职务的基本条件、基本职责以及聘（任）用办法等作出了具体规定，除了政治素质和职业道德要求外，该条例还明确规定了会计各等级专业职务的任职条件。

（二）会计专业技术资格

1. 会计专业技术资格

会计专业资格是指担任会计职务的任职资格。与会计专业职务相对应，会计专业资格分为初级资格、中级资格和高级资格三个级别。初级、中级会计专业技术资格的取得实行全国统一考试制度，高级会计师资格的取得实行考试与评审相结合制度。初级、中级会计专业技术资格考试实行全国统一组织、统一考试时间、统一考试大纲、统一考试命题、统一合格标准的考试制度，初级会计专业技术资格考试科目为《初级会计实务》和《经济法基础》，中级会计专业技术资格考试科目为《中级会计实务》、《财务管理》、《经济法》。中级会计资格考试成绩以两年为一个周期，单科成绩采取滚动计算的方法。初级会计资格考试实行一年内一次通过全部考试科目考试的方法。高级会计师资格实行考试与评审相结合的评价方法，凡申请参加高级会计师资格评审的人员，须经考试合格后，方可参加评审，考试科目为《高级会计实务》，采取开卷笔答形式，主要考核应试者运用会计、财务、税收等相关的理论知识、政策法规，对所提供的有关背景资料进行分析、判断和处理业务的综合能力。参加考试并达到国家合格标准的人员，由会计专业技术资格考试办公室核发高级会计师资格考试成绩合格证，该证在全国范围内 3 年有效。

2. 参加会计专业技术资格考试的条件

参加会计专业技术资格考试，必须符合以下基本条件：

① 坚持原则，具备良好的职业道德品质；

② 认真执行《中华人民共和国会计法》和国家统一的会计制度，以及有关财经法律、法规、规章制度，无严重违反财经法律的行为；

③ 履行岗位职责，热爱本职工作；

④ 具备会计从业资格，持有会计从业资格证书；

报考初级会计资格考试的人员除具备上述基本条件外，还必须具备教育部门认可的高中以上的学历。报考中级会计资格的人员除具备上述基本条件外，还必须具备下列条件之一：

① 取得大学专科学历，从事会计工作满 5 年；

② 取得大学本科学历，从事会计工作满 4 年；

③ 取得双学士学位或者研究生毕业，从事会计工作满两年；

④ 取得硕士学位，从事会计工作满 1 年；

⑤ 取得博士学位。

上述考试报名条件中所说的学历是指国家教育部门承认的学历，会计工作年限是指取得相应学历前后从事会计工作时间的总和。

对于通过全国统一考试取得的经济、统计、审计专业技术中初级资格的人员，在具备会计专业技术资格考试基本条件后，可报考相应级别的会计资格考试。

3. 会计专业技术资格证书管理

通过会计专业技术资格考试合格者，由省级人事部门颁发的由人事部、财政部统一印制的会计技术资格证书。该证书在全国范围内有效。

对于伪造学历、会计从业资格证书的资历证明，或者在考试期间有违纪行为的，由会计专业技术资格管理机构吊销其会计专业技术资格，由发证机关收回其会计专业技术资格证书，两年内不得参加会计专业技术资格考试。

4. 会计专业技术职务的评聘

通过全国统一考试取得初级或中级会计专业技术资格的会计人员，表明其已具备担任相应级别会计专业技术职务的任职资格。用人单位可根据工作需要和德才兼备的原则，从获得会计专业技术资格的会计人员中择优录用。对于已取得中级会计资格并符合国家有关规定的会计人员，可出任会计师职务；对于已取得初级会计资格的人员，如具备大专毕业且担任会计员职务满两年，或中专毕业担任会计员职务满 4 年，或者不具备规定学历的，担任会计员职务满 5 年并符合国家有关规定的，可聘任助理会计师职务。不符合以上条件的人员，可聘任会计人员职务。

五、会计工作岗位设置

会计工作岗位是指一个单位会计机构内部根据业务分工而设置的职能岗位。它是从事会计工作、办理事项的会计人员的具体职位。根据有关制度的规定，会计工作岗位一般分为：总会计师岗位；会计机构负责人（会计主管人员）岗位；出纳岗位；稽核岗位；资本、基金核算岗位；收入、支出岗位；工资核算、成本费用核算、财务成果核算岗位；财产物资的收发、增减核算岗位；总账岗位；对外财务会计报告编制岗位；会计电算化岗位；会计档案管理岗位。

对于会计档案管理岗位，在会计档案正式移交之前，属于会计岗位；正式移交档案管理部门之后，不再属于会计岗位。医院门诊收费员、住院处收费员、药房收费员、药品库房记账员、商场收费（银）员所从事的工作，均不属于会计工作岗位。单位内部审计、社会审计、政府审计工作也不属于会计岗位。

会计工作岗位的设置，应当符合内部牵制制度的要求。根据规定，会计工作岗位可以一人一岗、一人多岗或者一岗多人，但出纳人员不得兼管稽核、会计档案保管和收入、费用、债权债务账目的登记工作。并且，会计人员的工作岗位应当有计划地进行轮换。

六、会计人员回避制度

回避制度是指为了保证执法或者执业的公正性，对可能影响其公正性的执法或者执业的人员实行职务回避和业务回避的一种制度。回避制度是我国从事管理的一项重要制度。在会计工作中，由于亲情关系而共同作弊和违法违纪的案件时有发生，因此，在会计人员中实行直系亲属回避制度十分必要。需要回避的直系亲属为：夫妻关系、直系血亲关系、三代以内旁系血亲及配偶亲关系。

《会计基础工作规范》对会计人员回避作出了规定，即国家机关、国有企业、事业单位的会计人员应当实行回避制度。单位负责人的直系血亲不得担任本单位的会计机构负责制人、会计主管人员。会计机构负责人、会计主管人员的直系亲属不得在本单位会计机构中担任出纳工作。

七、会计人员工作交接

（一）需要办理交接的情形

会计人员的工作交接，是指会计人员调动工作或者离职时，就其所承担的各项工作和所持有的各项会计数据资料，按照规定转交给接替其工作的其他会计人员并明确各自责任的一种工作交接。交接手续能够保证会计工作前后衔接一致，防止会计账目等因会计人员的更换出现混乱等情况的发生。《中华人民共和国会计法》第四十一条第一款规定："会计人员调动工作或者离职，必须与接管人员办清交接手续。"根据有关规定，会计人员发生下列情形时，应当将本人所经管的会计工作移交给接替的其他会计人员，未办清交接手续的不得离职：①工作调动；②因病不能工作；③因故临时离职；④撤销会计职务；⑤单位撤销（向上级主管部门移交）；⑥单位合并（被合并单位向合并单位办理交接手续）。当上述情形出现时，单位负责人应当督促经办人员及时办理移交手续。

（二）办理交接的基本程序

1. 交接前的准备工作

会计人员办理移交手续前，必须及时做好以下工作：

① 已经受理的经济业务尚未填制会计凭证的，应当填制完毕；

② 尚未登记的账目，应当登记完毕，并在最后一笔记录后加盖经办人员印章；

③ 整理应该移交的各项资料，对未了的事项定出书面材料；

④ 编制移交清册，列明应当移交的会计凭证、会计账簿、会计报表、印章、现金、有价证券、支票簿、发票、文件、其他会计资料和物品等内容；实行会计电算化的单位，从事该项工作的移交人员还应当在移交清册中列明会计软件及密码、会计软件数据磁盘（磁带）等及有关资料、实物等内容；

⑤ 会计机构负责人、会计主管人员移交时，还必须将全部财务会计工作、重大财务收支和会计人员的情况等，向接替人员详细介绍。对需要移交的遗留问题应当写出书面材料。

2. 移交点收

移交人员在办理移交时，要按移交清册逐项移交，接替人员要逐项核对点收。

① 现金、有价证券要根据会计账簿有关记录进行点交。库存现金、有价证券必须与会计账簿记录保持一致，不一致时移交人员必须限期查清。

② 会计凭证、会计账簿、会计报表和其他会计资料必须完整无缺。如有短缺，必须查清原因，并在移交清册中注明，由移交人员负责。

③ 银行存款账户要与银行对账单核对，如不一致，应当编制银行存款余额调节表调节相符。各种核对应相符；必要时，要抽查个别账户的余额，与实物核对相符，或者与往来单位、个人核对清楚。

④ 移交人员经管的票据、印章和其他实物等，必须交接清楚；移交人员从事会计电算化工作的，要对有关电子数据在实际操作状态下进行交接。

3. 专人负责监交

会计人员办理交接手续时，必须有监交人员负责监交。一般会计人员交接，由单位会计机构负责人、会计主管人员负责监交；会计机构负责人、会计主管人员交接，由单位负责人监交，必要时可由上级主管部门派人会同监交。所谓必要时由上级主管部门派人会同监交，具体情况：①所属单位负责人不能监交，需要由上级主管部门派人代表上级主管部门监交，如因单位撤并而办理交接手续等；②所属单位负责人不能尽快监交需要由上级主管部门派人督促监交，如上级主管部门责成所属单位撤换不合格的会计机构负责人（会计主管人员），所属单位负责人却以种种借口不办交接手续时，上级主管部门就应派人督促会同监交；③不宜由所属单位负责人单独监交，而需要上级主管部门会同监交，如所属单位负责人与办理交接手续的会计机构负责人（会计主管人员）有矛盾，交接时需要上级主管部门派人会同监交；④上级主管部门认为存在某些问题需要派人会同监交的，也可以派人会同监交。

4. 交接后的有关事宜

① 会计工作交接完毕后，交接双方和监交人员要在移交清册上签名或者盖章并应在移交清册上注明：单位名称、交接日期、交接双方和监交人员的职务、姓名、移交清册页数及需要说明的问题和意见等；

② 移交清册一般应当填制一式三份,交接双方各执一份,存档一份;

③ 接替人员应当继续使用移交的会计账簿,不得自行另立新账,以保持会计记录的连续性。

(三)交接人员的法律责任

《会计基础工作规范》规定,移交人员对所移交的会计凭证、会计账簿、会计报表和其他有关资料的合法性、真实性承担法律责任。也就是说,即便接替人员在交接时没有发现所接管的会计资料在合法性、真实性、完整性方面存在问题,如事后发现,仍应由原移交人员负责,原移交人员不得以会计资料已移交而推脱负责。

第六节　会计法律责任

一、会计法律责任概述

(一)会计法律责任的含义

会计法律责任有狭义和广义之分。狭义的会计法律责任仅仅指《中华人民共和国会计法》所规定的法律责任形式。具体来说,《中华人民共和国会计法》规定了以下 4 个方面的法律责任:①在账簿设置、凭证编制、账目登记、会计资料保管、会计人员任用、内部控制制度等会计工作基础环节上存在的不规范行为;②伪造、变更会计凭证、会计账簿,编制虚假财务会计报告,以及授意、指使、强令他人从事上述行为;③单位负责人对依法履行职责、抵制违反《中华人民共和国会计法》规定行为的会计人员进行打击报复的行为;④财政部门或有关行政部门的工作人员渎职、泄露国家机密、泄露商业机密的行为。

广义的会计法律责任是指会计行为主体在生成和提供会计信息过程中因违反会计法律法规所应承担的法律责任。这里的"会计法律法规"是一个广义的含义,不仅包括《中华人民共和国会计法》及会计准则、会计制度中的会计行为规范,而且还包括其他有关会计法律法规中规定的责任,如《公司法》、《证券法》关于公司提供虚假财务报告的责任,《税收征收管理法》关于纳税人不按规定设置、保管会计账簿并利用会计资料偷税漏税的责任,以及《商业银行法》、《保险法》等法律对特定主体或者特定行业的会计违规行为规定的法律责任。从最一般的意义上说,会计法律责任还可以指会计人员或者其他人员利用虚假会计资料进行贪污、挪用等侵吞公司财产的犯罪行为及单位负责人打击、报复会计人员而应当承担的刑事责任。

(二)会计法律责任与审计法律责任

就法律责任而言,保证会计资料的真实性、完整性和准确性是负有编制对外提供财务报告执行义务的单位的会计法律责任，而审计法律责任则是指负有审计财务报告义务的审计主体对其审计过程中未能揭示财务报告的虚假之处或单位内部控制制度的薄弱环节而应当承担的法律责任。以民间审计为例，许多国家公司法或者证券法都规定，上市公司或者资产规模达到一定标准的公司对外提供的财务报表必须经过注册会计师审计，注册会计师由于遵循审计程序或者专业判断中出现重大错误，而未能发现公司内部控制制度中的缺陷，则注册会计师对于虚假财务报告也应当承担相应的法律责任。众所周知，由于现代审计受其自身的审计技术、审计方法、审计成本等固有审计风险的限制，对于有些会计造假行为，注册会计的审计意见只能合理地保证会计报表确定已审计会计报告的可靠程度，会计报表使用人不能苛求注册会计师对已经注册会计师的审计，就认为注册会计师是会计报表质量的绝对保证人和责任人。当注册会计师完全遵循了独立审计准则和职业规范时，仍没有发现会计报表中的某些错误的漏报，以致出具了与事实不相符的审计报告时，由于注册会计师已按职业规范执业，就不能认定是审计失败，也不需承担任何法律责任，而由于注册会计师不具备专业胜任能力或没有尽到应有的职业谨慎，没有依据独立审计准则执业，未实施必要的审计程序并获取充分的审计证据或与被审计单位合谋舞弊，出具了虚假、错误的审计报告，就必须承担相应的审计法律责任，而且注册会计师也不能借口会计报表是由被审计单位提供而不承担过失责任。

（三）会计法律责任的形式

根据不同的标准，法律责任的形式可以作不同的划分，比如，以责任和内容为标准可以分为财产责任与非财产责任；以责任的人数不同为标准可以分为个人责任与集体责任；以行为人有无过错为责任构成要件为标准可以分为过错责任与无过错责任，一般来说，在司法实践中往往以引起责任的行为性质为标准，将法律责任划分为刑事责任、行政责任和民事责任，相应地，会计法律责任也表现为这三种形式。《中华人民共和国会计法》第六章规定的法律责任仅包括行政责任与刑事责任两种形式，《公司法》、《商业银行法》关于会计法律责任的规定也是如此，但《证券法》以及最高人民法院司法解释确认了民事责任在我国会计法律责任体系中的位置。

1. 行政责任

行政责任是我国会计法律责任的主要形式，它是指行为人因违反会计法律规范所应当承担的行政法律后果。追究行政责任的机构为法律所规定的行政执法机构。行政责任具体分为行政处罚与行政处分。

行政处罚是由特定的行政机关基于行政管理职权对违反会计法律规范所规定的强制性义务或扰乱会计行政管理秩序的人所实施的一种行政制裁措施。《中华人民共和国会计法》中的行政处罚措施主要包括限期改正、通报批评、罚款、没收违法所得、吊销会计从业资格证等。行政处分则是国家工作人员违反行政法律规范所应承担的一种行政责任。行政处分分为警告、记过、记大过、降级、撤职、开除六种。

从《中华人民共和国会计法》的发展过程来看，行政责任形式经历了一个从以行政处分为主向以行政处罚为主的转变。1985年、1993年的两部《中华人民共和国会计法》规定的行政责任主要是行政处分，行政处罚仅适用于企事业单位利用会计资料进行偷逃税、隐瞒应上缴收入等违法行为。例如，1993年《中华人民共和国会计法》第二十七条规定：会计人员对不真实、不合法的原始凭证予以受理，情节严重的，给予行政处分；第二十八条规定：单位负责人对违法的收支决定予以办理，造成严重后果的给予行政处分。这种以行政处分为主的处罚制度是与当时国有经济占主导地位、会计人员被视为代表国家进行会计监督的状况相适应的。然而，随着大量非公有制性质的会计主体的出现，建立在"国家工作人员"法律地位基础上的行政处分形式无法适用于这些类型企业中的会计人员以及单位负责人，造成会计法律责任的规定流于形式。因此，行政处罚逐渐成为行政责任主要手段。1999年《中华人民共和国会计法》的"法律责任"一章在规定了对各种会计违法行为的行政处罚后，仅就行政处分作出了一条简略的补充规定："属于国家工作人员的，还应当由其所在单位或者有关单位依法给予行政处分。"

2. 刑事责任

刑事责任是对严重危害社会秩序的犯罪行为进行制裁，是最具威慑力的制裁形式。会计违法行为如果情节严重，触犯了《刑法》构成犯罪，则要承担相应的刑事法律责任。在我国，会计信息的严重失真已经达到了"公害"的地步，因此加强刑事责任被认为是治理不规范的会计行为的一项重要举措。长期以来刑事责任主要适用于会计人员、单位负责人伪造或者毁损会计资料以进行偷逃税或者贪污、挪用公款（资金）等犯罪，给公司财产造成重大损失的情形。在这些情形中，会计违法行为仅仅是法律上规定的"偷税罪"、"贪污罪"、"挪用公款罪"等经济犯罪行为构成要件，本身并不构成独立的犯罪行为。

1995年全国人大常委会通过的《关于惩治违反公司法犯罪的决定》中增加了"提供虚假财务会计报告罪"的罪名，标志着我国首次将会计违法行为纳入刑法调整的范围。《刑法》分则第三章第三节"妨害企业、公司管理秩序罪"中有大量与会计违法行为有关的罪名，如第一百五十八条规定的"虚报注册资本罪"、第一百五十九条规定的"虚假出资罪"、第一百六十条规定的"欺诈发行股票、债券罪"、第一百六十一条规定的"提供虚假财务报告罪"、第一百六十二条规定的"防害清算罪"等。如果会计人员、单位负责人采用伪造、变造、隐匿、私自销毁会计资料的手段偷逃国家税款，情节严重符合《刑法》分则第三章第六节"危害税收征管罪"中第二百零一条的规定，则构成"偷税罪"。除了上述犯罪外，在我国《刑法》中还有许多利用实施违反会计法律法规的手段达到不同的犯罪目的的犯罪行为，如贪污、挪用公款（资金），骗取出口退税，对会计人员打击报复，国家工作人员滥用职权、徇私舞弊、玩忽职守、泄露国家秘密和商业秘密等，它们分别触犯了不同的罪名，对它们应予以分别定罪、量刑。

通过上述规定不难看出，在我国，对经济业务事项予以确认、计量、记录、报告并形成会计凭证、会计账簿和财务会计报告整个会计流程实际上都被置于《刑法》的调整之下，基本建立了比较完备的会计刑事法律责任制度。

3. 民事责任

会计民事法律责任是指单位、会计服务机构及有关会计人员因会计违法行为或者违反合同约定的行为应承担的损害赔偿责任。在我国，长期以来民事责任在会计法律责任形式体系中的地位不突出，《中华人民共和国会计法》也没有就会计民事责任的有关内容作出明确的规定。然而，随着我国社会主义市场经济的发展以及入世以后会计服务领域的开放，平等主体之间的会计关系越来越多，如企业与投资人、债权人之间的财务会计信息披露关系，企业与会计中介机构人员基于会计服务形成的委托合同关系等。在这些平行主体之间的会计关系中，由于会计信息在现代经济生活中的重要作用，单位、会计服务机构及有关会计人员的违法或违约行为往往会造成对方巨大的经济损失，所以不仅需要追究责任人的行政责任或者刑事责任，而且还要追究其民事赔偿责任以弥补当事人因此所受的损失，这样才能达到社会公平的目的。

在民法理论上，一般将民事责任分为违反合同的民事责任和侵权行为的民事责任，前者又称为违约责任，后者则被称为侵权责任。会计民事法律责任当然也分为会计违约责任与会计侵权责任两类。在当事人之间存在合同法律关系情况下，当事人一方面或者双方违反合同的约定而产生的民事责任属于违约责任。对会计违约行为依据《合同法》的有关规定对其进行规范。侵权责任是指违法行为人对侵害他人的财产权、人身权、知识产权、债权等所造成的法律后果应承担的民事法律责任。会计侵权责任主要表现为会计信息产品的提供者（企业、单位负责人、会计人员等）提供虚假、错误或者误导性的会计信息，损害利害关系人合法权益，使利害关系人因此遭受财产损失而应对此承担的赔偿责任。对于会计侵权行为可以依据民法、证券法等法律法规的有关规定追究行为人的民事赔偿责任。

二、单位负责人的会计法律责任

单位负责人是指单位法定代表人或者法律、行政法规规定的代表单位行使职权的主要负责人。根据《中华人民共和国会计法》第二条的规定，单位负责人中的"单位"是指国家机关、社会团体、公司、企业、事业单位和其他组织，其中有的是法人，如公司、国家机关、事业单位等，有的是非法人组织，如合伙企业、个人独资企业等。《中华人民共和国会计法》第四条规定："单位负责人对本单位的会计工作和会计资料的真实性、完整性负责。"第二十一条规定："单位负责人应当保证财务会计报告真实、完整。"第二十八条规定："单位负责人应当保证会计机构、会计人员依法行使职责，不得授意、指使、强令会计机构、会计人员违法办理会计事项。"由此可见，《中华人民共和国会计法》强调了单位负责人对本单位会计工作的责任。

《中华人民共和国会计法》将单位负责人作为会计责任的第一责任人，并不意味着在一切情形下，主要的会计责任都将由单位负责人来承担。由于单位负责人并没有直接参与具体的会计处理业务，他对单位会计工作秩序的责任主要是一种领导责任，因此，《中华人民共和国会计法》除了提出直接负责的主管人员对保证会计工作秩序方面的责任外，特别规定了单位负责人在两种情形下的法律责任：一是授意、指使、强令会计机构、会计人员进行违反会计行为的责任；二是打击报复会计人员的责任。

1. 单位负责人授意、指使、强令会计机构、会计人员及其他人员伪造、变造、隐匿、故意销毁会计资料的法律责任

《中华人民共和国会计法》第四十五条规定："授意、指使、强令会计机构、会计机构人员及其他人员伪造、变造会计凭证、会计账簿，编制虚假财务会计报告或者隐匿、故意销毁依法应当保存的会计凭证、会计账簿、会计报告，构成犯罪的，依法追究刑事责任；尚不构成犯罪的，可以处 5 000 元以上 5 万元以下的罚款；属于国家工作人员的，还应当由其所在单位或者有关单位依法给予降级、撤职、开除的行政处分。"

授意是指暗示他人按照授意人的意思行事。指使是指通过明示方式，指示他人按照指使人意思行事。强令是指明知其命令是违反法律的，而强迫他人执行其命令的行为。在单位负责人授意、指使、强令会计机构、会计人员及其他人员伪造、变造会计凭证、会计账簿，编制虚假财务会计报告，或者隐匿、故意销毁依法应当保存的会计凭证、会计账簿、财务会计报告的案件中，如果编制虚假财务会计报告、隐匿或故意销毁依法应当保存的会计资料的行为已经构成犯罪，则单位负责人的行为应作共同犯罪论处并应承担主要责任，如果伪造、变造、隐匿故意销毁会计资料的行为尚未达到需要承担刑事责任的程度，则单位负责人应承担相应的行政责任，包括两个方面。①罚款。由县级以上人民政府财务部门视情节轻重，对违法行为人处以 5 000 元以上 5 万元以下的罚款；②行政处分。对属于国家工作人员的单位负责人，则应由其所在单位或者其上级单位或者行政监察部门给予降级、撤职或者开除的行政处分。

2. 单位负责人打击报复会计人员的法律责任

单位负责人对依法履行职责、抵制违反《中华人民共和国会计法》规定行为的会计人员不得进行打击报复。实践中，会计人员依法履行会计监督职责，常常与图谋一己之利或者小团体利益的单位负责人或者其他有关人员发生冲突，单位负责人将忠于职守、坚持原则的会计人员视为异己，在工资待遇、晋升晋级待遇方面苛刻对待，甚至辞退坚持原则的会计人员，这不仅严重侵犯了会计人员的合法权益，同时也干扰和妨碍了会计工作的正常进行，破坏了社会经济秩序。因此，《中华人民共和国会计法》、《刑法》分别规定了单位负责人打击报复会计人员应该承担的行政责任和刑事责任。

《中华人民共和国会计法》第四十六条规定："单位负责人对依法履行职责、抵制违反本法规定的行为的会计人员以降级、撤职、调离工作岗位、解聘或者开除等方式实行打击报复，构成犯罪的，依法追究刑事责任；尚不构成犯罪的，由其所在的单位或者有关单位依法给予行政处分。对受打击报复的会计人员应当恢复其名誉和原有职务、级别。"行政处分主要有警告、记过、记大过、降级、降职、撤职、留用察看和开除等八种形式。对有上述违法行为的单位负责人，可以由所在单位或者有关单位视情节轻重，给予相应的行政处分。这里所说的有关单位，主要指其上级单位和行政监察部门。

《刑法》第二百五十五条规定："公司企业、事业单位、机关、团体的领导人，对依法履

行职责、抵制违反会计法、统计法行为的会计、统计人员实行打击报复，情节恶劣的，处三年以下有期徒刑或者拘役。"构成打击报复会计人员罪应具备以下几个要件：①构成该罪的主体是公司、企业、事业单位、机关、团体的领导人；②该罪的客体是依法履行职责、抵制违反会计法行为的会计人员；③该罪的主观方面是故意；④该罪在客观方面表现为对依法履行职责、抵制违反会计法行为的会计人员，通过调动其工作、撤换其职务、进行处罚及其他方式进行报复行为。这里所指的情节恶劣主要是指多次或者多人进行打击报复，或者打击报复手段恶劣或者打击报复造成严重后果或者打击报复影响恶劣等。

在单位负责人承担打击报复会计人员法律责任的同时，对受打击报复的会计人员应采取相应补救措施。一是恢复其名誉。受打击报复的会计人员的名誉受到损害的，其所在单位或者其上级单位及有关部门应当要求打击报复者向遭受打击报复的会计人员赔礼道歉，并澄清事实，消除影响，恢复名誉。二是恢复原有职位、级别。会计人员受到打击报复，被调离工作岗位、恢复其工作；被撤职的，应当恢复其原有职务；被降级的，应当恢复其原有级别。

三、会计机构与会计人员的法律责任

《中华人民共和国会计法》虽然将单位负责人规定为会计法律责任的第一责任人，但并不等于说会计机构和会计人员就不再承担会计法律责任，会计机构和会计人员实施了违法会计行为，作为直接责任人员同样要承担相应的法律责任。《中华人民共和国会计法》对会计机构和会计人员应承担的法律责任也规定了两个方面：一是违反会计工作基础规范的法律责任；二是伪造、变更、隐匿、故意销毁会计资料的法律责任。

1. 违反会计工作基础规范的法律责任

会计工作基础包括法律上对会计核算、会计监督、会计人员配备等方面的基本要求。《中华人民共和国会计法》第二章"会计核算"、第三章"公司、企业会计核算的特别规定"对各类单位会计核算提出了一些最基本的要求，如会计核算的范围、记账货币、记账程序、财产清查、会计报表的编制与报送、会计档案管理等，第四章对"会计监督"作出了若干原则性规定，第五章"会计机构和会计人员"明确了对会计机构和会计人员管理的主要内容，上述规定构成了会计工作的基础法律规范。企事业单位机关或社会团体如果违反了《中华人民共和国会计法》关于会计工作的基础规范，依照《中华人民共和国会计法》第四十二条的规定，直接负责的主管人员和其他人员应当承担相应的法律责任。

《中华人民共和国会计法》第四十二条规定了十种违反会计工作基础规范的事实行为，即：①不依法设置账簿的；②私设会计账簿的；③未按照规定填制、取得原始凭证不符合规定的；④以未经审核的会计凭证为依据登记会计账簿或者登记会计账簿不符合规定的；⑤随意变更会计处理方法的；⑥向不同的会计资料使用者提供的财务会计报告编制依据不一致的；⑦未按照规定使用会计记录文字或者记账本位币的；⑧未按照规定保管会计资料，致使会计资料毁损、灭失的；⑨未按照规定建立并实施单位内部会计监督制度或者拒绝依法实施监督或不如实提供有关情况的；⑩任用会计人员不符合本法规定的。

对于这 10 种违法会计行为，则应视其情节轻重承担下列不同的法律责任。

（1）责令限期改正

限期改正是指要求违法行为人在一定期限内停止违法行为恢复到合法状态。违法单位或者个人应当按照县级以上人民政府财政部门的责令期限停止违法行为、纠正错误。如私设会计账簿的单位应当取消私设的账簿，并根据实际发生的经济业务将在私设的会计账簿上登记的事项转移到依法设置的会计账簿上统一进行登记、核算。

（2）罚款

县级以上人民政府财政部门可以根据违法行为的性质、情节及危害程度，对有违法会计行为的单位处以 3 000 元以上 5 万元以下的罚款，对其直接负责的主管人员和其他直接责任人员，处以 2 000 元以上 2 万元以下的罚款。

（3）给予行政处分

对直接负责的主管人员和其他直接责任人员的国家工作人员，可以视其情节轻重，由其所在单位或者上级单位或者行政监察部门给予相应行政处分。

（4）吊销会计从业资格证书

会计从业人员有这 10 种违反会计工作基础规范的行为之一，情节严重的，县级以上人民政府财政部门可以吊销其会计从业资格证书。

（5）依法追究刑事责任

对于这 10 种违反会计工作基础规范的行为，如果构成了犯罪，还应依法追究违法者的刑事责任。

目前，我国《刑法》除了对银行及其他金融机构账外经营造成重大损失依法追究刑事责任规定为犯罪外，对其他违反会计工作基础规范的行为并没有单独规定为犯罪。但是，单位或者个人如果出于欺骗财务会计报表使用人、偷逃税款、骗取出口退税、贪污、挪用公款（资金）等为目的，从事了这 10 种违反会计工作基础规范的行为造成了严重后果，构成犯罪的，则分别以其目的来进行定罪，即应分别按照刑法关于提供虚假财务会计报告罪、偷税罪、骗取出口退税罪、贪污罪、挪用公款（资金）罪名来处理。

2. 伪造、变更、隐匿、故意销毁会计资料的法律责任

《中华人民共和国会计法》第四十三条、第四十四条对伪造、变更、隐匿、故意销毁会计资料行为的法律责任作出了明确规定，伪造、变造、隐匿、故意销毁会计资料的行为是指针对会计凭证、会计账簿、财务会计报告，以及其他会计资料进行伪造、变造、隐匿、故意销毁的行为。

伪造，是指以虚假的事实为依据制作会计资料。伪造会计凭证，是指以虚假的经济业务事项或资金往来为前提，编制虚假的原始凭证或记账凭证的行为；伪造会计账簿，是指根据伪造、变造的会计凭证登记账簿的行为；编制虚假的财务会计报告，是指根据虚假的账簿记录编制的报表，凭空捏造虚假的会计报表及对财务会计报告进行没有根据的修改

等行为。

变造是指以涂改、挖补、擦刮、剪贴、拼接或者其他方式改变会计资料的真实内容的行为。将原始凭证中的数量、单价或者金额等项目进行涂改或者在原始凭证未划线的金额栏中添加数字等就属于变造会计凭证的行为。变造会计账簿则是采取涂改、挖补或者其他手段改变会计账簿的真实内容的行为。

隐匿会计资料是指转移、隐匿会计凭证、会计账簿、会计报表及其他会计资料的行为。

故意销毁应当保存的会计资料是指以销毁、纵火、水浸、粘连等方式故意毁坏按照《中华人民共和国会计法》应当保存下来的会计凭证、会计账簿、会计报表及其他会计资料的行为。

对于伪造、变更、隐匿、故意销毁应当保存的会计资料的行为，在1999年修改《中华人民共和国会计法》以前并没有作为独立的违法行为追究法律责任，而是与偷逃税款、侵吞公司财产或者损害股东利益等行为的处罚，通常也是由税务机关、财政机关、公司主管部门在自己的职权范围内以查处偷逃税款、财经违纪行为或者以违反《公司法》的名义进行处罚。随着我国证券资本市场的发展，近年来，以伪造、变造的会计凭证、会计账簿、虚假的财务会计报告为表现形式的会计信息失真在我国达到了触目惊心的地步，强化法律责任成为治理虚假会计信息的一条主要途径。1999年《中华人民共和国会计法》对伪造、变造、隐匿、故意销毁应当保存的会计资料和行为分别以专条进行规定，同时，《刑法》第一百六十二条中又增加了"隐匿、故意销毁会计资料罪"一款，以加强对会计人员犯罪的打击力度。

伪造、变造、隐匿销毁应当保存的会计资料的行为，情节较轻且社会危害不大的，应予以相应的行政处罚；如果构成犯罪的，则还要追究其刑事责任。依据现行的会计法律规范主要有如下责任形式。

（1）通报

指县级以上人民政府财政部门通过通报对违法行为予以批评、警告的处罚方式。

（2）罚款

指县级以上人民政府财政部门作出的剥夺违法行为人一定财产的行政处罚。县级以上人民政府财政部门可以视违法行为情节轻重，对单位处以5 000元以上10万元以下的罚款，对其直接负责的主管人员和其他直接责任人员处以3 000元以上5万元以下的罚款。

（3）行政处分

对单位会计违法行为直接负责的主管人员或其他人员中的国家工作人员，由所在单位或者有关单位依法给予撤职直至开除的行政处分。

（4）吊销会计从业资格证书

对参与违法行为的会计人员，由县级以上人民政府财政部门吊销其会计从业资格证书。这里所指的会计人员是指在公司、企业、事业单位和其他组织所设置的会计机构中，或者在国家机关、社会团体从事会计工作的人员，包括会计机构负责人，以及具体从事会计工作的会计师、会计员和出纳员等，设置总会计师的单位，总会计师也属于会计人员。

（5）追究刑事责任

我国现行《刑法》规定，伪造、变造会计资料的行为尚未构成一项独立的罪名，当以伪造、变造会计资料的手段为目的行为构成犯罪时，以目的行为来追究其刑事责任。如以伪造、变造会计资料为手段来达到偷税的目的构成犯罪时即以偷税罪论处。但是，隐匿、故意销毁应当依法保存的会计资料则不同，《刑法》第一百六十二条之一规定："隐匿或者故意销毁依法应当保存的会计凭证、会计账簿、财务会计报告，情节严重的，处五年以下有期徒刑或者拘役，并处或者单处二万元以上二十万元以下罚金。单位犯前款罪的，对单位判处罚金，并对其直接负责的主管人员和其他直接负责的人员，依照前款的规定处罚。"

四、财政部门和有关行政部门的法律责任

《中华人民共和国会计法》第四十七条规定："财政部门及有关行政部门的工作人员在实施监督管理中滥用职权、玩忽职守、徇私舞弊或者泄露国家秘密、商业秘密，构成犯罪的，依法追究刑事责任；尚不构成犯罪的依法给予行政处分。"

根据《中华人民共和国会计法》的有关规定，国务院财政部门主管全国的会计工作，县级以上人民政府财政部门管理本行政区域内的会计工作。同时，税务、审计、银行监管、保险监管行政部门依照法律、行政法规规定的职责，对有关单位的会计工作有监督管理的职权。财政部门和有关行政部门的工作人员是指从事国家会计监督管理的国家工作人员是执行法律和代表国家行使权力的人员，其在对各单位的会计工作实施监督管理中，应当严格按照法律、行政法规规定的职责权限、方式和程序履行职责，忠于职守，秉公执法，否则就会损害国家机关、企事业单位及其他组织的合法权益，损害法律的尊严，破坏行政机关的形象。因此，财政部门和有关行政部门的工作人员对其违法履行职责的行为也应当承担相应的会计监督法律责任。

依据会计法律规范的规定，对认定财政部门和有关行政部门违法履行职责的行为主要有5种。

① 玩忽职守，指财政部门和有关行政部门的工作人员不履行、不正确履行或者放弃履行职责的行为。

② 滥用职权，指财政部门和有关行政部门的工作人员违反法律规定的职责权限和程序滥用职权或者超越职权的行为。

③ 徇私舞弊，指财政部门和有关行政部门的工作人员徇个人私利或者亲友私情而从事玩忽职守或者超越职权的行为。

④ 泄露国家秘密，指财政部门和有关行政部门的工作人员将其掌握或者知悉的国家秘密因故意或者过失让不应知悉者知悉的行为。

⑤ 泄露商业秘密，指财政部门和有关部门的工作人员披露、使用或者允许他人使用其执行公务过程中获得的权利人的商业秘密的行为。

财政部门和有关行政部门的工作人员玩忽职守，滥用职权、徇私舞弊、泄露国家秘密、泄露商业秘密的行为，如果情节显著轻微，危害不大，尚未构成犯罪的，应当依照有关法律法规的规定给予相应的行政处分。但如果该行为构成了犯罪，则应追究相应的刑事责任，具体来说，包括以下几种犯罪。

（1）玩忽职守罪和滥用职权罪

《刑法》第三百九十七条规定："国家机关工作人员滥用职权或者玩忽职守，致使公共财产、国家和人民利益遭受重大损失的，处三年以下有期徒刑或者拘役；情节特别严重的，处三年以上七年以下有期徒刑，本法另有规定的，依照规定。国家机关工作人员徇私舞弊，犯前款罪的，处五年以上十年以下有期徒刑，本法另有规定的，依照规定。"也就是说，财政部门和有关行政部门的工作人员滥用职权或者玩忽职守，致使公共财产、国家和人民利益遭受重大损失的构成滥用职权罪或者玩忽职守罪，并且，如果是由于徇私舞弊而滥用职权或者玩忽职守的，将以该罪加重处罚。

（2）泄露国家秘密罪

根据《刑法》第三百九十八条的规定："国家机关人员违反保守国家秘密的规定，故意或者过失泄露国家秘密，情节严重的，处三年以下有期徒刑或者拘役；情节特别严重的处三年以上七年以下有期徒刑。"需要指出的是，我国《刑法》没有将国家工作人员泄露他人商业秘密的行为作为侵犯商业秘密罪的行为之一，但是，财政部门和有关行政部门的工作人员故意或者过失泄露他人商业秘密的行为，属于滥用职权的或者玩忽职守的行为，如果因其行为导致他人利益遭受重大损失，应当依据《刑法》第三百九十七条规定定罪、处罚。

另外，《中华人民共和国会计法》第四十八条还规定，收到检举的部门和负责处理的部门违反规定，将检举人姓名和检举材料转给被检举单位和被检举个人的由所在单位或者有关单位给予行政处分。

五、会计违法行为同时违反其他法律时的责任

会计工作具有基础性和广泛性的特点，任何一个单位都离不开会计，任何一个单位的经济业务都需要进行会计核算。很多国家行政机关在行使其监督职权时，也需要对有关单位的会计工作进行监督检查，以查明事实，认定责任。因此，除了《中华人民共和国会计法》以外，其他法律法规，如税收征管、审计、公司、金融、证券、保险等方面的法律，根据其性质和立法目的，对相关单位的会计工作作出了相应的规范并赋予税务、审计、银行监管、证券监管、保险监管等部门对有关会计工作实施监督管理并对相关会计违法行为进行处罚的职权。

1.《审计法》对会计违法行为的责任认定

我国《审计法》规定，审计机关进行审计时，有权检查被审计单位的会计凭证、会计账簿、会计报表及其他财政收支或者财务收支有关的资料和资产，被审计单位不得拒绝，不得

转移、隐匿、篡改、毁弃会计凭证、会计账簿、会计报表及其他与财政收支或者财务收支有关的资料。审计机关进行审计时有权审查会计凭证、会计账簿、会计报表；有权查阅与审计事项有关的文件、资料；有权检查库存现金、实物、有价证券；有权向有关单位和个人调查。审计机关发现被审计单位违反《审计法》规定，转移、隐匿、篡改、毁弃会计凭证、会计账簿、会计报表及其他与财政收支或者财务收支有关的资料的，有权予以制止，审计机关如认为对负有直接责任的主管人员和其他直接责任人员依法应当给予行政处分的，应当提出给予行政处分的建议，被审计单位或者其上级机关、监察机关应当依法及时作出决定；构成犯罪的，由司法机关依法追究刑事责任。

2.《中华人民共和国税收征收管理法》对会计违法行为的责任认定

《中华人民共和国税收征收管理法》规定，从事生产、经营的纳税人，其财务、会计制度或者财务、会计处理方法，应当报送税务机关备案。纳税人必须在法律、行政法规规定或者税务机关依法确定的申报期限内办理纳税申报，报送纳税申报表、财务会计报表及税务机关要求纳税人报关的其他纳税资料。纳税人没有按照规定设置、保管账簿，或者没有按照规定保管记账凭证和有关资料，以及没有按照规定将财务、会计制度或者财务、会计处理方法报送税务机关备案的，由税务机关责令其限期改正，逾期不改正的，可以处以 2 000 元以下的罚款；情节严重的处以 2 000 元以上 1 万元以下的罚款。

纳税人采取伪造、变造、隐匿、擅自销毁账簿、记账凭证，或者在账簿上多列支出或者不列、少列收入，或者经税务机关通知申报而拒不申报，或者进行虚假纳税申报，不缴或少缴应纳税款的，属于偷税行为。对纳税人偷税的，由税务机关追缴其不缴或者少缴的税款、滞纳金，并处不缴或者少缴的税款 50％ 以上 5 倍以下的罚款；构成犯罪的依法追究刑事责任。

3.《公司法》对会计违法行为的责任认定

《公司法》对公司的财务会计制度进行了详尽的规定，从公司资金的筹集、使用和分配，到公司日常会计核算、会计监督、会计报表和财务会计报告等内容均作了相应的要求。当公司会计行为违反了这些规定时，将作相应的责任认定。

《公司法》要求公司建立会计账簿，如果公司违反此规定在法定的会计账簿以外另立账簿，尚不构成犯罪的，责令其限期改正并处以 1 万元以上 10 万元以下的罚款。构成犯罪的，依法追究刑事责任。《公司法》规定公司要如实披露财务会计报告，如果公司向股东和社会公众提供虚假的或者隐匿重要事实的财务会计报告，对直接负责的主管人员和其他直接责任人处以 1 万元以上 10 万元以下罚款。构成犯罪的，依法追究刑事责任。

对于公司的利润分配，《公司法》规定公司税后利润的分配顺序如下。①弥补亏损。如果公司上年有亏损的并且公司的法定公积金不足以弥补的，应当用当年利润弥补上年亏损。②提取法定公积金。公司在分配当年税后利润时，应当提取利润 10％ 列为法定公积金。当公司法定公积金累计达到公司注册资本的 50％ 以上的，可以不再提取。③经股东会决议，可以提取任意公积金。④向股东分配利润。如果公司没有按照规定进行利润分配，不提取法定公积金的则将被责令如数补提应当提取的金额，并可对公司处以 1 万元以上 10 万元以下的罚款。公司在进行清算时，如有隐匿财产，对资产负债表或者财产清单做虚假记载或者未清偿债务前分配公司财产的，将被责令改正，对公司处以隐匿财产或者未清偿债务前分配公司财产，将被限期改正并对公司处以隐匿财产或者未清偿债务前分配公司财产金额 1% 以上 5% 以下的罚款，对直接负责的主管人员和其他直接负责人员处以 1 万元以上 10 万元以下的罚款，构成犯罪的依法追究刑事责任。

4.《证券法》对会计违法行为的责任认定

我国《证券法》规定，上市公司应当向国务院证券监督管理机构报送年度财务会计报告、中期财务会计报告和临时财务会计报告。国务院证券监督管理机构对上市公司年度财务会计报告、中期财务会计报告、临时财务会计报告及公告的情况进行监督，有权查阅、复制上市公司和与被调查事件有关的单位和个人的证券交易记录、登记过户记录、财务会计资料及其他相关文件和资料，对可能被转移或者隐匿的文件和资料，可以予以封存，查询当事人和与被调查事件有关的单位和个人的资金账户、证券账户，对有证据证明有转移或者隐匿违法资金、证券迹象的，可以申请司法机关予以冻结。经核准上市交易的证券发行人，未按照规定披露信息，或所披露的信息有虚假记载，或严重误导性陈述，或有重大遗漏，由证券监督管理机构责令改正，对发行人处以 30 万元以上 60 万元以下的罚款。对直接负责的主管人员和其他直接责任人员给予警告并处以 3 万元以上 30 万元以下的罚款；构成犯罪的，依法追究刑事责任。经核准上市交易的证券发行人未按期公告其上市文件或者报送有关报告的，由证券监督管理机构责令改正，对发行人处以 5 万元以上 10 万元以下的罚款。

5.《商业银行法》对会计违法行为和责任认定

我国《商业银行法》规定，商业银行应当依照法律和国家统一的会计制度以及国务院银行业监督管理机构的有关规定，建立、健全本行的财务、会计制度，按照国家有关规定保存财务会计报表、业务合同以及其他资料。商业银行应当按照国家有关规定，真实记录并全面反映其业务活动和财务状况，编制年度财务会计报告，及时向国务院银行业监督管理机构、中国人民银行和国务院财政部门报送。并且商业银行不得在法定的会计账册外另立会计账册。商业银行应当按照规定向国务院银行业监督管理机构、中国人民银行报送资产负债表、利润表及其他财务会计、统计报表和资料，应当于每一个会计年度终了三个月内，按照国务院银行业监督管理机构的规定，公布其上一年度的经营业绩和审计报告。国务院银行业监督管理机构有权按照规定，对商业银行的存款、贷款、结算、呆账等情况进行检查监督，商业银行应当按照国务院银行业监督管理机构的要求，提供财务会计资料、业务合同和有关经营管理方面的其他信息。

商业银行提供虚假的或者隐匿重要事实的财务会计报告、报表的，由国务院银行业监督管理机构、中国人民银行责令改正，并处 20 万元以上 50 万元以下的罚款；情节特别严重或者逾期不改正的，可以责令停业整顿或者吊销其经营许可证；构成犯罪的，依法追究刑事责任。对于直接负责的董事、高级管理人员和其他直接责任人员，应当给予纪律处分，构成犯罪的，依法追究刑事责任。

6.《保险法》对会计违法行为的责任认定

我国《保险法》规定，国务院保险监督管理机构有权检查保险公司的财务状况及资金运用状况，有权要求公司在规定的期限内提供有关的书面报告和资料，保险公司必须接受监督检查。保险公司未按照规定报送有关报告、报表、文件和资料的，由保险监督管理机构责令改正，逾期不改正的，处以1万元以上10万元以下的罚款。保险公司向国务院保险监督管理机构提供虚假报告、报表、文件、资料的，由国务院保险监督管理机构责令改正，处以10万元以上50万元以下的罚款。

本章习题

一、单项选择题

1.（　　）是指国家权力机关和行政机关制定的，用来调整社会经济活动中会计行为和会计关系的规范性文件的总称。

    A.《中华人民共和国会计法》   B. 会计行政法规

    C. 会计制度   D. 会计规章

2. 会计法律是指（　　）。

    A.《中华人民共和国会计法》   B.《总会计师条例》

    C.《会计基础工作规范》   D.《会计档案管理办法》

3. 我国会计行政法规不包括（　　）。

    A.《企业财务会计报告条例》   B.《总会计师条例》

    C.《会计基础工作规范》   D.《企业会计准则》

4.《中华人民共和国会计法》是在（　　），经全国第九届全国人民代表大会常务委员会第十二次会议修订通过的。

    A. 1999年10月31日   B. 2001年10月31日

    C. 1999年12月31日   D. 2000年8月31日

5. 下列各项中，属于会计行政法规的有（　　）。

    A.《中华人民共和国会计法》   B.《企业财务会计报告条例》

    C.《企业会计制度》   D.《会计基础工作规范》

6. 下列各项中属于国家统一会计制度的有（　　）。

    A.《企业会计准则》   B.《企业财务通则》

    C.《总会计条例》   D.《会计从业资格管理办法》

7. 根据《中华人民共和国会计法》的规定，主管全国会计工作的部门是（　　）。

    A. 全国人大   B. 我国会计学会

    C. 国务院财政部   D. 我国注册会计师协会

8. 国家统一的会计制度由（　　）根据《中华人民共和国会计法》制定并公布。

　　A. 财政部
　　B. 国家税务总局
　　C. 人事部
　　D. 铁道部

9. 根据《中华人民共和国会计法》的规定，从事会计工作的人员，必须取得的资格证书是（　　）。

　　A. 经济师资格证
　　B. 会计从业资格证书
　　C. 高中以上毕业证书
　　D. 注册会计师资格证书

10. 在我国境内的外商投资企业，会计记录文字符合规定的是（　　）。

　　A. 只能使用中文
　　B. 只能使用外文
　　C. 在中文和外文中选择一种
　　D. 使用中文，也可同时选择一种外文

11. 根据《中华人民共和国会计法》的规定，我国会计年限的期间为（　　）。

　　A. 公历1月1日起至12月31日止

　　B. 农历1月1日起至12月31日止

　　C. 公历4月1日起至次年3月31日止

　　D. 农历10月1日起至次年9月30日止

12. 根据《中华人民共和国会计法》的有关规定，会计机构和会计人员应当按照国家统一的会计制度的规定对原始凭证进行认真审核，对不真实、不合法的原始凭证有权不予受理，并向（　　）。

　　A. 上级主管单位负责人报告
　　B. 本单位负责人报告
　　C. 会计机构负责人报告
　　D. 总会计师报告

13. 根据《中华人民共和国会计法》的有关规定，会计机构和会计人员应当按照国家统一的会计制度的规定对原始凭证进行认真审核，对不准确、不完整的原始凭证（　　）。

　　A. 予以退回，并要求按国家统一的会计制度规定更正补充

　　B. 向单位负责人请示，并按单位负责人所签署的意见处理

　　C. 由出具单位重开

　　D. 有权不予接受，并向单位负责人报告

14. 财务会计报告包括（　　）。

　　A. 会计报表
　　B. 会计报表附注
　　C. 财务报告分析
　　D. 财务情况说明书

15. 会计账簿记录与实物、款项实有数额核对相符的简称是指（　　）。

　　A. 账账相符
　　B. 账证相符
　　C. 账实相符
　　D. 账表相符

16. 会计保管期限分为永久和定期两类。定期保管的会计档案，其最长期限是（　　）。

　　A. 5年
　　B. 10年
　　C. 15年
　　D. 25年

17. 持有会计专业技术资格证书的人员应当接受继续教育，持证人员每年参加培训的学

时（　　）。

    A. 每年不少于 20 小时　　　　　　B. 每年不少于 24 小时

    C. 每年不少于 48 小时　　　　　　D. 每年不少于 72 小时

18. 根据《会计基础工作规范》的规定，单位负责人的直系亲属不得在本单位担任的会计工作岗位是（　　）。

    A. 会计机构负责人　　　　　　　B. 出纳

    C. 稽核　　　　　　　　　　　　D. 会计档案的保管

19. 一般会计人员办理会计工作交接手续时，负责监交的人员应当是（　　）。

    A. 其他会计人员　　　　　　　　B. 会计机构负责人、会计主管人员

    C. 单位负责人　　　　　　　　　D. 主管单位有关人员

20. 会计机构负责人因调动工作或离职办理交接手续的，负责监交的人员是（　　）。

    A. 单位领导人　　　　　　　　　B. 主管单位派出的人员

    C. 人事部门负责人　　　　　　　D. 内部审计机构负责人

21. （　　）是在单位负责人的领导下，主管经济核算和财务会计工作的负责人。

    A. 会计师　　　　　　　　　　　B. 高级会计师

    C. 注册会计师　　　　　　　　　D. 总会计师

22. 以下不属于《企业会计准则——基本准则》规定范畴的是（　　）。

    A. 会计核算基本前提　　　　　　B. 会计核算一般原则

    C. 债务重组业务　　　　　　　　D. 会计要素的确认

23. 对于规模小、会计业务简单的单位（　　）。

    A. 不设置会计机构

    B. 在单位行政领导机构中设置会计人员

    C. 不设专职的会计人员

    D. 可在有关机构中设置会计人员并指定会计主管人员

24. 集中核算是把（　　）会计工作主要集中在会计部门进行。

    A. 各职能部门的　　　　　　　　B. 单位的部分

    C. 各生产经营部门　　　　　　　D. 整个单位的

25. 会计人员的职责中不包括（　　）。

    A. 进行会计核算

    B. 实行会计监督

    C. 拟订适合本单位办理会计事项的具体办法

    D. 制定经营策略

26. 记账凭证的保管期限为（　　）年。

    A. 3　　　　　　　　　　　　　　B. 5

    C. 15　　　　　　　　　　　　　D. 25

27. 会计人员对不真实、不合法的原始凭证（　　）。

　　A. 不予受理　　　　　　　　　　B. 予以退回

　　C. 予以扣留　　　　　　　　　　D. 更正补充

28.（　　）是会计工作最高层次的规范，是指导会计工作的根本方法，是制定其他会计法规的依据。

　　A.《中华人民共和国会计法》

　　B.《中华人民共和国注册会计师法》

　　C.《中华人民共和国公司法》

　　D.《企业会计准则》

29. 属于内部牵制制度的是（　　）。

　　A. 组织分工　　　　　　　　　　B. 定额管理制度

　　C. 领导干部的职权　　　　　　　D. 财产清查制度

30. 按规定总会计师应由具有（　　）以上专业技术资格的人员担任。

　　A. 高级会计师　　　　　　　　　B. 注册会计师

　　C. 会计师　　　　　　　　　　　D. 助理会计师

31.《中华人民共和国会计法》规定，对检举人姓名和检举材料转给被检举单位和被检举人个人的，依法给予（　　）。

　　A. 行政处分　　　　　　　　　　B. 记过处分

　　C. 行政处罚　　　　　　　　　　D. 降职处分

32. 会计账簿应当（　　）登记。

　　A. 隔页　　　　　　　　　　　　B. 缺号

　　C. 跳行　　　　　　　　　　　　D. 顺序

33. 我国实行民族自治的地方，会计记录文字符合规定的是（　　）。

　　A. 只能使用中文

　　B. 只能使用当地通用的民族文字

　　C. 使用中文、同时可选择民族文字

　　D. 在中文和民族文字中选择一种

34.（　　）明确规定，纳税人、扣缴义务人应依法设置会计账簿，根据合法、有效的凭证记账，进行核算。

　　A.《公司法》　　　　　　　　　　B.《企业财务准则》

　　C.《工业会计制度》　　　　　　　D.《中华人民共和国税收征收管理法》

35.（　　）是单位依法向有关方面及国家有关部门提供财务状况和经营成果的书面文件。

　　A. 会计报表　　　　　　　　　　B. 资产负债表

　　C. 财务会计报告　　　　　　　　D. 利润表

36. 资本的内容不包括（　　）。

A. 实收资本   B. 资本公积

C. 盈余公积   D. 长期股权投资

37. 一般会计人员办理会计交接手续，由（ ）负责监交。

  A. 单位负责人   B. 上级派人

  C. 会计主管人员   D. 其他岗位会计人员

38. 不属于《中华人民共和国会计法》对会计核算的基本要求的是（ ）。

  A. 依法建账的基本要求   B. 对会计人员素质的基本要求

  C. 账目核对的要求   D. 登记会计账簿的基本要求

39. 对经济业务不多、依法无需设置会计机构、配备专职会计人员的单位，应当（ ）。

  A. 不设账   B. 委托合法机构代理记账

  C. 委托无会计从业资格人员记账 D. 委托非会计专业技术人员记账

40. 使用电子计算机进行会计核算的要求是（ ）。

  A. 必须符合国家统一的会计制度要求

  B. 计算机必须先进

  C. 经财政部门批准

  D. 单位负责人懂计算机

41. 下列不属于会计岗位的是（ ）。

  A. 财务分析员   B. 会计电算化操作员

  C. 出纳员   D. 内部审计人员

42. 下列属于我国《刑法》中附加刑的是（ ）。

  A. 管制   B. 罚金

  C. 拘役   D. 死刑

43. 依照《中华人民共和国会计法》的规定，单位负责人不包括（ ）。

  A. 单位的法定代表或法人代表

  B. 代表合伙企业执行合伙企业事务的合伙人

  C. 个人独资企业的投资人

  D. 国有独资企业的党委书记

44. 会计行政法规是指（ ）。

  A.《中华人民共和国会计法》 B.《总会计师条例》

  C.《会计基础工作规范》   D.《企业会计制度》

45. 凡支出的效益仅涉及本年度（或一个营业周期）的应当作为（ ）。

  A. 资本性支出   B. 费用性支出

  C. 收益性支出   D. 效益性支出

46. 收入中不包括的项目是（ ）。

  A. 销售商品   B. 销售非商品财产

C. 提供劳务　　　　　　　　　D. 让渡资产使用权

47. 会计工作岗位的设置一是要根据本单位会计业务的需要设置，二是要符合（　　）的要求。

  A. 一人一岗　　　　　　　　　B. 内部牵制制度
  C. 一人多岗　　　　　　　　　D. 会计电算化技术

48. 下列各项中不属于会计档案的是（　　）。

  A. 会计移交清册　　　　　　　B. 会计档案保管清册
  C. 会计档案销毁清册　　　　　D. 月度财务计划

49. 根据《总会计师条例》的规定，总会计师属于（　　）。

  A. 专业技术职务　　　　　　　B. 会计机构负责人
  C. 单位行政领导职务　　　　　D. 单位行政非领导职务

50. 根据《会计基础工作规范》的规定，单位负责人的直系亲属不得在本单位担任的会计工作岗位是（　　）。

  A. 会计机构负责人　　　　　　B. 稽核
  C. 会计档案保管　　　　　　　D. 出纳

51. 对内部会计监督实施情况承担最终责任的是（　　）。

  A. 会计机构　　　　　　　　　B. 审计机关
  C. 单位负责人　　　　　　　　D. 会计机构负责人

52. 对一个单位一定会计期间内部财务会计情况和生产经营、业务活动情况进行分析总结的书面文字报告称为（　　）。

  A. 会计报表　　　　　　　　　B. 会计报表附注
  C. 财务情况说明书　　　　　　D. 会计报表解释

53. 根据《中华人民共和国会计法》规定，各单位为了保证账簿记录与实物相符合，应当建立（　　）。

  A. 厂长负责制　　　　　　　　B. 资产经营责任制
  C. 财产清查制度　　　　　　　D. 会计工作岗位责任制

54. 根据规定，我国从事代理记账业务的机构，应当有一定的持有会计证的专职从业人员，其数量要求（　　）。

  A. 至少有 3 名　　　　　　　　B. 至少有 4 名
  C. 至少有 7 名　　　　　　　　D. 至少有 5 名

55. 根据《会计基础工作规范》和《内部会计控制规范（试行）》的规定，各单位的内部会计监督的主体是（　　）。

  A. 本单位的会计机构和会计人员　　B. 本单位的审计机构和会计人员
  C. 本单位的会计机构　　　　　　　D. 本单位的审计机构

56. 对于伪造学历、会计从业资格证书和资历证明，或者在考试期间有违纪行为的，由会计专业技术资格考试管理机构吊销其会计专业技术资格，由发证机关收回其会计专业技术资格证书，（　　）内不得参加会计专业技术资格考试。

A. 两年　　　　　　　　　　　　　　B. 3 年

C. 5 年　　　　　　　　　　　　　　D. 4 年

57. 单位内部会计监督制度要求，与经济业务事项和会计事项的审批人员、经办人员、财务保管人员的职责和权限应当明确，并相互分离、相互制约的是（　　）。

A. 会计人员　　　　　　　　　　　　B. 审计人员

C. 记账人员　　　　　　　　　　　　D. 审核人员

58. 我国的会计管理体制是（　　）。

A. 统一领导　　　　　　　　　　　　B. 统一领导，分级管理

C. 分级管理　　　　　　　　　　　　D. 统一领导，集中管理

59. 出纳人员可以兼任的工作是（　　）。

A. 稽核　　　　　　　　　　　　　　B. 会计档案保管

C. 现金和银行存款日记账的登记　　　D. 收入、支出、费用、债权债务账目的登记

60. 会计行政法规的制定依据是（　　）。

A.《中华人民共和国会计法》　　　　B.《公司法》

C.《立法法》　　　　　　　　　　　D.《证券法》

61.《企业会计准则——基本准则》和《企业会计准则第1号——存货》等38个具体准则已于（　　）年1月1日起在上市公司范围内施行。

A. 2006　　　　　　　　　　　　　　B. 2007

C. 2008　　　　　　　　　　　　　　D. 2005

二、多项选择题

1. 会计法律制度的特征是（　　）。

A. 专业性　　　　　　　　　　　　　B. 法律性

C. 技术性　　　　　　　　　　　　　D. 协调性

2. 会计法律制度的调整对象是（　　）。

A. 经济行为　　　　　　　　　　　　B. 法律关系

C. 会计行为　　　　　　　　　　　　D. 会计法律关系

3. 会计行为包括（　　）。

A. 会计核算　　　　　　　　　　　　B. 会计监督

C. 会计管理　　　　　　　　　　　　D. 会计预测

4. 会计法律关系的构成要素有（　　）。

A. 会计法律关系的主体　　　　　　　B. 会计法律关系的内容

C. 会计法律关系的客体　　　　　　　D. 会计法律行为

5. 下列是会计法律制度的有（　　）。

A. 会计法律　　　　　　　　　　　B. 会计行政法规

C. 国家统一的会计制度化　　　　　D. 地方性会计法规

6. 会计核算的基本前提包括（　　）。

A. 会计主体　　　　　　　　　　　B. 持续经营

C. 会计分期　　　　　　　　　　　D. 货币计量

7. 单位负责人对依法履行职责、抵制违反《中华人民共和国会计法》规定行为的会计人员进行打击报复的行为包括（　　）。

A. 降级　　　　　　　　　　　　　B. 撤职

C. 调离工作岗位　　　　　　　　　D. 解聘或者开除

8. 对受打击报复的会计人员，应当恢复其（　　）。

A. 名誉　　　　　　　　　　　　　B. 原有职务

C. 职称　　　　　　　　　　　　　D. 级别

9. 隐藏、故意销毁依法应当保存的会计资料的行政责任包括（　　）。

A. 罚款　　　　　　　　　　　　　B. 通报

C. 吊销会计从业资格证书　　　　　D. 管制

10. 根据国家统一会计制度的规定，对外提供的财务会计报告应当由单位有关人员签章，这些人员主要包括（　　）。

A. 单位负责人　　　　　　　　　　B. 总会计师

C. 会计机构负责人　　　　　　　　D. 内部审计人员

11. 会计档案一般包括（　　）。

A. 会计凭证　　　　　　　　　　　B. 会计账簿

C. 财务会计报告　　　　　　　　　D. 其他会计资料

12. 财政部门实施会计监督的主要内容是（　　）。

A. 各单位是否依法设置会计账簿

B. 各单位的会计资料是否真实、完整

C. 各单位的会计资料是否符合法定要求

D. 各单位从事会计工作的人员是否具有会计从业资格

13. 会计监督是我国经济监督体系的重要组成部分，其中包括（　　）。

A. 单位内部的会计监督　　　　　　B. 以注册会计师为主体的社会监督

C. 以财政部门为主体的国家监督　　D. 以上级主管部门为主体的监督

14. 根据《中华人民共和国会计法》规定，担任单位会计机构负责人，必须具备以下条件（　　）。

A. 取得会计从业资格证书　　　　　B. 具备会计师以上专业技术职务

C. 大学本科毕业　　　　　　　　　D. 年龄在 50 岁以下

15. 为了保证会计人员依法履行职责，《中华人民共和国会计法》规定了对会计人员的相应保护措施。下列各项中，属于上述保护措施的有（　　　）。

    A. 规定单位负责人应当保证会计人员依法履行职责

    B. 规定任何单位和个人不得对会计人员打击报复

    C. 规定对做出显著成绩的会计人员进行表彰奖励

    D. 规定从事会计工作的人员必须取得会计从业资格证书

16. 会计专业职务分为（　　　）。

    A. 高级会计师   B. 会计师

    C. 助理会计师   D. 会计员

17. 根据《会计基础工作规范》规定，下列各项中，出纳人员不能兼管的工作是（　　　）。

    A. 稽核工作

    B. 固定资产卡片的登记工作

    C. 收入、费用、债权债务账目的登记工作

    D. 会计档案保管工作

18. 财务成果的计算和处理一般包括（　　　）。

    A. 利润的计算   B. 所得税的计算和交纳

    C. 利润的分配   D. 亏损的弥补

19. 下列哪些情况可以用红色墨水记账（　　　）。

    A. 用于冲销错误分录的红字冲账凭证

    B. 用于在不设借贷等栏的多栏式账页中登记减少数

    C. 用于未印明金额方向的三栏式账户余额栏内登记负数

    D. 根据国家统一的会计制度的规定可以用红字登记的其他会计记录

20. 根据《会计从业资格管理办法》的规定，下列属于从事会计工作的人员是（　　　）。

    A. 会计机构内会计档案管理   B. 会计机构负责人

    C. 稽核   D. 工资、成本费用、财务成果核算

21. 账目核对也称对账，是保证会计账簿记录质量的重要程序，一般包括（　　　）。

    A. 账实核对   B. 账证核对

    C. 账账核对   D. 账表核对

22. 组织会计工作的原则有（　　　）。

    A. 统一性   B. 适应性

    C. 协调性   D. 成本效益性

23. 会计人员有权（　　　）。

    A. 要求本单位各有关部门人员认真执行国家和上级主管部门批准的计划和预算

    B. 参与本单位编制计划、制定定额

    C. 监督和检查本单位有关部门的财务收支、资金使用和财产保管等情况

    D. 参加经营管理会议并提出建议

24. 我国会计专业技术职务可分为（　　）。
    A. 会计员　　　　　　　　　　B. 助理会计师
    C. 会计师　　　　　　　　　　D. 高级会计师

25. 总会计师的主要职责有（　　）。
    A. 负责组织编制和执行预算
    B. 负责对本单位财会机构的设置和人员的配备
    C. 负责对企业的生产经营及基本建设投资等问题作出决策
    D. 建立和健全经济核算制度

26. 《企业会计准则——基本准则》规定的内容有（　　）。
    A. 会计核算的基本前提　　　　B. 会计核算的一般原则
    C. 会计要素的确认与计量　　　D. 资产负债表的日后事项

27. 会计法规体系可分为（　　）三个层次。
    A. 会计法律　　　　　　　　　B. 会计法规
    C. 会计规章　　　　　　　　　D. 会计政策

28. 会计档案的定期保管期限分（　　）。
    A. 5 年　　　　　　　　　　　B. 12 年
    C. 15 年　　　　　　　　　　 D. 25 年

29. 新时期会计职业道德的基本内容主要包括（　　）。
    A. 爱岗敬业　　　　　　　　　B. 廉洁自律
    C. 诚实守信　　　　　　　　　D. 保守秘密

30. 下列会计档案保管期满也不得销毁的有（　　）。
    A. 未结清的债权债务原始凭证
    B. 单位合并的会计档案
    C. 正在建设期间的建设单位的会计档案
    D. 政府部门的会计档案

31. 会计机构内部稽核工作的内容包括（　　）。
    A. 审核财务、成本、费用等计划指标项目是否齐全，编制依据是否可靠，有关计算是否正确，各项计划指标是否互相衔接等
    B. 审核实际发生的经济业务或财务收支是否符合现行法律、法规、规章制度的规定
    C. 审核会计凭证、会计账簿、财务会计报告和其他会计资料的内容是否真实、完整，计算是否正确，手续是否齐全，是否符合有关法律、法规、规章制度的规定
    D. 审核各项财产物资的增减变动和结存情况，并与账面记录进行核对，确定账实是否相符

32. 会计凭证按其填制程序和用途分为（　　）。
    A. 外来凭证　　　　　　　　　B. 自制凭证

C. 原始凭证　　　　　　　　　　　D. 记账凭证

33. 单位对外所提供的财务会计报告的封面应当由（　　）签字或盖章。

    A. 单位负责人　　　　　　　　　　B. 注册会计师

    C. 主管会计工作的负责人　　　　　D. 会计机构负责人

34. 下列人员中，（　　）是会计人员继续教育的对象。

    A. 某政府行政机关的出纳

    B. 某企业的主办会计

    C. 某社团已不在会计岗位的退休会计

    D. 某上市公司的财务部经理

35. 行政复议期间，具体行政行为不停止执行，但有（　　）情形之一的，可以停止执行。

    A. 当被申请人认为需要停止执行的

    B. 当行政复议机关认为需要停止执行的

    C. 申请人申请停止执行，行政复议机关认为其要求合理，决定停止执行的

    D. 法律规定停止执行的

36. 财务成果的计算和处理一般包括（　　）。

    A. 财产清查和处理　　　　　　　　B. 利润的计算

    C. 所得税的计算和处理　　　　　　D. 利润分配或亏损弥补

37. 对单位隐匿或者故意销毁依法应当保存的会计凭证、会计账簿、财务会计报告的行为，尚未构成犯罪的，应按《中华人民共和国会计法》规定予以处罚或处分。下列处理中，符合《中华人民共和国会计法》规定的有（　　）。

    A. 由县级以上人民政府财政部门予以通报

    B. 对单位并处以 3 000 元以上 5 万元以下的罚款

    C. 对负有直接责任的主管人员和其他直接责任人员中的国家工作人员依法给予行政处分

    D. 对负有直接责任的会计人员，吊销其会计从业资格证书

38. 会计从业资格年检的主要内容包括（　　）。

    A. 完成规定的会计人员继续教育内容和学时情况

    B. 工作单位、学历、会计专业技术资格或者职称变更情况

    C. 会计从业资格证书注册登记情况

    D. 已经注册登记的持证人员遵守财经法律、法规和会计职业道德纪律情况，依法履行会计职责情况

39. 下列违反职业道德的行为，应承担法律责任的是（　　）。

    A. 贪污受贿　　　　　　　　　　　B. 伪造账目

    C. 人为调节利润　　　　　　　　　D. 冒领发票

40. 违反会计制度规定应承担法律责任的行为包括（　　）。
　　A. 不依法设置会计账簿　　　　　　B. 私设会计账簿
　　C. 随意变更会计处理方法　　　　　D. 未按规定使用会计记录文字

41.《会计从业资格管理办法》对（　　）人员规定终身不得申请会计从业资格。
　　A. 做假账　　　　　　　　　　　　B. 故意销毁会计凭证
　　C. 贪污　　　　　　　　　　　　　D. 职务侵占

42.《中华人民共和国会计法》的立法宗旨是（　　）。
　　A. 规范会计行为
　　B. 保证会计资料真实、完整
　　C. 加强经济管理和财务管理
　　D. 提高经济效益和维护社会主义市场经济秩序

43. 会计账簿启用登记表的填写要求是（　　）。
　　A. 填写启用日期和启用账簿的起止页数
　　B. 启用记账人员姓名和会计主管姓名并签章
　　C. 加盖单位公章
　　D. 记账人员或会计主管人员工作变动时应在启用表上明确记录交接日期及接办人、
　　　　监交人的姓名，并加盖公章

44. 违反会计法律制度规定行为应承担的法律责任包括（　　）。
　　A. 责令限期改正　　　　　　　　　B. 给予行政处分
　　C. 吊销会计从业资格证书　　　　　D. 依法追究刑事责任

45. 会计报告方法是通过（　　）方式将财务会计信息提供给会计信息使用者的。
　　A. 审计报告　　　　　　　　　　　B. 会计报表
　　C. 会计报表附注　　　　　　　　　D. 财务情况说明书

46. 根据《企业财务会计报告条例》规定，国有企业应当至少每年一次向本企业的职工代表大会公布财务会计报告。下列各项中，应当在其公布的财务会计报告中重点说明的事项有（　　）。
　　A. 内部审计发现的问题及纠正情况
　　B. 重大投资、融资
　　C. 注册会计师审计情况
　　D. 管理费用构成情况

47. 根据《会计工作基础规范》的规定，单位负责人的直系亲属不得担任本单位的（　　）。
　　A. 会计机构负责人　　　　　　　　B. 会计主管人员
　　C. 会计　　　　　　　　　　　　　D. 出纳

48. 根据《会计基础工作规范》的规定，下列各项中，不属于会计岗位的有（　　）。
　　A. 药品库房记账员所从事的工作　　B. 单位内部审计工作

C. 商场收款（银）员所从事的工作　　D. 住院处收费同志所从事的工作

49. 根据《会计法》的规定，单位内部会计监督制度应当符合的要求包括（　　）。

    A. 记账人员与经济业务事项和会计事项的审批人员、经办人员、财物保管人员的职责和权限应当明确，并相互分离、相互制约

    B. 重大对外投资、资产处置、资金调度和其他重要经济业务事项的决策和执行的相互监督、相互制约程序应当明确

    C. 财产清查的范围、期限和组织的程序应当明确

    D. 对会计资料定期进行内部审计的办法和程序应当明确

50. 我国会计法律制度包括（　　）。

    A. 会计法律　　　　　　　　　　B. 会计行政法规

    C. 国家统一的会计制度　　　　　D. 地方性法规

51. 国家统一的会计制度，是指国务院财政部门根据《会计法》制定的关于（　　）以及会计工作管理的制度，包括制度、准则、办法等。

    A. 会计核算　　　　　　　　　　B. 会计监督

    C. 会计机构　　　　　　　　　　D. 会计人员

52. 单位负责人不得指使会计机构、会计人员（　　）。

    A. 伪造会计凭证　　　　　　　　B. 变造会计凭证

    C. 伪造、变造会计账簿　　　　　D. 提供虚假财务会计报告

53. 我国的会计工作管理体制主要包括（　　）。

    A. 会计行政管理　　　　　　　　B. 自律管理

    C. 单位会计管理　　　　　　　　D. 行业会计管理

54. 会计市场准入包括（　　）。

    A. 会计从业资格　　　　　　　　B. 会计师事务所的设立

    C. 代理机构的设立　　　　　　　D. 会计专业人才评价

55. 会计人员继续教育具有（　　）特点。

    A. 针对性　　　　　　　　　　　B. 适应性

    C. 灵活性　　　　　　　　　　　D. 广泛性

三、判断题

1. 会计稽核制度是指会计机构内部指定专人对会计核算工作进行自我检查或审核的制度，包括经济业务入账前的审核和入账后的审核。（　　）

2. 集中核算就是把整个单位的会计工作主要集中在会计部门进行的核算组织形式。（　　）

3. 变造会计凭证的行为，是指以虚假的经济业务或者资金往来为前提，编造虚假的会计凭证的行为。（　　）

4. 会计人员对弄虚作假严重违法的原始凭证，在不予受理的同时，应当予以扣留，并

及时向单位领导报告。（　　）

5. 会计人员有权要求本单位各有关部门、人员认真执行国家和上级主管部门批准的计划和预算。（　　）

6.《中华人民共和国会计法》对不同的会计专业职务的任职条件及其基本职责都作了明确规定。（　　）

7. 总会计师的任职资格、职责权限由财政部门规定。（　　）

8. 当年形成的会计档案，在会计年度终了，可暂由单位财务会计部门保管一年。（　　）

9. 会计档案都应永久保存，以便查阅。（　　）

10. 会计法规体系可分为三个层次，即《中华人民共和国会计法》、企业会计准则、企业会计制度。（　　）

11.《中华人民共和国会计法》是我国综合类的会计法律制度，同时也是我国会计法律体系的最高法律文件。（　　）

12. 会计从业资格证书是证明能够从事会计工作的唯一凭证，一经取得，全国范围内有效。（　　）

13. 单位内部会计监督的主体是各单位的负责人。（　　）

14.《中华人民共和国会计法》规定财务会计报告应当由主管会计工作的负责人、会计机构负责人（会计主管人员）签名并盖章；设置总会计师的单位，还需由总会计师签名并盖章。（　　）

15. 变造会计账簿的行为是指根据虚假的经济业务来登记会计账簿。（　　）

16. 少数民族地区地方性会计法规如与会计法律、会计行政法规相抵触，按地方性会计法规执行。（　　）

17. 会计人员工作交接时，因接替人员交接时的工作疏忽而没有发现所接会计资料在真实性、完整性方面的问题，如事后发现，则对会计资料的真实性、完整性的法律责任由接替人员承担。（　　）

18. 相关会计人员的职责和权限应当明确是会计内部控制制度的内容之一。（　　）

19. 内部会计控制是指企业、单位为了保证实现一定的工作目标而对内部的各个部门的各类人员及其业务活动进行组织和相互制约的一种管理制度。（　　）

20. 总会计师的任职条件之一是从事会计工作经历三年以上。（　　）

21. 单位内部审计人员、会计档案管理都属于会计工作岗位。（　　）

22. 连续三年没有参加继续教育或未完成规定学时的，其会计从业资格自行失效，按新修订的《中华人民共和国会计法》规定，需要五年后重新取得会计从业资格。（　　）

23. 根据有关法律、行政法规的规定，上市公司的财务会计报告，必须经过注册会计师审计才能对外提供。（　　）

24.《企业会计准则》属于会计规章。（　　）

25. 登记会计账簿可以使用圆珠笔或铅笔。 （ ）

26. 会计关系是指会计机构和会计人员在办理会计事务过程中及国家在管理会计工作中发生的经济关系。 （ ）

27. 正在项目建设期间的建设单位，其保管期满的会计档案可以销毁。 （ ）

28. 在会计核算过程中，原始凭证如果有错误，应当由本单位会计机构和会计人员予以更正。 （ ）

29. 单位内部会计机构、会计人员发现会计账簿记录与实物、款项及有关资料不相符，依法有权处理的，应当及时处理；无权自行处理的，应当立即向单位领导人报告，请求查明原因，由单位负责人做出处理。 （ ）

30. 会计人员遵守职业道德情况是会计人员晋升、晋级、聘任专业职务、表彰奖励的重要考核依据。 （ ）

31. 单位负责人对本单位会计工作和会计资料的真实性、完整性负责。 （ ）

32. 保管期限已满，但未结清的债权债务原始凭证，经单位负责人批准后可以销毁。 （ ）

33. 单位内部会计监督的主体是各单位负责人。 （ ）

34. 出纳人员不得兼任稽核收入、费用、债权债务账目的登记工作，但可以监管会计档案保管工作。 （ ）

35. 会计档案的保管期限是从会计年度终了后的第一天算起。 （ ）

36. 以货币为会计核算的计量单位，是一种人为的假设，是重要的会计假设之一。 （ ）

37. 原始凭证金额出现错误的，应当由出具单位更正，更正工作必须由出具单位进行，并在更正处加盖出具单位印章。 （ ）

38. 会计人员应当根据审核无误的记账凭证登记会计账簿。登记账簿时，账簿中书写的文字和数字上面要留有适当空格，不要写满格，一般应占格距的1/3。 （ ）

39. 私设会计账簿，构成犯罪的依法追究刑事责任。 （ ）

40. 向不同的会计资料使用者可以提供编制依据不一致的财务会计报告。 （ ）

41. 隐匿或故意销毁依法应当保存的会计凭证、会计账簿、财务会计报告，尚不构成犯罪的，可以对单位并处3 000元以上10万元以下的罚款。 （ ）

42. 授意、指使、强令会计机构、会计人员及其他人员伪造、变造会计凭证、会计账簿，编制虚假财务会计报告，尚不构成犯罪的，可以处以5 000元以上两万元以下的罚款。 （ ）

43. 财政部门及有关行政部门的工作人员在实施监督管理中滥用职权、玩忽职守、营私舞弊或泄露国家秘密、商业秘密构成犯罪的，依法追究刑事责任。 （ ）

44. 财政部门有权对会计师事务所出具审计报告的程序和内容进行监督。 （ ）

45. 单位负责人应当保证会计机构、会计人员依法履行职责，不得授意、指使强令会计

机构、会计人员违法办理会计事项。( )

46.《中华人民共和国会计法》中所指的单位负责人包括单位的副职领导人。( )

47. 会计人员应当对伪造、变造、故意毁灭会计账簿的行为予以制止和纠正，制止和纠正无效的，应当向上级主管单位报告，请求作出处理。( )

48. 一般会计人员因工作调动或者离职办理交接手续时，由单位负责人负责监交。( )

49. 回避制度是指为了保证执法或者执业的公正性，对可能影响其公正性的执法或者执业的人员实行职务回避和业务回避的一种制度。( )

50. 单位内部会计监督是指为了保护其资产的安全完整，保证其经营活动符合国家法律、法规和内部制度，提高经营管理水平和效率，而在单位内部采取的一系列相互制约、相互监督的制度与方法。( )

51. 根据规定，一般的财务收支由总会计师审批，重大的财务收支由总会计师报单位主要行政领导人批准。( )

52. 在中华人民共和国境内的外商投资企业、外国企业和其他外国组织的会计记录可以同时使用一种外国文字。( )

53. 会计人员发现会计账簿与实物、款项及有关资料不相符的，应当按照国家统一的会计制度的规定及时进行处理。( )

54. 对记载不准确、不完整的原始凭证，会计人员应予以退回，并要求经办人员更正、补充。( )

55. 根据《中华人民共和国会计法》的规定，会计机构负责人移交时，其接替人员既可以继续使用移交的会计账簿，也可以另立新账。( )

四、简答题

1. 违反会计法律制度的行为应承担哪些法律责任？

2. 如何理解国家统一的会计制度由国务院财政部门公布规定？

3.《中华人民共和国会计法》对会计人员的特别法律保护措施体现在哪些方面？

4. 根据《中华人民共和国会计法》的规定，会计机构、会计人员如何审核原始凭证？

5. 会计机构和会计人员在单位内部会计监督中的职权有哪些？

6. 在哪些情况下，需要办理会计工作交接？其交接程序及相应的责任有哪些？

7. 代理记账机构及其从业人员的义务有哪些？

8. 对会计工作实施社会监督有哪些内容？

9. 单位内部会计监督制度应当符合哪些要求？

10. 代理记账机构应当具备哪些条件？

五、案例题

1. 某部门在组织对东山公司进行例行检查时发现以下事实：2010年，东山公司由于经营管理和市场方面的原因，经营业绩滑坡，为了获得配股资格，东山公司的负责人林某要求公司财务总监吕某对该年度的财务数据进行调整，使公司的净资产收益符合配股条件。吕某组织公司会计人员万某以虚做营业额、隐瞒费用和成本开支等方法调整了公司财务数据。东山公司根据调整后的财务资料于2010年10月申请配股并获批准发行。

要求：根据以上事实和《中华人民共和国会计法》的规定，指出哪些当事人存在何种违法行为？并分别说明和各违法行为的法律后果。

2. 2010年3月，某市财政局派出检查组对市属国有企业的会计工作进行检查。检查中了解到以下情况。

（1）2009年10月，公司领导调换，新的负责人李总上任后，将其儿子李青调入该厂会计科任出纳，兼管会计档案保管工作。李青没有会计从业资格证书。

（2）2009年11月，会计张某申请调离该工厂，人事部门在办清会计工作交接手续的情况下，即为其办理了调动手续。

（3）2010年1月6日，该工厂档案科会同会计科编制会计档案销毁清册，经厂长签字后，按规定程序进行了监管。经查实，销毁的会计档案中有一些是保管期已满但未结清的债权债务原始凭证。

要求：请指出上述情况中哪些行为不符合法律法规规定？并说明理由。

3. 财政部门对某合伙企业进行会计监督时遇到以下情况：

（1）该合伙企业经营规模不大，没有建立完整的会计账项记录，企业方认为合伙企业无独立企业法人地位，且每位合伙人均依法承担无限连带责任，可以不用建账；

（2）该合伙企业中，无国有资产投入，无需接受国家监督，财政部门进行的会计监督属于政府对合伙企业正常经营的干涉；

（3）企业准备将部分已超过法定保管期限的会计档案销毁，但财政部门监督人发现，其中有两张原始凭证虽然保管期已满，但是涉及的债权债务尚未结清，要求对批准销毁的原始凭证全部保留。

要求：根据以上资料，结合会计法律法规的规定回答以下问题：

（1）合伙企业是否应依法建账？

（2）合伙企业是否应接受财政部门的监督？

（3）对已保管到期但涉及的债权债务尚未结的原始凭证应如何处理？

4. 2009年4月，某市财政部门对东山公司进行会计工作检查时发现以下事项：

（1）女会计张某休产假，公司一时找不到合适的人选，决定由出纳李某兼任王某的收入、费用账目的登记工作；

（2）3月份处理生产家具的边角废料取得收入1 500元，公司授意出纳李某将该笔收入在公司会计账册之外另行登记保管。

请根据上述情况回答：

（1）东山公司让出纳李某兼任张某的收入、费用账目登记工作是否符合我国会计法的规定？简要说明理由。

（2）东山公司对处理边角废料的收入在公司会计账册之外另行登记保管的做法是否符合《公司法》的规定？如不符合，东山公司应承担什么法律责任？

5. 东山公司是在某市设立的一家外商独资企业。2009 年 12 月，东山公司接到通知，市财政局将对该公司会计工作情况进行检查。公司董事长李某对此不以为然，认为公司为外商独资经营企业，财政部门无权对该公司进行检查，因此拒绝接受检查。

要求：根据以上资料，结合会计法律法规的规定回答以下问题：

东山公司董事长李某认为财政部门无权对外商独资经营企业的会计工作进行检查的观点是否正确？

6. 某公司会计人员在审查公司总经理等一行人出差报销时，发现除了食宿费用及许多餐费发票外，还有一张出差人员写的证明，上面写明丢失购买物资发票 2 张，金额共 8 800元，未写明购买物资的名称与单位。会计人员于是依法拒绝予以办理报账，结果财务负责人告诉会计人员应灵活处理，该会计人员无奈，见财务负责人都这样说，也就作了变通处理，报了账。

要求：根据以上资料，结合会计法律法规的规定回答以下问题：

财务负责人授意会计人员灵活处理的会计事项是否违反《中华人民共和国会计法》的规定？

7. 2009 年 10 月，某市财政局派出检查组对市属某国有化工厂的会计工作进行检查。检查中了解到下列情况：2009 年 6 月，厂长王某在未经主管单位同意的情况下决定将原财务科科长张某调到计划科任科长，提拔会计李某为财务科科长，并将其朋友的女儿冯某调入该厂财务科任出纳，兼管会计档案保管工作，冯某没有会计从业资格证书。2009 年 8 月，会计赵某调离该厂，厂人事部门在其没有办妥会计工作交接手续的情况下就为其办理了调动手续。2009 年 9 月，该厂从现金收入中直接支取 10 万元用于职工福利，财务科科长当时曾口头向厂长反映这样做不妥，但厂长仍要求其办理。

要求：根据以上资料，结合会计法律法规的规定回答以下问题：

上述资料中有哪些行为不符合《中华人民共和国会计法》等法律法规制度的有关规定？

8. 某会计师事务在接受委托对某国有运输公司进行审计的过程中，重点对该公司的原始发票进行了严格的审查，结果发现该公司的原始发票有下列疑点：该单位的款项中用现金方式大笔支付款项；该公司为运输单位，却不用本公司车辆运输，而用其他单位的车辆运输，花费大笔的运费。带着疑点，审计人员经过分析研究，认为这些发票可能有问题。经过请示批准，审计人员查阅了与该公司有业务来往的开具运输发票的另一个运输公司的账簿资料，并直接走访公司内部经手人，终于调查出了事情真相。

该公司为联营单位，主要承担货物的运输业务，他们经运输管理部门同意，拿回几本运输发票，办理扣税业务。他们借这一便利条件自制发票，将不符合规定的事项改头换面，使其合理合法。被换掉的单据中，有给职工发放工资奖金、日常用品的，有请客送礼的，也有白条抵现的，共计现金 35 000 元。

要求：根据以上资料，结合会计法律法规的规定回答以下问题：

上述资料中有哪些行为不符合《中华人民共和国会计法》等法律法规制度的有关规定？

9. 某市财政局对总部设在英国，而分支机构设在我国的一家外国企业检查时发现，该企业成立以来，按照我国统一的会计制度规定设置了总账、明细账、日记账等，也按照我国的会计制度的规定进行了会计核算，平时申报纳税，对我国有关部门报送的会计报表都是使用中文，但会计账簿记录所使用的文字都是英文。该企事业的会计人员均来自英国部门，都是英国人，他们认为《中华人民共和国会计法》规定可以选定一种外国文字作为会计记录文字，就选择了熟悉的英文作为会计记录文字，平时申报纳税、报送的会计报表，他们认为我国的管理部门有关人员不熟悉英文，便临时请人翻译成中文。

要求：根据以上资料，结合会计法律法规的规定回答以下问题：

上述资料中的做法是否符合《中华人民共和国会计法》的有关规定？

10. 2010年10月10日东山公司收到一张应由东山公司与西山公司共同承担费用支出的原始凭证，东山公司会计人员秦某以该原始凭证及应承担的费用进行账务处理，并保存该原始凭证，同时应西山公司要求将该原始凭证复印件提供给西山公司用于账务处理。年终，东山公司拟销毁一批保管期满的会计档案，其中有一张原始凭证尚未结清债务，会计人员秦某认为只要保管期满的会计档案就可以销毁。

要求：根据以上资料，结合会计法律法规的规定回答以下问题：

上述资料中的做法是否符合有关规定？

11. 上海市某国有公司人员高某在从事出纳的工作期间，先后利用23张现金支票编造各种理由提取现金90余万元，均未记入现金日记账，构成贪污罪。其具体手段如下。①隐匿10笔出口结汇收入，共计90余万元，并将其提现的金额与其隐匿的收入相抵，使其23笔收支业务均未在银行日记账和银行余额调节表中反映。②伪造11张银行对账单：将提现的整数金额改成带尾数的金额，并将提现的银行代码"11"改成托收的代码"88"或外汇买卖的使用代码"18"。调查后还发现，该国有公司财务印鉴与行政印鉴合并使用并由行政人员掌管；高某隐匿的10笔收入中有8笔收入已转账至遵义，冲平了应收外汇账款，但这8笔收汇转账单（记账联）被高某隐匿，未在贵阳的银行日记账中反映；该公司曾在高某交接工作时发现有3笔结汇收入未能在银行日记账和余额调节表中反映，但未深究，仍给高某办理了交接手续。

要求：根据以上资料，结合会计法律法规的规定回答以下问题：

上述资料中暴露出管理漏洞主要有哪些方面？

12. 某市税务局在对某企业的账簿进行查证时，发现该企业2010年12月10日收到某单位一笔投资收益50 000元，并记入了"投资收益"账中。但是在调阅该企业这项投资的有关资料中了解到，双方所签订的合同规定，投资企业应收到的投资收入为85 000元，两者金额并不相符。因此，查账人员初步认为，该企业未按合同的规定，在收到投资收入时将其及时足额地记入"投资收益"账户中。

税务机关查账人员重新审核了双方签订的合同等文件资料，并向有关人员调查询问，同时对"银行存款"、"其他应付款"等账户做了进一步的查证，还调阅了有关的记账凭证。查证、核对结果表明，被投资单位按照双方的合同规定，于2010年12月10日将投资收入85 000元划给了该企业，而该企业在收到此笔收入后，将其中的50 000元作为投资收入记入了"投资收益"账户，其余35 000元却记入了"其他应付款"账户中，当时的银行存款收款凭证反映的会分录如下：

借：银行存款 85 000

　　贷：投资收益 50 000

　　　　其他应付款 35 000

以上会计分录表明该企业在收到投资收入85 000元后，已记入"银行存款"账户，而只有50 000元记入了"投资收益"账户中，其他35 000元截留在"其他应付款"账户中，从而截留了有关税款。

据此，税务机关确认该企业采用少报利润的方式偷逃税款，依法对该企业纳税款加以调整，缴足了应纳税款并进行了罚款。

要求：根据以上资料，结合会计法律法规的规定回答以下问题：

税务机关对该企业的应纳税款进行了调整，并给予相应的处罚，是否符合规定？

13. 2010年10月，财政部驻某省财政监察专员办事处在检查中，发现某国有公司有重大经济违法嫌疑，随即要求与该公司有经济业务关系的工商银行提供有关该公司的业务往来情况，工商银行认为办事处没有经过司法机关的相关手续，没有受理该要求。

要求：根据以上资料，结合会计法律法规的规定回答以下问题：

工商银行不予受理是否符合法律规定？

14. 2011年1月，某市财政局派出检查组对国有大型东山企业的会计工作进行检查。检查中了解到以下情况：

(1) 2010年3月10日，东山企业收到一张由东山企业和甲企业共同负担费用支出的原始凭证，东山企业会计人员A根据原始凭证及应承担的费用进行财务处理，并保存该原始凭证；同时应甲企业的要求将该原始凭证的复印件提供给企业用于账务处理。

(2) 2010年5月10日，职工代表B要求厂长在本厂的职工代表大会上公布企业的财务会计报告，并向职工代表大会说明本厂的"重大投资、融资和资产处置决策及其原因"，遭到了厂长张某的拒绝。

(3) 2010年6月10日，经会计负责人C批准，本厂档案管理部门的工作人员D将部分会计档案复制给丙企业。

(4) 2010年8月10日，厂长张某以总会计师E"擅自在会计档案销毁清册上签署意见"为由，撤销了总会计师E的职务，并决定该厂不再设置总会计师的职位。

要求：根据以上事实及有关法律规定，回答下列问题：

(1) 会计人员A的做法是否符合规定？并说明理由。

（2）职工代表 B 的要求是否成立？并说明理由。

（3）D 将部分会计档案复制给丙企业的做法是否符合规定？并说明理由。

（4）张某撤销总会计师 E 的职务，并决定该厂不再设置总会计师的职位是否符合规定？并说明理由。

15. 某中型国有企业，2010 年发生以下事项。

（1）3 月，该企业领导班子做出了精简内设机构等决定，将会计科撤并到企业管理办公室，简称"企管办"。同时任命企管办主任李某兼任会计主管人员。会计科撤并到企管办后，会计工作岗位设置如下：原会计科会计继续担任会计；原企管办工人员、李某的女儿担任出纳工作。企管办李某自参加工作后一直从事文秘工作，为了使李某尽快胜任会计主管人员岗位，企业同意李某半脱产参加会计培训班，并参加 2010 年会计从业资格考试。

（2）4 月，原会计科长与李某办理会计工作交接手续，人事科长进行监交。

（3）7 月，经该企业负责人批准，某业务往来单位因业务需要查阅了该企业 2009 年有关会计档案，并对有关原始凭证进行了复制，办理了登记手续。

（4）10 月，企管办在例行审核有关单据时，发现一张购买原材料的发票，其"金额"栏中的数字有更改现象，经查阅相关买卖合同、单据，确认更改后的金额数字是正确的，于是要求该发票的出具单位在发票"金额"栏更改之处加盖出具单位印章。之后，该企业予以接受并据此登记入账。

（5）11 月，档案科会同企管办对企业会计档案进行了清理，编造会计档案销毁清册，将保管期限已满的会计档案按规定程序全部销毁，其中包括一些保管期满但未结清债权债务的原始凭证。

要求：根据会计法律制度的有关规定，回答下列问题：

（1）该企业撤并会计机构、任命会计主管人员、会计工作岗位分工是否有违反法律规定之处？分别说明理由。

（2）该企业在会计工作交接中是否有违反法律规定之处？说明理由。

（3）该企业向业务往来单位提供查阅会计档案，复制有关原始凭证是否符合法律规定？说明理由。

（4）该企业对购买原材料的发票的处理是否符合法律规定？说明理由。

（5）销毁会计档案是否违反法律规定？说明理由。

16. 某市利民有限责任公司（国有企业）杨某自 2007 年起担任总经理。2007 年 12 月，组织部门接到举报，说杨某在任职期间有指使和放任财务人员做假账、打击压制坚持原则的会计人员等问题。随即，该市财政、审计、统计方面组成联合调查级，对该公司近些年的账目进行全面检查，发现：

（1）该公司设置大小两套账，大账对外，小账对内。

（2）不按照规定进行会计资料保管，致使原始资料被毁损、灭失严重。

（3）3 个月前，杨某因不满会计秦某多次不听从做违法会计账的指令，尤其不满其向上级主管部门反映真实情况，将其调回车间。

（4）近3年的账目中的伪造、变造会计凭证虚增利润等违法问题是在杨某的强令或授意下所为。

要求：分析相关人员的违法行为及法律责任。

17.一家承包经营负责人刘某，在承包经营两年期结束之后，他请了一家会计师事务所对其审计，经过审计，出具了无保留意见的审计报告，即认为该公司在承包经营期内的财务会计报告已公允地反映了其财务状况。不久，检察机关接到举报，刘某暗自收受回扣，侵吞国家财产。为此，检察机关经过调查核实后传讯了刘某，刘某到了检察机关，手持会计师事务所的审计报告，振振有词地说："会计师事务所已出具了审计报告，证明我没有经济问题。如果不信，你们可以去问注册会计师。"

要求：请分析该公司负责人刘某的一番话是否有道理，如果有错，错在哪里？

18.某省某市某单位是一个年财政拨款仅几十万元的事业单位，原财务科副科长、主管会计张某某，利用自己既保管银行印鉴又登记保管银行存款日记账之便，加之该单位内部会计控制不力，私自购买现金支票，从2007年4月到2009年9月案发时，先后私自动用现金支票作案几十次，共贪污公款24万元，挪用公款12万元。2010年1月，张某某被某市中级人民法院依法判处无期徒刑，剥夺政治权利终身。

要求：请分析该单位在内控制度方面存在哪些问题？

第二章

财政法规制度

第一节　预算法律制度

一、预算法律制度的构成

预算法律制度由《预算法》和《预算法实施条例》构成。

《预算法》是调整在国家进行预算资金的筹集、分配、使用和管理过程中发生的经济关系的法律规范的总称。

二、国家预算

(一) 含义

国家预算，是国家对会计年度内的收入和支出的预先结算，包括中央预算和地方预算。国家预算的编制一般遵循以下原则。

1. 公开性

国家预算反映政府的活动范围、方向和政策，与全体公民的切身利益息息相关。因此，国家预算及其执行情况必须采取一定的形式公开，为人民所了解并置于人民的监督之下。

2. 可靠性

每一收支项目的数字指标必须运用科学的方法，依据充分确实的资料，并总结出规律性，进行计算，不得假定或估算，更不能任意编造。

3. 完整性

应列入国家预算的一切财政收支都要列在预算中，不得打埋伏、造假账、预算外另列预算。国家允许的预算外收支，也应在预算中有所反映。

4. 统一性

虽然一级政府设立一级预算，但所有地方预算连同中央预算一起共同组成统一的国家预算。因此，要求设立统一的预算科目，每个科目都应按统一的口径、程序计算和填列。

5. 年度性

政府必须按照法定预算年度编制国家预算，这一预算要反映全年的财政收支活动，同时不允许将不属于本年度财政收支的内容列入本年度的国家预算之中。

（二）国家预算的作用

国家预算作为财政分配和宏观调控的主要手段，具有分配、调控和监督职能。国家预算的作用是国家预算职能在经济生活中的具体体现，它主要包括三个方面。

1. 财力保证作用

国家预算既是保障国家机器运转的物质条件，又是政府实施各项社会经济政策的有效保证。

2. 调节制约作用

国家预算作为国家的基本财政计划，是国家财政实行宏观控制的主要依据和主要手段。国家预算的收支规模可调节社会总供给和总需求的平衡，预算支出的结构可调节国民经济结构，因而国家预算的编制和执行情况对国民经济和社会发展都有直接的制约作用。

3. 反映监督作用

国家预算是国民经济的综合反映，预算收入反映国民经济发展规模和经济效益水平，预算支出反映各项建设事业发展的基本情况。因此通过国家预算的编制和执行便于掌握国民经济的运行状况、发展趋势以及出现的问题，从而采取对策措施，促进国民经济有序发展。

（三）国家预算的级次划分

我国国家预算实行一级政府一级预算，设立中央、省、自治区、直辖市，设区的市、自治州，县、自治县、不设区的市、市辖区，乡、民族乡、镇五级预算。

例如，中央——贵州省——黔南自治州——平塘县——通州镇五级

（四）国家预算的构成

1. 国家预算按预算的级次分类

（1）中央预算

由中央政府各部门的单位预算（含直属单位）的预算组成。

中央预算包括地方向中央上解的收入数额和中央对地方返还或者给予补助的数额。它在国家预算体系中占主导地位。

（2）地方预算

各级地方政府总预算的统称，地方各级政府预算由本级各部门（含直属单位）的预算组成。

地方各级政府预算包括下级政府向上级政府上解的收入数额和上级政府对下级政府返还或者给予补助的数额。

我国国家预算收入的绝大部分通过地方预算筹集，国家预算支出中有相当大部分通过地方预算支付。

2. 国家预算按收支管理范围分类

（1）总预算（财政总预算）

指各级政府将本级政府和下级政府的年度财政收支计划汇总编成的预算。

（2）部门单位预算

由本部门所属各单位预算组成。

三、预算管理的职权

（一）各级人民代表大会的职权

各级人民代表大会的职权有审查权、批准权、变更撤销权；各级人大常委会的职权有：监督权、审批权、撤销权。设立预算的乡、民族乡、镇，由于不设立人大常委会，因而其职权中还包括由人大常委会行使的监督权等。

（二）各级财政部门的职权

各级财政部门的职权主要有编制权、执行权、提案权、报告权。

（三）各部门、各单位的职权

只能是编制、执行本部门、本单位预算、决算，并向本级政府财政部门报告预算的执行情况、按照国家规定上缴预算收入，安排预算支出，并接受国家有关部门的监督。

四、预算收入与预算支出

（一）预算收入

① 税收收入。

② 依照规定应当上缴的国有资产收益。

③ 专项收入。

④ 其他收入。

除预算收入外，各地方、部门、各单位还有一部分预算外资金，也是国家的财政收入。

（二）预算支出

① 经济建设支出，拨付的生产性贷款贴息支出等。

② 教育、科学、文化、卫生、体育等事业发展支出。

③ 国家管理费用支出，公安安全支出等。

④ 国防支出。

⑤ 各项补贴支出，农业生产资料价差补贴。

⑥ 其他支出，例如：抚恤和社会福利救济费支出；实行归口管理的行政事业单位离退休经费支出等。

除预算支出外，还有一部分预算外支出。

五、预算组织程序

预算组织程序包括预算的编制、审批、执行、调整。

（一）预算的编制

① 预算年度与日历年度一致。自公历 1 月 1 日起至 12 月 31 日止。

② 中央预算和地方各级政府预算，应当参考上一年预算执行情况和本年度收支预算进行编制。

（二）预算的审批

我国国家预算的批准权在全国人大（或常委会），审批的程序是：

① 由财政部部长代表国务院向大会作国家预算（草案）报告；

② 全国人大财经委对国家预算草案作全面审查，并向大会主席团报告审查结果；

③ 经过人大代表（或常委会）审查并投票，做出批准（或修正）国家预算决议。

地方各级政府财政预算审批程序同上。只是同级人民代表大会批准后还要报上级政府备案。

（三）预算的执行

① 预算收入的征缴必须依法、及时、足额。

② 预算支出资金的拨付必须依法、及时、足额，并加强管理和监督。

③ 财政部国库司是负责预算的执行机构。国库分为中央国库和地方国库。

a. 中央国库业务由中国人民银行经理。

b. 地方国库业务由中国人民银行分支机构经理。

c. 各级国库库款的支配权属于本级政府财政部门。

d. 各级政府应当加强对本级国库的管理和监督。

（四）预算调整的规定

预算调整是指经全国人民代表大会批准的中央预算和经地方各级人民代表大会批准的本级预算，在执行中因特殊情况需要增加支出或者减少收入，使原批准的收支平衡的预算的总支出超过总收入，或者使原批准的预算中举借债务的数额增加的部分变更。

① 各级政府对于必须进行的预算调整，应当编制预算调整方案。中央预算的调整方案必须提请全国人民代表大会常务委员会审查和批准。县级以上地方各级政府预算的调整方案必须提请本级人民代表大会常务委员会审查和批准；乡、民族乡、镇政府预算的调整方案必须提请本级人民代表大会审查和批准。未经批准，不得调整预算。

② 各级政府不得作出任何使原批准的收支平衡的预算的总支出超过总收入或者使原批准的预算中举借债务的数额增加的决定。对违反规定作出的决定，本级人民代表大会、本级人民代表大会常务委员会或者上级政府应当责令其改正或者撤销。

③在预算执行中，因上级政府返还或者给予补助而引起的预算收支变化，不属于预算调整。接受返还或者补助款项的县级以上地方各级政府应当向本级人民代表大会常务委员会报告有

关情况；接受返还或者补助款项的乡、民族乡、镇政府应当向本级人民代表大会报告有关情况。

④ 各部门、各单位的预算支出应当按照预算科目执行。不同预算科目间的预算资金需要调剂使用的，必须按照国务院财政部门的规定报经批准。

⑤ 地方各级政府预算的调整方案经批准后，由本级政府报上一级政府备案。

六、决算

按照我国《预算法》及其实施条例的有关规定，财政部应当在每年第四季度部署编制决算草案的原则、要求、方法和报送期限，制定中央各部门决算、地方决算及其他有关决算的报表格式。决算草案，是指各级政府、各部门、各单位编制的未经法定程序审查和批准的预算收支的年度执行结果。

七、预决算的监督

① 县级以上各级政府应当接受本级人民代表大会及其常务委员会（权力机构）对预算执行情况和决算的监督，乡级人民政府应当接受本级人民代表大会对预算执行情况和决算的监督。

② 各级政府应当加强对下级政府预算执行的监督。

③ 各部门及其所属各单位应当接受本级财政部门有关预算的监督检查。

④ 各级审计机关应当依照《审计法》以及有关法律、行政法规的规定，对本级预算执行情况，对本级各部门和下级政府预算的执行情况和决算进行审计监督。

第二节　国库集中收付制度

一、国库集中收付制度的含义

国库集中收付制度（又称国库单一账户制度），包括国库集中支付制度和收入收缴管理制度，是指由财政部门代表政府设置国库单一账户体系，所有的财政性资金均纳入国库单一账户体系收缴、支付和管理的制度。

二、国库单一账户体系的内容

（一）含义

国库单一账户体系，是以财政国库存款账户为核心的各类财政性资金账户的集合，所有财政性资金的收入、支付、存储及资金清算活动均在该账户体系中运行。

(二) 体系的构成

① 财政部门在中国人民银行开设的国库存款账户 (简称国库单一账户), 用于记录、核算和反映纳入预算管理的财政收入和财政支出活动, 用于与财政部门在代理银行 (由财政部确定的、具体办理财政性资金支付业务的商业银行) 开设的零余额账户进行清算, 实现支付。

② 财政部门在代理银行开设的预算外资金财政专户 (简称预算外专户)。

③ 财政部门在代理银行开设的财政直接支付零余额账户 (简称财政零余额账户), 用于财政直接支付和与国库单一账户支出清算。

④ 财政部门在代理银行为预算单位开设的授权支付零余额账户 (简称预算单位零余额账户), 用于财政授权支付和清算。

⑤ 经省级人民政府批准或授权财政部门在代理银行为预算单位开设的特设专户 (简称特设专户), 用于记录、核算预算单位的特殊专项支出活动, 用于与国库单一账户清算。

财政部是管理国库单一账户体系的职能部门。

三、财政收入收缴方式和程序

(一) 收缴方式

1. 直接缴库

由缴款单位或者缴款人直接将应缴收入缴入国库单一账户或者预算外资金财政专户。

2. 集中汇缴

由征收机关将所收的应缴收入汇总缴入国库单一账户或预算外资金财政专户。

(二) 收缴程序

1. 直接缴库程序

直接缴库的税收收入, 由纳税人通过开户银行将税款缴入国库单一账户。

2. 集中汇缴程序

小额零散税收和法律另有规定的应缴收入, 由征收机关在收缴收入的当日汇总缴入国库单一账户。

四、财政支出支付方式和程序

(一) 支付方式

1. 财政直接支付

通过国库单一账户体系, 直接支付到收款人或用款单位账户。实行财政直接支付的支出包括下面两个方面:

① 工资支出、购买支出以及中央对地方的专项转移支付，拨付企业大型工程项目或大型设备采购的资金等。

② 转移支出，中央对地方的一般性转移支付中的税收返还、原体制补助、过渡期转移支付、结算补助等支出，对企业的补贴和未指明购买内容的某些专项支出等。

2. 财政授权支付（预算单位根据财政授权支付）

实行财政授权支付的支出包括未实行财政直接支付的购买支出和零星支出。

（二）支付程序

财政直接支付主要通过转账方式进行，也可以采取"国库支票"支付。

第三节　政府采购法律制度

一、政府采购法律制度的构成

（一）政府采购法

《政府采购法》于 2002 年 6 月 29 日第九届全国人民代表大会常务委员会第二十八次会议通过，并于 2003 年 1 月 1 日起施行。

（二）政府采购部门规章

政府采购部门规章主要包括：《政府采购货物和服务招标投标管理办法》、《政府采购信息公告管理办法》、《政府采购供应商投诉处理办法》等。

（三）政府采购地方性法规和政府规章

二、政府采购的含义

政府采购是指各级国家机关、事业单位和团体组织（采购人），使用财政性资金采购依法制定的集中采购目录以内的或者采购限额标准以上的货物、工程和服务的行为。"采购"是指以合同方式有偿取得货物、工程和服务的行为，包括购买、租赁、委托、雇用等。

（一）主体范围

我国境内的各级国家机关、事业单位和团体组织。

（二）资金范围

财政性资金（财政预算资金和预算外资金）。

（三）政府集中采购目录和政府采购限额标准

例如：某省省级 2009—2010 年度政府集中采购目录及限额标准如表 2-1 所示。

表 2-1 某省省级 2009—2010 年度政府集中采购目录及限额标准

品目名称	限额标准	备 注
货物类		
一般设备		
电器设备		
电视机		
电冰箱	单价在 2 万元以上（含 2 万元），或批量采购在 5 万元以上（含 5 万元）	包括电冰柜、冷藏柜等
其他电器设备		包括 DVD，其他音响设备等
空调机		
照相机、摄像机		
办公室自动化设备		
计算机		
办公消耗用品		
复印纸		定点采购
其他消耗用品	批量采购 2 万元以上	包括磁盘、UPS、硒鼓、墨粉等

（四）对象范围

政府采购应当采购本国货物、工程和服务。但有下列情形之一的除外：

① 需要采购的货物、工程或者服务在我国境内无法获取或者无法以合理的商业条件获取的；

② 为在我国境外使用而进行采购的；

③ 其他法律、行政法规另有规定的。

三、政府采购的原则

（一）公开透明原则

政府采购的资金来源于纳税人上缴的收入，只有坚持公开透明，才能为供应商参加政府采购提供公平竞争的环境，为公众对政府采购资金的使用情况进行有效的监督创造条件。公开透明要求政府采购的各类信息必须公开，凡是涉及采购的法规、规章、政策、方式、程序、采购标准、开标活动、中标或成交结果、投诉和司法处理决定等，都要向社会公众或相关供应商公开，绝对不允许搞暗箱操作和幕后交易。

（二）公平竞争原则

在采购方式上公开招标为政府采购的主要方式，同时，在竞争性谈判采购和询价采购方式中引入竞争机制，规定参加谈判或被询价的供应商不得少于 3 家，严格禁止阻挠和限制供应商自由进入地区、行业政府采购市场和排斥供应商参与竞争的行为等。

(三) 公正原则

政府采购法规定，采购人不得对供应商实行差别待遇和歧视待遇；任何单位和个人不得要求采购人向指定的供应商采购；邀请招标是通过随机方式选择3家以上符合条件的供应商向其发出邀请；严格按照采购标准和采购程序确定中标、成交供应商；对竞争性谈判采购的谈判小组、询价采购的询价小组人员组成、人数等提出了要求；赋予供应商质疑、投诉、行政诉讼的权力，并在总则中规定了政府采购活动中利害关系人的回避制度。

(四) 诚实信用原则

要求政府采购当事人在政府采购活动中，本着诚实、守信的态度履行各自的权利和义务，讲究信誉，兑现承诺，不得散布虚假信息，不得有欺骗、串通、隐瞒等行为，不得伪造、变造、隐匿、销毁需要依法保存的采购文件，不得规避法律法规。

四、政府采购的作用

政府采购的作用主要包括：

① 节约财政支出，提高采购资金的使用效益；

② 强化宏观调控；

③ 活跃市场经济；

④ 推进反腐倡廉；

⑤ 保护民族产业。

只有科学认识政府采购的功能作用，才能通过科学的政策设计和规范的采购操作，有效发挥其作用。

五、政府采购的执行模式

我国政府采购实行集中采购和分散采购相结合的执行模式。

(一) 集中采购

由一个专门的政府采购机构负责本级政府的全部采购任务；采购单位必须委托集中采购机构代理采购，采购单位不得擅自自行组织采购。列入集中采购的项目往往是一些大宗的、通用性的项目，或者是一些社会关注程度较高、影响较大的特定商品、大型工程和重要服务类项目。

(二) 分散采购

采购单位（采购人）使用财政性资金自行组织或委托采购代理机构实施的，在集中采购目录以外，采购限额标准以下的项目采购活动。分散采购的项目往往是一些在限额标准以下的、专业化程度较高或单位有特定需求的项目，一般不具有通用性的特征。

（三）采购人采购集中采购目录以内或限额标准以上的货物、工程、服务类项目，必须实行集中采购

采购人采购集中采购目录以外，限额标准以下的项目，可以自行采购，也可以委托省级集中采购机构或经财政部门认定资格的政府采购代理机构代理采购。

六、政府采购当事人

（一）采购人
国家机关、事业单位、团体组织。

（二）供应商
提供货物、工程或者服务的法人、其他组织或者自然人。

（三）采购代理机构（集中采购机构）
集中采购机构是非营利事业法人，根据采购人的委托办理采购事宜。

七、政府采购方式

（一）公开招标（无限竞争的招标）
公开招标，由采购机构公开发布招标通告，所有符合条件的供应商都可以参加竞标，具有透明度高、公平高效、广泛竞争等特点。

（二）邀请招标（限制性招标）
邀请招标，因为采购货物和服务的特殊性，只能从有限范围的供货商采购，或因采取公开采购方式的费用占政府采购项目总价值的比重过大。

（三）竞争性谈判
竞争性谈判，是指如由于技术复杂不能确定详细规格或具体要求，或者招标后没有供货商投标，采购人通过与多家供应商谈判，从中确定中标的供货商的方式。

可以依法采用竞争性谈判方式采购的情形（符合其一即可）：

① 招标后没有供应商投标或者没有合格标的或者重新招标未能成立的；

② 技术复杂或者性质特殊，不能确定详细规格或者具体要求的；

③ 采用招标所需时间不能满足用户紧急需要的；

④ 不能事先计算出价格总额的。

（四）单一来源
单一来源采购，是指所采购的货物和服务来源单一，或属专利、首创、合同追加等原因，只能从唯一供货商采购的方式。

可以依法采用单一来源方式采购的情形（符合其一即可）：

① 只能从唯一供应商处采购的；

② 发生了不可预见的紧急情况不能从其他供应商处采购的；

③ 必须保证原有采购项目一致性或者服务配套的要求，需要继续从原供应商处添购，且添购资金总额不超过原合同采购金额 10% 的（追加）。

（五）询价

询价采购是指采购人向有关供货商（多家）发出询价单，在报价的基础上确定供货商的方式。这种采购方式适用于规格单一、现货货源充足且价格变化幅度小的政府采购项目。

八、政府采购的监督检查

① 政府采购监督管理部门不得设置集中采购机构，不得参与政府采购项目的采购活动。

② 采购代理机构与行政机关不得存在隶属关系或者其他利益关系。

③ 审计机关应当对政府采购进行审计监督。监察机关应当加强对参与政府采购活动的国家机关、国家公务员和国家行政机关任命的其他人员实施监察。

本章习题

一、单项选择题

1. 在财政法的体系中，处于核心法、骨干法地位的是（　　）。
   - A. 预算法
   - B. 政府采购法
   - C. 国库集中收付制度
   - D. 税法

2. 《预算法实施条例》是由（　　）制定的。
   - A. 全国人民代表大会
   - B. 全国人民代表大会常务委员会
   - C. 国务院
   - D. 财政部

3. 所有地方预算连同中央预算一起共同组成统一的国家预算，因此要求设立统一的预算科目，每个科目都应按统一的口径、程序计算和填列，体现了国家预算的（　　）。
   - A. 公开性
   - B. 可靠性
   - C. 完整性
   - D. 统一性

4. 每一收支项目的数字指标必须运用科学的方法，依据充分确实的资料，并总结出规律性，进行计算，不得假定、估算，更不能任意编造，体现了国家预算的（　　）。
   - A. 年度性
   - B. 公开性
   - C. 可靠性
   - D. 完整性

5. 我国国家预算体系中不包括（　　）。
   - A. 中央预算
   - B. 省级（省、自治区、直辖市）预算
   - C. 乡镇级（乡、民族乡、镇）预算
   - D. 县级以上地方政府的派出机关

6. 我国国家预算采用了财政法原理中的（　　）原则。
   - A. 统一领导、分级管理
   - B. 统一领导、统一管理

    C. 一级政权、一级财政　　　　　　D. 一级人大、一级财政

7. 我国预算法规定，我国的国家预算共分为（　　　）。

    A. 三级　　　　　　　　　　　　　　B. 两级

    C. 五级　　　　　　　　　　　　　　D. 七级

8. 我国各级预算都要采用（　　　）原则。

    A. 借贷平衡　　　　　　　　　　　　B. 浮动盈亏

    C. 大致平衡　　　　　　　　　　　　D. 收支平衡

9. 下列关于地方各级政府预算表述正确的是（　　　）。

    A. 地方各级政府预算由本级各部门和直属单位的预算组成

    B. 地方各级政府预算不包括下级政府向上级政府上解的收入数额

    C. 地方各级政府预算不包括上级政府向下级政府返还或者给予补助的数额

    D. 地方各级政府预算不包括直属单位的预算

10. 下列关于全国人民代表大会的预算管理职权的表述中不正确的是（　　　）。

    A. 审查中央和地方预算草案及中央和地方预算执行情况的报告

    B. 批准中央预算和中央预算执行情况的报告

    C. 改变或者撤销全国人民代表大会常务委员会关于预算、决算的不适当的决议

    D. 撤销国务院制定的同宪法、法律相抵触的关于预算、决算的行政法规、决定和
命令

11. 下列关于县级以上地方各级人民代表大会常务委员会的预算管理职权的表述中不正
确的是（　　　）。

    A. 监督本级总预算的执行　　　　　　B. 审查和批准本级预算的调整方案

    C. 审查和批准本级政府决算　　　　　D. 审批本级预算和本级预算执行情况的报告

12. 下列不属于县级以上地方各级政府的预算管理职权的是（　　　）。

    A. 编制本级预算、决算草案

    B. 向本级人民代表大会作关于本级总预算草案的报告

    C. 批准本级预算和本级预算执行情况的报告

    D. 组织本级总预算的执行

13. 下列不属于国务院财政部门的预算管理职权的是（　　　）。

    A. 具体编制中央预算、决算草案　　　B. 编制中央预算调整方案

    C. 提出中央预算预备费动用方案　　　D. 具体编制中央预算的调整方案

14. 与财政部门直接发生预算缴款、拨款关系的国家机关、军队、政党组织和社会团体
等各部门的预算职权不包括（　　　）。

    A. 各部门编制本部门预算、决算草案

    B. 组织和监督本部门预算的执行

    C. 接受国家有关部门的监督

D. 定期向本级政府财政部门报告预算的执行情况

15. 国家预算收入中最主要的组成部分是（　　）。

    A. 税收收入   B. 依照规定应当上缴的国有资产收益

    C. 专项收入   D. 其他收入

16. 各部门、各单位编制年度预算草案的依据不包括（　　）。

    A. 法律、法规

    B. 本级政府的指示和要求以及本级政府财政部门的部署

    C. 本部门、本单位的职责、任务和事业发展计划

    D. 国民经济和社会发展计划、财政中长期计划以及有关的财政经济政策

17. 中央政府预算的编制内容不包括（　　）。

    A. 本级预算收入和支出

    B. 上级返还或者补助的收入

    C. 上一年度结余用于本年度安排的支出

    D. 返还或者补助地方的支出

18. 中央预算由（　　）审查和批准。

    A. 全国人民代表大会   B. 全国人民代表大会常务委员会

    C. 国务院   D. 财政部

19. 各级预算执行的具体工作由（　　）负责。

    A. 本级人民政府   B. 本级人民代表大会常务委员会

    C. 预算编制部门   D. 本级人民代表大会

20. 乡、民族乡、镇政府预算的调整方案必须提请（　　）审查和批准。

    A. 本级人民政府   B. 本级人民代表大会常务委员会

    C. 本级人民政府财政部门   D. 地方人民代表大会

21. 县级以上各级政府财政部门编制本级决算草案，报经本级政府审定后，由本级政府提请（　　）审查和批准。

    A. 本级人民政府   B. 本级人民代表大会常务委员会

    C. 上级人民代表大会   D. 本级人民代表大会

22. （　　）负责对本级各部门、各单位和下级政府的预算执行和决算实行审计监督。

    A. 本级人民政府   B. 本级人民代表大会常务委员会

    C. 本级人民政府审计部门   D. 本级人民代表大会

23. 使用财政性资金采购依法制定的集中采购目录以内的或者限额标准以上的货物、工程和服务的单位中，不适用《政府采购法》的主体是（　　）。

    A. 国家机关   B. 事业单位

    C. 社会团体   D. 国有企业

24. 依据有关法律规定，下列选项中，适用《政府采购法》的是（　　）。

　　A. 某中外合资经营企业采购设备

　　B. 某国有独资公司采购基本建设项目设备

　　C. 某高等院校用教育经费拨款购买教学用计算机

　　D. 某上市公司承揽了国家重点建设项目而采购加工设备

25. 政府采购资金中不包括（　　）。

　　A. 预算内资金　　　　　　　　　　B. 预算外资金

　　C. 与财政资金相配套的单位自筹资金　D. 社会捐助资金

26. 政府集中采购目录和限额标准由（　　）上报国务院确定并公布。

　　A. 省级人民政府　　　　　　　　　B. 市级人民政府

　　C. 县级人民政府　　　　　　　　　D. 乡、民族乡、镇政府

27. 政府采购法规政策，省级以上人民政府公布的集中采购目录、政府采购限额标准和公开招标数额标准，政府采购招标业务代理机构名录，招标投标信息应当公开，体现了政府采购的（　　）。

　　A. 公开透明原则　　　　　　　　　B. 公平竞争原则

　　C. 公正原则　　　　　　　　　　　D. 诚实信用原则

28. 除极少数法定情形外，政府采购应当采购本国货物、工程和服务，这一规定体现了政府采购的（　　）功能。

　　A. 活跃市场经济　　　　　　　　　B. 反腐倡廉

　　C. 保护民族产业　　　　　　　　　D. 强化宏观调控

29. 以下属于采购代理机构义务的是（　　）。

　　A. 依法发布采购信息

　　B. 投标中标后，按规定程序签订政府采购合同并严格履行合同义务

　　C. 在指定媒体及时向社会发布政府采购信息、招标结果

　　D. 遵守采购代理机构的工作秩序

30. 根据《政府采购法》的规定，对于具有特殊性，只能从有限范围的供应商处采购的货物，其适用的政府采购方式是（　　）。

　　A. 公开招标方式　　　　　　　　　B. 邀请招标方式

　　C. 竞争性谈判方式　　　　　　　　D. 单一来源方式

31. 国库集中收付制度也称为（　　）。

　　A. 国库集中支付制度　　　　　　　B. 国库收入收缴制度

　　C. 国库单一账户制度　　　　　　　D. 国库集中管理制度

32. 国库集中单一账户体系，是指以（　　）为核心的各类财政性资金的集合。

　　A. 财政国库存款账户　　　　　　　B. 财政一般存款账户

　　C. 财政专项存款账户　　　　　　　D. 财政预算内资金账户

33. 用于财政直接支付和国库单一账户清算的账户是（　　）。

A. 国库单一账户   B. 财政部门零余额账户

C. 特殊专户   D. 预算单位零余额账户

34. 按照有关规定，（   ）是对国库单一账户和代理银行进行管理和监督的机构。

     A. 财政部门   B. 中国人民银行

     C. 商业银行   D. 纪检部门

35. 预算单位支用授权额度时，填制财政部门统一制定的"财政授权支付凭证"送代理银行，代理银行据此通过（   ）办理资金支付。

     A. 预算单位零余额账户   B. 财政部门零余额账户

     C. 预算外资金专户   D. 特设专户

36. 在财政总预算会计中使用的账户是（   ）。

     A. 预算单位零余额账户   B. 预算外资金专户

     C. 特设专户   D. 国库单一账户

37. 现行的《预算法》是第八届人大二次会议通过，自（   ）起施行。

     A. 1995 年 1 月 1 日   B. 1995 年 5 月 1 日

     C. 1996 年 1 月 1 日   D. 1995 年 10 月 1 日

38. 财政部应当在每年全国人大代表会举行（   ）个月前，将中心预算草案的主要内容提交全国人大财政委进行初步审查。

     A. 2   B. 1

     C. 3   D. 4

39. 财政部应当自全国人民代表大会批准中央预算之日起（   ）日内，批复中央各部门预算。

     A. 30   B. 15

     C. 45   D. 60

40.《政府采购法》自（   ）施行。

     A. 2002 年 6 月 29 日   B. 2003 年 1 月 1 日

     C. 2003 年 10 月 1 日   D. 2004 年 1 月 1 日

二、多项选择题

1. 国家预算的原则包括（   ）。

     A. 公开性   B. 完整性

     C. 统一性   D. 法律性

2. 下列关于国家预算作用的表述中正确的是（   ）。

     A. 财力保证作用   B. 调节制约作用

     C. 反应监督作用   D. 信息公开作用

3. 我国国家预算体系中包括（   ）。

     A. 中央预算   B. 省级（省、自治区、直辖市）预算

C. 乡镇级（乡、民族乡、镇）预算　　D. 县级以上地方政府的派出机关

4. 下列对中央预算的表述中正确的是（　　）。

A. 由中央各部门（含直属单位）的预算组成

B. 中央预算包括地方向中央上解的收入数额

C. 中央预算包括中央对地方返还或者给予补助的数额

D. 中央预算不包括军队和党政机关组织的预算

5. 下列有关对地方各级政府预算的表述中正确的是（　　）。

A. 本级各部门（含直属单位，下同）的预算

B. 下级政府向上级政府上解的收入数额

C. 上级政府对下级政府返还或者给予补助的数额

D. 地方预算由各省、自治区、直辖市总预算组成

6. 下列有关总预算的表述中正确的是（　　）。

A. 各级政府总预算由本级政府预算和汇总的下一级政府总预算组成，由财政部门负责编制

B. 下一级政府只有本级预算的，则下一级政府总预算即指下一级政府的本级预算

C. 没有下一级预算的，总预算即指本级预算

D. 我国地方政府总预算一般编制到乡镇一级

7. 按照我国部门预算改革的内容，下列有关部门预算表述正确的是（　　）。

A. 既包括行政单位预算，又包括其下属的事业单位预算

B. 既包括一般预算收支计划，又包括政府基金预算收支计划

C. 既包括正常经费预算，又包括专项支出预算

D. 既包括财政预算内拨款收支计划，又包括财政预算外核拨资金收支计划和部门其他收支计划

8. 下列关于全国人民代表大会预算职权的表述中正确的是（　　）。

A. 审查中央和地方预算草案及中央和地方预算执行情况的报告

B. 审查和批准中央预算的调整方案

C. 撤销国务院制定的同宪法、法律相抵触的关于预算、决算的行政法规、决定和命令

D. 改变或者撤销全国人民代表大会常务委员会关于预算、决算的不适当的决议

9. 下列关于县级以上地方各级人民代表大会的预算管理职权的表述中正确的是（　　）。

A. 审查本级总预算草案及本级总预算执行情况的报告

B. 批准本级预算和本级预算执行情况的报告

C. 审查和批准本级预算的调整方案

D. 改变或者撤销本级人民代表大会常务委员会关于预算、决算的不适当的决议

10. 国务院财政部门的预算管理职权包括（　　）。

A. 具体编制中央预算、决算草案　　B. 具体组织中央和地方预算的执行

C. 提出中央预算预备费动用方案　　　D. 具体编制中央预算的调整方案

11. 预算收入划分为（　　）。
　　A. 中央预算收入　　　　　　　　　　B. 地方预算收入
　　C. 中央和地方预算共享收入　　　　　D. 税收收入

12. 我国《预算法》规定的预算收入形式包括（　　）。
　　A. 税收收入　　　　　　　　　　　　B. 国有资产的有偿转让、出让的收益
　　C. 铁道专项收入　　　　　　　　　　D. 罚没收入

13. 我国《预算法》规定的预算支出形式包括（　　）。
　　A. 经济建设支出
　　B. 教育、科学、文化、卫生、体育等事业发展支出
　　C. 国家管理费用支出
　　D. 各项补贴支出

14. 各级政府编制年度预算草案的依据包括（　　）。
　　A. 法律、法规
　　B. 国民经济和社会发展计划、财政中长期计划以及有关的财政经济政策
　　C. 本级政府的预算管理职权和财政管理体制确定的预算收支范围
　　D. 本部门、本单位的定员定额标准

15. 各部门、各单位编制年度预算草案的依据包括（　　）。
　　A. 法律、法规
　　B. 本级政府的指示和要求以及本级政府财政部门的部署
　　C. 本部门、本单位的职责、任务和事业发展计划
　　D. 本部门、本单位的定员定额标准

16. 以下不属于中央预算草案编制内容的是（　　）。
　　A. 本级预算收入和支出　　　　　　　B. 上一年度结余用于本年度安排的支出
　　C. 返还或者补助下级的支出　　　　　D. 上解上级的支出

17. 下列有关预算的审批和执行的表述中正确的是（　　）。
　　A. 中央预算由全国人民代表大会审查和批准
　　B. 地方各级人民政府预算由本级人民代表大会审查和批准
　　C. 各级人民政府预算经本级人民代表大会批准后，本级政府财政部门应当及时向本级政府各部门批复预算
　　D. 各级预算由本级政府组织执行，具体工作由本级政府财政部门负责

18. 下列有关预算的调整方案的表述中正确的是（　　）。
　　A. 中央预算的调整方案必须提请全国人民代表大会常务委员会审查和批准
　　B. 县级以上地方各级政府预算的调整方案必须提请本级人民代表大会常务委员会审查和批准

C. 乡、民族乡、镇政府预算的调整方案必须提请本级人民代表大会常务委员会审查和批准

D. 乡、民族乡、镇政府预算的调整方案必须提请本级人民代表大会审查和批准

19. 下列有关我国国家预算的编制、审批、执行和调整表述正确的是（　　）。

A. 中央预算和地方各级政府预算，应当参考上一年预算执行情况和本年度收支预测进行编制

B. 中央预算由全国人民代表大会审查和批准

C. 地方各级政府预算由本级人民代表大会审查和批准

D. 乡、民族乡、镇政府预算的调整方案必须提请本级人民代表大会常务委员会审查和批准

20. 下列有关我国国家决算草案的审查和批准的表述中正确的是（　　）。

A. 决算草案由各级政府、各部门、各单位，在每一预算年度终了后按照国务院规定的时间编制，具体事项由国务院财政部门部署

B. 各部门对所属各单位的决算草案，应当审核并汇总编制本部门的决算草案，在规定的期限内报本级政府财政部门审核

C. 国务院财政部门编制中央决算草案，提请全国人民代表大会常务委员会审查和批准

D. 乡、民族乡、镇政府编制本级决算草案，提请本级人民代表大会审查和批准

21. 下列有关预决算管理的监督表述中正确的是（　　）。

A. 全国人民代表大会及其常务委员会对中央和地方预算、决算进行监督

B. 县级以上地方各级人民代表大会及其常务委员会对本级和下级政府预算、决算进行监督

C. 乡、民族乡、镇人民代表大会对本级预算、决算进行监督

D. 各级政府审计部门对本级各部门、各单位和下级政府预算的执行和决算实行审计监督

22. 我国政府采购法律制度由（　　）构成。

A. 《政府采购法》

B. 《政府采购信息公告管理办法》

C. 《政府采购货物和服务招标投标管理办法》

D. 政府采购地方性法规和政府规章

23. 下列适用《政府采购法》的主体包括（　　）。

A. 某市中级人民法院采购办公设备　　B. 某股份有限公司购买生产设备

C. 某省级人民医院购买医疗设备　　D. 某国有企业订购一套大型计算机系统

24. 政府采购的资金范围包括（　　）。

A. 预算内资金　　　　　　　　　　　B. 预算外资金

C. 与财政资金配套的单位自筹资金　　D. 社会慈善基金

25. 下列有关政府集中采购目录和政府采购限额标准的表述中正确的是（　　）。

A. 政府集中采购目录和政府采购限额标准由省级以上人民政府确定并公布

B. 属于中央预算的政府采购项目，其集中采购目录和政府采购限额标准由国务院财政部门确定并公布

C. 属于地方预算的政府采购项目，其集中采购目录和政府采购限额标准由省、自治区、直辖市人民政府确定并公布

D. 集中采购目录和政府采购限额标准由省、自治区、直辖市人民政府授权的机构确定并公布

26. 政府采购应当遵循的原则包括（　　）。

A. 公开透明　　　　　　　　　　　B. 公平竞争

C. 公正　　　　　　　　　　　　　D. 诚实信用

27. 政府采购的当事人包括（　　）。

A. 采购人　　　　　　　　　　　　B. 供应商

C. 采购代理机构　　　　　　　　　D. 资产评估机构

28. 下列属于供应商义务的是（　　）。

A. 遵守政府采购的各项法律、法规和规章制度

B. 按规定接受供应商资格审查，并在资格审查中客观真实地反映自身情况

C. 在指定媒体及时向社会发布政府采购信息、招标结果

D. 依法发布采购信息

29. 符合（　　）情形之一的货物或者服务，可以采用竞争性谈判方式采购。

A. 招标后没有供应商投标或者没有合格标的或者重新招标未能成立的

B. 具有特殊性，只能从有限范围的供应商处采购的

C. 技术复杂或者性质特殊，不能确定详细规格或者具体要求的

D. 采用招标所需时间不能满足用户紧急需要的

30. 符合（　　）情形之一的货物或者服务，可以采用单一来源方式采购。

A. 只能从唯一供应商处采购的

B. 发生了不可预见的紧急情况不能从其他供应商处采购的

C. 必须保证原有采购项目一致性或者服务配套的要求，需要继续从原供应商处添购，且添购资金总额不超过原合同采购金额10％的

D. 不能事先计算出价格总额的

31. 关于国库集中收付制度，下列说法正确的是（　　）。

A. 财政部门代表政府设置国库单一账户体系

B. 所有的财政性资金均纳入国库单一账户体系收缴、支付和管理

C. 大大提高了财政资金收付管理的规范性和安全性

D. 能有效地防止利用财政资金谋取私利等腐败现象的发生

32. 国库单一账户体系包括（　　）。

A. 预算外资金专户　　　　　　　B. 预算单位零余额账户

C. 财政预算零余额账户　　　　　D. 国库单一账户

33. 财政收入收缴方式主要有（　　）。

A. 直接缴库　　　　　　　　　　B. 集中汇缴

C. 分散汇缴　　　　　　　　　　D. 代扣代缴

34. 财政支出支付方式主要有（　　）。

A. 财政授权支付　　　　　　　　B. 银行代理支付

C. 财政直接支付　　　　　　　　D. 银行集中支付

35. 预算单位实行财政直接支付的财政性资金包括（　　）。

A. 工资支出　　　　　　　　　　B. 工程采购支出

C. 物品采购支出　　　　　　　　D. 服务采购支出

36. 财政授权支付程序适用的支出项目有（　　）。

A. 单件物品或单项服务购买额不足 10 万元人民币的购买支出

B. 年度财政投资不足 50 万元人民币的工程采购支出

C. 经财政部门批准的其他支出

D. 特别紧急的支出

三、判断题

1. 我国预算法律制度由《预算法》和《预算法实施条例》构成。（　　）

2. 在财政法的体系中，预算法是核心法、骨干法。（　　）

3. 《预算法》是我国第一部财政基本法律，是我国国家预算管理工作的根本性法律以及制定其他预算法律的基本依据。（　　）

4. 国家预算是指经法定程序批准的、国家在一定期间内的财政收支计划，是国家进行财政分配的依据和宏观调控的重要手段。（　　）

5. 每一收支项目的数字指标必须运用科学的方法，依据充分确实的资料，并总结出规律性，进行计算，不得假定、估算，更不能任意编造，体现了预算的统一性。（　　）

6. 我国的预算支出，主要用于经济建设和国防、文化、教育、科学、卫生、社会福利等各项事业。（　　）

7. 国家预算作为财政分配和宏观调控的主要手段，具有分配、调控和监督职能。

（　　）

8. 依据财政法原理中的"一级政权，一级财政"的原则，我国《预算法》规定，国家实行一级政府一级预算。我国国家预算共分为七级。（　　）

9. 我国国家预算分为中央预算、省级预算、地市级预算、县市级预算、乡镇级预算五级。（　　）

10. 不具备设立预算条件的乡、民族乡、镇，经省、自治区、直辖市政府确定，可以暂不设立预算。（　　）

11. 县级以上地方政府的派出机关，根据本级政府授权进行预算管理活动，应当作为一级预算。（　　）

12. 中央预算包括地方向中央上解的收入数额，但不包括中央对地方返还或者给予补助的数额。（　　）

13. 中央政府预算包括与财政部直接发生预算缴款、拨款关系的国家机关、军队、政党组织和社会团体的预算。（　　）

14. 中央政府预算包括与财政部直接发生预算缴款、拨款关系的事业单位预算，但包括企业单位的预算。（　　）

15. 地方预算由各省、自治区、直辖市总预算组成，但不包括下一级政府的预算。（　　）

16. 各级政府总预算由本级政府预算和汇总的下一级总预算组成，由财政部门负责编制。（　　）

17. 若下一级政府只有本级预算的，下一级政府总预算即指下一级政府的本级预算；没有下一级政府预算的，总预算即指上级预算。（　　）

18. 各部门预算由本部门所属各单位预算组成。本部门机关经费预算，不纳入本部门预算。（　　）

19. 全国人民代表大会有权审查和批准中央预算的调整方案。（　　）

20. 乡、民族乡、镇的人民代表大会有权审查和批准本级预算的调整方案。（　　）

21. 县级以上地方各级人民代表大会有权审查和批准本级政府决算。（　　）

22. 国务院负责具体编制中央预算、决算草案。（　　）

23. 县级以上地方各级政府负责编制本级预算、决算草案。（　　）

24. 地方各级政府财政部门具体提出本级预算预备费动用方案。（　　）

25. 与财政部门直接发生预算缴款、拨款关系的国家机关、军队、政党组织和社会团体等各部门的预算职权包括安排预算支出。（　　）

26. 预算收入划分为中央预算收入和地方预算收入。（　　）

27. 我国预算法规定的预算收入形式包括铁道专项收入、征收排污费专项收入、电力建设基金专项收入等专项收入。（　　）

28. 我国预算法规定的预算支出的形式不包括国防支出。（　　）

29. 国务院应当及时下达关于编制下一年度预算草案的指示。编制预算草案的具体事项由各级政府负责部署。（　　）

30. 我国国家预算年度采取的是公历制，预算年度自公历1月1日起，至12月31日止。（　　）

31. 中央预算和地方各级政府预算，应当参考上一年预算执行情况和下一年度收支预测

进行编制。 　　　　　　　　　　　　　　　　　　　　　　　　　　　　（　　　）

32. 各级政府编制年度预算草案的依据包括本部门、本单位的定员定额标准。（　　　）

33. 地方各级政府预算的编制内容包括上解上级的支出。 　　　　　　　（　　　）

34. 中央预算由全国人大常委会审查和批准。地方各级政府预算由本级人大常委会审查和批准。

35. 各级政府预算经本级人民代表大会批准之后，本级政府财政部门应当及时向本级政府各部门批复预算。 　　　　　　　　　　　　　　　　　　　　　　　（　　　）

36. 各级政府预算的具体工作由本级政府负责。 　　　　　　　　　　　（　　　）

37. 中央预算的调整方案必须提请全国人民代表大会审查和批准。 　　　（　　　）

38. 乡、民族乡、镇政府预算的调整方案必须提请本级人大常委会审查和批准。（　　　）

39. 接受上级返还或者补助的地方政府，应当按照上级政府规定的用途使用款项，不得擅自改变用途。 　　　　　　　　　　　　　　　　　　　　　　　　　（　　　）

40. 各部门、各单位的预算支出，必须按照本级政府财政部门批复的预算科目和数额执行，不得挪用。确需作出调整的，必须经本级政府同意。 　　　　　　　　（　　　）

41. 决算是对年度预算收支执行结果的会计报告，是预算执行的总结，是国家管理预算活动的最后一道程序，主要是指决算报表。 　　　　　　　　　　　　　（　　　）

42. 决算草案由各级政府、各部门、各单位在每一预算年度终了后按国务院规定的时间编制，具体事项由国务院部署。 　　　　　　　　　　　　　　　　　　（　　　）

43. 国务院财政部门编制中央决算草案，报国务院审定后，由国务院提请全国人民代表大会审查和批准。 　　　　　　　　　　　　　　　　　　　　　　　（　　　）

44. 乡、民族乡、镇政府编制本级决算草案，提请本级人民代表大会审查和批准。
　　　　　　　　　　　　　　　　　　　　　　　　　　　　　　　　（　　　）

45. 各级政府决算批准后，财政部门应当向本级各部门批复决算。 　　　（　　　）

46. 预决算的监督按照监督的内容，可以分为对预算编制的监督、对预算执行的监督、对预算调整的监督。 　　　　　　　　　　　　　　　　　　　　　　（　　　）

47. 预决算的监督按照监督的主体，则可以分为各级国家权力机关即各级人民代表大会及其常委会对预算、决算进行的监督，各级政府对下一级政府预算执行的监督，各级政府财政部门对本级各部门、各单位和下一级政府部门预算执行的监督检查，以及各级政府审计部门对预算执行情况实行的审计监督。 　　　　　　　　　　　　　　　（　　　）

48.《预算法》规定，全国人民代表大会及其常务委员会对中央和地方预算、决算进行监督，县以上地方各级人民代表大会及其常委会对本级政府预算、决算进行监督。（　　　）

49. 各级政府审计部门对本级各部门、各单位和下一级政府部门的预算执行和决算实行的审计监督。 　　　　　　　　　　　　　　　　　　　　　　　　　（　　　）

50. 我国的政府采购法律制度由《政府采购法》、国务院颁布的一系列部门规章，以及地方性法规和政府规章组成。 　　　　　　　　　　　　　　　　　　（　　　）

51.《政府采购法》自 2003 年 1 月 1 日起施行。 （ ）

52.《政府采购信息公告管理办法》（财政部令第 19 号）是财政部颁发的部门规章。

（ ）

53. 政府采购是指各级国家机关、企事业单位和团体组织，使用财政性资金采购依法制定的集中采购目录以内的或者采购限额标准以上的货物、工程和服务的行为。 （ ）

54. 政府采购主体中的国家机关是指各级国家权力机关、行政机关、司法机关、党务机关等。 （ ）

55. 政府采购资金为财政性资金。按照财政部的现行规定，财政性资金是指预算内资金、预算外资金的总和。 （ ）

56. 属于中央预算的政府采购项目，其集中采购目录和政府采购限额标准由国务院财政部门确定并公布。 （ ）

57. 属于地方预算的政府采购项目，其集中采购目录和政府采购限额标准由省、自治区、直辖市人民政府或者其授权的机构确定并公布。 （ ）

58. 政府采购的对象包括货物、工程、服务和知识产权。 （ ）

59.《政府采购法》规定，政府采购应当遵循公开透明原则、充分竞争原则、公正原则和诚实信用原则。 （ ）

60. 财政直接支付的申请由各预算单位填写"财政直接支付申请书"，报财政部门国库支付执行机构。 （ ）

61. 公平竞争原则可以进一步划分为竞争性原则和公平性原则。 （ ）

62. 诚实信用原则要求采购主体在项目发标、信息发布、评标审标中要真实，不得有所隐瞒。 （ ）

63. 我国《政府采购法》规定，除极少数法定情形外，政府采购应当采购本国货物、工程和服务。这一规定体现了政府采购具有活跃市场经济的功能。 （ ）

64.《政府采购法》规定，政府采购实行集中采购和分散采购相结合。采购人采购纳入集中采购目录的政府采购项目，应当实行集中采购。 （ ）

65.《政府采购法》规定，集中采购必须委托集中采购代理机构。省级以上人民政府根据本级政府采购项目组织集中采购的需要设立集中采购机构。 （ ）

66.《政府采购法》规定，采购未纳入集中采购目录的政府采购项目，只能自行采购。

（ ）

67. 采购人的权利包括在指定媒体及时向社会发布政府采购信息、招标结果。 （ ）

68. 采购人的义务包括依法确定中标供应商。 （ ）

69. 供应商的义务包括要求采购人或采购代理机构保守其商业秘密。 （ ）

70. 采购代理机构分为一般采购代理机构和集中采购代理机构。 （ ）

71. 一般采购代理机构的资格由国务院有关部门或省级人民政府有关部门认定，主要负责分散采购的代理业务。 （ ）

72. 集中采购代理机构是进行政府集中采购的法定代理机构，由设区的市、自治州以上人民政府根据本级政府采购项目组织集中采购的需要设立。　　　　　　　　（　　）

73. 政府采购中公开招标是政府采购的主要采购方式。　　　　　　　　　　　（　　）

74. 货物服务采购项目达到公开招标数额标准的，可以采用公开招标方式或其他方式。　　　　　　　　　　　　　　　　　　　　　　　　　　　　　　　　　（　　）

75. 采购人不得将应当以公开招标方式采购的货物或者服务化整为零或者以其他任何方式规避公开招标采购。　　　　　　　　　　　　　　　　　　　　　　　　（　　）

76. 货物或者服务具有特殊性，只能从有限范围的供应商处采购的可以采用竞争性谈判方式采购。　　　　　　　　　　　　　　　　　　　　　　　　　　　　　（　　）

77. 招标后没有供应商投标或者没有合格标的或者重新招标未能成立的，可以采用竞争性谈判方式采购。　　　　　　　　　　　　　　　　　　　　　　　　　　（　　）

78. 发生了不可预见的紧急情况不能从其他供应商处采购的，可以采用单一来源方式采购。　　　　　　　　　　　　　　　　　　　　　　　　　　　　　　　　（　　）

79. 必须保证原有采购项目一致性或者服务配套的要求，需要继续从原供应商处添购，且添购资金总额不超过原合同采购金额10%的，可以采用询价方式采购。　　（　　）

80. 各级人民政府审计部门是负责政府采购监督管理部门，依法履行对政府采购活动的监督管理职责。　　　　　　　　　　　　　　　　　　　　　　　　　　　　（　　）

81. 国库单一账户在财政总预算会计中使用，行政单位和事业单位会计中不设置该账户。　　　　　　　　　　　　　　　　　　　　　　　　　　　　　　　　　（　　）

82. 财政部门在商业银行为预算单位开设的零余额账户，简称财政部门零余额账户。　　　　　　　　　　　　　　　　　　　　　　　　　　　　　　　　　　（　　）

83. 财政部门是持有和管理国库单一账户的职能部门，任何单位不得擅自设立、变更或撤销国库单一账户体系中的各类银行账户。　　　　　　　　　　　　　　　　（　　）

84. 小额零散税收和法律另有规定的应缴收入，由征收机关于收缴收入的当日汇总缴入国库单一账户。　　　　　　　　　　　　　　　　　　　　　　　　　　　　（　　）

四、简答题

1. 政府采购方式包括哪些？

2. 预算收入与预算支出包括哪些内容？

3. 国库集中收付制度是什么？

五、案例题

甲研究院（以下简称甲单位）为实行国库集中支付和政府采购制度的事业单位。除完成国家规定的科研任务外，甲单位还从事技术转让、咨询与培训等经营性业务，并对经营性业务的会计处理采用权责发生制。

2010年，财政部门批准的甲单位年度预算为3 000万元。1～11月，甲单位累计预算支出数为2 600万元，其中：2 100万元已由财政直接支付，500万元已由财政授权支付。2010

年12月，甲单位经财政部门核定的用款计划数为400万元，其中：财政部门直接支付的用款数为300万元，财政授权支付的用款计划数为100万元。1～11月，甲单位累计经营亏损为300万元。

甲单位2010年12月预算收支及会计处理的有关情况如下（甲单位经营收入适用营业税税率5%，所得税税率33%，不考虑其他税费）：

（1）1日，甲单位收到代理银行转来的"财政授权支付额度到账通知书"，通知书中注明的本月授权额度为100万元。甲单位将授权额度100万元计入"零余额账户用款额度"，并增加财政补助收入100万元。

（2）2日，甲单位与A公司签订技术转让与培训合同。合同约定：甲单位将X专利技术转让给A公司并于12月15日至20日向A公司提供技术培训服务；A公司应于合同签订之日起5日内向甲单位预付50万元技术转让与培训服务费；在12月20日完成技术培训服务后，A公司向甲单位再支付150万元的技术转让与培训服务费。3日，甲单位收到A公司预付的款项50万元，已存入银行，甲单位增加银行存款50万元，同时增加预收账款50万元。

（3）4日，甲单位购入一批价值10万元的科研用材料，已验收入库，并向银行开具支付令。5日甲单位收到代理银行转来的"财政授权支付凭证"和供货商的发票，甲单位直接增加事业支出10万元，并减少"零余额账户用款额度"10万元。

（4）6日，甲单位按政府采购程序与B供货商签订一项购货合同，购买一台设备，合同金额110万元。7日甲单位收B供货商交付的设备和购货发票，发票注明的金额为110万元，设备已验收入库。当日，甲单位向财政国库支付执行机构提交了"财政直接支付申请书"，向财政部门申请交付B供货商货款，但当日尚未收到"财政直接支付入账通知书"，甲单位对上述事项未进行会计处理。

（5）9日，甲单位收到代理银行转来的支付B供货商货款的"财政直接支付入账通知书"，通知书中注明的金额为110万元，甲单位将110万元计入事业支出，并增加财政补助收入110万元。

（6）15日，经批准，甲单位用一台仪器设备对外进行投资。该仪器设备的账面价值为20万元，经评估确认的价值为25万元，甲单位增加了20万元的对外投资，并减少固定资产20万元。

（7）20日，甲单位完成A公司的技术培训服务，收到A公司支付的款项150万元，甲单位增加银行存款150万元，增加经营收入150万元；增加应交税费（应交营业税）7.5万元。

（8）31日，甲单位将经营收入和经营支出转入"经营结余"科目，同时将全年1月至12月累计经营亏损转入结余分配。

（9）31日，甲单位2010年度预算结余资金为40万元，其中：财政直接支付年终结余资金为26万元，财政授权支付年终结余金额为14万元，甲单位进行了如下处理：借记"财政应返还额度——财政直接支付"科目26万元，贷记"财政补助收入"科目26万元；借记

"财政应返还额度——财政授权支付"科目14万元，贷记"零余额账户用款额度"科目14万元。

(10) 2011年1月2日，甲单位收到《财政直接支付额度恢复到账通知书》，恢复2010年度财政直接支付额度26万元；收到代理银行转来的《财政授权支付额度恢复到账通知书》，恢复2005年度财政授权支付额度14万元，甲单位未进行会计处理。

要求：根据国家统一的会计制度及国库管理制度的有关规定，分析、判断事项（1）～（10）中甲单位的会计处理是否正确？如果不正确，请说明正确的会计处理。

第三章
税收法律制度

第一节　税收基本理论

一、税收的含义

税收，就是国家凭借政治权力，按照法定的标准，向居民和经济组织强制地、无偿地征收用以向社会提供公共产品的财政收入。政府代表社会履行了社会公共事务职能，向广大社会成员提供了共同的生产生活条件和设施，发生了一定的社会费用，那么，政府就有权力要求纳税人将一部分剩余产品补偿社会费用，而纳税人在平等地享受或消费了国家提供的公共设施服务后，也有义务分担一部分社会共同费用。

二、税收的特征

税收与规费收入、国债收入、罚没收入等其他形式财政收入相比，具有无偿性、强制性和固定性三项基本特征。税收的无偿性，是指在具体征税过程中，国家征税后税款即为国家所有，不再直接归还给纳税人。税收的强制性，是指税收参与社会产品的分配是依据国家的政治权力，具体表现在税收是以国家法律的形式规定的，税法作为国家法律的组成部分，任何单位和个人都必须遵守。税收的固定性，是指税收是国家按照法律规定的标准向纳税人征收的，具有事前规定的特征，任何单位和个人都不能随意改变。

三、税收的职能和作用

税收的职能主要有以下 3 个方面。①财政职能。组织国家财政收入是税收的基本职能。由于税收具有及时、可靠、稳定的特点，因此，税收一直是国家财政收入的主要来源。目前在我国占全部财政收入的 95％以上。②经济职能。税收是参与国民收入分配最主要、最规范的形式，也是国家实行宏观调控的重要经济杠杆，通过税制设计和制定税收政策，实现国家的经济政策目标，调节不同主体的经济利益和分配关系，从而协调社会经济的发展。③监督管理职能。税收借助它与经济的必然联系，反映国民经济运行和企业生产经营中的某些情况，发现存在的问题，对经济活动实行有效的监督。

在社会主义市场经济条件下，税收的作用主要表现在以下几个方面。①筹集财政收入，保证国家实现其职能的资金需要。②贯彻产业政策，调整和优化经济结构。③调节社会成员间的收入差距，缓解社会矛盾，促进社会的和谐和公平。④调节对外经济交往，维护国家主权和经济利益。⑤监督经济活动，制约违法经营和不正之风。

四、税收的用途

国家运用税收筹集财政收入，按照国家预算的安排，有计划地用于国家的财政支出，为社会提供公共产品和公共服务，发展科学、技术、教育、文化、卫生、环境保护和社会保障等事业，改善人民生活，加强国防和公共安全，为国家的经济发展、构建和谐社会和提高人民生活水平提供强大的物质保障。因此，税收与我们每一个人都息息相关。税收的用途，体现了我国税收"取之于民，用之于民"的本质。

五、税收的分类

税收分类是以一定的目的和要求出发，按照一定的标准，对各不同税种隶属税类所做的一种划分。我国的税种分类如下。

（一）按课税对象分类

1. 流转税

流转税是以商品生产流转额和非生产流转额为课税对象征收的一类税。

流转税是我国税制结构中的主体税类，目前包括增值税、消费税、营业税和关税等税种。农业税中的农业特产税也属于此类。

2. 所得税

所得税亦称收益税，是指以各种所得额为课税对象的一类税。

所得税也是我国税制结构中的主体税类，目前包括企业所得税、外商投资企业和外国企业所得税、个人所得税和农业税等税种。

3. 财产税

财产税是指以纳税人所拥有或支配的财产为课税对象的一类税。

包括遗产税、房产税、契税、车辆购置税和车船使用税等。

4. 行为税

行为税是指以纳税人的某些特定行为为课税对象的一类税。

我国现行税制中的城市维护建设税、固定资产投资方向调节税、印花税、屠宰税和筵席税都属于行为税。

5. 资源税

资源税是指对在我国境内从事资源开发的单位和个人征收的一类税。我国现行税制中资源税、土地增值税、耕地占用税和城镇土地使用税都属于资源税。

（二）按税收的计算依据为标准分类

1. 从量税

从量税是指以课税对象的数量（重量、面积、件数）为依据，按固定税额计征的一类税。

从量税实行定额税率，具有计算简便等优点。如我国现行的资源税、车船使用税和土地使用税等。

2. 从价税

从价税是指以课税对象的价格为依据，按一定比例计征的一类税。

从价税实行比例税率和累进税率，税收负担比较合理。如我国现行的增值税、营业税、关税和各种所得税等税种。

（三）按税收与价格的关系为标准分类

1. 价内税

价内税是指税款在应税商品价格内，作为商品价格一个组成部分的一类税。如我国现行的消费税、营业税和关税等税种。

2. 价外税

价外税是指税款不在商品价格之内，不作为商品价格的一个组成部分的一类税。如我国现行的增值税（目前商品的价税合一并不能否认增值税的价外税性质）。

（四）按是否有单独的课税对象、独立征收为标准分类

1. 正税

指与其他税种没有连带关系，有特定的课税对象，并按照规定税率独立征收的税。征收附加税或地方附加，要以正税为依据。我国现行各个税种，如增值税、营业税、农业税等都是正税。

2. 附加税

是指随某种税收按一定比例加征的税。例如外商投资企业和外国企业所得税规定，企业在按照规定的企业所得税率缴纳企业所得税的同时，应当另按应纳税所得额3%缴纳地方所得税。该项缴纳的地方所得税，就是附加税。

（五）按税收的管理和使用权限为标准分类

1. 中央税

中央税是指由中央政府征收和管理使用或由地方政府征收后全部划解中央政府所有并支配使用的一类税。如我国现行的关税和消费税等。这类税一般收入较大，征收范围广泛。

2. 地方税

地方税是指由地方政府征收和管理使用的一类税。如我国现行的个人所得税、屠宰税和筵席税等（严格来讲，我国的地方税目前只有屠宰税和筵席税）。这类税一般收入稳定，并与地方经济利益关系密切。

3. 中央与地方共享税

中央与地方共享税是指税收的管理权和使用权属中央政府和地方政府共同拥有的一类税。如我国现行的增值税和资源税等。这类税直接涉及中央与地方的共同利益。

这种分类方法是实行分税制财政体制的基础。

（六）按税收的形态为标准分类

1. 实物税

实物税是指纳税人以各种实物充当税款缴纳的一类税，如农业税。

2. 货币税

货币税是指纳税人以货币形式缴纳的一类税。在现代社会里，几乎所有的税种都是货币税。

（七）以管辖的对象为标准分类

1. 国内税收

是对本国经济单位和公民个人征收的各税。

2. 涉外税种

是具有涉外关系的税收。

（八）按税率的形式为标准分类

1. 比例税

即对同一课税对象，不论数额多少，均按同一比例征税的税种。

2. 累进税

是随着课税对象数额的增加而逐级提高税率的税种。

3. 定额税

是对每一单位的课税对象按固定税额征税的税种。

第二节 流 转 税

一、流转税的含义

流转税又称流转课税、流通税，指以纳税人商品生产、流通环节的流转额或者数量以及非商品交易的营业额为征税对象的一类税收。流转税是商品生产和商品交换的产物，已经有了几千年的历史。世界各国开征的各种流转税（如增值税、消费税、营业税、关税等）是政府财政收入的重要来源。尽管目前一些发达国家以所得税为主体税种，但是流转税在税收体系中仍然占有重要的地位。现行税制中的增值税、消费税、营业税和关税是我国流转税的主体税种。

（一）增值税

1. 增值税的概念与分类

（1）增值税的概念

增值税是对在我国境内销售货物、提供加工、修理修配劳务及进口货物的单位和个人，就其应税货物和应税劳务的增值额为计税依据计算征收的一种流转税。增值税具有价外计税、多环节不重复征税等特点。

增值税是对销售货物和提供劳务的过程中增加的价值征税，是目前各国普遍征收的一种税收。1993年12月13日，国务院发布《中华人民共和国增值税暂行条例》，从1994年1月1日起施行。2008年11月10日，国务院对该条例作了修订，同日公布，从2009年1月1日起施行。

（2）增值税的分类

各国在增值税立法中，出于财政收入或者投资政策的考虑，在确定法定增值额时，除了对一般性外购生产资料（即非固定资产项目）普遍实行扣除外，对于某一纳税人的外购生产资料中的固定资产的价值扣除，规定不完全相同。根据税基和购进固定资产的进项税额是否扣除及如何扣除的不同，各国增值税可以分为生产型、收入型和消费型三种类型。

第一，生产型增值税，是指计算应纳税额时，只允许从当期销项税额中扣除原材料等劳动对象的已纳税款，而不允许扣除固定资产所含税款的增值税。

生产型增值税以销售收入总额减去所购中间产品价值后的余额为税基。

第二，收入型增值税是指在计算应纳税额时，除扣除中间产品已纳税款，还允许在当期销项税额中扣除折旧部分所含税金。

收入型增值税以销项收入总额减去所购中间产品价值与固定资产折旧额后的余额为税基。

第三，消费型增值税是指在计算应纳税额时，除扣除中间产品已纳税款，对纳税人购入固定资产的已纳税款，允许一次性地从当期销项税额中全部扣除，从而使纳税人用于生产应税产品的全部外购生产资料都不负担税款。

消费型增值税以销售收入总额减去所购中间产品价值与固定资产投资额后的余额为税基。

相比之下，生产型增值税的税基最大，消费型增值税的税基最小，但纳税人的税负最小。我国原来开征的是生产型增值税，2009年1月1日后全面改征消费型增值税，实现了"增值税转型"。由于外购生产经营用固定资产的成本可以凭增值税专用发票一次性全部扣除，有利益鼓励投资，加速设备更新。

2. 增值税一般纳税人

增值税的纳税人包括在中国境内销售、进口货物，提供加工、修理、修配劳务（以下简称应税劳务）的企业、行政单位、事业单位、军事单位、社会团体、其他单位、个体工商和其他个人。增值税纳税人按规模大小和会计核算是否健全，分为一般纳税人和小规模纳税人。

增值税一般纳税人是指年应税销售额超过财政部规定标准的企业和企业性单位。即企业规模较大，会计核算较为健全、能够提供完整的核算资料的纳税人。一般纳税人需要办理认定手续。属于一般纳税人的情况如下。

① 年应税销售额超过小规模纳税人标准的企业和企业性单位。即：工业性及主营工业（工业销售额占 50％以上）的企业，年应税销售额不低于 50 万元的；商业性企业及主营商业的企业，年应税销售额不低于 80 万元的。

② 会计核算健全，年应税销售额不低于 30 万元的工业小规模企业。

③ 总机构为一般纳税人的工业性分支机构。

④ 新开业的符合一般纳税人条件的企业。

⑤ 于次年 1 月底前申请变成一般纳税人。

⑥ 个体经营者符合条件的，可以向省级国税局申请，经批准后成为一般纳税人。

不属于一般纳税人的情况如下。

除个体经营者以外的个人、销售免税货物的企业、不经常发生应税行为的企业，都不能认定为一般纳税人。下列纳税人不属于一般纳税人。

① 年应税销售额未超过小规模纳税人标准的企业（以下简称小规模企业）。

② 个人（除个体经营者以外的其他个人）。

③ 非企业性单位。

④ 不经常发生增值税应税行为的企业。

3. 增值税税率

我国增值税是采用比例税率，按照一定的比例征收。增值税的税率分为三档：基本税率（17％）、低税率（13％）、零税率。

（1）基本税率

增值税一般纳税人销售或者进口货物，提供加工、修理修配劳务，除低税率适用范围和销售个别旧货适用低税率外，税率一律为 17％，这就是通常所说的基本税率。

（2）低税率

增值税一般纳税人销售或者进口下列货物，按低税率计征增值税，低税率为 13％。

第一，粮食、食用植物油、鲜奶。

第二，自来水、暖气、冷气、热水、煤气、石油液化气、天然气、沼气、居民用煤炭制品。

第三，图书、报纸、杂志。

第四，饲料、化肥、农药、农机、农膜。

第五，国务院及其有关部门规定的其他货物。

（3）零税率

纳税人出口货物，税率为零；但是，国务院另有规定的除外。

零税率是指对出口货物除了在出口环节不征收增值税外，还要对该产品在出口前已经缴纳的制造商进行退税，使该出口产品在出口时完全不含增值税税款，从而以无税产品进入国际市场。税率为零不是简单地等同免税。

4. 增值税应纳税额

增值税一般纳税人销售货物或者提供劳务的应纳税额为纳税人当期销项税额抵扣当期进项税额后的余额。其计算公式为：

$$增值税应纳税额＝当期销项税额－当期进项税额$$

（1）销项税额

销项税额是指纳税人销售货物或者提供应税劳务，按照销售额或提供应税劳务收入和规定的税率计算并向购买方收取的增值税税额。销项税额的计算公式为：

$$销项税额＝当期销售额×适用税率$$

一般纳税人因销货退回或折让而退还给购买方的增值税税额，应从发生销货退回或折让当期的销项税额中冲减。

（2）销售额

销售额是指纳税人销售货物或者提供应税劳务向购买方收取的全部价款和价外费用。

价外费用，包括价外费用收取的手术费、补贴、基金、集资费、返还利润、奖励费、违约金、滞纳金、延期付款利息、赔偿金、代收款项、代垫款项、包装费、包装物租金、储备费、优质费、运输装卸费以及其他各种性质的价外收费。但不包括下列项目。

第一，向购买方收取的销项税额。

第二，受托加工应征消费税的消费品所代收代缴的消费税。

第三，同时符合以下条件的代垫运费：承运部门将运费发票开具给购货方的；纳税人将该项发票转给购货方的。

凡随同销售货物或提供应税劳务向购买方收取的价外费用，无论其会计制度如何核算，均应并入销售额计算应纳税额。

我国增值税是价外税，计税依据中不含增值税本身的数额。为了符合增值税作为价外税的要求，一般纳税人在对销售货物或者应税劳务取得的含税销售额计算销项税额时，必须将其换算为不含税的销售额。对于一般纳税人销售货物或者应税劳务，采用销售额和销项税额合并定价方法的，按照下列公式计算销售额：

$$销售额＝含税销售额÷（1＋税率）$$

纳税人销售货物或者提供应税劳务价格明显偏低并无正当理由的，或者视同销售货物行为而无销售额的，由税务机关核定销售额。

（3）进项税额

进项税额是指纳税人购进货物和应税劳务，所支付或所负担的增值税额。进项税额是与销项税额相对应的另一个概念，在开具增值税专用发票的情况下，它们之间的对应关系是，销售方收取的销项税额，就是购买方支付的进项税额。增值税的核心就是用纳税人收取的销项税额抵扣其支付的进项税额，其余额为纳税人实际应缴纳的增值税税额。

根据税法规定，准予从销项税额中抵扣的进项税额主要有：

第一，从销售方取得的增值税专用发票上注明的增值税额；

第二，从海关取得的海关进口增值税专用缴款书上注明的增值税额；

第三，进口农产品，除取得增值税专用发票或者海关进口增值税专用缴款书外，按照农产品收购发票或者销售发票上注明的农产品买价和13％的扣除率计算的进项税额；

第四，购进或者销售货物（除规定不准抵扣进项税额的外购固定资产、免税货物外）以及在生产经营过程中支付运输费用（不包括发票）上注明的运输费用金额和7％的扣除率计算的进项税额。

纳税人因进货退回或折让而收回的增值税税额，应当从当期发生的进项税额中冲减。经税务机关确定为混合销售行为或兼营非应税劳务，应当征收增值税的，非应税劳务所用外购货物或应税劳务的进项税额，准予计入当期进项税额中。

5. 增值税小规模纳税人

小规模纳税人是指年销售额在规定标准以下，并且会计核算不健全，不能按照规定报送有关税务资料的增值税纳税人。所称会计核算不健全是指不能正确核算增值税的销项税额、进项税额和应纳税额。

根据税法规定，小规模纳税人的认定标准如下。

第一，从事货物生产或者提供应税劳务的纳税人，以及以从事货物生产或者提供应税劳务为主，并兼营货物批发或者零售的纳税人，年应征增值税销项额（以下简称应税销项额）在50万元以下（含本数，下同）的；"以从事货物生产或者提供应税劳务为主"是指纳税人的年货物生产或者提供应税劳务的销售额占年应税销售额的比重在50％以上。

第二，对上述规定以外的纳税人，年应税销售额在80万元以下的。

第三，年应税销售额超过小规模纳税人标准的其他个人按小规模纳税人纳税。

第四，非企业性单位、不经常发生应税行为的企业可选择按小规模纳税人。

小规模纳税人与增值税一般纳税人在征税和管理上的主要区别有三点：一是小规模纳税人销售货物或提供应税劳务不得使用增值税专用发票；二是小规模纳税人购进货物或接受应税劳务不能使用增值税专用发票等扣税凭证抵扣税款，即小规模纳税人不享有税款抵扣权；三是小规模纳税人应纳税税额采用简易征收办法计算。

6. 增值税征收管理

（1）纳税义务发生时间

纳税义务发生时间，是纳税人发生应税义务行为应当承担纳税义务的起始时间。销售货物或者应税劳务的纳税义务发生时间可以分为一般规定和具体规定。

第一，一般规定。

① 纳税人销售货物或者应税劳务，其纳税义务发生时间为收讫销售款项或者取得销售款项凭据的当天；先开具发票的，为开具发票的当天。

② 纳税人进口货物，其纳税义务发生时间为报关进口的当天。

③ 增值税扣缴义务发生为纳税人增值税义务发生的当天。

第二，具体规定。

纳税人收讫销售款项或者取得销售款项凭据的当天，按销售结算方式的不同，具体规定如下：

① 采取直接收款方式销售货物，不论货物是否发出，均为收到销售款或者取得销售凭据的当天；

② 采取托收承付和委托银行收款方式销售货物，为发出货物并办妥托收手续的当天；

③ 采取赊销和分期收款方式销售货物，为书面合同约定的收款日期的当天，无书面合同的或者书面合同没有约定收款日期的，为货物发出的当天；

④ 采取预收货款方式销售货物，为货物发出的当天，但销售生产工期超过 12 个月的大型机械设备、船舶、飞机等货物，为收到预收款或者书面合同约定的收款日期的当天；

⑤ 委托其他纳税人代销货物，为收到代销单位的代销清单或者收到全部或者部分货款的当天，未收到代销清单及货款的，为发出代销货物满 180 天的当天；

⑥ 销售应税劳务，为提供劳务同时收讫销售款或者取得销售款的凭据的当天；

⑦ 纳税人发生税收法规中所列视同销售货物行为，为货物移送的当天。

（2）纳税期限

根据《增值税暂行条例》的规定，增值税的纳税期限分别为 1 日、3 日、5 日、10 日、15 日、1 个月或者 1 个季度。

纳税人的具体纳税期限，由主管税务机关根据纳税人应纳税额的大小分别核定；不能按照固定期限纳税的，可以按此纳税。

纳税人 1 个月或者 1 个季度为 1 个纳税期的，自期满之日起 15 日内申报纳税；以 1 日、3 日、5 日、10 日或者 15 日为 1 个纳税期的，自期满之日起 5 日内预缴税款，于次月 1 日起 15 日内申报纳税并结清上月应纳税款。

纳税人进口货物，应当自海关填发税款缴纳书之日起 15 日内缴纳税款。纳税人出口适用税率为零的货物，可以按月向税务机关申报办理该项出口货物的退税。

（3）纳税地点

税法规定的增值税纳税地点主要有以下几种。

第一，固定业户应当向其机构所在地的主管税务机关申报纳税。总机构的分支机构不在同一县（市）的，应当分别向各自所在地的主管税务机关申报纳税；经国务院财政、税务主管部门或者其授权的财政、税务机关批准，可以由总机构汇总向总机构所在地的主管税务机关申报纳税。

第二，固定业户到外县（市）销售货物或者应税劳务，应当向其机构所在地的税务主管机关申请开具外出经营活动税收管理证明，并向其机构所在地的主管税务机关申报纳税；未开具证明的，应当向销售地或者劳务发生地的主管税务机关申报纳税的，由其机构所在地的主管税务机关补征税款。

第三，非固定业户销售货物或者应税劳务，应当向销售地或者劳务发生地的主管税务机关申报纳税；未向销售地或者劳务发生地的主管税务机关申报纳税的，由其机构所在地或者居住地的主管税务机关补征税款。

第四，进口货物，应当向报关地海关申报纳税。

扣缴义务人应当向其机构所在地或者居住地的主管税务机关申报缴纳其扣缴的税款。

（二）消费税

1. 消费税的概念

消费税是指对消费品和特定的消费行为按消费流转额征收的一种商品税。消费税可分为一般消费税和特别消费税，前者主要指对所有消费品包括生活必需品和日用品普通课税，后者主要指对特定消费品或特定消费行为如奢侈品等课税。我国现行消费税是对在我国境内从事生产、委托加工和进口应税消费品的单位和个人就其应税消费品征收的一种税。由于其选择部分消费品征税，因而属于特别消费税。

2. 消费税的计税

消费税的计税方法，主要采用从价定率、从量定额以及从价定率和从量定额复合征收 3 种计税方法。

（1）从价定率计税

在从价定率征收情况下，根据不同的应税消费品确定不同的比例税率，以应税消费品的销售额为基数乘以比例税率计算应纳税额。实行从价定率计税的消费品，其消费税税基和增值税税基是一致的，即都是以含增值税而不含增值税的销售额作为计税基数。

（2）从量定额计税

在从量定额征收情况下，根据不同的应税消费品确定不同的单位税额，以应税消费品的数量为基数乘以单位税额计算应纳税额。

（3）从价定率和从量定额复合征收

在从价定率和从量定额复合征收的情况下，基本与前两种征收方法相同，只不过是对同一应税消费品同时采用两种计税方法计算税额，以两种方法计算的应纳税额之和为该应税消费品的应纳税额。我国目前只对烟和酒采用复合征收方法。

3. 消费税纳税人

在中国境内从事生产、委托加工和进口应税消费品的单位和个人，为消费税的纳税人。

中国境内，是指生产、委托加工和进口属于应当缴纳消费税的消费品的起运地或者所在地境内。

单位，是指企业、行政单位、事业单位、军事单位、社会团体及其他单位。

个人，是指个体工商户及其他个人。

4. 消费税税目与税率

（1）消费税税目

现行消费税共有 14 个税目，包括烟（包括卷烟、雪茄烟及烟丝等子目）、酒及酒精（包括白酒、黄酒、啤酒、其他酒和酒精等子目）、化妆品、贵重首饰及珠宝玉石、鞭炮和焰火、成品油（包括汽油、柴油、航空煤油、石脑油、溶剂油、润滑油、燃料油等子目）、汽车轮胎、摩托车、小汽车（包括乘用车、中轻型商用客车等子目）、高尔夫球及球具、高档手表、游艇、木制一次性筷子、实木地板等。

（2）消费税税率

消费税采用比例税率和定额税率两种形式，以适应不同应税消费品的实际情况。

消费税根据不同的税目或子目确定相应的税率或单位税额。如粮食白酒税率为 20% 加 0.5 元/500 克，摩托车税率为 3% 等；黄酒、啤酒、汽油、柴油等分别按单位重量或单位体积确定单位税额。

5. 销售额的确认

销售额为纳税人销售应税消费品向购买方收取的全部价款和价外费用，是指价外向购买方收取的手续费、违约金、包装费、包装物租金、储备费、运输装卸费等。对于销售额中包含的增值税则应该进行价税分离。

6. 销售量的确认

销售数量是指纳税人生产、加工和进口应税消费品的数量。具体规定如下：

① 销售应税消费品的，为应税消费品的销售数量。

② 自产自用应税消费品的，为应税消费品的移送使用数量。

③ 委托加工应税消费品的，为纳税人收回的应税消费品数量。

④ 进口的应税消费品，为海关核定的应税消费品进口征税数量。

7. 从价从量复合计征

从价从量复合计征是从量定额和从价定率相结合的一种计税方法。其消费税应纳税额等于从价定率计算的应纳税额和从量定额计算的应纳税额相加之和。

现行消费税的征税范围中，只有卷烟、粮食白酒、薯类白酒采用复合计征方法。

8. 消费税征收管理

1）纳税时间

（1）纳税人销售的应税消费品

其纳税义务的发生时间为：

① 纳税人采取赊销和分期收款结算方式的，其纳税义务的发生时间，为销售合同规定的收款日期的当天。

② 纳税人采取预收结算方式的，其纳税义务的发生时间，为发出应税消费品的当天。

③ 纳税人采取托收承付和委托银行收款方式销售的应税消费品，其纳税义务的发生时间，为发出应税消费品并办妥托收手续的当天。

④ 纳税人采取其他结算方式的，其纳税义务的发生时间，为收讫销售款或者取得索取销售款的凭据的当天。

（2）纳税人自产自用的应税消费品

其纳税义务的发生时间，为移送使用的当天。

（3）纳税人委托加工的应税消费品

其纳税义务的发生时间，为纳税人提货的当天。

（4）纳税人进口的应税消费品

其纳税义务的发生时间，为报关进口的当天。

2）纳税期限

消费税的纳税期限分别为 1 日、3 日、5 日、10 日、15 日、1 个月或者 1 个季度。纳税人具体纳税期限，由主管税务机关根据纳税人应纳税额的大小分别核定；不能按照固定期限纳税的，可以按次纳税。

纳税人以 1 个月或以 1 个季度为一期纳税的，自期满之日起 15 日内申报纳税；以 1 日、3 日、5 日、10 日或者 15 日为一期纳税的，自期满之日起 5 日内预缴税款，于次月 1 日至 15 日内申报纳税并结清上月应纳税款。

纳税人进口应税消费品，应当自海关填发海关进口消费税专用缴款书之日起 15 日内缴纳税款。

3）纳税地点

消费税具体纳税地点有如下：

① 纳税人销售的应税消费品，以及自产自用的应税消费品，除国家另有规定的外，应当向纳税人核算地主管税务机关申报纳税。

② 委托个人加工的应税消费品，由委托方向其机构所在地或者居住地主管税务机关申报纳税。除此之外，由受托方向所在地主管税务机关代收代缴消费税税款。

③ 进口的应税消费品，由进口人或者其代理人向报关地海关申报纳税。

④ 纳税人到外县（市）销售或者委托外县（市）代销自产应税消费品的，于应税消费品销售后，向机构所在地或者居住地主管税务机关申报纳税。

⑤ 纳税人的总机构与分支机构不在同一县（市）的，应当分别向各自机构所在地的主管税务机关申报纳税；经财政部、国家税务总局或者其授权的财政、税务机关批准，可以由总机构所在地的主管税务机关申报纳税。

（三）营业税

1. 营业税的概念

营业税是以在我国境内提供应税劳务、转让无形资产或销售不动产所取得的营业额为课税对象而征收的一种商品劳务税。

2. 营业税纳税人

在中华人民共和国境内提供应税劳务、转让无形资产或销售不动产的单位和个人，为营业税的纳税义务人。

上述应税劳务是指属于交通运输业、建筑业、金融保险业、邮电通信业、文化体育业、娱乐业、服务业税目征收范围的劳务。加工和修理修配劳务属于增值税的征税范围，不属于营业税的应税劳务。单位或个体工商户的员工为本单位或雇主提供的劳务，也不属于营业税的应税劳务。

3. 营业税的税目、税率

（1）营业税税目

营业税的税目按照行业、类别的不同分别设置。我国现行营业税共设置了9个税目，分别是：交通运输业、建筑业、金融保险业、邮电通信业、文化教育业、娱乐业、服务业、转让无形资产、销售不动产。

（2）营业税税率

营业税按照行业、类别的不同分别采用不同的比例税率，具体规定为：

第一，交通运输业、建筑业、邮电通信业、文化体育业，税率为3%；

第二，服务业、销售不动产、转让无形资产，税率为5%；

第三，金融保险业税率为5%；

第四，娱乐业执行5%～20%的幅度税率，具体适用的税率，由各省、自治区、直辖市人民政府根据当地的实际情况在税法规定的范围内决定。

4. 营业税应纳税额

现行营业税一营业额作为计税依据。营业额为纳税人提供应税劳务、转让无形资产或者销售不动产向对方收取的全部价款和价外费用。价外费用，包括收取的手续费、补贴、基金、集资费、返还利润、奖励费、违约金、滞纳金、延期付款利息、赔偿金、代收款项、代垫款项、罚息及其他各种性质的价外收费。

纳税人提供应税劳务、转让无形资产或者销售不动产，按照营业额和规定的适用税率计算应纳税额。其计算公式为：

$$应纳税额＝营业额×税率$$

营业额以人民币计算。纳税人以人民币以外的货币结算营业额的，应当折合成人民币计算。

5. 营业税征收管理

1）纳税时间

营业税的纳税义务人发生时间为纳税人收讫营业收入款项或者取得营业收入款项凭据的当天，所称取得索取营业收入款项凭据的当天，为书面合同确定的付款日期的当天；未签订书面合同或者书面合同未确定付款日期的，为应税行为完成的当天。

具体规定如下：

① 纳税人转让土地使用权或者销售不动产，采取预收款方式的，其纳税义务发生时间为收到预收款的当天。

② 纳税人提供建筑业或者租赁业劳务，采取预收款方式的，其纳税义务人发生时间为收到预收款的当天。

③ 纳税人将不动产或者土地使用权无偿赠送其他单位或者个人的，其纳税义务发生时间为不动产所有权、土地使用权转移的当天。

④ 纳税人发生自建行为的，其纳税义务发生时间为销售自建建筑物并收讫营业收入款项或取得索取营业收入款项凭据的当天。

纳税人将自建建筑物对外赠与，其建筑业应税劳务的纳税义务发生时间为该建筑物产权转移的当天。

2）纳税期限

营业税的纳税期限，分别为 5 日、10 日、15 日、1 个月或 1 个季度。纳税人的具体纳税期限，由主管税务机关根据纳税人应纳税额的大小分别核定；不能按照固定期限纳税的，可以按次纳税。

纳税人以 1 个月或 1 个季度为一期纳税的，期满之日起 15 日内上报纳税；以 5 日、10 日或者 15 日为一期纳税的，期满之日起 5 日内预缴税款，于次月 1 日起 15 日内申报纳税并结清上月应纳税款。

3）纳税地点

营业税的纳税地点原则上采取属地征收的方法，就是纳税人在经营行为发生地缴纳应纳税款。

① 纳税人提供应税劳务，应当向应税劳务发生地的主管税务机关申报纳税。纳税人从事运输业务的，应当向其机构所在地主管税务机关申报纳税。

② 纳税人转让土地使用权，应当向土地所在地的主管税务机关申报纳税。纳税人转让无形资产，应当向其机构所在地的主管税务机关申报纳税。

③ 单位和个人出租土地使用权、不动产的营业税纳税地点为土地、不动产所在地；单位和个人出租物品、设备等动产的营业税纳税地点为出租单位机构所在地或个人居住地。

④ 纳税人销售不动产，应当向不动产所在地主管税务机关申报纳税。

二、流转税的特点

流转税的主要特点如下。第一，以商品生产、交换和提供商业性劳务为征税前提，征税范围较为广泛，既包括第一产业和第二产业的产品销售收入，也包括第三产业的营业收入；既对国内商品征税，也对进出口的商品征税，税源比较充足。第二，以商品、劳务的销售额和营业收入作为计税依据，一般不受生产、经营成本和费用变化的影响，可以保证国家能够及时、稳定、可靠地取得财政收入。第三，一般具有间接税的性质，特别是在从价征税的情况下，税收与价格的密切相关，便于国家通过征税体现产业政策和消费政策。第四，同有些税类相比，流转税在计算征收上较为简便易行，也容易为纳税人所接受。

三、流转税的作用

① 广泛筹集财政资金。
② 能够保证国家及时稳定地取得财政收入。
③ 配合价格调节生产和消费。

四、种类比较

增值税、消费税及营业税是流转税里最主要的三种税种，其区别如下。

（一）从征税对象看

① 流转税的课税对象既包括商品销售额，也包括非商品销售额。

② 增值税、消费税以商品销售额为主要课税对象，营业税以非商品销售额为主要课税对象。

③ 增值税的征税范围与营业税的征税范围是相互排斥的。

营业税的应税资产是有形动产（征增值税）之外的其他资产，即有形不动产和无形资产。营业税的应税劳务是除加工、修理修配（征增值税）之外的所有劳务。

总之，对于一种货物或劳务，要么征增值税，要么征营业税，二者互补但不交叉。

（二）从税目和税率设计来看

① 增值税、消费税通常按不同商品设置不同税目和税率，营业税则按不同行业设置税目和税率。

② 这一方面是因为各个行业之间的盈利水平、负税能力不同，另一方面也是为了在保持各行业内部税负公平前提下，体现国家的产业政策，有利于利用税收进行产业调整、促进产业升级。

（三）从纳税人计算纳税和税务机关征管来看

增值税、消费税在不同程度上都要计算抵税，而营业税通常以营业收入全额作为计税依据，计算简便，征管成本相对较低。

（四）从税负转嫁程度来看

增值税、消费税主要以商品销售额作为课税对象，税负转嫁程度高。

营业税通常以营业收入作为课税对象，具有了一定直接税的特征，税负相对难于转嫁。

（五）从税收优惠来看

增值税、消费税的税收优惠相对较少，营业税的税收优惠相对较多。

第三节 所 得 税

一、所得税的含义

所得税又称所得课税、收益税，指国家对法人、自然人和其他经济组织在一定时期内的各种所得征收的一类税收。

所得税 1799 年创始于英国。由于这种税以所得的多少为负担能力的标准，比较符合公平、普遍的原则，并具有经济调节功能，所以被大多数西方经济学家视为良税，得以在世界各国迅速推广。进入 19 世纪以后，大多数资本主义国家相继开征了所得税，并逐渐成为大多数发达国家的主体税种（主要是个人所得税和企业所得税）。

二、所得税的特点

① 通常以纯所得为征税对象。
② 通常以经过计算得出的应纳税所得额为计税依据。
③ 纳税人和实际负担人通常是一致的，因而可以直接调节纳税人的收入。
④ 应纳税税额的计算涉及纳税人的成本、费用的各个方面，有利于加强税务监督，促使纳税人建立、健全财务会计制度和改善经营管理。

三、企业所得税

企业所得税纳税人在中华人民共和国境内，企业和其他取得收入的组织（以下统称企业）为企业所得税的纳税人（个人独资企业、合伙企业除外）。

（一）居民企业与非居民企业

居民企业应当就其来源于我国境内、境外的所得缴纳企业所得税。居民企业，是指依法在我国境内成立，或者依照外国（地区）法律成立但实际管理机构在我国境内的企业。

非居民企业在我国境内设立机构、场所的，应当就其所设机构、场所取得的来源于我国境内的所得，以及发生在我国境外但与其所设机构、场所有实际联系的所得，缴纳企业所得税。非居民企业在我国境内未设立机构、场所的，或者虽设立机构、场所但取得的所得与其所设机构、场所没有实际联系的，应当就其来源于我国境内的所得缴纳企业所得税。

非居民企业，是指依照外国（地区）法律成立且实际管理机构不在我国境内，但在我国境内设立机构、场所的，或者在我国境内未设立机构、场所，但有来源于我国境内所得的企业。非居民企业在我国境内设立机构、场所的，应当就其所设机构、场所取得的来源于我国境内的所得，以及发生在我国境外但与其所设机构、场所有实际联系的所得，缴纳企业所得税。

我国企业所得税的税率为 25%，此外为了重点扶持和鼓励发展特定的产业和项目规定了两档优惠税率：20% 和 15%。

（二）企业所得税应纳税所得额

应纳税所得额是企业所得税的计税依据。根据税法规定，应纳税所得额为企业每一个纳税年度的收入总额，减除不征税收入、免税收入、各项扣除，以及允许弥补的以前年度亏损后的余额。

1. 收入总额

企业的收入总额是指以货币形式和非货币形式从各种来源取得的收入。收入总额具体包括销售货物收入、提供劳务收入、转让无形资产收入、股息、红利等利益性投资收益，以及利息收入、租金收入、特许权使用费收入、接受捐赠收入、其他收入。

2. 不征税收入

不征税收入是指根据企业所得税税法规定的不征企业所得税的财政性资金的收入。主要包括以下几个方面。

① 财政拨款，是指各级人民政府对纳入预算管理的事业单位、社会团体等组织拨付的财政资金，但国务院和国务院财政、税务主管部门另有规定的除外。

② 依法收取并纳入财政管理的行政事业性收费、政府性基金，是指依照法律法规等有关规定，按照国务院规定程序批准，在实施社会公共管理，以及在向公民、法人或者其他组织提供特定公共服务的过程中，向特定对象收取并纳入财政管理的费用。

③ 国务院规定的其他不征税收入，是指企业取得的，由国务院财政、税务主管部门规定专项用途并经国务院批准的财政性资金。

3. 免税收入

① 国债利息收入。为鼓励企业积极购买国债，支援国家建设，税法规定，企业因购买国债所得的利息收入，免征企业所得税。

② 符合条件的居民之间的股息、红利等权益性收益，是指居民企业直接投资于其他居民企业取得的投资收益。

③ 在中国境内设立机构、场所的非居民企业从居民企业取得与该机构、场所有实际联系的股息、红利等权益性投资收益。

④ 符合条件的非营利组织的收入。

4. 准予扣除的项目

企业实际发生地与取得收入有关的、合理的支出，包括成本、费用、税金、损失和其他支出，准予在计算应纳税所得额时扣除。

（1）成本

成本是指企业在生产经营后活动中发生的销售成本、销货成本、业务支出及其他耗费，即企业销售商品（产品、材料、下脚料、废料、废旧物资等）、提供劳务、转让固定资产

（包括技术转让）的成本。

（2）费用

费用是指企业每一个纳税年度为生产、经营商品和提供劳务等所发生的销售（经营）费用、管理费用和财务费用。已经计入成本的有关费用除外。

（3）税金

税金是指企业发生的除企业所得税和允许抵扣的增值税以外的企业纳税的各项税金及其附加，即企业按规定缴纳的消费税、营业税、城市维护建设税、关税、资源税、土地增值税、房产税、车船税、土地使用税、教育费附加等产品销售税金及附加。

（4）损失

损失是指企业在生产经营活动中发生的固定资产和存货的盘亏、毁损、报废损失、转让财产损失、呆账损失、坏账损失、自然灾害等不可抗力因素造成的损失及其他损失。企业发生的损失，减除责任人赔偿和保险赔偿后的余额，依照国务院财政、税务主管部门的规定扣除。

（5）其他支出

其他支出是指除成本、费用、税金、损失外，企业在生产经营活动中发生的与生产经营活动有关的、合理的支出。

5. 不得扣除的项目

在计算应纳税所得额时，下列支出不得扣除。

① 向投资者支付的股息、红利等权益性投资收益款项。

② 企业所得税税款。

③ 税收滞纳金，是指纳税人违反税收法规，被税务机关处以的滞纳金。

④ 罚金、罚款和被没收财物的损失，是指纳税人违反国家有关法律、法规规定，被有关部门处以的罚款，以及被司法机关处以的罚金和被没收财务。

⑤ 超过规定标准的捐赠支出。

⑥ 赞助支出，是指企业发生的与生产经营活动无关的各种非广告性质支出。

⑦ 未经核定的准备金支出，是指不符合国务院财政、税务主管部门规定的各项资产减值准备、风险准备等准备金支出。

⑧ 企业之间支付的管理费、企业内营业机构之间支付的租金和特许权使用费，以及非银行企业内营业机构之间支付的利息。

⑨ 与取得收入无关的其他支出。

6. 亏损弥补

税法规定，企业某一纳税年度发生的亏损可以用下一年度的所得弥补，下一年度的所得不足以弥补的，可以逐年延续弥补，但最长不得超过5年。

7. 企业所得税征收管理

1）纳税地点

① 除税收法律、行政法规另有规定外，居民企业以企业登记注册地为纳税地点；但登

记注册地在境外的,以实际管理机构所在地为纳税地点。

居民企业在中国境内设立不具有法人资格的营业机构的,应当汇总计算并缴纳企业所得税。

② 非居民企业在中国境内设立机构、场所的,应当就其所设机构、场所取得的来源于中国境内的所得,以及发生在中国境内但与其所设机构、场所有实际联系的所得,以机构、场所所在地为纳税地点。非居民企业在中国境内设立两个或者两个以上机构、场所的,经税务机构审核批准,可以选择由其主要机构、场所汇总缴纳企业所得税。

③ 非居民企业在中国境内未设立机构、场所的,或者虽设立机构、场所但取得的所得与其所设机构、场所汇总缴纳企业所得税。

④ 除国务院另有规定外,企业之间不得合并缴纳企业所得税。

2)纳税期限

企业所得税按年计征,分月或者分季预缴,年终汇算清缴,多退少补。

企业所得税的纳税年度的纳税年度,自公历1月1日起至12月31日止。企业在一个纳税年度的中间开业,或者由于合并、关闭等原因终止经营活动,使该纳税年度的实际经营期不足12个月的,应当以其实际经营期为一个纳税年度。企业清算时,应当以清算期限作为一个纳税年度。

四、个人所得税

(一) 个人所得税概念

个人所得税是以自然人取得的各类应税所得为征税对象而征收的一种所得税,是政府利用税收对个人收入进行调节的一种手段。个人所得税的征税对象不仅包括个人还包括具有自然人性质的企业。

(二) 个人所得税纳税义务人

个人所得税的纳税义务人,包括中国公民、个体工商户(个人独资企业和合伙企业的投资者),以及在中国境内有所得的外籍人员和香港、澳门、台湾同胞。上述纳税义务人依据住所和居住时间两个标准,可分为居民纳税人和非居民纳税人。

1. 居民纳税人

居民纳税人是指在中国境内有住所,或者无住所而在中国境内居住满一年的个人。居民纳税人负无限纳税义务,应就其来源于中国境内、境外的全部所得,依法缴纳个人所得税。

2. 非居民纳税人

非居民纳税人是指在中国境内无住所又不居住,或者无住所而在境内居住不满一年的个人。非居民纳税人负有限纳税义务,仅就其来源于中国境内的所得向中国缴纳个人所得税。

(三) 个人所得税的应税项目和税率

1. 个人所得税应税项目

我国个人所得税共有11个应税项目,分别如下。

① 工资、薪金所得，是指个人因任职或受雇而取得的工资、薪金、奖金、年终加薪、劳动分红、津贴、补贴及与任职或者受雇有关的其他所得。

② 个体工商户的生产、经营所得包括以下几个方面。

a. 个体工商户从事工业、手工业、建筑业、交通运输业、商业、饮食业、服务业、修理业及其他取得的所得。

b. 个人经政府有关部门批准，取得执照，从事办学、医疗、咨询及其他有偿服务活动取得的所得。

c. 上述个体工商户和个人取得的与生产、经营有关的各项应税所得。

d. 其他个人从事个体工商业生产、经营取得的所得。

③ 对企事业单位的承包经营、承租经营所得，是指个人承包经营、承租经营，以及转包、转租取得的所得。

④ 劳务报酬所得，是指个人从事设计、装潢、安装、制图、化验、测试、医疗、法律、会计、咨询、讲学、新闻、广播、翻译、审稿、书画、雕刻、影视、录音、录像、演出、表演、广告、展览、技术服务、介绍服务、经纪服务、代办服务及其他劳务取得的所得。

⑤ 稿酬所得，是指个人因其作品以图书、报刊形式出版、发表而取得的所得。

⑥ 特许权使用费所得，是指个人提供专利权、商标权、著作权、非专利技术以及其他特许权的使用权取得的所得，提供著作权的使用权取得的所得不包括稿酬所得。

⑦ 利息、股息、红利所得，是指个人拥有债权、股权而取得的利息、股息、红利所得。

⑧ 财产租赁所得，是指个人出租建筑物、土地使用权、机器设备、车船及其他财产取得的所得。

⑨ 财产转让所得，是指个人转让有价证券股权、建筑物、土地使用权、机器设备、车船及其他财产取得的所得。

⑩ 偶然所得，是指个人得奖、中奖、中彩及其他偶然性质的所得。

⑪ 经国务院财政部门确定征税的其他所得。

2. 个人所得税率

我国的个人所得税采用分类所得税制，对不同的所得项目分别确定不同的适用税率和不同的税率形式。其采用的税率形式分别为比例税率和超额累进税率，具体如下。

① 工资、薪金所得，适用超额累进税率，税率为 5%～45%。

② 个体工商户的生产、经营所得和对企事业单位的承包经营、承租经营所得，适用 5%～35% 的超额累进税率。

③ 稿酬所得，适用比例税率，税率为 20%，并按应纳税额减征 30%。故其实际税率为 14%。

④ 劳务报酬所得，适用比例税率，税率为 20%。对劳务报酬所得一次收入畸高的，可以实行加成征收，具体办法由国务院规定。

⑤ 特许权使用费所得，利息、股息、红利所得，财产租赁所得，财产转让所得，偶然

所得和其他所得，适用比例税率，税率为20％。

（四）个人所得税应纳税所得额

1. 工资、薪金所得

工资、薪金所得，以每月收入额减除费用2 000元后的余额，为应纳税所得额。

$$应纳税所得额＝每月收入额－2 000元或4 800元$$

上述公式中提出的"4 800元"，包括了附加减除费用。

我国《个人所得税法实施条例》中对附加减除费用的范围和标准作了具体规定。

（1）附加减除费用

适用的范围包括以下几个方面。

① 在中国境内的外商投资企业和外国企业中工作取得工资、薪金所得的外籍人员。

② 应聘在中国境内的企业、事业单位、社会团体、国家机关中工作取得工资、薪金所得的外籍专家。

③ 在中国境内有住所而在中国境外任职或者受雇取得工资、薪金所得的个人。

④ 财政部确定的取得工资、薪金所得的其他人员。

（2）附加减除费用标准

上述适用范围内的人员每月的工资、薪金所得在减除2 000元费用的基础上，再减除2 800元。

（3）华侨和香港、澳门、台湾同胞费用标准

参照上述附加减除费用标准执行。

2. 个体工商户的生产经营所得

个体工商户的生产经营所得，以每一纳税年度的收入总额，减除成本、费用及损失后的余额，为应纳所得额。

3. 对企事业单位的承包经营、承租经营所得

对企事业单位的承包经营、承租经营所得，以每一纳税年度的收入总额，减除必要费用后的余额，为应纳税所得额。

4. 劳务报酬所得

劳务报酬所得，每次收入不超过4 000元的，减除费用800元；4 000元以上的，减除20％的费用，其余额为应纳所得额。

特许权使用费所得、财产租赁所得应纳税所得额，同上。

5. 财产转让所得

财产转让所得，以转让财产的收入额减除财产原值和合理费用后的余额，为应纳税所得额。

6. 稿酬所得

稿酬所得，每次收入不超过4 000元的，减除费用800元；4 000元以上的，减除20％的费用，其余额为应纳所得额。

7. 利息、股息、红利所得

利息、股息、红利所得，偶然所得和其他所得，以每次收入额为应纳税所得额。

（五）个人所得税征收管理

个人所得税的纳税方法，有自行申报纳税和代扣代缴两种。

第四节　税收征管

税收依赖于制定的税收法令，但是税收无法自动实现其职能，它必须通过税收管理才能实现。税收管理是国家以法律为依据，根据税收的特点及其客观规律，对税收参与社会分配活动全过程进行决策、计划组织、协调和监督控制，以保证税收满足币制需求，促进经济结构合理化的一种活动。一般来说，税收管理有广义与狭义之分。广义的税收管理包括税收立法管理、税收征收管理、税务行政司法管理和税务组织管理等几方面的内容。其中，税收征收管理是一种执行性管理，是指在税法制定之后，由税务行政机关按照税法的要求具体实施一种行政管理行为，通常具体包括税务登记管理、纳税申报管理、税款征收管理、减税免税及退税管理、税收票证管理、税款检查和税务稽查、纳税档案资料管理、税收计划、会计、统计管理等。狭义的税收管理仅指税收管理，它是税务机关为了保证税收职能的实现，依照税收法律、法规的规定，代表国家行使征税权力，对纳税人应纳税额组织入库的一种行政管理行为。

总之，税收管理实质是一种国家行政行为，它是税务机关依法对税款征收过程进行监督管理的一系列行为、活动的总称；而税收征收管理法律制度则是征纳双方必须共同遵守的规范，是保障征纳双方权利义务履行与实现的措施和办法。1992 年 9 月 4 日由第七届全国人大常委会第二十七次会议通过，1995 年 2 月 28 日第八届全国人大常委会第二十次会议修正，2001 年 4 月 28 日第九届全国人大常委会第二十一次会议修订并审议通过的《中华人民共和国税收征收管理法》是我国税收征收管理的基本依据，下面将主要阐述税收征收管理法律制度中的税务管理和税款征收的部分内容。

一、税务登记

（一）税务登记

税务登记是税务机关依据税法规定，对纳税人的生产、经营活动进行登记管理的一项法定制度，也是纳税人依法履行纳税义务的法定手续。

对纳税人进行登记制度是税收征管的首要环节，也是加强对纳税人控制和管理的基础性环节。通过税务登记，一方面可以便于税务机关全面及时掌握纳税户数，准确掌握税源的分布情况，科学合理地配置征管力量，有效组织税收征收管理工作，减少税收流失，实行源泉控制，防止漏征漏管；另一方面，可以明确税收征纳关系，增强纳税人依法纳税的观念和权利保护意识，维护国家利益和纳税人的合法权益。税务登记既是纳税人必须履行的法定手续，也是纳税人享有税收权益的证明。纳税人依法办理税务登记，是进行开立银行账户，申请减税、免税、退税，申请办理延期申报延期缴纳税款，领购发票，申请开具外出经营活动税收管理证明，办理停业及办理其他有关税务事项等活动的前提。只有依法办理了税务登记，纳税人的正当生产经营活动才能受到国家法律的保护，因此，加强税务登记管理，无论对税务机关还是纳税人都是十分重要的。

(二) 税务登记范围

《税务登记管理办法》规定，企业在外地设立的分支机构和从事生产、经营的场所，个体工商户和从事生产、经营的事业单位，均应当按照《中华人民共和国税收征收管理法》及《中华人民共和国税收征收管理法实施细则》和《税务登记管理办法》的规定办理税务登记。

上述规定以外的纳税人，除国家机关、个人和无固定生产、经营场所流动性农村小商贩外，也应当按照《中华人民共和国税收征收管理法》及《中华人民共和国税收征收管理法实施细则》和《税务登记管理办法》的规定办理税务登记。此外，根据税收法律、行政法规的规定负有扣缴税款义务的扣缴义务人（国家机关除外）应当按照《中华人民共和国税收征收管理法》及《中华人民共和国税收征收管理法实施细则》和《税收登记管理办法》的规定办理扣缴税款登记。即凡有法律、法规规定的应税收入、应税财产或应税行为的各种纳税人，均应当办理税务登记；扣缴义务人应当在发生扣缴义务时，到税务机关申报登记，领取扣缴税款凭证。

(三) 税务登记种类

税务登记按照税务登记管理的一般方法可以分为开业登记、变更登记、停业、复业登记、注销登记、外出经营报验登记。

1. 开业登记

开业登记，是指纳税人在某地设立或者迁入某地，向税务机关申报办理的税务登记。根据规定，各类企业以及企业在外地设立的分支机构和从事生产、经营的场所，个体工商户和从事生产、经营的事业单位（以下统称从事生产、经营的纳税人），应当在领取营业执照之后向所在地税务机关申请办理税务登记，具体规定如下：

① 从事生产、经营的纳税人领取工商营业执照（含临时工商营业执照）的，应当自领取工商营业执照之日起 30 日内申报办理税务登记，税务机关核发税务登记证及副本（纳税人领取临时工商营业执照的，税务机关核发临时税务登记证及副本）；

② 从事生产经营的纳税人未办理工商营业执照但经有关部门批准设立的，应当自有关部门批准设立之日起 30 日内申报办理税务登记，税务机关核发税务登记证及副本；

③ 从事生产经营的纳税人未办理工商营业执照也未经有关部门批准设立的，应当自纳税义务发生之日起 30 日内申报办理税务登记，税务机关核发临时税务登记证及副本；

④ 有独立的生产经营权、在财务上独立核算并定期向以承包人或者出租人上交承包费

或租金的承包承租人，应当自承包承租合同签订日起 30 日内，向其承包承租业务发生地税务机关申报办理税务登记，税务机关核发临时税务登记证及副本；

⑤ 从事生产经营的纳税人外出经营，自其在同一县（市）实际经营或提供劳务之日起，在连续 12 个月内累计超过 180 天的，应当自期满之日起 30 日内，向生产经营所在地税务机关申报办理税务登记，税务机关核发临时税务登记证及副本；

⑥ 境外企业在我国境内承包建筑、安装、装配、勘探工程和提供劳务的，应当自项目合同或协议签订之日起 30 日内，向项目所在地税务机关申报办理税务登记，税务机关核发临时税务登记证及副本。

上述规定以外的其他纳税人，除国家机关、个人和无固定生产、经营场所的流动性农村小商贩外，均应当自纳税义务发生之日起 30 日内，向纳税义务发生地税务机关申报办理税务登记，税务机关核发税务登记证及副本。纳税人在申报办理税务登记时，应当根据不同情况向税务机关如实提供以下证件和资料：工商营业执照或其他核准执业证件；有关合同、章程、协议书；组织机构统一代码证书；法定代表人或负责人或业主的居民身份证、护照或者其他合法证件。其他需要提供的有关证件、资料，由省、自治区、协调税务机关确定。

纳税人在申报办理税务登记时，应当如实填写税务登记表。税务登记表的主要内容包括：单位名称、法定代表人或者业主姓名及其居民身份证、护照或者其他合法证件的号码；住所、经营地点；登记类型；核算方式；生产经营方式；生产经营范围；注册资金（资本）、投资总额；生产经营期限；财务负责人、联系电话；国家税务总局确定的其他有关事项。

纳税人提交的证件和资料齐全且税务登记表的填写内容符合规定的，税务机关应及时发放税务登记证件。纳税人提交的证件和资料不齐全或税务登记表的填写内容不符合规定的，税务机关应当场通知其补正或重新填报。纳税人提交的证件和资料明显有疑点的，税务机关应进行实地调查，核实后予以发放税务登记证件。税务登记证件的主要内容包括：纳税人名称、税务登记代码、法定代表人或负责人、生产经营地址、登记类型、核算方式、生产经营范围（主营、兼营）、发证日期、证件有效期等。纳税人是个人的，应当在其办理纳税申报时，由税务机关登录其姓名、身份证号码（或护照号码）、职业、住址、工作单位及地址和其他相关信息。

已办理税务登记的扣缴义务人应当自扣缴义务发生之日起 30 日内，向税务登记地税务机关申报办理扣缴税款登记。税务机关在其税务登记证件上登记扣缴税款事项，税务机关不再发给扣缴税款登记证件。根据税收法律、行政法规规定的可不办理税务登记的扣缴义务人，应当自扣缴义务发生之日起 30 日内，向机构所在地税务机关申报办理扣缴税款登记。税务机关核发扣缴税款登记证件。

2. 变更登记

变更登记，是指纳税人的税务登记内容发生变化时依法向原税务登记机关申报办理的税务登记。

《中华人民共和国税收征收管理法实施细则》第十四条规定：纳税人税务登记内容发生

变化的，应当自工商行政管理机关或者其他机关办理变更登记之日起 30 日内，持有关证件向原税务登记机关申报办理变更税务登记。纳税人税务登记内容发生变化，不需要到工商行政管理机关或者其他机关办理变更登记，应当自发生变化之日起 30 日内，持有关证件向原税务登记机关申报办理变更税务登记

根据上述规定，变更登记的基本内容如下。

① 从事生产经营的纳税人，税务登记内容发生变化的，纳税人应当主动向税务机关办理税务登记。

② 办理变更税务登记的时间要求有两种情况：一是在工商行政管理机关或者其他机关办理变更登记之日起 30 日内办理变更登记申报；二是不需要到工商行政管理机关或者其他机关办理变更登记的，应当自发生变化之日起 30 日内办理变更登记申报。

③ 纳税人办理变更登记应当依法向原税务登记机关申报办理。

④ 纳税人办理变更登记应当向税务机关提交变更税务登记报告，并提交有关证件。在工商行政管理机关办理变更登记的，应当向原税务登记机关如实提交的证件资料为：工商登记变更表及工商营业执照；纳税人变更登记内容的有关证明文件；税务机关发放的原税务登记证件（登记证正、副本和税务登记表等）；其他有关资料。不需要在工商行政管理机关办理变更登记，或者其变更登记的内容与工商登记内容无关的，应当持下列证件到原税务登记机关申报办理变更税务登记：纳税人变更登记内容的有关证明文件；税务机关发放的原税务登记证件（登记证正、副本和税务登记表等）；其他有关资料。另外，增值税一般纳税人被取消资格需要办理变更登记的应当提交下列证件：增值税一般纳税人申请认定书原件；税务登记证（正、副本）原件；纳税人税种登记表；其他有关资料。

纳税人提交的有关变更登记的证件资料齐全的，应如实填写税务登记变更表，经税务机关审核，符合规定的，税务机关应予以受理；不符合规定的，税务机关应通知其补正。税务机关应当自受理之日起 30 日内审核办理变更税务登记。纳税人税务登记表和税务登记证中的内容都发生变更的，税务机关按变更后的内容重新核发税务登记证件；纳税人税务登记表的内容发生变更而税务登记证中的内容没有发生变更的，税务机关不重新核发税务登记证件。

3. 停业、复业登记

停业、复业登记，是指纳税人暂停或恢复生产经营活动而办理的税务登记。

纳税人在营业执照核准的经营期限内需要停业的，应当向税务机关提出停业登记。纳税人在申报办理停业登记时，应如实填写停业申请登记表，说明停业理由、停业期限、停业前的纳税情况和发票的领、用、存情况，并结清应纳税款、滞纳金、罚款。税务机关经过审核，应当责成申请停业的纳税人结清税款并收存其税务登记证件及副本、发票领购簿、未使用的发票和其他税务证件，办理停业登记。实行定期定额征收方式的个体工商户需要停业的，应当在停业前向税务机关申报办理停业登记。纳税人的停业期限不得超过一年。

需要复业的纳税人应当于恢复生产经营之前，向税务机关申报办理复业登记，如实填写

《停、复业报告书》，经确认后，领回并启用税务登记证件、发票领购簿及其停业前领购的发票，办理复业登记，纳入正常管理。纳税人停业期满不能及时恢复生产经营的，应当在停业期满前向税务机关提出延长停业登记申请，并如实填写《停、复业报告书》。纳税人停业期满未按期复业又不申请延长停业的，税务机关应当视为已恢复营业实施正常的税收征收管理。

纳税人在停业期间发生纳税义务的，应当按照税收法律、行政法规的规定申报缴纳税款。

4. 注销登记

注销登记，是指纳税人的税务登记内容发生了根本的变化，需要中止履行纳税义务时，向原税务登记机关申报办理的税务登记。

根据有关规定：纳税人发生解散、破产撤销以及其他情形，依法终止纳税义务的，应当在向工商行政管理机关或者其他机关办理注销登记前，持有关证件向原税务登记机关申报办理注销税务登记；按照规定不需要在工商行政管理机关或者其他机关办理注销登记的，应当自有关机关批准或者宣告终止之日起 15 日内，持有关证明向原税务登记机关申报办理注销税务登记。纳税人因住所、经营地点变动，涉及改变税务登记机关的，应当在向工商行政管理机关或者其他机关申请办理变更或者注销登记前或者住所、经营地点变动前，向原税务登记机关申报办理注销税务登记，并在 30 日内向迁达地税务机关申报办理税务登记。纳税人被工商行政管理机关吊销营业执照或者被其他机关予以撤销登记的，应当自营业执照被吊销或者被撤销登记之日起 15 日内，向原税务登记机关申报办理注销税务登记。境外企业在我国境内承包建筑、安装、装配、勘探工程和提供劳务的，应当在项目完工、离开我国之前 15 日内持有关证件和资料，向原税务登记机关申报办理注销税务登记。

纳税人办理注销税务登记前，应当向税务机关提交相关证明文件和资料，结清应纳税款、多退（免）税款、滞纳金和罚款，缴纳发票、税务登记证件和其他税务证件，经税务机关核准后，办理注销税务登记手续。

5. 外出经营报验登记

外出经营报验登记，是指从事生产经营的纳税人到外县（市）从事生产经营活动而办理的税务登记。

纳税人到外县（市）临时从事生产经营活动的，应当在外出生产以前，持税务登记证向主管税务机关申请开具《外出经营活动税收管理证明》（以下简称《外管证》）。税务机关按照一地一证的原则，核发《外管证》，《外管证》的有效期限一般为 30 日，最长不得超过 180 天。纳税人应当在《外管证》注明地进行生产经营前向当地税务机关报验登记，并提交税务登记证件副本和《外管证》。纳税人在《外管证》注明地销售货物的，除提交以下证件、资料外，应如实填写《外出经营货物报验单》，申报查验货物。纳税人外出经营活动结束，应当向经营地税务机关填报《外出经营活动情况申报表》，并结清税款、缴销发票。

纳税人应当在《外管证》有效期届满后 10 日内，持《外管证》回原税务登记地税务机关办理《外管证》缴销手续。

二、发票管理

(一) 发票及发票管理概述

发票是指在购销商品、提供或者接受服务及从事其他经营活动中，开具、收取的收付款的书面证明，它是确定经营收支行为发生的法定凭证，是会计核算的原始依据，也是税务稽查的重要依据。发票的基本内容包括：发票的名称、号码、联次及用途、客户名称、开户银行及账号、商品名称或经营项目、计量单位、数量、单价、大小写金额、开票人、开票日期、开票单位（个人）名称（章）等。有代扣、代收、委托代征税款的，其发票内容应当包括代扣、代收、委托代征税种的税率和代扣、代收、委托代征税额。增值税专用发票还应当包括：购货人地址、购货人税务登记号、增值税税率、税额、供货方名称、地址及其税务登记号。

发票管理是指税务机关依照《中华人民共和国税收征收管理法》及其实施细则和有关发票管理办法，对发票的印制、领购、开具、取得、保管、缴销全过程进行的组织、协调控制和监督。在中华人民共和国境内印制、领购、开具、取得和保管发票的单位和个人，必须遵守我国有关发票管理法律法规。

《中华人民共和国税收征收管理法》明确规定税务机关是发票的主管机关，税务机关对发票管理的各个环节和全过程进行管理。国家税务总局统一负责全国发票管理工作。各省、自治区、直辖市国家税务局和地方税务局依据各自的职责，共同做好本行政区域的发票管理工作。财政、审计、工商行政管理、公安等有关部门在各自的职责范围内，配合税务机关做好发票管理工作。对违反发票管理法规的行为，任何单位和个人可以举报。税务机关应当为检举人保密，并酌情给予奖励。发票的种类、联次、内容及使用范围由国家税务总局规定。发票的基本联次为三联，第一联为存根，开票方留存备查；第二联为发票联，收执方作为付款或收款原始凭证；第三联为记账联，开票方作为记账原始凭证。增值税专用发票的基本联次还包括抵扣联，收执方作为抵扣税款的凭证。除增值税专用发票外，县（市）以上税务机关根据需要可适当增减联次并确定其用途。

加强发票的管理，不仅对保障国家税收收入，而且对加强财务监督和维护正常的经济秩序都有着十分重要的意义，特别是在市场经济的条件下更应强调对发票的管理，以促进我国市场经济的完善和发展。

(二) 发票的种类

1. 增值税专用发票

增值税专用发票是指专门用于结算销售货物和提供加工、修理修配劳务使用的一种发票。增值税专用发票只限于增值税一般纳税人领购使用，增值税小规模纳税人不得领购使用；小规模纳税人如符合规定条件，需开具增值税专用发票的，由当地主管税务所代开。

增值税一般纳税人有下列情形之一者，不得领购使用增值税专用发票。①会计核算不健全，即不能按会计制度和税务机关的要求准确核算增值税的进项税额、销项税额和应纳税额的。②不能向税务机关准确提供增值税进项税额、销项税额、应纳税额数据及其他有关增值税税务资料的。③有下列行为，经税务机关责令限期改正而仍未改正的：私自印制专用发票；向个人或税务机关以外的单位买取专用发票；借用他人专用发票；向他人提供专用发票；未按规定开具、保管专用发票；未按规定申报专用发票的购、用、存情况；未按规定接受税务机关检查。④销售的货物全部属于免税项目的。⑤纳税人当月购买专用发票而未申报纳税的。有以上情形之一的一般纳税人如已领购增值税专用发票，税务机关应收缴其结存的增值税专用发票。

增值税专用发票不仅是重要的商事凭证和会计核算的原始凭证，而且是纳税人抵扣税款的合法证明和依据，对纳税人依法计算并缴纳增值税和税务机关加强对增值税的管理具有重要的作用，是增值税管理的关键。

增值税专用发票除了要按照关于发票管理的一般要求进行管理外，还有很多特殊的管理规定，主要包括：关于增值税专用发票使用对象的规定；关于增值税专用发票抵扣税款的规定；关于增值税专用发票认证的规定；关于税务机关为增值税小规模纳税人开增值税专用发票的规定等。

2. 普通发票

普通发票主要由营业税纳税人和增值税小规模纳税人使用，增值税一般纳税人在不能开具专用发票的情况下也可使用普通发票。普通发票由行业发票和专用发票组成。行业发票适用于某个行业的经营业务，如商业零售统一发票、商业批发统一发票、工业企业产品销售统一发票等；专用发票仅适用于某一经营项目，如广告费用结算发票、商品房销售发票等。

3. 专业发票

专业发票是指国有金融、保险企业的存贷、汇兑、转账凭证、保险凭证；国有邮政、电信企业邮票、邮单、话务、电报收据；国有铁路、国有航空企业和交通部门、国有公路、水上运输企业的客票、货票等。

上述发票从版面上还可划分为手写发票、电脑发票和定额发票。手写发票又称为手工票，是指用手工书写形式填开的发票；电脑发票又称为机打发票，是指利用计算机填开并使用其附设的打印机打印出票面内容的发票，这类发票包括普通计算机用以防伪专用计算机（如防伪税控机）专用的发票；定额发票是指发票票面印有固定的金额（定额）的发票，这类发票主要是防止开具发票时大头小尾及方便一些特殊行为或有特殊需要的企业使用。

（三）发票的开具要求

发票的开具要求是指在经济活动中，应该出具发票的一方按照经济活动的内容和发票填开的要求，为应该收取发票的一方出具发票的活动。销售商品、提供劳务及从事其他经营活动的单位或个人，对外发生经营业务收取款项，收款方应当向付款方开具发票；收购单位和扣缴义务人支付款项时，由付款方向收款方开具发票。所有从事生产、经营活动的单位或个人在购买商品、接受劳务，以及从事其他经营活动支付款项时，应当向收款方取得发票。取得发票时，不得要求变更品名和金额。不符合规定的发票，不得作为财务报销凭证，任何单位和个人有权拒收。

发票的开具，必须依法进行或者依照税务机关依法作出的规定进行，具体包括以下几个方面。

① 单位和个人应在发生经营业务、确认营业收入时，才能开具发票，未发生经营业务一律不得开具发票。

② 开具发票时应按号顺序填开，填写项目齐全、内容真实、字迹清楚、全部联次一次性复写或打印，内容完全一致，并在发票联和抵扣联加盖单位财务印章或者发票专用章。

③ 填写发票应当使用中文。民族自治区可以同时使用当地通用的一种民族文字；外商投资企业可以同时使用一种外国文字。

④ 使用电子计算机开具发票必须报主管税务机关批准，并使用税务机关统一监制的机打发票。开具后的存根联应当按照顺序装订成册，以备税务机关检查。

⑤ 开具发票时限、地点应符合规定。发票限于领购单位或个人在本省、自治区、直辖市内开具。省、自治区、直辖市税务机关可以规定跨市、县开具发票的办法。

⑥ 任何单位和个人不得转借、转让、代开发票；未经税务机关批准，不得拆本使用发票；不得自行扩大专业发票使用范围。禁止倒买倒卖发票、发票监制章和发票防伪专用品。

开具发票的单位和个人应当建立发票使用登记制度设置发票登记簿，并定期向主管税务机关报告发票使用情况；应当按照税务机关规定存放和保管发票，不得擅自损毁，已经开具的发票存根联和发票登记簿，应当保存五年，保存期满，报经税务机关查验。

三、纳税申报

（一）纳税申报概述

纳税申报是指纳税人、扣缴义务人按照法律、行政法规的规定，在申报期限内就纳税事项向税务机关书面申报的一种法定手续。

《中华人民共和国税收征收管理法》第二十五条规定，纳税人必须依照法律、行政法规规定或者税务机关依照法律、行政法规的规定确定的申报期限、申报内容，如实办理纳税申报，报送纳税申报表、财务会计报表及税务机关根据实际需要要求纳税人报送的其他纳税资料。扣缴义务人必须依照法律、行政法规规定或者税务机关依照法律、行政法规的规定确定的申报期限、申报内容如实报送代扣代缴、代收代缴税款报告表以及税务机关实际需要要求扣缴义务人报送的其他有关资料。可见，纳税申报是纳税人、扣缴义务人按照税法规定的期限和内容向税务机构提交有效纳税事项的书面报告的法律行为，是纳税人、扣缴义务人履行纳税义务、扣缴税款义务的程序，是税务机关确定纳税人、扣缴义务人法律责任的主要依据，是税务机关依法进行税收征收管理的一个重要环节，是税收管理信息的主要来源和重要的税务管理制度。

纳税申报的基本要求如下。①及时申报。即纳税人、扣缴义务人在申报期限内，向税务机关办理纳税申报事宜，纳税人、扣缴义务人不能按期办理纳税申报或者报送代扣代缴、代收人缴税款报告表的，经税务机关核准，可以延期申报，经核准延期办理前款规定的申报、报送事项的，应当在纳税期内按照上期实际缴纳的税额或者税务机关核定的税额预缴税款，并在核准的延期内办理税款结算。②全面申报。即纳税人、扣缴义务人的报表和有关资料要完整，报表内的申报项目也要填报齐全、完整。③如实申报即纳税人、扣缴义务人要按照实际发生的业务情况，如实全面地向税务机关进行申报数据要真实、准确、完整，不得编造、隐瞒有关的数据和经营情况。

（二）纳税申报的方式

纳税申报方式是指纳税人、扣缴义务人向税务机关报送有关报表，履行纳税申报义务的具体方式。《中华人民共和国税收征收管理法》第二十六条规定：纳税人、扣缴义务人可以直接到税务机关办理纳税申报或者报送代扣代缴、代收代缴税款报告表，可以按照规定采取邮寄、数据电文或者其他方式办理上述申报报送事项。可见，纳税人、扣缴义务对纳税申报方式有一定的选择权，一般来说，纳税申报的主要方式如下。

1. 直接申报

直接申报，是指纳税人和扣缴义务人自行到税务机关办理纳税申报或者报送代扣代缴、代收代缴报告表。这是传统的申报方式，其主要申报方法有三种：一是在法定的纳税申报期限内，由纳税人自行计算、自行填开缴款书并向银行缴纳税款，然后持纳税申报表、缴款书和有关资料，向税务机关办理申报；二是纳税人在银行开设税款预储账户，按期提前存入当期应纳税款，并在法定的申报纳税期内向税务机关报送纳税申报表和有关资料，由税务机关通知银行划款入库；三是在法定的申报纳税期内纳税人按纳税申报表有关资料及应付税款等额支票，报送税务机关，税务机关集中报缴数字清单、支票，统一交由国库办理清算。

2. 邮寄申报

邮寄申报，是指经税务机关批准的纳税人使用统一规定的纳税申报专用信封，通知邮政部门办理交寄手续的申报方式。纳税人如果采用邮寄申报方式申报纳税，应当首先向主管税务机关提出申请，领取有关申请表；主管税务机关在审阅纳税人填报的表格是否符合要求后，对于符合条件的，核准制发《核准邮寄（数据电文）申报纳税通知书》。纳税人采取邮寄方式办理纳税申报的，应当使用统一的纳税申报专用信封，并以邮政部门收据作为申报凭据。邮寄申报以寄出的邮戳日期为实际申报日期。

3. 数据电文申报

数据电文申报，又称为电子申报，是指以税务机关确定的电话语音、电子数据交换和网络传输等电子的形式办理的纳税申报。纳税人需要采用电子申报方式申报纳税的，由纳税人向主管税务机关提出申请，领取并填写《邮寄（数据电文）申报申请审批表》，经过主管税务机关的审阅对于符合条件的，核准制发《核准邮寄（数据电文）申报纳税通知书》。采用数据电文方式进行申报的纳税人，应当于每季度终了前 15 日内将电子数据书面报送（邮寄）税务机关，或者按税务机关的要求保存，必要时按税务机关的要求出具。

除上述方式以外，《中华人民共和国税收征收管理法实施细则》第三十六条还规定了简易申报、简并征期等申报纳税方式。简并征期是指纳税人将若干纳税期的税款合并为一期的申报纳税。简易申报是指实行定期定额的纳税人，实行简易方式申报纳税。《中华人民共和国税收征收管理法实施细则》规定，按照税务机关核定税额和期限缴清税款的，视为已申报。纳税人经营收入超过或低于核定额 20% 的，应该及时向税务机关申请调整定额，税务机关可以根据实际经营情况进行调整。不论纳税人采用哪一种申报方式，都需要根据各税种的要求，向税务机关报送纳税申报表和有关申报资料。

（三）纳税申报的内容

纳税申报的内容是指纳税申报表、财务会计报表及税务机关根据实际需要要求纳税人报送的其他纳税资料。根据《中华人民共和国税收征收管理法实施细则》第三十三条的规定，纳税人、扣缴义务人的纳税申报或者代扣代缴税款报告表的主要内容包括：税种、税目、应纳税项目或者应代扣代缴、代收代缴税款项目，计税依据扣除项目及标准，适用税率或者单位代扣代缴、代收代缴税额，税款所属期限、延期缴纳税款、欠税、滞纳金等。

纳税人办理纳税申报时，应当如实填写纳税申报表，并根据不同的情况相应报送下列有关证件、资料：①财务会计报表及其说明材料；②与纳税有关的合同、协议书及凭证；③税控装置的电子报税资料；④外出经营活动税收管理证明和异地完税凭证；⑤境内或者境外公证机构出具的有关证明文件；⑥税务机关规定应当报送的其他有关材料、证件。

扣缴义务人办理代扣代缴、代收代缴税款报告时，应当如实填写代扣代缴、代收代缴税款报告表，并报送代扣代缴、代收代缴税款的合法凭证及税务机关规定的其他有关证件、资料。

需要注意的是，纳税人在纳税期内没有应纳税款的，也应当按照规定办理纳税申报。纳税人享受减税、免税待遇的，在减税、免税期间也应当按照规定办理纳税申报。

四、税款征收

（一）税款征收的含义

税款征收是指税务机关依据法律、行政法规规定的标准和范围，将纳税人依法应该向国家缴纳的税款，及时足额地征收入库的一系列活动的总称。税款征收的基本内涵包括下述 3 个方面。

1. 税务机关是税款征收的主体

对征税主体的规范是规范税款征收行为的重要内容。由于国家税收具有强制性和无偿性，因此哪些机关和人员可以代表国家行为征税权，直接关系到国家税法的严肃性，关系到纳税人的切身利益。为了维护税收秩序，就必须规范税收征收主体，防止以征收税款为名分割纳税人的利益。

《中华人民共和国税收征收管理法》第二十九条规定，除税务机关、税务人员以及经税务机关依照法律、行政法规委托的单位和人员外，任何单位和个人不得进行税款征收活动。根据这一规定可以看出，从事税款征收的税务机关和税务人员应当具有征税资格，并且只有税务机关依照法律规定代表国家行使征税权的主体，税务机关是指各级税务局、税务分局和按照国务院规定设立的并向社会公告的税务机构。此外，只有经税务机关依照法律、行政法规委托的单位和人员，才具有征税主体资格。

2. 税务机关必须依照法律、行政法规的规定征收税款

《中华人民共和国税收征收管理法》第二十八条规定，税务机关依照法律、行政法规的规定征收税款，不得违反法律、行政法规的规定开征、停征、多征、少征、提前征收、延缓征收或者摊派税款。依此规定可以看出，税务机关进行征收税款的依据是法律、行政法规的规定，在国家有关税收法律、行政法规中，实体方面的法律、行政法规对征税对象、税种、计税依据、税率等都做出了明确的规定，程序方面的法律，如《中华人民共和国税收征收管理法》对税务管理、税款征收、税务检查等作了具体规定，税务机关在征收税款时，要严格依照有关税收的实体方面和程序方面的法律、行政法规的要求进行。并且，税务机关在征收过程中，不能违反税收法律和行政法规的规定对某一税种任意开征或者停征；要严格按照税收法律、行政法规规定的税率进行征收，不能多征或者少征税款；要严格按照税收法律、行政法规规定的时间进行征税，不能为了完成税收任务而征"过头税"或者对依法该征的税不及时征收，随意延缓征收；不能违反法律、行政法规的规定摊派税款。

3. 税款征收是税务机关将纳税人应纳税款全部解缴入库的行为，税务机关应当将税款如数解缴入库

依照《中华人民共和国税收征收管理法实施细则》的规定，由税务机关征收的各种税款，包括应收税款、滞纳金和罚款均由税务机关按照规定的预算科目和预算级次缴入国库。缴入国库的税款、滞纳金、罚款，任何单位和个人不得擅自变更预算科目和预算级次。财政、审计、公安等其他部门在履行职责的过程中发现的未征税款、多退（免）税款、滞纳金、税收罚款，应交由纳税人的主管税务机关按规定的预算科目和预算级次缴入国库，不得自行征收入库或以其他款项的名义自行处理、占压和挪用。税务机关应当按照国家规定的税款入库方法将所征税款及时缴入国库。不得延压、挪用、截留税款；不得将所征税款缴入国库以外或国家规定的税款账户以外的任何账户。

（二）税款征收方式

税款征收方式是指税务机关依据各税种的不同特点、征纳双方的具体条件而确定的计算征收税款的方法和形式。

根据《中华人民共和国税收征收管理法》及其实施细则的规定，我国税款征收方式主要有以下几种。

1. 查账征收

查账征收是指税务机关按照纳税人提供的账表所反映的经营情况，依照适用税率计算缴纳税款的方式。这种方式一般适用于财务会计制度较为健全，能够认真履行纳税义务的纳税单位。

2. 查验征收

查验征收是指税务机关对纳税人的应税商品，通过查验数量，按市场一般销售计算其销售收入并据以征收的方式。这种方式一般适用于经营品种比较单一，经营地点、时间和商品来源不固定的纳税单位。

3. 查定征收

查定征收是指税务机关根据纳税人的从业人员、生产设备、采用原材料等因素，对其产制的应税产品查实核定产量、销售额并据以征收税款的方式。这种方式一般适用于账册不够健全，但是能够控制原材料或进销货的纳税单位。

4. 定期定额征收

定期定额征收是指税务机关通过典型调查，逐户确定营业额和所得额并据以征收的方式。这种方式一般适用于完整考核依据的小型纳税单位。

5. 代扣代缴

代扣代缴是指按照税法规定，负有扣缴税款义务的法定义务人，在向纳税人支付款项时，从所支付的款项中直接扣收税款的方式。这种方式有利于对零星分散的税源实行控管。

6. 代收代缴

代收代缴是指负有代收代缴义务的法定义务人，对纳税人应纳的税款进行代收代缴的方式，即由与纳税人有经济业务往来的单位和个人在向纳税人收取款项时，依照税收的规定收取税款并代为缴入国库。

7. 委托代征

委托代征是指受托单位按照税务机关核发的代征证书的要求，以税务机关的名义向纳税人征收一些零散税款的一种税款征收方式。根据国家法律、行政法规授权，将国家赋予其的部分征收权，委托其他部门和单位代为行使，并通过部门和单位的代征行为将税款缴入国库。

8. 其他方式

其他征收方式如邮电申报纳税、自计自填自缴、自报核缴方式等。邮电申报纳税是指纳税人在邮电纳税申报表的同时，经税务机关审核，汇寄并解缴税款的方式。另外还有利用网络申报、用 IC 卡纳税等方式。

（三）核定应纳税额

核定应纳税额是针对由于纳税人的原因导致税务机关难以查账征收税款而采取的一种措施。但是核定应纳税额不是简单的随意确定，而应有合法、合理的依据。

1. 核定应纳税额的对象

根据《中华人民共和国税收征收管理法》第三十五条和第三十七条的规定，纳税人有下列情形之一的，税务机关有权核定其应纳税额：

① 依照法律、行政法规的规定可以不设置账簿的；

② 依照法律、行政法规的规定应当设置账簿但未设置的；

③ 擅自销毁账簿或者拒不提供纳税资料的；

④ 虽设置账簿，但账簿混乱或者成本资料、收入凭证、费用凭证残缺不全，难以查账的；

⑤ 发生纳税义务，未按照规定的期限办理纳税申报经税务机关责令限期申报，逾期仍不申报的；

⑥ 纳税人申报的计税依据明显偏低，又无正当理由的；

⑦ 未按照规定办理税务登记的从事生产、经营的纳税人及临时从事经营的纳税人。

税务机关核定应纳税额的具体程序和方法由国务院税务主管部门规定。

未按照规定办理税务登记的从事生产、经营的纳税人及临时从事经营的纳税人，由税务机关核定其应纳税额，责令缴纳；不缴纳的，税务机关可以扣押其价值相当于应纳税额的商品货物。扣押后缴纳应纳税款的，税务机关必须立即解除扣押，并归还所扣押的商品、货物；扣押后仍不缴纳应纳税款的，经县级以上税务局（分局）局长批准，依法拍卖或者变卖所扣押的商品、货物，以拍卖或者变卖所得抵缴税款。

2. 核定应纳税额的方法

《中华人民共和国税收征收管理法实施细则》规定了核定税额的方法主要有以下 4 种：

① 参照当地同类行业或者类似行业中经营规模和收入水平相近的纳税人的税负水平核定；

② 按照营业收入或者成本加合理的费用和利润的方法核定；

③ 按照耗用的原材料、燃料、动力等推算或者测算核定；

④ 按照其他合理方法核定。

采用上述一种方法不足以正确核定应纳税额时，可以同时采用两种以上的方法核定。纳税人对税务机关采用本规定的方法核定的应纳税额有异议的，应当提供相关证据，经税务机关认定后，调整应纳税额。

3. 关联企业的税收调整制度

关联企业的税收调整虽然不是核定应纳税额，不是税款的征收方式，但与确定应纳税额密切相关，与核定应纳税额一起，都是税务机关在确定纳税人的应纳税额时，进行税收调整的范围，其方法和性质相似。

按有关规定，关联企业是指有下列关系之一的公司、企业、其他经济组织：在资金、经营、购销等方面，存在直接或间接的拥有或控制关系；直接或者间接同为第三者拥有或控制；在其他利益上具有相关联关系的。

按照《中华人民共和国税收征收管理法》的规定，企业或者外国企业在我国境内设立的从事生产、经营的机构、场所与其关联企业之间的业务往来，应当按照独立企业之间的业务往来收取或者支付价款、费用；不按照独立企业之间的业务往来收取或者支付价款、费用，而减少其应纳税的收入或者所得额的，税务机关有权进行合理调整。调整的方法主要有：按照独立企业之间进行相同或者类似业务活动的价格；按照再销售给无关联的第三者的价格所应取得的收入和利润进行调整；按照成本加合理的费用和利润进行调整；按照其他合理的方法进行调整。

五、税务代理

（一）税务代理的概念

税务代理是指税务代理人在国家税法规定的代理范围内，接受纳税人、扣缴义务人的委托，代为办理各项税务行为的总称。它是社会中介服务的一部分。

（二）税务代理的特点

1. 中介性

税务代理业是一个独立的社会中介服务行业，其业务的开展、经营管理都属于社会中介服务的一部分，税务代理机构与税务机关不存在任何隶属关系。

2. 法定性

税务代理机构的设立法定、业务范围法定、业务的开展法定，税务代理必须按国家有关法律的规定进行，并受到法律的保护。

3. 自愿性

委托税务代理人代为办理税务事宜是纳税人、扣缴义务人自愿采取的一种办税方式，无论是税务代理人还是任何国家机关，都不能强制纳税人、扣缴义务人进行税务代理，是否委托税务代理是纳税人、扣缴义务人的权利。

4. 公正性

税务代理作为一种社会中介服务，必须站在公正、客观的立场，按照国家的税收法律、行政法规的规定，以及税务机关依照税务法律、法规的规定作出决定，代为纳税人、扣缴义务人办理税务事宜，并要符合委托人的合法意愿，既不能损害纳税人、扣缴义务人的合法权益，也不能损害国家的利益。

（三）税务代理的法定业务范围

税务代理的业务范围主要是纳税人、扣缴义务人所委托的各项涉税事宜。

税务代理人可以接受纳税人、扣缴义务人的委托，从事下列范围内的业务代理。

① 办理税务登记、变更税务登记和注销税务登记手续。

② 办理纳税、退税和减免税申报。

③ 建账建制，办理账务。

④ 办理除增值税专用发票外的发票领购手续。

⑤ 办理纳税申报或扣缴税款报告。

⑥ 制作涉税文书。

⑦ 开展税务咨询（顾问）、税收筹划、涉税培训等涉税服务业务。

⑧ 税务行政复议手续。

⑨ 审查纳税情况。

⑩ 办理增值税一般纳税人资格认定申请。

⑪ 利用主机共享服务系统为增值税一般纳税人代开增值税专用发票。

⑫ 国家税务总局规定的其他业务。

本章习题

一、单项选择题

1. 根据《中华人民共和国税收征收管理法》的规定，企业及企业在外地设立的分支机构向税务机关申报办理税务登记的时间是（　　　）。

    A. 自领取营业执照之日起 15 日内　　B. 自领取营业执照之日起 30 日内

    C. 自申请营业执照之日起 45 日内　　D. 自申请营业执照之日起 60 日内

2. 根据税务管理的有关规定，纳税人被工商行政管理机关吊销营业执照的，应当自营业执照被吊销之日起一定时间办理税务注销登记，该时间是（　　　）。

    A. 15 日内　　　　　　　　　　　B. 30 日内

    C. 60 日内　　　　　　　　　　　D. 90 日内

3. 依照有关会计账簿的管理的规定，凡是从事生产、经营的纳税人、扣缴义务人，应当自营业执照领取之日起一定时间内依法建立会计账簿，该一定时间是（　　　）。

    A. 15 日内　　　　　　　　　　　B. 20 日内

    C. 30 日内　　　　　　　　　　　D. 60 日内

4. 在下列从事生产经营的纳税人中，采取哪种税款征收方式的纳税人应当在停业前向税务申报办理登记（　　　）。

    A. 查账征收　　　　　　　　　　B. 查定征收

    C. 查验征收　　　　　　　　　　D. 定期定额征收

5. 增值税专用发票只限于（　　　）使用。

    A. 小规模纳税人　　　　　　　　B. 一般纳税人

    C. 营业税纳税人　　　　　　　　D. 一般纳税人有法定情形的

6. 税务登记不包括（　　　）。

    A. 开业登记　　　　　　　　　　B. 变更登记

    C. 核定应纳税额　　　　　　　　D. 注销登记

7. 纳税人纳税有困难的，不能按期缴纳税款的，经过批准，可以延期缴纳税款，但是最长不得超过（　　）。

    A. 1个月
               B. 3个月

    C. 6个月
               D. 12个月

8. 不符合发票开具要求的是（　　）。

    A. 开具发票是应按号顺序填开，填写项目齐全、内容真实、字迹清楚

    B. 填写发票应当使用中文

    C. 开具发票时限、地点应符合要求

    D. 可以拆开使用发票

9. 发票是确定经营收支行为的法定凭证，应当由（　　）。

    A. 税务机关
               B. 财政机关

    C. 工商机关
               D. 企业上级主管机关

10. 纳税人已开具的发票存根联和发票登记簿应当保存（　　）年。

    A. 1
                  B. 2

    C. 3
                  D. 5

11. 专用发票适用于（　　）。

    A. 某一经营项目
          B. 商业零售统一发票行业

    C. 商业批发统一发票行业
     D. 工业企业产品销售统一发票行业

12. 根据我国税法规定，税务机关有权核定应纳税额的是（　　）。

    A. 未办理税务登记，经税务机关责令限期改正仍未改正的

    B. 拒不提供纳税资料的

    C. 发生纳税义务，未按照规定的期限办理纳税申报的

    D. 申报的计税依据明显偏低，又无正当理由的

13. 我国税款的征收方式包括（　　）。

    A. 查定征收
             B. 纳税担保

    C. 强制征收
             D. 征收滞纳金

14. 纳税人、扣缴义务人未按照规定期限解缴税款的，税务机关除责令限期（最长期限15日）缴纳外，从滞纳税款之日起，按日加收滞纳金税款（　　）的滞纳金。

    A. 1%
               B. 1‰

    C. 5%
               D. 5‰

二、多项选择

1. 需要办理注销登记的情形有（　　）。

    A. 从事生产经营的纳税人解散、撤销

    B. 从事生产经营的纳税人住所、经营地点变更

    C. 纳税人被工商行政管理机关吊销营业执照

D. 从事生产经营的纳税人破产

2. 纳税申报方式包括（　　　）。

A. 直接申报　　　　　　　　　　B. 网上申报

C. 邮寄申报·　　　　　　　　　　D. 数据电文申报

3. 下列应进行税务登记的有（　　　）。

A. 应税收入　　　　　　　　　　B. 应税财产

C. 应税行为　　　　　　　　　　D. 扣缴义务人发生扣缴义务

4. 我国的税款征收方式有（　　　）。

A. 定期定额征收　　　　　　　　B. 代扣代缴

C. 代收代缴　　　　　　　　　　D. 委托代征

5. 为了减少核定应纳税额的随意性，使核定的税额更接近纳税人实际情况和法定负担水平，税务机关按照以下方式进行核定（　　　）。

A. 参照当地同行业或者类似行业中经营规模和收入水平相近的纳税人的收入额和利润核定

B. 按照成本加合理费用和利润核定

C. 按照耗用的原材料、燃料等推算或者核算核定

D. 按照其他合理的方式

6. 根据《中华人民共和国税收征收管理办法》的规定，纳税人在办理注销登记前，应当向税务机关（　　　）。

A. 结清应纳税款、滞纳金、罚款　　B. 提供清缴欠税的纳税担保

C. 缴纳不超过 10 000 元的保证金　　D. 缴销发票和税务登记证件

7. 依据《中华人民共和国税收征收管理办法》的规定，纳税人少缴、未缴应纳税款，按规定不得加收滞纳金的法定情况是（　　　）。

A. 经税务机关批准可以延长的

B. 因纳税人失误造成少缴或未缴税款的

C. 因税务机关的责任造成纳税人少缴或未缴税款的

D. 在税务机关的责令的限期内已补缴税款的

8. 在下列各项中，可以依照法定程序领购发票的（　　　）。

A. 依法办理税务登记的单位

B. 依法办理税务登记的个人

C. 依法不需要办理税务登记但需要使用发票的单位

D. 临时到本省以外地区从事生产经营活动的单位

9. 为了保证税款征收的顺利进行，我国税务机关在税款征收过程中，可以采取的税款征收措施包括（　　　）。

A. 加收滞纳金　　　　　　　　　　B. 补缴和追征税款

C. 税收保全措施   D. 强制执行措施

10. 我国税法所指的账簿包括（   ）。

A. 订本式总账   B. 年度明细账

C. 年度账本   D. 订本式日记账

11. 根据《发票管理办法》的规定，税务机关为确保外来本辖区从事临时经营活动的单位和个人依法正确使用发票，可要求其在申领发票时提供相应担保，按照有关规定，可采取的担保形式有（   ）。

A. 提供担保人   B. 提供抵押

C. 交纳一定数额的保证金   D. 提供权利质押

12. 根据《中华人民共和国税收征收管理办法》的规定，税务机关在税款征收中，根据不同情况有权采取的措施有（   ）。

A. 加收滞纳金   B. 追征税款

C. 核定应纳税款   D. 吊销营业执照

13. 根据《发票管理法》的规定，下列有关发票行为中，属于禁止的有（   ）。

A. 转借发票   B. 转让发票

C. 代开发票   D. 倒卖发票

三、判断题

1. 只有从事生产经营的纳税人才需要办理税务登记。   （   ）

2. 纳税人在停业期间发生纳税义务的，应当按照税收法律、行政法规的规定申报缴纳税款。   （   ）

3. 增值税专用发票只限于增值税一般纳税人领购使用；增值税小规模纳税人不得领购使用。   （   ）

4. 定期定额征收这种税款征收方式是用于生产经营规模小，又确无建账能力，经主管税务机关审核批准可以不设置账簿或暂缓建账的小型纳税人。   （   ）

5. 委托代征是指依照税法规定，负有扣缴税款的法定义务的人，在向纳税人支付款项时，从所支付的款项中直接扣收税款的方式，其目的是对零星分散、不易控制的税源实行源泉控制。   （   ）

6. 纳税人发生纳税义务的，未按照税法规定的期限办理纳税申报的，经税务机关责令限期申报，逾期仍未申报的，税务机关有权核定其应纳税额。   （   ）

7. 在企业发生解散的情况下，依法终止纳税义务的，应当在向工商行政管理机关依法注销登记后，向原税务机关及时办理税务登记注销手续。   （   ）

8. 发票是确定经营收支行为发生的法定凭证，是会计核算的原始依据，也是税务稽查的重要依据。   （   ）

9. 税收强制执行只适用于从事生产、经营的纳税人，对其他人不适用该措施。 （   ）

10. 纳税人需要出境的，在解缴税款的情况下才可以通过提供担保获准出境。 （   ）

11. 根据税法规定，从事生产经营的纳税人应当将其会计报表保存 10 年。　　（　　）

四、简答题

1. 税务登记的概念及范围包括哪些？

2. 简述注销登记的几种情况。

3. 发票的概念和种类有哪些？

4. 税款征收的方法有哪些？

5. 什么是纳税申报？纳税申报的方式有哪些？

6. 税务机关有权核定应纳税额的范围包括哪些？

五、案例题

1. 2010 年某税务所发生以下情况。

（1）3 月 12 日在实施检查中，发现元阳商店（个体工商户）在 2 月 20 日领取营业执照后，未申请办理税务登记。因此，于 3 月 13 日作出了责令元阳商店必须在 6 月 20 日前办理税务登记，逾期不办理的，将按《税收征管法》有关规定处以罚款的决定。

（2）3 月 12 日接到群众举报，辖区内一个体服装加工厂开业近两个月尚未办理税务登记。6 月份 14 日，该所对该厂进行税务检查。经查，该厂当年 1 月 24 日办理工商营业执照，1 月 26 日正式投产，没有办理税务登记。根据检查情况，该所于 3 月 16 日作出责令该服装厂于 3 月 23 日前办理税务登记并处以 500 元罚款的决定。

（3）5 月 15 日在实施税务检查中发现，辖区内某饭店内（系私营企业）自今年 2 月 10 日办理工商营业执照以来，一直没有办理税务登记证，也没有申报纳税。根据检查情况，该饭店应纳未纳税款 1 500 元，该所于 5 月 18 日作出如下处理决定：第一，责令该饭店 5 月 20 日前申报办理税务登记并处以 500 元罚款；第二，补缴税款、加收滞纳金，并处不缴税款 1 倍，即 1 500 元的罚款。

（4）6 月 10 日在实施税务检查中发现，辖区内某从事生产经营的事业单位，于 4 月 8 日领取营业执照，尚未办理税务登记。据此，该所在 6 月 11 日作出责令该事业单位 6 月 13 日前办理税务登记并处以 500 元罚款的决定。

要求：根据有关规定，回答下列问题。

对元阳商店的处理决定是否有效？为什么？

对服装加工厂的处理决定是否有效？为什么？

对该饭店的处理决定是否正确？为什么？

对该事业单位的处理决定是否有效？为什么？

2. 2010 年 5 月 25 日某市甲公司与执业注册税务师王某签订了一份税务委托代理协议书，双方约定：自 2010 年 6 月 1 日起，甲公司一切纳税事宜均由王某代为办理，由此引起的所有法律后果均由甲公司承担。2010 年 8 月 10 日，甲公司要求王某对公司 7 月份的销售收入进行调整后再行报税，王某依照公司的要求对销售收入进行了调整，并根据委托代理协议办理了相关的纳税事宜。2010 年 12 月市地方税务局在进行税务检查时发现甲公司 7 月份偷税达 10 万元之多，因尚未达到偷税罪的数量标准，市地税局依法作出如下处理：

（1）对甲公司追缴所偷税款，加收滞纳金，并处 20 万元的罚款；

（2）提请省地税局对王某处以 5 万元的罚款，并收回其税务师执业证书。

税务代理人王某对此处罚不服。他认为自己与甲公司签订有税务委托代理协议，自己在本案中的作为中是履行委托代理协议规定的义务，公司偷税的后果依据税务委托代理协议的约定，应当由委托人甲公司独立承担。因此，王某以此为由向人民法院提起税务行政诉讼，要求法院撤销市地税局对其作出的行政处罚决定。

要求：根据税法有关规定，回答下列问题。

市地税局对甲公司的处理是否合法？

市地税局对王某的处理是否合法？

王某向人民法院提起诉讼是否符合规定？

3. 某酒店在地税局办理了税务登记，并实行定期定额征收方式，核定月应纳税额 2 300 元。2010 年 5 月 3 日，该酒店因包厢装修，向地税局提出自 5 月 4 日至 5 月 31 日申请停业的报告，经地税局审核后，批准了其停业申请，下达了《核准停业通知书》，并在办税服务厅予以公示。5 月 15 日，地税局在日常检查中发现该酒店一直在营业，就于 5 月 16 日下达《复业通知书》，并告知其需按原定额申报纳税。6 月 12 日，地税局发现该酒店仍未申报纳税，即下达了《限期改正通知书》，责令限期申报并缴纳税款，到 7 月 15 日该酒店还是未改正。

请回答：地税局对该酒店应如何处理？

第四章

支付结算法律制度

第一节　支付结算概述

一、支付结算的含义、种类、原则

支付结算是指单位、个人在社会经济活动中使用现金、票据、信用卡和结算凭证进行货币给付及其资金清算的行为，其主要功能是完成资金从一方当事人向另一方当事人的转移。支付结算工作的任务表现为根据经济往来组织支付结算，准确、及时、安全办理支付结算，按照有关法律、行政法规、规章的规定管理支付结算，保障支付结算活动的正常进行。

银行、城市信用合作社、农村信用合作社（以下简称银行），以及单位（个体工商户）和个人是办理支付结算的主体。其中，银行是支付结算和资金清算的中介机构，未经中国人民银行批准的非银行金融机构和其他单位不得作为中介机构经营支付结算业务。

支付结算的种类包括票据结算方式和非票据结算方式。票据结算方式分为汇兑、委托收款、托收承付、信用卡、信用证。

根据中国人民银行发布的《支付结算办法》的规定，单位、个人、银行办理支付结算必须遵守以下原则。

1. 恪守信用，履约付款

各单位之间、单位与个人之间发生的交易往来，产生支付结算行为时，结算当事人必须依照双方约定的民事法律关系内容依法承担义务和行使权利，严格遵守信用，履行付款义务。特别是应当按照约定的付款金额和付款日期进行支付，而且，结算双方办理款项收付完全是建立在自觉自愿、相互信任的基础上。

2. 谁的钱进谁的账，由谁支配

银行在办理支付结算时，必须按照存款人的委托，将款项支付给其指定的收款人，对存款人的资金，除国家法律另有规定外，必须由其自由支配。这主要是对存款人存款资金的所有权和对其资金支配的自主权的维护。

3. 银行不垫款，在办理结算过程中，只负责办理结算当事人之间的款项划拨，不承担垫付任何款项的责任

这主要在于划清银行资金与存款人资金的界限，保护银行资金的所有权与安全，有利于促使单位和个人对自己的债权债务负责。

二、办理支付结算的基本要求

根据《支付结算办法》的规定，单位、个人和银行办理支付结算时应符合下列基本要求。

1. 单位、个人和银行办理支付结算必须使用按中国人民银行统一规定印制的票据和结算凭证

票据和结算凭证是办理支付结算的工具，没有使用按中国人民银行统一规定印制的票据，票据无效；没有使用中国人民银行统一规定格式的结算凭证，银行不予受理。

2. 单位、个人和银行应当按照《中国人民银行结算账户管理办法》的规定开立、使用账户

在银行开立存款账户的单位和个人办理支付结算，账户内须有足够的资金保证支付。银行依法为单位、个人在银行开立的存款账户中的存款保密，维护其资金的自主支配权。除国家法律、行政法规另有规定外，银行不得为任何单位或者个人查询，不代为任何单位或者个人冻结、扣款，不得停止单位、个人存款的正常支付。

3. 票据和结算凭证上的签章和其他记载事项应当真实，不得伪造、变造

伪造是指无权限人假冒他人或虚构人名义签章的行为，签章的变造属于伪造；变造是指无权更改票据和结算凭证内容的人，对票据和结算凭证签章以外的记载事项加以改变的行为。票据和结算凭证的金额、出票或签发日期、收款人名称不得更改，更改的票据无效；更改的结算凭证，银行不予受理。对票据和结算凭证上其他记载事项，原记载人可以更改，更改时应当由原记载人在更改处签章证明。票据和结算凭证上签章，是指签名、盖章或签名加盖章。单位、银行在票据上签章和单位在结算凭证上的签章，为该单位、银行的盖章加上其法定代表人或者授权的代理人的签名或盖章。个人在票据和结算凭证上签章，应为该个人本名的签名或盖章。

4. 填写票据和结算凭证应当规范，做到要素齐全、数字正确、字迹清晰、不错不漏、不潦草，防止涂改

票据和结算凭证金额以中文大写和阿拉伯数字同时记载，二者必须一致，二者不一致的票据无效；二者不一致的结算凭证，银行不予受理。少数民族地区和外国驻华使领事馆根据实际需要，金额大写可以使用少数民族文字或者外国文字记载。

三、填写票据和结算凭证的基本要求

单位、个人和银行填写的各种票据和结算凭证是办理支付结算和现金收付的重要依据，

直接关系到支付结算的准确、及时和安全。票据和凭证是单位、个人和银行凭以记载账务的会计凭证，是记载经济业务和明确经济责任的一种书面证明。因此，填写票据和结算凭证，必须做到标准化、规范化；根据《正确填写票据和结算凭证的基本规定》的规定，填写票据和结算凭证应符合下列基本要求。

① 中文大写金额数字应用正楷或行书填写，不得自造简化字。如果金额数字书写中使用繁体字，也应受理。

② 中文大写金额数字到"元"为止的，在"元"之后应写"整"（或"正"）字；到"角"为止的，在"角"之后可以不写"整"（或"正"）字。大写金额数字有"分"的，"分"的后面不写"整"（或"正"）字。

③ 中文大写金额数字前应标明"人民币"字样，大写金额数字应紧接"人民币"字样填写，不得留有空格。大写金额字前未印有"人民币"字样的应加填"人民币"三字。在票据和结算凭证大写金额栏内不得预印固定的"仟、万、佰、拾、元、角、分"字样。

④ 阿拉伯小写金额数字中有"0"时，中文大写应按照汉语言规律、金额数字构成和防止涂改的要求进行书写。

⑤ 阿拉伯小写金额数字前面，均应填写人民币符号"￥"。阿拉伯小写金额数字要认真填写，不得连写。

⑥ 票据的出票日期必须使用中文大写。为防止变造票据的出票日期，在填写月、日时，月为壹、贰和壹拾的，日为壹至玖和壹拾、贰拾和叁拾的，应在其前面加"零"；日为拾壹至拾玖的应在其前加"壹"。如2月15日，应写成零贰月壹拾伍日，又10月10日，应写成零拾月零壹拾日。

⑦ 票据出票日期使用小写填写的，银行不予受理，大写日期未按要求规范填写的，银行可予受理但由此造成损失的，由出票人自行承担。

第二节　银行结算账户

一、银行结算账户的含义和种类

(一) 银行结算账户的含义

银行结算账户是指存款人在经办银行开立的办理资金收付结算的人民币活期存款账户。其中，存款人是指在我国境内开立银行结算账户的机关、团体、部队、企业、事业单位、其他组织、个体工商户和自然人；银行是指在我国境内经中国人民银行批准经营支付结算业务的政策性银行、商业银行（含外商独资银行、中外合资银行、外国银行分行）、城市商业银行、城市信用合作社、农村信用合作社。通过银行结算账户可以将资金从一方当事人向另一方当事人转移，单位或个人之间的人民币转账结算离不开银行结算账户。

（二）银行结算账户的种类

1. 按照用途不同，银行结算账户分为基本存款账户、一般存款账户、专用存款账户和临时存款账户

基本存款账户是指存款人办理日常转账结算和现金收付的账户，是存款人在银行的主要存款账户；一般存款账户是指存款人在基本存款账户以外的银行转存、与基本存款账户的存款人不在同一地点的附属非独立核算单位开立的账户；专用存款账户是反映存款人因特定用途需要开立的账户；临时存款账户是指存款人因临时经营活动需要开立的账户。

2. 按照存款人不同，银行结算账户分为单位银行结算账户和个人银行结算账户

存款人以单位名称开立的银行账户，为单位银行结算账户。这里的单位包括机关、团体、部队、企业、事业单位、其他组织等，个体工商户凭营业执照以字号或经营者姓名开立的银行结算账户，纳入单位银行结算账户管理。存款人凭个人身份证件以自然人名称开立的银行结算账户，为个人银行结算账户。这里的个人包括我国公民（含香港、澳门、台湾居民）和外国公民。个人因投资、消费使用各种支付工具，包括借记卡、信用卡在银行开立的银行结算账户，也纳入个人银行结算账户管理。

此外，根据《中国人民银行结算账户管理办法》的规定，银行结算账户还可以根据开户地的不同分为本地银行结算账户和异地银行结算账户。

银行结算账户的类别不同，其开立、使用和管理也不尽相同。

二、银行结算账户的开立、变更和撤销

（一）银行存款账户的开立

存款人应在注册地或居住所在地开立银行结算账户。符合异地（跨省、市县）开户条件的，也可以在异地开立银行结算账户。开立银行结算账户应遵循存款人自主原则。除国家法律、行政法规和国务院规定外，任何单位和个人不得强令存款人到指定银行开立银行结算账户。

存款人申请开立银行结算账户时，应填制开户申请书。单位开立银行结算账户的名称应与其提供的申请开户的证明文件的名称全称一致。有字号的个体工商户开立银行结算账户的名称，应与其营业执照的字号相一致；无字号的个体工商户开立银行结算账户的名称，由"个体户"字样和营业执照记载的经营者姓名组成。自然人开立银行结算账户的名称，应与其提供的有效身份件的名称全称一致。

银行应对存款人开户申请填写的事项和证明文件的真实性、完整性、合法性进行认真审查。开户和预算单位专用存款账户条件的，银行应将存款人的开户申请书、相关的证明文件和银行审核意见等开户资料报送中国人民银行当地分支行，经其核准后办理开户手续；符合开立一般存款账户、其他专用存款账户和个人银行结算账户条件的，银行应办理开户手续，

并于开户之日起 5 个工作日内向中国人民银行当地分支行备案。银行为存款人开立一般存款账户、其他专用存款账户，应自开户之日起 3 个工作日内书面通知基本存款账户开户银行。

中国人民银行应于 2 个工作日内对银行报送的基本存款账户、临时存款账户和预算单位专用存款账户的开户资料的合规性予以审核，符合开户条件的，予以核准；不符合开户的，应在开户申请书上签署意见，连同有关证明文件一并退回报送银行。开立银行结算账户时，银行应与存款人签订银行结算账户管理协议，明确双方的权利与义务。银行应建立存款人预留签章卡片，并将签章式样和有关证明文件的原件或复印件留存归档。存款人开立单位银行结算账户自正式开立之日起 3 个工作日后，方可使用该账户办理付款业务。

（二）银行结算账户的变更

银行结算账户的变更是指存款人的账户信息资料发生的变化或改变。这些账户信息资料包括：①存款人的账户名称；②单位的法定代表人或主要负责人；③地址、邮编、电话等其他开户资料。根据账户管理的要求，存款人上述账户资料变更后，应及时向开户银行办理变更手续。

存款人更改名称，但不改变开户银行及账号的，应于 5 个工作日内向开户银行提出银行结算账户的变更申请，并出具有关部门的证明文件。单位的法定代表人或主要负责人、住址及其他开户资料发生变更时，应于 5 个工作日内书面通知开户银行并提供有关证明。银行接到存款人的变更通知后，应及时办理变更手续，并于 2 个工作日内向中国人民银行报告。

（三）银行结算账户的撤销

银行结算账户的撤销是指存款人因开户资格或其他的原因终止银行结算账户使用的行为。存款人有以下情形之一的，应向开户银行提出撤销银行结算账户的申请：①被撤并、解散、宣告破产或关闭；②注销、被吊销营业执照；③因迁址需要变更开户银行；④其他原因需要撤销银行结算账户。

存款人发生撤并、宣告破产或关闭或者被注销被吊销营业执照等主体资料终止的，应于 5 个工作日内向开户银行提出撤销银行结算账户的申请。撤销基本存款账户的，存款人基本存款账户的开户银行应自撤销银行结算账户之日起两个工作日内将撤销该基本存款账户的情况说明书通知其他银行结算账户的开户银行，存款人应自收到通知之日起 3 个工作日内办理其他银行结算账户的撤销。银行得知存款人主体资格终止情况的存款人超过规定期限未主动办理撤销银行结算账户手续的，银行有权停止其银行结算账户的对外支付。

在办理银行结算账户撤销手续的过程中，应注意以下事项：

① 未获得工商行政管理部门核准登记的单位，在验资期满后，应向银行申请撤销注册验资临时存款账户，其账户资金应退还给原汇款人账户。注册验资金以现金方式存入，出资人提取现金的，应出具缴存现金时的现金缴款原件及其有效身份证件。

② 存款人尚未清偿其开户银行债务的，不得申请撤销该账户。

③ 存款人撤销银行结算账户必须与开户银行核对银行结算账户存款余额，交回各种重要空白票据及结算凭证和开户登记证，银行核对无误后方可办理销户手续。存款人未规定交回各种重要空白票据及结算凭证的，应出具有关证明，造成损失的，由其自行承担。

④ 银行撤销单位银行结算账户时应在其基本存款账户开户登记证上注明销户日期并签章，同时于撤销银行结算账户之日起两个工作日内，向中国人民银行报告。

⑤ 银行对于一年未发生收付活动且未欠开户银行债务的单位银行结算账户，应通知单位自发出通知之日起 30 日内办理销户手续，逾期视同自愿销户，未划转款项列入久悬未取专户管理。

三、基本存款账户

（一）基本存款账户的含义

基本存款账户是指存款人办理日常转账结算和现金收付而开立的银行结算账户，是存款人的主要存款账户。根据规定，下列存款人可以申请开立基本存款账户：企业法人；非法人企业；机关、事业单位；团级（含）以上军队、武警部队及分散执勤的支（分）队；社会团体；民办组织；异地常设机构；外国驻华机构；个体工商户；居民委员会、村民委员会、社区委员会；单位设立的独立核算的附属机构；其他组织。

（二）基本存款账户的使用范围

存款人一般只能在一家银行的一个营业机构开立一个基本存款账户。基本存款账户是存款人的主要账户，存款人日常经营活动的资金收付，以及存款人的工资、奖金的支取，只能通过基本存款账户办理。

（三）基本存款账户的开户要求

存款人申请开立基本存款账户应当填写开户申请书，并向开户银行出具下列证明文件：企业法人应出具企业法人营业执照正本；非企业法人应出具企业营业执照正本；机关和实行预算管理的事业单位，应出具人事部门或编制委员会的批文或登记证书和财政部门同意其开户的证明；非预算管理的事业单位，应出具政府人事部门或编制委员会的批文或登记证书；军队、武警团级（含）以上单位以及分散执勤的支（分）队，应出具军队军级以上单位财务部门、武警总队财务部门的开户证明；社会团体，应出具社会团体登记证书，宗教组织还应出具宗教事务管理部门的批文或证明；民办非企业组织，应出具民办非企业登记证书；外地常设机构，应出具其驻在地政府主管部门的批文；外国驻华机构，应出具国家有关部门的批文或证明人；外资企业驻华代表处、办事处应出具国家登记机关分发的登记证；委员会、社区委员会，应出具其主管部门的批文或证明；独立核算的附属机构，应出具其主管部门的批文或证明。

如果上述存款人为从事生产、经营活动纳税人的，还应出具纳税部门颁发的税务登记证。

四、一般存款账户

（一）一般存款账户的含义

一般存款账户是指存款人因借款或其他结算需要，在基本存款账户开户银行以外的银行营业机构开立的银行结算账户。开立基本存款账户的存款人都可以开立一般存款账户，根据规定，只要存款账户人具有借款或其他结算需要，均可申请开立一般存款账户，一般存款账户没有数量限制。

（二）一般存款账户的使用范围

一般存款账户主要用于办理存款人借款转存、借款归还和其他结算的资金收付。一般存款账户可以办理现金缴存，但不能办理现金支取。

（三）一般存款账户的开户要求

存款人申请开立一般存款账户，除了向银行出具其开立基本存款账户规定的证明文件、基本存款账户开户登记证之外，还应根据不同情形，向银行出具下列证明文件：存款人因银行借款需要的应出具借款合同；存款人因其他结算需要的应出具有关证明。

五、专用存款账户

（一）专用存款账户的概念

专用存款账户是指存款人按照法律、行政法规和规章，对有特定用途资金进行专项管理与使用，根据规定，下列存款人可以申请开立专用存款账户：基本建设资金；更新改造资金；财政预算外资金；粮、棉、油收购资金；证券交易结算资金；期货交易保证金；信托基金；金融机构存放同业资金；政策性房地产开发资金；单位银行卡备用金；住房基金；社会保障基金；收入汇缴资金和业务支出资金；党、团、工会设在单位组织机构经费；其他需要专项管理和使用的资金。其中，收入汇缴资金和业务支出资金是指基本存款账户存款人附属的非独立核算单位或派出机构发生的收入和支出的资金，因收入汇缴资金和业务支出资金开立的专用存款账户，应使用隶属单位的名称。

（二）专用存款账户的使用范围

专用存款账户适用于专项管理和使用的资金。针对不同的专项资金，专用存款账户有不同的使用范围。

① 单位银行卡账户的资金必须由其基本存款账户转账存入。该账户不得办理现金收付业务。

② 财政预算外资金、证券交易结算资金、期货交易保证金和信托专用存款账户，不得支取现金。

③ 基本建设资金、更新改造资金、政策性开发资金、金融机构存放同业资金账户需要支取现金的，应在开户时报中国人民银行当地分支行批准。中国人民银行当地分支行应根据

国家现金管理的规定审查批准。

④ 粮、棉、油收购资金，社会保障基金，住房基金和党、团、工会经费等专用存款账户支取现金应按国家现金管理的规定办理。

⑤ 收入汇缴账户除向其基本存款账户或预算外资金财政专用存款户划缴款项外，只收不付，不得支取现金。业务支出账户除从其基本存款账户拨入款项外，只付不收，其现金支取必须按照国家现金管理的规定办理。

（三）专用存款账户的开户要求

存款人开立专用存款账户，除了向银行出具其开立基本存款账户规定的证明文件、基本存款账户开户登记证之外，还应区分不同的专项资金，向银行出具下列证明文件：基本建设资金、更新改造资金、政策性房地产开发资金住房基金、社会保障基金，应出具主管部门批文。财政预算外资金，应出具主管部门的证明。粮、棉、油收购资金，应出具主管部门批文。单位银行卡备用金，应按照中国人民银行批准的银行卡章程的规定出具有关证明和资料。证券交易结算资金，应出具证券公司或证券管理部门的证明。期货交易保证金，应出具期货公司或期货管理部门的证明。金融机构存放同业资金，应出具其证明。收入汇缴资金和业务支出资金，应出具基本存款账户存款人有关证明。党、团、工会设在单位的组织机构经费，应出具基本存款账户或有关部门的批文或证明。其他按规定需要专项管理和使用的资金，应出具有关法规、规章或政府部门的有关文件。

六、临时存款账户

（一）临时存款账户的含义

临时存款账户是指存款人因临时需要并在规定期限内使用而开立的银行结算账户。根据规定，存款人有下列情况的，可以申请开立临时存款账户：设立临时机构；异地临时经营活动；注册验资。

（二）临时存款账户的使用范围

存款人可以通过临时存款账户办理转账结算和根据国家现金管理的规定办理现金收付。临时存款账户用于办理临时机构以及存款人临时经营活动发生的资金收付，它应根据有关开户证明文件确定的期限或存款人的需要确定其有效期限。存款人在账户的使用中需要延长期限的，应在有效期限内向开户银行提出申请，并由开户银行报中国人民银行当地分支行核准后办理展期，其有效期限最长不得超过2年。临时存款账户支取现金，应按照国家现金的管理的规定办理。注册验资资金的汇缴人应与出资人的名称一致。

（三）临时存款账户的开户要求

存款人申请开立临时存款账户应填制开户申请书，向银行出具下列证明文件。

临时机构，应出具其驻地主管部门同意设立临时机构的批文。异地建筑施工及安装单位，应出具其营业执照正本或隶属单位的营业执照正本以及施工及安装地建设主管部门核发的许可证或建筑施工及安装合同。异地从事临时经营活动的单位，应出具其营业执照正本及临时经营地工商行政管理部门的批文。注册验资资金，应出具工商行政管理部门核发的企业名称预先核准通知书或有关部门的批文。对于异地建筑施工与安装单位和异地从事临时经营活动的单位，存款人还应出具其基本存款账户开户登记证。

七、个人银行结算账户

（一）个人银行结算账户的含义

个人银行结算账户是指存款人有投资、消费、结算等需要而凭个人身份证件以自然人名称开立的银行账户。根据规定，存款人有下列情况的，可以申请开立个人银行结算账户：使用支票、信用卡等信用支付工具的；办理汇兑、定期贷记、定期借记、借记卡等结算业务的。邮政储蓄机构办理银行卡业务开立的账户纳入个人银行结算账户管理。自然人可根据需要申请开立个人银行结算账户也可以在已开立储蓄账户中选择，并向开户银行申请确认为个人银行结算账户。

（二）个人银行结算账户的使用范围

个人银行结算账户用于办理个人转账收付和现金支取，储蓄账户用于办理现金存款业务，不得办理转账结算。根据规定，下列款项可以转入：工资、奖金收入；稿费、演出费等劳务收入；期货、信托等投资的酬金和收益；个人债权或产权转让收益；个人贷款转存；证券交易结算资金和期货交易保证金；继承、赠与款项；保险理赔、保费退还等款项；纳税退还；农、副、矿产品销售收入；其他合法款项。

个人银行结算账户在使用过程中，应当注意以下几点。

① 单位从其银行结算账户支付给个人银行结算账户的款项，每笔超过5万元的，应向其开户银行提供下列付款依据：

a. 代发工资协议和收款人清单；

b. 奖励证明；

c. 新闻出版、演出主办等单位与收款人签订的劳务合同或支付给个人款项的证明；

d. 证券公司、期货公司、信托投资公司或承销部门支付或退还给自然人款项的证明；

e. 债权或产权的转让协议；

f. 借款合同；

g. 保险公司的证明；

h. 税收征管部门证明；

i. 农、副、矿产品购销合同；

j. 其他合法款项的证明。

② 从单位银行结算账户支付个人银行结算账户的款项，应纳税的税收代扣单位付款时

应向其开户银行提供完税证明。

③ 个人持出票人为单位的支票向开户银行委托收款，将款项转入其个人银行结算账户的或者个人持申请人为单位的银行汇票和银行本票向开户银行提示付款，将款项转入其个人银行结算账户的，个人应当提供前述委托收款依据。

④ 单位银行结算账户支付给个人银行结算账户款项的，银行应按有关规定，认真审查付款依据或收款依据的原件，并留存复印件，按会计档案保管。未提供相关依据或相关依据不符合规定的，银行应拒绝办理。

（三）个人银行结算账户的开户要求

根据规定，存款人申请开立个人银行结算账户应向银行出具下列证明文件：我国居民，应出具居民身份证或临时身份证；中国人民解放军军人，应出具军人身份证件；中国人民武装警察，应出具武警身份证件；香港、澳门居民，应出具港澳居民往来内地通行证；台湾居民，应出具护照；法律、法规和国家有关文件规定的其他有效证件。

银行为存款人开立个人银行结算账户时，根据需要还可要求申请人出具户口本、驾驶执照、护照等有效证件。

八、异地银行结算账户

（一）异地银行结算账户的含义

异地银行结算账户是指存款人符合法定条件，根据需要在异地开立相应的银行结算账户。

（二）异地银行结算账户的使用范围

存款人有下列情形之一的，可以在异地开立有关银行结算账户：

① 营业执照注册地与经营地不在同一行政区域（跨省、市、县），需要开立基本存款账户的；

② 办理异地借款和其他结算需要开立一般存款账户的；

③ 存款人因附属的非独立核算单位或派出机构发生的收入汇缴或业务支出需要开立专用存款账户的；

④ 异地临时经营活动需要开立临时存款账户的；

⑤ 自然人根据需要在异地开立银行结算账户的。

（三）异地银行结算账户的开户要求

存款人需要在异地开立单位银行结算账户，除出具开立基本存款账户、一般存款账户、专用存款账户和临时存款账户规定的有关证明文件外，还应出具下列相应的证明文件。

① 经营地与注册地不在同一行政区域的存款人在异地开立基本存款账户的，应出具注册地中国人民银行分支行的未开立基本存款账户的证明。

② 异地借款的存款人在异地开立一般存款账户的，应出具在异地取得贷款的借款合同和基本存款账户的开户登记证。

③ 因经营需要在异地办理收入汇缴和业务支出的存款人在异地开立专用存款账户的，应出具隶属单位的证明和基本存款账户的开户登记证。

存款人需要在异地开立个人银行结算账户的应出具在住所地开立账户所需要的证明文件。

第三节　票据结算

一、票据概述

（一）票据的含义和种类

票据，有广义和狭义之分。广义的票据，是指所有商业上的凭证，如股票、债券、发票、提单、仓单、保单等；狭义的票据，是指由出票人签发的、约定自己或者委托付款在见票时或指定的日期向收款人或持票人无条件支付一定金额的有价证券。《中华人民共和国票据法》所称的票据是狭义的票据。根据《中华人民共和国票据法》的规定，票据是指汇票、本票和支票。票据的特征主要表现在以下几个方面。

① 票据以支付一定金额为目的。

② 票据是出票人依法签发的有价证券。

③ 票据所表示的权利与票据不可分离。

④ 票据所记载的金额由出票人自行或委托他人支付。

⑤ 票据的持票人只要向付款人提示付款，付款人即应无条件向持票人或收款人支付票据金额。

⑥ 票据是一种可转让证券。

（二）票据当事人

票据当事人，也称票据法律关系主体，是指票据法律关系中享有票据权利、承担票据义务的当事人。票据当事人可分为基本当事人和非基本当事人。

1. 基本当事人

基本当事人，是指在票据作成和交付时就已存在的当事人，是构成票据法律关系的必要主体，包括出票人、付款人和收款人。出票人是指依法签发票据交付给收款人的人；收款人是指票据到期后有权收取票据所记载金额的人，又称票据权利人；付款人是指由出票人委托付款或自行承担付款责任的人。在汇票及支票中有出票人、付款人与收款人，在本票中只有出票人和收款人。基本当事人不存在或不完全，票据上法律关系就不能成立，票据就无效。

2. 非基本当事人

非基本当事人，是指在票据作成并交付后，通过一定的票据行为加入票据关系而享有一定权利、义务的当事人，包括承兑人、背书人、被背书人、保证人等。承兑人是指接受汇票出票人的付款委托，同意承担支付票款义务的人，它是汇票的主债务人；背书人是指在转让票据时，在票据背面或粘单上签字或盖章，将该票据交付给受让人的票据收款人或持有人（称为前手）；被背书人是指被记名受让票据或接受票据转让的人（称为后手）；保证人是指为票据债务提供担保的人，由票据债务人以外的第三人担当。票据上的非基本当事人可以有两个名称，即双重身份，如汇票中的付款人称为承兑人，承兑汇票后第一次背书人等。非基本当事人是否存在，完全取决于相应票据行为是否发生，不同票据上可能出现的票据当事人也有所不同。

（三）票据权利和义务

1. 票据权利

票据权利，是指持票人向票据债务人请求支付票据金额的权利，包括付款请求权和追索权。付款请求权是指持票人向汇票的承兑人、本票的出票人、支票的付款人出示票据要求付款的权利，是票据的第一次权利，也称为主票据权利。行使付款请求权的持票人可以是收款人或最后的被背书人，担负付款请求权义务的主要是主债务人。追索权是指票据当事人行使付款请求权遭到拒绝或有其他法定原因存在时，向其前手请求偿还票据金额及其他法定费用权利，是票据的第二次权利，也称偿还请求权利。行使追索权的当事人除收款人和最后被背书人外，还可能是代为清偿票据债务的保证人、背书人。

2. 票据义务

票据义务，是指票据债务人向持票人支付票据金额的责任。它是基于债务人特定的票据行为（如出票、背书、承兑等）而应承担的义务，不具有制裁性质，主要包括付款义务和偿还义务。

实务中，票据债务人承担票据义务一般有四种情况：一是汇票承兑人因承兑而承担付款的义务；二是本票出票人因出票而承担自己付款义务；三是支票付款人在与出票人有资金关系时承担付款义务；四是汇票、本票、支票的背书人，汇票、支票的出票人、保证人，在票据不获承兑或不获付款时的付款清偿义务。

（四）票据行为

票据行为，是指票据关系的当事人之间以发生、变更或终止票据为目的而进行的法律行为。票据行为是在票据当事人之间进行的行为，它是以发生票据债务为目的、以在票据上签名或盖章为权利义务成立要件的法律行为，包括出票、背书、承兑和保证四种。

1. 出票

出票，主要是指行为人签发票据并将其交付给收款人的行为。出票行为的行为人称为出票人，接受票据的人称为收款人。出票行为是创设票据的行为，即基本票据行为，没有出票行为，也就没有背书、承兑、保证等附属票据行为。出票包括两个行为：一是出票人依照

《中华人民共和国票据法》的规定做成票据，即在原始票据上记载法定事项并签章；二是交付票据，即将做成的票据交付给他人占有。这两个行为缺一不可。

2. 背书

背书，是指持票人依法定方式在票据的背面或者粘单上记载有关事项并签章，以实现转让票据权利或法律允许的其他目的的行为。背书是法律赋予持票人的一项权利，而不是出票人或其他票据当事人授予的权利，即使票据当事人没有约定允许持票人以背书方式转让票据权利，持票人也可依自己独立的意思决定是否进行背书。

3. 承兑

承兑，是指汇票付款人承诺在汇票到期日支付汇票金额并签章的行为。承兑是汇票上特有的制度，其意义在于确定汇票上的权利义务关系。汇票在未承兑之前，其权利义务关系处于不确定状态，一经付款人承兑，即产生三种不同的票据法律关系：一是付款人与出票人之间的付款委托关系；二是付款人与持票人之间的主债权债务关系；三是出票人与持票人之间的从债权债务关系。

4. 保证

保证，是指票据债务人以外的，为担保特定债务人履行票据债务而在票据上记载有关事项并签章的行为。关于保证人，《中华人民共和国票据法》要求必须是票据债务人以外的第三人，并且保证只适用于汇票和本票，支票不适用保证。

（五）票据记载事项

票据记载是票据行为有效成立的首要条件，《中华人民共和国票据法》对各种票据行为的票据记载均有明确规定。票据记载的具体内容称为票据记载事项，每一记载事项则称为票据的记载文句。

票据行为不同，票据记载事项就不相同，相应的记载文句也不相同。根据《中华人民共和国票据法》规定，票据记载事项一般分为绝对记载事项、相对记载事项和任意记载事项等。

1. 绝对记载事项

绝对记载事项，是指《中华人民共和国票据法》规定的行为人为票据行为时必须在票据上进行记载，如不记载则票据因此无效的记载事项。如各种票据必须记明"无条件支付的委托"，否则票据无效。

2. 相对记载事项

相对记载事项，是指《中华人民共和国票据法》规定的行为人为票据行为时应在票据上记载，如未记载则依《中华人民共和国票据法》的规定执行，票据并不因此无效的记载事项。如汇票应记载付款日期、付款地和出票地，未记载付款日期，则视为见票即付；未记载付款地的，付款人的营业场所、住所或经常居住地为付款地；未记载出票地的，出票人的营业场所、住所或者经常居住地为出票地。

3. 任意记载事项

任意记载事项，是指《中华人民共和国票据法》不强制当事人必须记载，而由当事人自行选择是否记载，如记载则产生票据效力的事项。如出票人在汇票上记载有"不得转让"字样的，汇票不得转让。其中的"不得转让"即为任意记载事项。

（六）票据签章

票据签章是各种票据行为的共同要件。任何一种票据行为都必须由行为人在票据上签章方为有效。签章是指签名、盖章以及签名加盖章，关于签章的具体要求，《中华人民共和国票据法》、《票据管理实施办法》和《支付结算办法》均作出了严格规定。凡个人在票据上签章的，应为该个人的签名或者盖章，且签名应为该当事人的本名，本名是指符合法律、行政法规以及国家有关规定的身份证上的姓名；法人和使用票据的单位在票据上签章，为该法人或者该单位的盖章加其法定代表人或者授权的代理人的签章。

（七）票据丧失的补救

1. 票据丧失的含义

票据丧失，是指票据因灭失、遗失、被盗等原因而使票据权利人脱离其对票据的占有。票据丧失根据票据是否现实存在可分为绝对丧失和相对丧失两种。绝对丧失是指票据作为一种物已不存在，如票据被烧毁、撕毁等；相对丧失是指持票人将票据丢失后或被他人盗窃等。票据权利的转移和行使均以票据存在为必要，票据丧失后，持票人便不能行使票据权利，因此，需要进行票据丧失的补救。

2. 票据丧失补救的方式

根据《中华人民共和国票据法》的规定，票据丧失后，可以采取挂失止付、公示催告和普通诉讼3种方式进行补救。

（1）挂失止付

挂失止付，是指失票人将丧失票据的情况通知付款人或代理付款人，由接受通知的付款人或代理付款人审查后暂停支付的一种方式。只有确定付款人或代理人的票据丧失后才可以进行挂失止付，具体包括已承兑的商业汇票、支票、填明"现金"字样的银行汇票和银行本票。挂失止付并不是票据丧失后采取的必经措施，而是一种暂时的预防措施，最终要通过申请公示催告或普通诉讼。

（2）公示催告

公示催告，票据丧失后由失票人向人民法院提出申请，人民法院根据失票人的申请以公告方式，告知并催促利害关系人在指定期限内向人民法院申报权利，如不申报权利，人民法院即依法作出宣告票据无效的判决的补救办法。自判决公告之日起，申请人有权向支付人请求支付。

（3）普通诉讼

普通诉讼，是指失票人在丧失票据后，以付款人为被告向人民法院起诉，请求人民法院判决其向失票人付款的诉讼活动。如果与票据上权利有利害关系的人是明确的，无须公示催告，可按一般的票据纠纷向法院提起诉讼。

3. 票据丧失补救的条件

票据丧失无论采取哪种补救措施，都必须符合三个条件：一是必须有丧失票据的事实；二是失票人必须是真正的票据权利人；三是丧失的票据必须是未获付款的有效票据。

二、银行汇票

（一）银行汇票的含义

银行汇票，是出票银行签发的，由其在见票时按照实际结算金额无条件支付给收款人或者持票人的票据。银行汇票的出票银行为银行汇票的付款人，出票银行签发银行汇票的条件是汇人须将款项先存入银行，在存款之后或存款的同时将一定的款项转往指定的地点，并将汇票交给汇款人，汇款人持票到指定银行办理转账或提取现金。银行汇票没有票面金额起点限制，也没有最高限额。

（二）银行汇票的使用范围

单位和个人在异地、同城或统一票据交换区域的各种款项结算，均可使用银行汇票。银行汇票一律为记名汇票，其出票和付款在全国范围内限于中国人民银行和各商业银行参加"全国联行往来"的银行机构办理。跨系统银行签发的转账银行汇票的付款，应通过同城票据交换将银行汇票和解讫通知提交给同城的有关银行审核支付后抵用。代理付款人不得受理未在本行开立的存款账户的持票人为单位直接提交的银行汇票，代理付款人是代理本系统出票银行或跨系统签约银行审核支付汇票款项的银行。

银行汇票可以用于转账，填明"现金"字样的银行汇票也可以用于支取现金。用于转账的银行汇票不得支取现金，支取现金的银行汇票必须在银行汇票上填明"现金"字样。银行汇票的付款地为代理付款人或出票人所在地。

（三）银行汇票的记载事项

1. 银行汇票的绝对记载事项

银行汇票的绝对记载事项是《中华人民共和国票据法》规定必须在汇票上记载的事项，如果欠缺记载，银行汇票便无效。《中华人民共和国票据法》第二十二条规定汇票必须记载下列事项：①表明"汇票"的字样；②无条件支付的委托；③确定的金额；④付款人名称；⑤收款人名称；⑥出票日期；⑦出票人签章。

2. 银行汇票的相对记载事项

银行汇票的相对记载事项也是应当清楚、明确记载的事项。但是，这些事项如果没有在银行汇票上记载，并不会影响汇票本身的效力，银行汇票仍然有效。而这些没有记载的事项可以通过法律的直接规定来确定。《中华人民共和国票据法》明确规定了下列三个事项为银行汇票的相对记载事项：付款日期；付款地；出票地。银行汇票上未记载付款日期的，为见票即付；未记载付款地的，付款人的营业场所、住所或者经常居住地为付款地；未记载出票地的，出票人的营业场所、住所或者经常居住地为出票地。

3. 银行汇票的非法定记载事项

银行汇票的非法定记载事项是指法律规定以外的记载事项。《中华人民共和国票据法》规定，银行汇票上可以记载《中华人民共和国票据法》规定的事项以外的其他出票事项，但是该记载事项不具有汇票上效力。法律规定以外的事项主要是指与银行汇票的基础关系有关的事项。如签发票据的原因或用途、该票据项下交易的合同号码等，因此，这些事项尽管有利于当事人清算方便，但却与票据本身关系不大，故其不具有票据上效力。

（四）银行汇票的提示付款期限

银行汇票的提示付款期限为自出票日起1个月。持票人超过付款期限提示付款的，代理付款人不予受理。

（五）银行汇票的办理和使用要求

1. 办理银行汇票应遵循下列基本要求

第一，申请人使用银行汇票，应向出票银行填写"银行汇票申请书"，填明收款人名称、汇票金额、申请人名称、申请日期等事项并签章，签章为其预留银行的签章。

申请人和收款人均为个人，需要使用银行汇票向代理付款人支取现金的申请人须在"银行汇票申请书"上填明代理付款人名称，在"汇票金额"栏先填写"现金"字样，后填写汇票金额。

申请人或者收款人为单位的，不得在"银行汇票申请书"上填明"现金"字样。

第二，出票银行受理银行汇票申请书，收妥款项后签发银行汇票并用压数机压印出票金额，将银行汇票和解讫通知一并交给申请人。

签发转账银行汇票，不得填写代理付款人名称，但由人民银行代理兑付银行汇票的商业银行，向设有分支机构地区签发转账银行汇票的除外。

签发现金银行汇票，申请人和收款人必须均为个人，收妥申请人交存的现金后，在银行汇票"出票金额"栏先填写"现金"字样，后填写出票金额，并填写代理人名称。申请人或者收款人为单位的银行不得为其签发现金银行汇票。

第三，申请人应将银行汇票和解讫通知一并交付给汇票上记明的收款人。

2. 银行汇票兑付的基本要求

收款人和银行在受理和兑付银行汇票时应注意下列基本要求。

第一，收款人受理银行汇票时，应审查下列事项：银行汇票和解讫通知是否齐全、汇票号码是否在提示付款期限内；必须记载的事项是否齐全；出票人签章是否符合规定，是否有压解机压印的出票金额，并与大写出票金额一致；出票金额、出票日期、收款人名称是否更改，更改的其他记载事项是否由原记载人签章证明。

第二，收款人受理申请人交付的银行汇票时，应在出票金额以内，根据实际需要的款项办理结算，并按照实际结算金额和多余金额准确、清晰地填入银行汇票和解讫通知的有关栏内。未填明实际结算金额和多余金额或实际结算金额超过出票金额的，银行不予受理。

第三，银行的实际结算金额不得更改，更改实际结算金额的银行汇票无效。

第四，收款人可以将银行汇票背书转让给被背书人。银行汇票的背书转让以不超过出票金额实际结算金额为准。未填写实际结算金额或实际结算金额超过出票金额的银行汇票不得背书转让。

第五，持票人向银行提示付款时，必须同时提交银行汇票和解讫通知，缺少任何一联，银行不予受理。

第六，银行汇票的实际结算金额低于票金额的，其多余金额由出票银行退交申请人。

三、银行本票

（一）银行本票的含义和种类

银行本票是银行机构签发的，承诺自己在见票时无条件支付确定的金额给收款人或者持票人的票据。银行本票分为不定额本票和定额本票两种。

（二）银行本票的使用范围、记载事项及提示付款期限

1. 银行本票的使用范围

单位和个人在同一票据交换区域需要支付各种款项时，均可使用银行本票。银行本票可以用于转账，注明"现金"字样的银行本票可以用于支取现金。

2. 银行本票的记载事项

签发银行本票必须记载下列事项：①表明"银行本票"的字样；②无条件支付的承诺；③确定的金额；④收款人名称；⑤出票日期；⑥出票人签章。

3. 银行本票的提示付款期限

银行本票的提示付款期限自出票日起最长不得超过2个月。

持票人超过提示付款期限不获付款的，在票据权利时效内向出票银行作出说明，并提供本人身份证件或单位证明，可持银行本票向出票银行请求付款。银行本票可以交付收款人，也可以背书转让。银行本票只适合同一票据交换区。银行本票限于见票即付，在持票人提示见票时，出票人（银行）必须承担付款的责任。

四、支票

（一）支票的含义和种类

支票是出票人签发的，委托办理支票存款业务的银行或者其他金融机构在见票时无条件支付确定的金额给收款或者持票人的票据。根据支付票款的方式，我国将支票分为现金支票、转账支票和普通支票。支票上印有"现金"字样的为现金支票，现金支票只能用于支取现金；支票上印有"转账"的为转账支票，转账支票只能用于转账；支票上未印有"现金"或"转账"的为普通支票，普通支票可以用于支取现金，也可以用于转账。在普通支票左上

角划两条平行线的，为划线支票，划线支票只能用于转账，不得支取现金。

支票的出票人，为在经中国人民银行当地支行批准办理业务的银行机构开立可以使用支票的存款账户的单位和个人。开立支票存款账户，申请人必须使用其本名，并提交证明其身份的合法证件。开立支票存款账户和领用支票，应当有可靠的资信，并存入一定的资金。开立支票存款账户，申请人应当预留其本名的签名式样和印鉴。

支票的付款人，为支票上记载的出票人开户银行。支票的付款地为付款人的所在地。

（二）支票的使用范围、记载事项及提示付款期限

1. 支票的使用范围

单位和个人在同一票据交换区域的各种款项结算，均可以使用支票。

2. 支票的记载事项

支票的记载事项分为绝对记载事项和相对记载事项。

《中华人民共和国票据法》第八十四条规定支票必须记载下列事项：①表明"支票"的字样；②无条件支付的委托；③确定的金额；④付款人名称；⑤出票日期；⑥出票人签章。

支票上未记载前款规定事项之一的，支票无效。

《中华人民共和国票据法》还规定了两项支票的相对记载事项，即付款地和出票地。支票上未记载付款地的，付款人的营业场所为付款地；支票上未记载出票地的出票人的营业场所、居住地为出票地。

3. 支票的提示付款期限

支票的持票人应当自出票日起 10 日内提示付款，中国人民银行另有规定的除外。持票人超过提示付款期限的，持票人开户银行不予受理，付款人可以不予付款的，出票人仍应当对持票人承担票据责任。

支票限于见票即付，不得另行记载付款日期。另行记载付款日期的，该记载无效。

（三）支票办理要求

1. 支票的领购

存款人领购支票，必须填写"票据和结算凭证领用单"并签章，签章与预留银行的签章相符。存款账户结清时，必须将全部剩余空白支票交回银行注销。

2. 支票签发的要求

支票的签发应当符合下列基本要求。

第一，签发支票应使用碳素墨水或墨汁填写，中国人民银行另有规定的除外。

第二，签发现金支票和用于支取现金的普通支票，必须符合国家现金管理的规定。

第三，支票的出票人所签发的支票金额不得超过其付款时在付款人处实有的存款金额。出票人签发的支票金额超过其付款时在付款人处实有的存款金额为空头支票。禁止签发空头支票。

第四，支票的出票人预留的签章是银行审核支票付款的依据。银行也可以与出票人约定使用支付密码，作为银行审核支付支票金额的条件。出票人不得签发与其预留银行的签章不符合的支票；使用支付密码的，出票人不得签发支付密码错误的支票。

　　出票人签发空头支票、签章与预留银行的签章不符合的支票、使用支付密码地区支付密码错误的支票，银行应予以退回，并按票面金额处以5%但不低于1 000元的罚款；持票人有权要求出票人赔偿支票金额2%的赔偿金。对屡次签发的，银行应停止其签发支票。

　　3. 支票兑付的要求

　　持票人兑付支票时，应遵循下列要求：

　　第一，持票人可以委托开户银行收款或直接向付款人提示付款。用于支取现金的支票仅限于收款人向付款人提示付款。持票人委托开户银行收款的支票，银行应通过票据交换系统收妥后入账。

　　第二，持票人委托开户银行收款时，应作委托收款背书，在支票背面背书人签章栏签章，记载"委托收款"字样、背书日期，在被背书人栏记载开户银行名称，并将支票和填制的进账单送交开户银行。

　　第三，持票人持有用于转账的支票向付款人提示付款时，应在支票背面背书人签章栏签章，并将支票和填制的进账单交送出票人开户银行。

　　第四，收款人持有用于支取现金的支票向付款人提示付款时，应在支票背面"收款人签章"处签章，持票人为个人的，还需交验本人身份证件，并在支票背面注明证件名称、号码及发证机关。

　　第五，出票人在付款人处的存款足以支付支票金额时，付款人应当在见票当日足额付款。

本章习题

一、单项选择题

1.（　　）的持票人应当自出票起10日内提示付款。

　　A. 支票　　　　　　　　　　　　B. 汇票

　　C. 本票　　　　　　　　　　　　D. 公司债券

2. 个体工商户凭营业执照以字号或经营者姓名开立的银行结算账户纳入（　　）管理。

　　A. 单位银行结算账户　　　　　　B. 临时存款账户

　　C. 个人银行结算账户　　　　　　D. 基本存款账户

3. 再贴现是指持票人向（　　）申请贴现。

　　A. 中国银行　　　　　　　　　　B. 中国人民银行

　　C. 中国工商银行　　　　　　　　D. 国家开发银行

4. 票据行为即使与实质关系的内容不一致，仍按票据上的记载而产生效力，这体现票据的（　　）特征。

　　A. 要式性　　　　　　　　　　　B. 无因性

　　C. 文义性　　　　　　　　　　　D. 独立性

5. 出票人签发空白支票，银行可以处以原面额的（　　）罚款。

A. 2%   B. 3%

C. 5%   D. 5%但不低于 1 000 元

6. 出票人在票据上记载"不得转让"字样，而使得票据不转让，"不得转让"属于（ ）事项。

  A. 绝对记载   B. 相对记载

  C. 任意记载   D. 无须记载

7. 票据的基本当事人是（ ）。

  A. 出票人   B. 承兑人

  C. 背书人   D. 保证人

8. 下列各项中，不属于票据行为的是（ ）。

  A. 出票人签发票据，并将其交付给收款人的行为

  B. 票据遗失，向银行挂失止付的行为

  C. 票据债务人承诺在汇票到期日支付汇票金额并签章的行为

  D. 票据债务人以外的人在票据上记载有关事项并签章的行为

9. 下列银行汇票的付款人为（ ）。

  A. 银行汇票的申请人   B. 出票银行

  C. 代理付款银行   D. 申请人的开户银行

10. 接受汇票出票人的委托同意支付票款义务的人，是指（ ）。

  A. 被背书人   B. 背书人

  C. 承兑人   D. 保证人

11. 银行汇票持有人向银行提示付款时，必须同时提交银行汇票和（ ）。

  A. 解讫通知   B. 进账单

  C. 个人身份证   D. 支款凭证

12. 银行汇票的提示付款期限，自出票日起计算，最长不超过（ ）。

  A. 10 天   B. 1 个月

  C. 2 个月   D. 6 个月

13. 票据的金额和收款人名称可以由出票人授权补记的为（ ）。

  A. 银行汇票   B. 商业汇票

  C. 银行本票   D. 支票

14. 票据出票日期为 1 月 15 日的中文大写是（ ）。

  A. 壹月壹拾伍日   B. 零壹月零壹拾伍日

  C. 壹月零壹拾伍日   D. 零壹月壹拾伍日

15. 符合开户条件，银行办理手续后，当于开户之日起（ ）个工作日内向中国人民银行当地分支机构备案。

  A. 3   B. 4

C. 5　　　　　　　　　　　　　　　D. 6

16. 企业自领取营业执照之日起（　　）日内，办理税务登记。

　　A. 10　　　　　　　　　　　　　B. 15

　　C. 20　　　　　　　　　　　　　D. 30

17. 在全国范围内统一样式的发票，由（　　）确定。

　　A. 省级税务机关　　　　　　　　B. 县级税务机关

　　C. 国家财政部　　　　　　　　　D. 国家税务总局

18. 根据《银行账户管理办法》的规定，企业支取现金用于工资、奖金发放，只能通过规定的银行账户办理。该银行账户是（　　）。

　　A. 一般存款账户　　　　　　　　B. 临时存款账户

　　C. 基本存款账户　　　　　　　　D. 专用存款账户

19. 根据有关银行汇票的规定，银行汇票的签发人是（　　）。

　　A. 出票银行　　　　　　　　　　B. 收款人

　　C. 付款人　　　　　　　　　　　D. 收款人或者付款人

二、多项选择题

1. 不得签发的支票有（　　）。

　　A. 空头支票　　　　　　　　　　B. 不符支票

　　C. 远期支票　　　　　　　　　　D. 定额支票

2. 金融业务活动分为（　　）。

　　A. 银行　　　　　　　　　　　　B. 保险

　　C. 证券　　　　　　　　　　　　D. 信托

3. 票据的权利包括（　　）。

　　A. 付款请求权　　　　　　　　　B. 背书转让权

　　C. 追索权限　　　　　　　　　　D. 贴现权

4. 根据承兑人不同，可将商业汇票分为（　　）。

　　A. 担保商业汇票　　　　　　　　B. 无担保商业汇票

　　C. 商业承兑汇票　　　　　　　　D. 银行承兑汇票

5. 支票记载事项中，可以由出票人授权补记的包括（　　）。

　　A. 支票金额　　　　　　　　　　B. 收款人名称

　　C. 付款人名称　　　　　　　　　D. 出票日期

6. 办理支付结算的主体有（　　）。

　　A. 银行　　　　　　　　　　　　B. 城市信用合作社

　　C. 单位　　　　　　　　　　　　D. 承兑人

7. 下列属于票据基本当事人的有（　　）。

　　A. 出票人　　　　　　　　　　　B. 付款人

C. 收款人   D. 承兑人

8. 下列各项中，允许使用现金的项目有（   ）。

  A. 支付个人劳务费   B. 向个人收购物资的价款

  C. 出差人须随身携带的差旅费   D. 结算起点以下的零星支出

9. 支付结算应当坚持的原则是（   ）。

  A. 恪守信用，履行付款   B. 谁的款进谁的账，由谁支配

  C. 自愿选择开户行   D. 银行存款账户

10. 银行结算账户按用途不同，可分为（   ）。

  A. 基本存款账户   B. 一般存款账户

  C. 专用存款账户   D. 临时存款账户

11. 一般存款账户的适用范围主要用于（   ）。

  A. 办理存款人借款转存   B. 借款归还

  C. 其他结算的资金收付   D. 办理现金支取

12. 存款人有下列（   ）情形之一的，应当向开户银行提出撤销银行结算账户的申请。

  A. 被撤销、解散、宣告破产或关闭的

  B. 注销、被吊销营业执照的

  C. 因迁址需要变更开户银行的

  D. 其他原因需要撤销银行结算账户的

13. 根据《支付结算办法》的规定，签发票据和结算凭证时不得更改的项目有（   ）。

  A. 出票或签发日期   B. 收款人名称

  C. 金额   D. 用途

14. 下列事项中，属于汇票绝对记载的事项有（   ）。

  A. 出票日期   B. 付款日期

  C. 出票地   D. 付款人名称

15. 持票人丧失票据时，可采取的补救措施有（   ）。

  A. 挂失止付   B. 公示催告

  C. 提起诉讼   D. 登报作废

16. 关于银行汇票叙述正确的是（   ）。

  A. 单位和个人的各种款项结算，均使用银行汇票

  B. 银行汇票适用于异地、同城或统一票据交换区

  C. 银行汇票只能用于转账

  D. 银行汇票的提示付款期限自出票日起 1 个月

17. 既可以用于转账，又可以用于支取现金的票据有（   ）。

  A. 银行本票   B. 银行汇票

　　C. 商业汇票　　　　　　　　　　　　D. 支票

　　18. 根据票据法律制度的规定，下列各项中，属于汇票到期日前持票人可以行使汇票追索权的情形有（　　）。

　　A. 汇票被拒绝承兑　　　　　　　　B. 付款人因违法被责令停业

　　C. 付款人逃匿　　　　　　　　　　D. 付款人破产

三、判断题

　　1. 恪守信用，履约付款是支付结算的原则之一。　　　　　　　　　　　　（　　）

　　2. 票据属无因证券。　　　　　　　　　　　　　　　　　　　　　　　　（　　）

　　3. 付款也是票据的行为之一。　　　　　　　　　　　　　　　　　　　　（　　）

　　4. 托收承付的金额起点为 10 万元。　　　　　　　　　　　　　　　　　（　　）

　　5. 信用卡可透支，借记卡不具透支功能。　　　　　　　　　　　　　　　（　　）

　　6. 出票人在填制票据时，必须以中文和数码同时记载票据金额，二者不一致时，以中文记载金额为准。　　　　　　　　　　　　　　　　　　　　　　　　　　　　　（　　）

　　7. 票据出票日期大写未按要求规范填写的，银行可予受理，但由此造成损失的，由出票人自己承担。　　　　　　　　　　　　　　　　　　　　　　　　　　　　　　　（　　）

　　8. 银行本票允许背书转让，但不得挂失止付。　　　　　　　　　　　　　（　　）

　　9. 开户单位的现金收入必须于当日送存银行，并不得透支现金。　　　　　（　　）

　　10. 票据是一种不可转让证券。　　　　　　　　　　　　　　　　　　　　（　　）

　　11. 汇票分为银行汇票和商业汇票。　　　　　　　　　　　　　　　　　　（　　）

　　12. 一个单位只能在一家金融机构开设一个基本存款账户，一般存款账户不得办理现金支付。　　　　　　　　　　　　　　　　　　　　　　　　　　　　　　　　　　（　　）

　　13. 票据伪造人由于未以自己的名义在票据上签章，所以不必承担任何责任。（　　）

　　14. 票据出票日期如使用小写的，银行可予受理，但因此造成的损失由出票人自行承担。　　　　　　　　　　　　　　　　　　　　　　　　　　　　　　　　　　　（　　）

　　15. 票据和结算凭证上的所有记载事项均不得更改。　　　　　　　　　　　（　　）

　　16. 个体工商户凭营业执照以字号或经营者姓名开立的银行结算账户纳入个人银行结算账户管理。　　　　　　　　　　　　　　　　　　　　　　　　　　　　　　　　　（　　）

　　17. 临时存款账户的有效期限最长不得超过 2 年。　　　　　　　　　　　　（　　）

　　18. 支票的金额、收款人名称，可以由出票人授权补记。　　　　　　　　　（　　）

　　19. 出票人签发空头支票，银行应予以退票，并按票面金额处以 5% 但不低于 1 000 元的罚款。　　　　　　　　　　　　　　　　　　　　　　　　　　　　　　　　　（　　）

四、简答题

　　1. 简述支付结算的概念和种类。

　　2. 什么是专用存款账户？其具体适用范围是什么？

　　3. 什么是专用存款账户？其具体适用范围是什么？

4. 什么是票据记载事项？它分为哪几类？

5. 什么银行汇票？其适用范围是什么？

6. 什么是个人银行结算账户？其使用范围是什么？

7. 什么是票据当事人？票据的当事人包括哪些？

8. 什么是票据行为？

9. 什么是票据记载事项，它分为哪几种情况？

10. 什么是银行汇票？其适用范围是什么？

11. 简述支票签发的有关规定。

五、案例题

1. 东山公司和乙公司签订一项购销合同，东山公司向乙公司出票后 1 个月付款的银行汇票。乙公司将汇票背书后向丙公司转让，丙公司又背书后向丁公司转让。

要求：根据现行法规，回答问题：

如果乙公司未履行供货义务，东山公司是否有权要求银行停止支付该票据？

如果银行拒绝支付，丁公司作为持票人能否直接向东山公司要求赔偿？乙公司和丙公司对票据是否应负责任？

如果丁公司在银行拒绝付款后未按法定期限发出追索通知，对其追索权有何影响？

2. 东山企业向乙公司购买一批物资，向其交付了一张 30 万元的银行汇票，该汇票的收款人为乙公司，付款人为 A 银行。因受市场变化的影响，该业务的实际结算金额为 35 万元。乙公司接受此银行汇票后，到 A 银行提示付款时，A 银行拒绝付款。

请问 A 银行的做法是否正确，为什么？

3. 东山工厂某采购人员持由该厂开户银行签发的、不能用于支取现金的银行本票，前往乙公司购置一批价值 10 万元的物资。由于该采购人保管不慎，在途中将其装有银行本票的提包丢失。随后，东山工厂根据该采购人员的报告，将银行本票遗失情况通知该银行本票的付款银行，要求挂失止付。但该银行对上述情况进行审查后拒绝办理挂失止付。试问：

该银行拒绝挂失止付是否正确，为什么？

东山工厂在被银行拒绝挂失止付后，可以采取哪些措施维护自己的权益？

4. 东山公司销售给乙公司一批货物，东山公司按合同约定按期交货，乙公司签发一张金额为 20 万元的转账支票，交给东山公司。东山公司到银行提示付款时，发现该支票是空头支票。东山公司认为，中国人民银行有权力对乙公司处以罚款，并有权要求乙公司给予经济赔偿。

问：东山公司的提法是否正确，请详述具体规定，并计算出金额。

5. 东山公司因购货向西山公司签发了一张汇票，金额记载为 20 万元，签章为东山公司公章，出票日期为 2010 年 2 月 12 日。西山公司收到汇票后在规定期限内向付款人银行提示承兑，但银行以票据不符合要求而拒绝受理。

要求：根据支付结算法律制度和票据法的有关规定，回答下列问题。

该汇票上的出票日期的填写是否符合要求？并说明理由。

该汇票上的签章是否符合要求？并说明理由。

银行拒绝受理的行为是否合法？

6. 甲向乙签发了一张十万元的支票，出票日期为 2010 年 3 月 1 日，乙于 3 月 5 日背书转让给丙。

问：(1) 根据《票据法》的规定，持票人丙应当在何日前提示付款？

(2) 如果丙在 4 月 20 日提示付款，是否丧失票据权利？

(3) 如果丙于 2010 年 12 月 20 日才提示付款，是否丧失票据权利与民事权利？

7. 东山公司财务科被盗，有关人员在清点财务时发现除现金、财务印章外，还有 5 张票据被盗，包括付款方签发的尚未送交银行的现金支票 1 张，转账支票 2 张，未填明"现金"字样的银行汇票 2 张。上述票据均在法定提示付款期限内。

要求：根据《票据法》的有关规定，回答下列问题：

公司票据被盗后，哪些票据可以挂失止付？并说明理由。

公司对票据挂失止付后，还可以采取哪些补救措施？

第五章

会计职业道德

第一节　职业道德与会计职业道德

一、职业道德

（一）道德与职业道德

道德，是调整人们相互关系的行为准则和规范的总和，它是由一定社会的经济基础所决定的社会意识形态，属于上层建筑范畴。道德以好与坏、是与非、善与恶等道德含义来评价人们各种行为，受人们的物质生活条件即经济关系的制约，并随着社会经济关系的变革而变化。由此可见，道德包括三层含义：

第一，道德蕴藏于社会生活中，是一定经济关系的产物，既反映一定的物质生活条件，随着社会物质生活条件的发展变化而发展变化，同时，又反作用于一定社会的物质生活条件；

第二，道德是一种行为规范，是属于行为规范中的社会规范的范畴，这有别于行为规范中的技术规范；

第三，道德在调整人们之间的社会关系时，是依靠社会舆论、宣传教育、传统习惯和内心信念约束作为施行的方式，这又有别于其他社会规范。

道德的调整范围非常广泛，不仅包括个人与个人之间，而且也包括个人与集体和个人与社会之间的关系。当其调节范围局限于人们的职业生活中时，就涉及职业道德问题。职业道德是随着社会发展过程中各种职业的出现而产生的，它是道德的一个特殊领域，是职业范围内特殊的道德要求，是一般道德在职业生活中的具体体现。

职业，是人们为满足社会生产和生活的需要，所从事的具有一定社会职责的专门的业务和工作，它不是靠主观臆想产生的，而是取决于人们的客观需要。因此，人们的任何一种职业活动都不是孤立地进行的，在职业活动中，必然会发生各种职业关系：有从业人员同工作对象之间的关系，同一职业集团内部从业人员之间的关系等，这就需要有与之相适应的特殊的社会规范来加以调整，而这个特殊的社会规范即是职业道德。

职业道德的含义有广义和狭义之分。广义的职业道德是指从业人员在职业活动中应该遵循的行为准则，涵盖了从业人员与服务对象、职业与职工、职业与职业之间的关系。狭义的职业道德是指在一定职业活动中应遵循的、体现一定职业特征的、调整一定职业关系的职业行为准则和规范。

职业道德是道德在职业实践活动中的具体体现，也是社会道德的重要组成部分，一般来说，职业道德具有以下特征：

1. 职业性

职业道德的内容与职业实践活动紧密相连，反映着特定职业活动对从业人员行为的道德要求，每一种职业道德都能规范本行业从业人员的职业行为，在特定的职业范围内发挥作用。

2. 实践性

职业道德的作用是调整职业关系，对从业人员职业活动的具体行为进行规范，解决现实生活中的具体道德冲突。正是由于职业道德问题与具体的职业活动紧密联系，因而使其具有较强的实践性，偏重于实用性，容易形成条文，有的甚至被纳入法律规范。

3. 继承性

职业道德一方面作为社会意识形态是受社会经济关系决定的，随着社会经济关系的变化而改变；另一方面由于职业道德具有较强的职业性，使得它的内容与职业活动的特征紧密联系。即使在不同的社会经济发展阶段，同样一种职业因服务对象、服务手段、职业利益、职业责任和义务相对稳定，职业行为的道德要求的核心内容将被继承和发扬，从而形成了被不同社会发展阶段普遍认同的职业道德规范。

职业道德能够通过调节职业关系，协调职业关系中各种矛盾和差异，确保职业活动和职业生活的正常进行，维护正常的职业活动秩序，促进职业的健康发展。同时，职业道德是社会道德的一个重要组成部分，职业道德状况对社会道德风尚有着极大的影响，如果人们都能自觉地遵循各自的职业道德规范，必将会形成良好的社会道德风尚。

（二）职业道德的基本内容

职业道德是道德在职业实践活动中的具体体现。由于各个行业的职业活动内容和职业特征不同，不同职业的职业道德内容不尽相同，但是各种不同职业的职业道德都有其共同的基本内容。我国《公民道德建设实施纲要》提出职业道德的基本内容有爱岗敬业、诚实守信、办事公道、服务群众、奉献社会。

1. 爱岗敬业

爱岗敬业是职业道德的基础，是社会主义职业道德所倡导的首要规范。人们之间只有社会分工不同，而无贵贱之分。爱岗，就是热爱自己的本职工作，忠于职守，对本职工作尽心尽力。敬业是爱岗的升华，就是以恭敬严肃的态度对待自己的职业，对本职工作一丝不苟。爱岗敬业，就是对自己的工作要专心、认真、负责任，为实现职业上的奋斗目标而努力。

2. 诚实守信

诚实守信是做人的基本准则，也是职业道德的精髓。人无信无以立，职业无信也不能立。诚实就是实事求是的待人做事，不弄虚作假。守信就是讲信用、重信誉、信守诺言，不搞坑蒙欺诈，不搞假冒伪劣。

3. 办事公道

办事公道是处理各种职业事务要公道正派、不偏不倚、客观公正、公平公开。对不同的服务对象一视同仁、公正办事，不因职位高低贫富亲疏的差别而区别对待。

4. 服务群众

服务群众是指听取群众意见，了解群众需要，端正服务态度，改进服务措施，提高服务质量。

5. 奉献社会

奉献社会是职业道德的出发点和归宿。奉献社会就是要履行对社会、对他人的义务，自觉地、努力地为社会、为他人做出贡献。当社会利益与局部利益、个人利益发生冲突时，要求每一个从业人员把社会利益放在首位。

二、会计职业道德

（一）会计职业道德含义

会计职业道德是指在会计职业活动中应遵循的、体现会计职业特征的、调整会计职业关系的职业行为准则和规范。它是从事会计职业所应达到的基本要求。

任何一种职业道德都是经过长期的职业活动实践逐渐形成的，在这个形成过程中，社会的经济发展水平，决定着人们的行为方式、生活方式和消费方式，也影响着人们的职业道德观念。会计作为经济管理工作的一项基础性工作，是为经济管理服务的。社会生产力的不断发展，丰富了会计职业活动的内容，使会计职业关系日趋复杂，人们对会计职业行为的要求也不断更新，从而影响着会计职业道德的不断发展和完善。

会计职业关系的变化也促进了会计职业道德的发展。会计职业关系是会计从业人员在从事会计活动中产生的各种经济关系，包括单位内部关系和单位外部关系。单位内部关系主要有会计从业人员与单位负责人、决策当局、单位内部各部门和会计机构人员之间的关系。单位外部关系有会计从业人员与外部各服务对象的关系，如与委托人、股东、债权人、社会公众等会计信息使用者的关系。会计职业活动的不断丰富和发展使会计职业关系呈现出多样化和复杂化的趋势。会计信息的质量直接影响市场经济秩序和社会资源的有效配置。所以，企业资产所有者、债权人和经营者以及社会公众都非常关注会计从业人员所提供的会计信息的真实性、可靠性。人们对会计工作质量的期望和要求日益提高，促使会计从业人员应诚实守信、坚持准则、客观公正等，始终保持较高的专业胜任能力，从而促进了会计职业道德的不断发展。

会计职业道德是从社会与经济生活的会计活动中提炼出来的，因而会计职业道德的特征与会计职业活动的特征息息相关。一般来说，会计职业道德的特征主要体现在以下两个方面：

（1）具有一定的强制性

一般的职业道德侧重于人们的行为动机和内心信念的调整，通常只对那些最低限度的要求赋予强制性。会计职业道德具有广泛的社会性，宗旨在维护社会经济秩序的职业规范，而不是仅仅去追求内在精神世界的高尚和完善。为了强化会计职业道德的调整职能，我国会计职业道德中的许多内容都直接纳入了会计法律制度。

（2）较多关注公众利益

会计的一个显著特征是会计活动与社会公众利益密切联系，因此，会计职业的社会公众利益性，要求会计人员客观公正，在会计职业活动中，发生道德冲突时要坚持准则，把社会公众的利益放在第一位。

（二）会计职业道德规范的主要内容

会计职业道德规范，是指一定社会经济条件下，对会计职业行为以及职业活动的系统要求和明文规定。它是社会道德体系的一个重要组成部分，是职业道德在会计职业行为和会计职业活动中的具体体现。《中华人民共和国会计法》、《会计基础工作规范》、我国注册会计师协会颁布的《中国注册会计师职业道德基本准则》、《中国注册会计师职业道德规范指导意见》等都对会计职业道德提出了明确要求。根据上述法律法规的规定，我国会计职业道德规范的主要内容可以概括为：爱岗敬业、诚实守信、廉洁自律、客观公正、坚持准则、提高技能、参与管理和强化服务。

1. 爱岗敬业

爱岗，就是会计人员热爱本职工作安心本职岗位，并为做好本职工作尽心尽力、尽职尽责。它是会计人员的一种意识活动，是敬业精神在其职业活动方式上的有意识的表达。具体表现为会计人员对自己应承担的责任和义务所表现出的一种责任感和义务感。敬业是指人们对其所从事的会计职业或行业的正确认识和恭敬态度，并用这种严肃恭敬的态度，认真地对待本职工作，将身心与本职工作融为一体。会计职业道德中的敬业，就是从事会计职业的人员充分认识到会计工作在国民经济中的地位和作用，以从事会计工作为荣，敬重会计工作，具有献身于会计工作的决心。爱岗和敬业，互为前提，相互支持，相辅相成。爱岗是敬业的基石，敬业是爱岗升华，敬由爱生，爱由敬起。

爱岗敬业要求会计人员热爱会计工作，树立良好的职业责任感和荣誉感。忠实地履行自己的职责，刻苦钻研业务，不断提高技能，勇于创新，争做行家里手。具体来说，就是要求会计人员要正确认识会计职业，树立爱岗敬业的精神，热爱会计工作，敬重会计职业，安心本职岗位，任劳任怨，严肃认真，一丝不苟，忠于职守，尽心尽力，尽职尽责。

2. 诚实守信

诚实是指言行跟内心思想一致，不弄虚作假，不欺上瞒下，做老实人，说老实话，办老实事。守信就是遵守自己所作出的承诺，讲信用，重信用，信守诺言，保守秘密。一般来说，诚实即为守信，守信就是诚实。它们是职业道德的两种不同表现形式。有诚无信，道德品质得不到推广和延伸；有信无诚，信就失去了根基，德就失去了依托。诚实守信要求会计人员在执业活动中讲求信用，保守秘密，做老实人，说老实话，办老实事，执业谨慎，信誉至上，不为利益所诱惑，以实际发生的经济业务进行真实、完整的会计核算，不弄虚作假，不泄露秘密。

3. 廉洁自律

廉洁，是指不收受贿赂，不贪污钱财。自律，则是指自律主体按照一定的标准，自己约束自己、自己控制自己的言行和思想的过程。自律的核心就是用道德观念自觉地抵制自己的不良欲望。廉洁自律是会计职业道德的前提，这既是会计职业道德的内在要求，也是会计职业道德的自律的基础，而自律是廉洁的保证。

会计职业自律包括两层含义，即会计人员自律和会计行业自律。会计人员自律是一个个体含义，是会计人员的自我约束。会计人员的自我约束是靠其科学的价值观和人生观来实现的，是一种自觉的行为，无须强制。会计人员的自律是会计职业自律的基础和保证，每个会计人员的自律性强，则整个会计职业的自律性也强。会计行业自律是一个群体含义，是会计职业组织对整个会计职业的会计行为进行自我约束、自我控制的过程。

廉洁自律，首先要求会计人员必须加强世界观的改造，树立正确的人生观和价值观，然后才是要求会计人员做到公私分明、不贪污不占有、遵纪守法、清正廉洁。

4. 客观公正

客观是指按事物的本来面目去反映，不掺杂个人的主观意愿，也不为他人意志所左右，既不夸大，也不缩小。对于会计工作和会计职业而言，客观就要做到真实和可靠性，真实性即以客观事实为依据，真实地记录和反映实际经济业务事项；可靠性即是会计核算要准确，记录要可靠，凭证要合法。

公正就是公平正直，没有偏失。对于会计职业和会计工作来说，公正主要包括三个方面的含义：一是国家统一的会计制度，即会计准则、制度要公正；二是执行会计准则、会计制度的人，即公司、企业单位管理层和会计人员不仅应当具备诚实的品质，而且应当公正地开展会计核算和会计监督工作；三是注册会计师在进行审计鉴证时应以超然独立的姿态，进行公平公正的判断和评价，出具客观、适当的审计意见。

客观公正要求会计人员做到端正态度、依法办事、实事求是、不偏不倚，并保持应有的独立性。

5. 坚持准则

坚持准则，要求会计人员在处理业务过程中，严格按照会计法律制度办事，不为主观或他人意志左右。这里所指的"准则"，不仅指会计准则，而且包括会计法律、国家统一的会计制度以及与会计工作相关的法律制度。会计人员在进行核算和监督的过程中，只有坚持准则，才能以准则作为自己的行动指南，在发生道德冲突时，应坚持准则，以维护国家利益、社会公众利益和正常的经济秩序。注册会计师在进行审计业务时，应严格按照独立审计准则的有关要求和国家统一的会计制度的规定，出具客观公正的审计报告。

坚持准则的基本要求是熟悉准则、遵循准则和坚持准则，具体来说，就是要求会计人员熟悉国家法律、法规和国家统一的会计制度，始终坚持按法律、法规和国家统一的会计制度的要求进行会计核算，实施会计监督。

6. 提高技能

提高技能是从职业技能和专业胜任能力两方面提出的要求。职业技能，也称职业能力，是人们进行职业活动承担职业责任的能力和手段。就会计职业而言，它包括会计理论水平、会计实务能力、职业判断能力、自动更新知识能力、提供会计信息的能力、沟通交流能力及职业经验等。提高技能，就是指会计人员通过学习、培训和实践等途径，持续提高上述职业技能，以达到和维持足够的专业胜任能力和活动。

会计之道，就是会计的职业技能和技术，没有娴熟的会计之道，会计之德就失去了依托。同样，没有良好的德行，技能越高，其破坏力也越大。因此，遵守会计道德客观上需要不断提高会计职业技能。

提高技能具体地说，就是要求会计人员增强提高专业技能的自觉和紧迫感，勤学苦练，刻苦钻研，不断进取，提高业务水平。

7. 参与管理

参与管理，就是间接参加管理活动，为管理者当参谋，为管理活动服务。会计人员在参与管理过程中并不直接从事管理活动而是尽职尽责地履行会计职责，间接地从事管理活动或者说参与管理活动，为管理活动服务。

参与管理要求会计人员在做好本职工作的同时，一方面努力钻研业务，熟悉财经法规和相关制度，提高业务技能，为参与管理打下坚实的基础；另一方面全面熟悉本单位的经营活动和业务流程，主动提出合理化建议，协助领导决策，积极参与管理，使参与管理的决策更具有针对性和有效性。

8. 强化服务

强化服务是要求会计人员具有文明的服务态度、强烈的服务意识和优良的服务质量。服务态度是服务者的行为表现，要求礼貌服务，以礼待人。会计人员服务的态度直接关系到会计行业的声誉和全行业运作的效率，会计人员服务态度好、质量高，做到讲文明、讲礼貌、讲信誉、讲诚实，坚持准则，严格执法，服务周到，就能提高会计职业的信誉，增强会计职业的生命力；反之，就会影响会计职业的声誉，甚至直接影响到全行业的生存和发展。

强化服务的关键是提高服务质量。强化单位会计人员的服务就是真实、客观地记账、算账和报账，积极主动地向上级领导者反映经营活动情况和存在的问题，提出合理化建议，协助领导决策，参与经营管理活动。注册会计师强化服务的内容就是以客观、公正的态度正确评价委托单位的财务状况，为社会公众及信息使用者服好务。会计职业强化服务的结果，就是奉献社会。如果说爱岗敬业是会计职业道德的出发点，强化服务、奉献社会就是会计职业道德的归宿点。任何职业的利益、职业劳动者个人的利益都必须服从社会的利益、国家利益。把奉献社会作为职业的崇高责任是职业道德的基本要求和最终归宿。

强化会计职业服务的基本要求就是会计人员要有强烈的服务意识，服务要文明，质量要上乘。通过树立服务意识、强化服务意识、提高服务质量来努力维护和提升会计职业的良好社会形象。

第二节　会计职业道德与会计法律制度

一、会计职业道德与会计法律制度的联系

会计职业道德是会计法律制度正常运行的社会和思想基础，会计法律制度是会计职业道德规范形成和遵守的制度保障。两者有着共同的目标、相同的调整对象，承担着同样的职责，它们都在会计职业活动中对会计人员的职业行为起着不可忽视的规范作用，都是对会计人员的职业行为进行指导与调整。

1. 两者在内容上相互渗透、相互重叠

会计法律制度中含有会计职业道德规范的内容，同时，会计职业道德规范中也包含会计法律制度的某些条款。

2. 两者在作用上相互补充

在规范与指导会计行为中，不可能完全依赖会计法律制度的强制功能而排斥会计职业道德的教化功能，会计行为不可能全部都由会计法律制度进行规范，也不是所有的不当会计行为都要承担法律责任，那些不需要或不宜由会计法律进行规范的行为，可以通过会计道德规范来进行约束，同时，那些基本的会计行为必须运用会计法律制度强制约束。

3. 两者在地位上相互转化、相互吸收

最初的会计职业道德就是对会计职业行为约定俗成的基本要求，道德责任就是这些基本要求的具体体现，后来制定的会计法律制度吸收了这些基本要求，便形成了会计法律制度，其中的责任规定即是会计法律责任。因此，可以说会计法律制度是最低的会计职业道德要求，是会计职业道德的底线。

4. 两者在实施过程中相互作用、相互促进

会计职业道德是会计法律制度正常运行的社会思想基础，会计法律制度则是促进会计职业道德规范形成和得以遵守的重要保障，当会计职业道德约束力不够时，就可能被上升为会计法律制度，而在统一、和谐的社会环境下，会计法律制度的作用则可能小于会计职业道德的作用。

二、会计职业道德与会计法律制度的根本区别

（一）性质不同

会计法律制度充分体现统治阶级的愿望和意志，在一个阶级社会里只有一种会计法律制度体系。会计法律制度通过国家机关强制执行具有很强的他律性。会计职业道德并不都是统治阶级的意志，很多来自于职业习惯和约定俗成。在一个阶级社会里，会计职业道德不是唯一的。会计职业道德依靠会计人员的自觉性，自愿地执行职业道德规范，并依靠社会舆论和会计人员的良心来实现，基本上不是靠强制执行的，具有很强的自律性。

（二）表现形式不同

会计法律制度是通过一定的程序由国家立法部门或行政管理部门制定颁布和修改的，其表现形式是具体的、明确的、正式形成文字的成文规定。而会计职业道德出自于会计人员的职业生活和职业实践，日积月累，约定俗成，其表现形式既有明确的成文的规定，也有不成文的规范，尤其是那些较高层次的会计职业道德，存在于人们的意识和信念中，并没有具体的表现形式，它依靠社会舆论、道德教育、传统习俗和道德评价来实现。即使是那些成文的会计职业道德与会计法律制度相比，在表现形式上也缺乏具体性和准确性，通常只能指出人们应当做或不应当做某种行为的一般原则和要求。还需要说明的是，会计职业道德和会计法律制度的表现形式并不简单区分为是否成文，是否形成典章，而在于体系和制度化。无论是成文还是不成文法，其会计法律制度从形成之日起就走了日益制度化、系统化的发展道路。而会计职业道德规范的产生虽然远比法律制度要早，但至今仍是一种非制度化、非系统化形式。习惯法尽管带有明显自发的、约定俗成的痕迹，但它在制度化方面，其系统性、明确性仍然是道德规范所不能比拟的。

（三）作用范围不同

会计法律制度侧重于调整会计人员外在行为和结果的合法化，而不能离开行为只谈动机，具有较强的客观性。会计职业道德则不仅要求调整、指导会计人员的外在行为，还要调整会计人员的内存精神世界。会计法律制度的各种规定是会计职业关系得以维系的最基本条件，是对会计人员行为的最低限度的要求，用以维持现有的会计职业关系和正常的会计工作秩序。而会计职业活动或实践中，虽然有很多不当的会计行为违反了会计法律制度的同时，也违反了会计职业道德，需要承担法律责任与职业道德责任，但也有的不当会计行为只是违反了会计职业道德而没有违反会计法律制度，只需要承担会计职业道德责任而不承担会计法律责任。

（四）实施保障机制不同

会计法律制度不仅是一种权利和义务的规定，而且为了达到有法必依、执法必严、违法必究的目的，还有会计法律制度的强制实施力量即国家强制力。会计法律制度的这种强制实施力量不仅体现在法律制度的内容中具有明确的制裁和处罚条款，而且体现在设有与之相配合的权威的制裁和审判机关。会计职业道德的实施虽然有国家法律的相应要求，但主要还是

靠会计人员自觉遵守，其次靠舆论的强制，内心信念的约束等。当会计人员对会计职业道德上的权利和义务发生争议时，由于没有权威机关对其中的是非曲直明确作出裁定，即使有裁定也是舆论性质的，使得其实施缺乏权威机关的有力保障。

第三节　会计职业道德教育

会计职业道德教育是指为了促使会计人员正确履行会计职能，而对其施行有目的、有计划、有组织、有系统的道德教育活动。它包括对潜在的会计人员的会计职业道德教育、对从事会计职业的人员进行的岗前会计职业道德教育和对会计人员的继续教育三个方面的内容。会计职业道德教育是提高会计职业道德水平的重要方式和手段，也是提高会计职业道德水平的重要途径，实施会计职业道德教育，有利于提高会计职业道德水平，有利于培养会计人员会计职业道德情感，有利于树立会计职业道德概念。因此，应通过一定的途径，以一定的方式进行相应内容的会计职业道德教育。

一、会计职业道德教育形式

会计职业道德教育主要包括接受教育和自我教育两种形式。

（一）接受教育

接受教育是一种外在教育，即通过学校或培训单位对会计人员进行以职业责任、职业义务为内容的正面灌输，以规范其职业行为，维护国家和社会公众利益的教育，接受教育具有导向作用，对职业道德教育的组织而言，接受教育是一种主动开展的正面教育和灌输活动；而对会计人员来说则是被动学习、被动接受教育。

（二）自我教育

自我教育是相对于接受教育而言的，是会计人员的一种自我学习、自身道德修养的行为活动。接受教育是外在教育，自我教育是内在教育。把外在的会计职业道德的内容要求，逐步转变为会计人员内在的会计职业道德认识、会计职业道德情感、会计职业道德意志和会计职业道德信念，要通过内在的自我教育才能实现。要大力提倡和引导会计人员进行自我教育，在社会实践中不断地加强职业道德修养，养成良好的道德行为习惯，从而实现道德境界的升华。

二、会计职业道德教育内容

（一）会计职业道德观念教育

会计职业道德观念教育是指通过学习会计职业道德知识，使会计人员树立职业道德观念，了解会计职业道德对社会经济秩序、会计信息质量的影响，以及违反会计职业道德规范将受到的惩戒和处罚。普及会计职业道德基础知识，进行会计职业道德观念教育，是会计职业道德教育的基础，也是一个重要环节。应广泛宣传职业道德基本常识，使广大会计人员懂得什么是会计职业道德，它对社会经济秩序、会计信息质量的重要影响；懂得一旦违反会计职业道德规范，除了受到良心和道义上的谴责外，还会受到行业惩戒和处罚。把会计职业道德观念教育同社会教育、学校教育、家庭教育结合起来，采取各种手段普及会计职业道德知识，形成会计人员遵守会计职业道德光荣、不遵守会计职业道德可耻的社会氛围。

(二) 会计职业道德规范教育

会计职业道德规范教育是指对会计人员开展以会计职业道德规范为内容的教育。会计职业道德规范的主要内容是爱岗敬业、诚实守信、廉洁自律、客观公正、坚持准则、提高技能、参与管理和强化服务等。这是会计职业道德教育的核心内容，涵盖的内容非常广泛，应贯穿于会计职业道德教育的始终。

(三) 会计职业道德警示教育

会计职业道德警示教育是指通过开展对违反会计职业道德规范的行为和违法会计行为典型案例的讨论和剖析，给会计人员以启发和警示。根据不同的教育对象，选择一些违反会计职业道德规范的行为和违法会计行为的典型案例，开展广泛深入的讨论，从而可以提高会计人员的法律意识和会计职业道德意识，不断提高会计人员辨别是非的能力。

(四) 其他与会计职业道德相关的教育

其他与会计职业道德相关的教育包括形势教育、法制教育、政策教育、反腐斗争教育、业务素质和心理素质教育等其他方面的配套教育。

通过形势教育，使会计人员了解国家政治、经济、科技发展形势，正确理解现行的路线、方针、政策，把握会计工作实务和理论的发展趋势。引导会计人员正确认识会计职业，深刻领会会计工作在整个国民经济发展中的重要作用。通过全面、系统地加强会计职业道德培训，提高广大会计人员的政治水平和思想道德意识。

通过法制教育、政策教育和反腐斗争教育，可以使会计人员树立起强烈的法制观念、政策观念和反腐败观念，自觉抵制各种各样的违法、违规、违纪行为的侵蚀。

通过业务素质、心理素质等其他方面的配套教育，可以提高会计人员处理经济业务和会计事项的能力，增强处事不惊、遇事沉稳的心理素质，加强会计人员解决实际问题的能力。

三、会计职业道德教育途径

(一) 会计学历教育中的职业道德教育

学校是进行系统道德教育的重要阵地，在高等院校、各类职业技术院校会计类专业就读的学生是会计队伍的预备人员，他们当中大部分将进入会计队伍，从事会计工作。在学校的学习阶段是他们的会计职业情感、道德观念、是非观念判断标准初步形成的时期，所以有会计类专业教育的高等院校、职业技术院校是会计职业道德教育的重要环节，是会计人员岗前教育的主要场所，在会计职业道德教育中具有基础性地位。在会计学历教育中开展会计职业道德教育，可以促使会计队伍预备人员将会计职业道德要求转化为内在的会计职业道德品质，把会计职业道德规范变成未来职业活动中遵循的信念和标准，从而对潜在的会计人员职业道德水准起着基础性作用。

通过会计学历教育进行会计职业道德教育，就是要使会计类专业的学生在学习会计理论和技能的同时，学习会计职业道德规范内容，了解会计职业面临的道德风险，树立会计职业道德情感和观念，提高运用道德标准判断是非的能力，从而为其以后从事会计工作，并在职业活动中自觉遵守职业道德规范奠定基础。

（二）会计继续教育中的职业道德教育

会计人员继续教育是指会计从业人员在完成某一阶段专业学习后，重新接受一定形式的、有组织的、知识更新的教育和培训活动。继续教育是强化会计职业道德教育的有效形式。相对于会计学历教育而言，会计继续教育具有很强的针对性，针对不同的对象，确定不同的教育内容，采取不同教育方式。会计继续教育的目的完全是按照现实需要和专业技术人员能力和水平的要求确定的，其目的不是进行漫无边际的知识存储，而是根据专业和本职岗位的需要，力求在较短时间内，把所学的新知识、掌握的新技能以及通过学习提高的能力，运用到会计执业和财务管理中去。

会计职业道德教育贯穿于整个会计人员继续教育的始终。会计人员继续教育中的会计职业道德教育目标是适应市场经济形势的发展变化，在不断更新、补充、拓展会计专业理论、业务能力的同时，通过会计职业道德信念教育、会计职业义务教育、会计职业荣誉教育，使会计人员的职业道德水平不断提高，形成良好的会计职业道德品行。

通过会计职业道德信念教育，能使会计人员的思想和行动达到有机的统一。会计人员确立了坚定的会计职业道德规范的要求，不畏压力，不为利诱，不怕艰险，百折不挠，做到诚信为本、坚持准则、廉洁自律、严格把关，忠实地履行自己的义务，努力做好本职工作。

通过会计职业义务教育，可以提高会计人员对本职工作社会责任的认识，使会计人员具有强烈的会计职业道德义务感，能做到在没有社会舆论压力、没有他人监督的情况下，都能很好地履行自己应尽的职业道德义务。

通过会计职业荣誉教育，使会计人员能充分认识到本职工作的重要社会地位和真正的职业价值，从而逐步培养对自己所从事的职业的自尊心、自爱心和廉耻感，并使之逐步发展成职业光荣感、自豪感和幸福感。

（三）会计职业道德中的自我教育

会计职业道德中的自我教育是会计人员继续教育的一种重要形式，会计职业道德品质的形成过程，最终是在会计人员自我教育中得到升华。通过自我教育、自我锻炼、自我修养，将会计职业道德转化为会计人员内在品质，规范和约束自身会计行为。会计职业道德教育要取得成效，不能脱离自我教育，自我教育是会计职业道德的职能和社会作用得以顺利实现的重要环节。会计人员在社会实践活动中，由于主客观等因素的限制和影响，不可避免地要发生一些与道德规范不相一致的错误行为，这就要求会计人员要进行自我批评、自我解剖，用会计职业道德这面镜子对照检查，使自己的行为纳入职业道德规范和要求的轨道，用自我批评的方法来加强自身的职业道德修养，逐步树立起正确的道德观念，培养高尚的道德品质，提高自己的精神境界，此外，还应虚心听取别人的意见，对待别人的批评要态度诚恳，虚心接受。

（四）会计职业道德修养

职业道德修养是指人们依照职业道德原则进行的自我教育、自我改造、自我锻炼、自我提高的活动。

会计职业道德修养要求会计人员掌握职业道德知识，培养自己的职业情感，在履行义务时，克服困难障碍，磨炼会计职业道德意志，树立坚定的会计职业道德信念。只有具有坚定的会计职业道德信念的人，才能有持之以恒、坚忍不拔的精神和工作精益求精的态度，才能敢于排除一切干扰和阻力，以会计职业道德标准去鉴定、评价他人和本人会计职业行为的善恶。会计职业道德修养的最终目的在于把会计职业道德原则和规范逐步地转化为自己的会计职业道德品质，从而将会计职业实践中对会计职业道德的意识情感和信念上升为会计职业道德习惯，使其贯穿于会计职业活动的始终。这种会计职业道德习惯是会计人员高度自觉性的表现，是会计职业道德教育所取得的最高成就。这时，会计人员对会计职业道德规范的遵守，已经成为自己的职业本能。

会计职业道德修养，是指会计人员在会计工作岗位对自己思想意识、思想品质方面的自我锻炼和自我改造，以及所要达到的水平和境界。会计职业道德修养包含两层含义：一是会计人员在会计单位上形成的风貌、仪表、举止以及达到的境界；二是会计人员根据会计职业道德的基本要求而进行的反省、检查、自我剖析、自我批评。会计是一门技术应用性的科学，如何使各项准则和制度落实到实处，提高会计人员的职业判断能力和职业道德修养，这一直是会计教育工作者和财政部门十分关注的问题。改革开放三十多年来，特别是确定我国社会主义市场经济体制的目标以来，我国会计改革的步伐大大加快。1993年"两则"、"两制"的实施，初步完成了我国会计模式由计划经济向市场经济的转换。随后又陆续发布并实施了一系列具体会计准则和《企业会计制度》、《金融企业会计制度》、《小企业会计制度》，建立了适应我国社会主义市场经济需要的会计标准框架体系。这为规范企业会计行为，提高会计信息质量提供了制度保障。我国加入WTO后，为会计事业的发展又带来了新的机遇和挑战。要深化改革，实现会计的国际协调，就需要有与之相适应的会计人员队伍。一个单位会计人员业务素质的高低、职业道德及修养的好坏直接关系到本单位会计工作的水平和质量。而全社会会计队伍的状况，将关系到整个会计事业的发展。从总体看，目前我国会计人才队伍还不能满足会计改革和进行国际协调的需要。因此，需要不断加强会计人员的后续教育，除了要求财会人员学习掌握新法规、新知识、新技能外，还需增加诚信教育、职业道德及修养，以及国际惯例等方面的内容，使广大会计人员的后续教育规范化、系统化。

1. 会计职业道德的重要性

会计职业道德修养是道德品质的一个重要组成部分。会计职业道德品质是会计职业道德原则和规范在会计职业道德行为上的反映。

(1) 有助于培养和造就德才兼备的会计人才

会计人员的道德水平越高，本职工作做得越好，各方面的关系理得越顺，就越能促进改革开放和社会主义现代化建设。进行会计职业道德修养有助于培养会计人员的优秀职业道德，造就德才兼备的会计人才。当然，会计职业道德的培养和形成离不开良好的社会环境和社会氛围的形成，离不开社会对人们的教育，更离不开社会制度和经济、政治体制的优化。实际上会计职业道德的形成过程也就是会计人员刻苦学习、自我反省、提高认识，不断用正确的职业道德观念战胜错误观念的过程。

(2) 有助于维护会计职业的威信和树立行风

会计职业有依法独立行使会计工作使命和责任，会计职业的威信如何，直接影响到会计工作的严肃性、权威性。由于少数会计造假者的不道德行为使会计行业的信誉正陷入严重的"诚信"危机中。会计人员可以通过加强会计职业道德修养来维护会计职业信誉。在实际工作中，人们往往通过会计人员的行为来评价会计行业。如果会计人员具有高尚的职业道德风貌，人们就会更加信任会计行业，更加热情地配合、支持会计人员的工作。提高会计职业道德修养，树立全新的会计行业作风，对于提高会计人员的政治素质、业务素质，维护职业威信，都是非常重要的。在现实社会中，职业道德观念淡薄的现象还相当严重，加之社会上的不良风气不时影响着会计人员的思想，这就要求我们每一个会计人员坚持不懈地进行思想品德方面的修养和锻炼，增强抵制不良风气影响的能力。通过加强会计人员道德修养，培养会计人员浓厚的会计职业道德情感，形成良好的会计职业习惯、行为。

(3) 为适应社会主义市场经济对会计职业的要求

进行会计职业道德修养，目的在于使会计人员不断追求崇高的道德观念，达到更高的道德境界和高尚的道德品质。作为一位优秀会计人员，必须具有良好的道德品质和道德修养，德才兼备；具有强烈的工作责任心，对会计工作态度严谨、一丝不苟；具有服从领导，主动积极与相关部门沟通的良好意识。随着会计人员中介化的不断发展，会计职业道德标准的地位必将日益提高和重视。因此，加强会计职业道德修养是适应社会主义市场经济和新形势的要求，对不断提高会计队伍工作水平和综合素质，具有十分重要的现实意义。同时，为了不断推动会计人员积极进行会计职业道德的实践，充分发挥社会作用，我们可以从建设精神文明对促进建立和发展市场经济重要意义的高度来认识职业道德修养的重要性，从而不断提高会计职业道德修养的自觉性。

2. 会计职业道德修养的方法

(1) 从自我做起

高尚的会计职业道德品质，不是一年半载能够养成的，它需要一个长时间的积善过程。要在会计职业道德的规范和原则，精心地保持自己的善心和善行，使其积聚起来。只有不弃小善，从我做起，从大处着眼，从小处着手，才能积成大器。

（2）剖析自己

由于各种原因，会计人员不可避免地存在这样那样的弱点、缺点和错误。这就要求我们会计人员在进行道德修养时一定要严肃认真，自觉主动用会计职业道德标准在自己内心深处进行检查、反省，找出行为和思想之所在，并加以克服。同时，会计人员必须结合工作实际，经常反省检查、剖析自己。只有这样，才能做到严格剖析和纠正自己的错误，才能不懈地改造自己。

（3）严格要求自己，虚心听取意见

会计工作的特殊性质决定了会计人员总是要直接或间接地与金钱打交道，与相关部门和人打交道。会计领域充满了各种诱惑，这就要求会计人员时时处处严格要求自己，防止各种私心杂念和不道德的行为产生。一些人为了非法谋求私利，常把会计人员作为进攻的目标。所以我们会计人员应保持清醒的头脑，不被各种诱惑所迷惑，努力做到自我克制。

广大会计人员除了自我剖析和自我批评外，还要有虚心听取意见的精神，特别是批评意见，虽有时发现，认识也不一定深刻。这就需要群众、同事以及领导的监督和批评，虚心而又冷静地考虑别人的意见，做到有则改之，无则加勉。

3. 会计职业道德修养的内容

从影响会计职业行为的内在因素方面来看，会计职业道德修养主要包含以下内容：

（1）会计职业道德认识方面

会计职业道德认识主要是指对会计职业行为、准则的认识和掌握。也就是使人们掌握会计职业道德修养的含义和规范，了解职业道德的有关知识，掌握会计职业道德的要求，同时进行会计职业道德评价。这样可以巩固和提高自身的道德认识，纠正错误的认识，从而提高会计人员对职业行为的分析判断能力，加深对会计职业道德的认识和理解。

（2）会计职业道德意志方面

会计人员在从业过程中并非一帆风顺。有时会遇到来自客观或主观因素的影响。职业道德坚强的人，能够战胜各种困难，为实现自己的理想和目标而顽强拼搏。而意志薄弱的人，一旦遇到困难挫折就会临阵脱逃。

（3）会计职业道德情感方面

会计职业道德情感是职业道德要求和道德好恶的情感，是对会计人员道德认识的基础上，在处理人们的相互关系、评价某种行为时，对会计职业道德的要求、义务所产生的心理感受和内心体验。它涉及责任感、荣誉感、职业义务感、自尊心等。高尚的会计职业道德情感，是对会计人员的精神世界得以完善起来的必要的、不可替代的因素。有了这些情感，会计人员在履行会计职业道德的过程中，才能处处想人民所想，通过自己的努力工作，最大限度地满足人们的需要。当然，高尚的会计职业道德情感不是一日生成的，而需通过长期的会计工作实践体验和自己的道德修养而逐渐形成的。

总之，会计职业道德原则和规范转化为会计人员的会计职业道德品质和行为，是一个内外结合、外因通过内因起作用的过程。所以，我们不能片面强调会计职业道德教育和评价活动，而无视或忽视会计人员自我修养的能动性和积极性，否则不仅不能收到理想效果，而且会计职业道德原则和规范的实施也无从谈起。

第四节 会计职业道德的检查与奖惩

一、会计职业道德的检查与奖惩概述

就道德规范自身特点而言，它主要是依靠传统习俗、社会舆论和内心信念来维系的，这种非刚性的特征决定了它的落实、实施还必须同时借助政府部门的行政监管、职业团体自律性监管和企事业单位内部纪律等外在的硬性他律机制。只有这样才能有效地发挥道德规范潜在的裁判和激励效力。因此，会计职业道德的建设不能单方面强调道德"软约束"的自律特性，还应强调会计职业道德的他律机制，通过对会计行为的检查，综合利用奖惩机制来引导会计人员的行为，以更好地发挥会计职业道德的效用。应在建立会计职业道德规范和加强会计职业道德教育的基础上，强化对会计人员职业道德规范遵循情况的检查，并根据检查的结果进行相应的表彰和惩罚，建立起会计职业道德的奖惩机制。

检查是为了发现问题而进行的查看。奖惩即奖励和惩罚。奖励是指给予荣誉或财物来鼓励；惩罚是指严厉的处罚。奖惩的主要功能在于对人的行为加以控制和引导。以奖惩机制调整、控制人的行为就是利用对个人行为选择具有客观决定意义的社会资源来引导个人行为的选择，通过社会性的干预来改变各种可能的行为对个人的意义，从而使行为主体选择社会道德所赞同和接受的行为，放弃、修正为社会道德所反对和禁止的行为。奖惩机制的运用方式是：对遵守道德规范者，奖给他们所渴望获得的、对满足自身需要有重大意义的东西；对违反道德规范者剥夺他们不愿失去的、能满足他们自身需要的东西。不同行为得到不同的实际效果，对行为的导向作用是巨大的。正因为人们愿意选择最能满足自身需要的行为，这就使得利用奖惩机制控制、引导人的行为走向成为可能。因此，在建立会计职业道德体系时，不能仅仅依靠人们的觉悟、境界，还必须建立相应的奖惩机制，使会计人员认识到丧失道德的成本大于获得的收益，从而使其出于利害关系考虑，为获得奖赏，或为避免受到惩罚而不得不遵循道德原则和规范。它是道德规范付诸实施的必要方式，也是促进道德力量发挥作用的必要手段。

开展会计职业道德检查与奖惩具有很重要的现实意义，它有利于督促会计人员在行为遵守职业道德规范，有利于形成抑恶扬善的社会环境，有利于会计人员形成良好的道德情感。此外，将会计职业道德奖惩与会计职业道德教育相结合，还有利于激发会计人员的羞耻心和道德责任感，从而使其自觉地提高自身的职业道德修养。

二、财政部门的监督检查

财政部门是《中华人民共和国会计法》规定的会计行业主管部门，《注册会计师法》也规定了财政部门对注册会计师、会计师事务所和注册会计师协会进行监督指导，因此，财政部门可以利用行政管理的优势，对会计职业道德情况实施必要的行政监管，通过将会计职业道德检查同《中华人民共和国会计法》的执法检查、会计从业资格管理和会计专业技术资格考评、聘用相结合的途径，构筑起政府部门的会计职业道德检查机制。

（一）《中华人民共和国会计法》执法检查与会计职业道德检查相结合

财政部门作为《中华人民共和国会计法》的执法主体，可以依法对社会各单位执行法律制度情况及会计信息质量进行不同形式的检查或抽查。通过检查，一方面督促各单位严格执行会计法律法规，另一方面也是对各单位会计人员遵守会计职业道德规范情况的检查和检验。

从会计职业道德角度来看，财政部门组织开展的《中华人民共和国会计法》执行情况检查的内容实际上与爱岗敬业、诚实守信、廉洁自律、客观公正、坚持准则、提高技能、参与管理和强化服务等会计职业道德规范是紧密相连的，也就是说，开展《中华人民共和国会计法》执法检查，同时也是对会计人员是否遵守会计职业道德规范情况进行了检查。对于财政部门执法检查过程中查出的违法违规行为，《中华人民共和国会计法》等法律法规中有详细的处理规定。同时，对于会计人员违反了会计职业道德要求的行为，会计人员必须接受相应的道德制裁，如在会计行业范围内通报批评指令其参加一定学时的继续教育课程、暂停从业资格、在行业内部的公开刊物上予以曝光等。法律惩处与道德制裁是并行不悖、不可相互替代的，应两者并举。

（二）会计从业资格证书注册登记管理与会计职业道德检查相结合

会计从业资格证书注册登记制度是指取得会计资格的人员，被单位聘用从事会计工作时，应由本人或本人所在单位提出申请，按照会计从业资格管理部门规定的时间到会计从业资格管理部门进行注册登记。将会计从业资格证书注册登记与会计职业道德检查结合起来，有利于强化对会计人员行为的约束，强制引导会计人员遵守会计职业道德。这样，会计人员能从珍惜自己从业资格的角度出发重视自身的职业道德操守，自觉遵守会计职业道德规范的要求。

为加强对会计人员职业道德的考核检查，可通过建立会计从业人员诚信档案的方式进行。目前，财政部门对会计从业资格证书档案实行电子计算机管理，为建立会计人员诚信档案创造了有利条件。可以结合会计从业资格证书注册登记和信息变更登记以及其他行政检查工作，将会计人员执行会计法律法规制度和会计职业道德情况，以及受到的奖惩情况等，输入电子档案，形成会计人员的诚信档案，不仅作为财政部门监管会计人员的依据，也可以向用人单位和社会公开开放，从而督促、约束、激励会计人员严格自律，认真执行会计职业道德规范。

（三）会计专业技术资格考评、聘用与会计职业道德检查相结合

我国会计专业技术资格分为高级会计师、会计师、助理会计师和会计员，其中会计员、助理会计师为初级资格，会计师为中级资格，高级会计师为高级资格。根据财政部、人事部联合印发的《会计专业技术资格考试暂行规定》及其实施办法规定，报考初级资格、中级资格的人员，应"坚持原则，具备良好的职业道德品质"等，会计专业技术资格考试管理机构在组织报名时，应对参加报名的会计人员的职业道德情况进行检查，对有不遵循会计职业道德记录的，应取消其报名资格。

目前，高级会计师资格实行评审方式，有的地方已试行高级会计师资格考试与评审相结合的方式。由于高级会计师通常处于一个较高的管理层次，他们的工作职责是对一个行业、一个大中型企业的财务会计工作进行管理，因此高级会计师必须具备较高的素质。高级会计师资格的取得采取考试和评审相结合的方式，因此有必要在考试和评审两方面对其会计职业道德进行检查、考核。考试就是对会计人员胜任能力这一道德的具体要求。评审工作则是由各省市财政部门制定具体的评审标准，并负责组织高级会计师评审委员会进行考核。虽然各省市规定的高级会计师评审标准的具体条款有所不同，但基本上是从德、能、勤、绩、廉等各方面全方位进行考察，而不是仅仅关注学历条件、工作绩效以及专业水平，会计职业道德也是高级会计师资格考核评审的一个重要内容。在高级会计师资格考评中加强对会计人员职业道德情况的检查，不仅必要，也有可能。这有利于督促会计人员持续不断提高职业道德新境界，把"德"摆在高级会计人员的突出位置，只有"德才兼备"的人才能成为一名合格的高级会计师。

三、会计行业组织的自律管理与约束

对会计职业道德情况的检查，除了依靠财政部门实施的政府监管外，会计行业组织的自律管理与约束也是一种重要的手段。会计行业自律是一个群体含义，是会计行业组织对整个会计职业的会计行为进行自我约束、自我控制。在经济生活中，经常发生没有违反法律、法规的行为，但却违反了会计职业道德规范的行为。如会计人员缺乏必要的专业胜任能力，业务素质低下，专业知识贫乏，对新颁布的会计准则、会计制度知之甚少，从而导致记账不符合规范，账簿混乱，账账、账表不符，会计工作效率和会计工作质量低下。又如一些会计人员按照领导意志，放弃了客观性原则，钻准则、制度的空子，通过隐匿拖欠或逃避应交税费的目的，严重影响了国家财政收入。这些做法有时虽然没有触犯法律，但却违反了会计职业道德的要求。在会计行业组织比较健全的情况下，可以由会计职业团体通过自律性监管，对发现违反会计职业道德规范的行为，根据情节轻重程度采取通报批评、罚款、支付费用、取消其会计资格、警告、退回向客户收取的费用、参加后续教育等方式进行相应的惩罚。

我国通过会计行业组织强化自律管理的行业惩戒已经取得了一定的进展。多年来，我国注册会计师协会作为注册会计师行业自律组织，为提高我国注册会计师职业道德水平做出了

积极努力，先后发布了《中国注册会计师职业道德准则》、《中国注册会计职业道德规范指导意见》以及《注册会计师面性、注册资产评估师行业诚信建设实施纲要》等，提出了行业诚信建设的七个方面任务：即大力加强职业道德和专业素质教育，提升执业人员的职业道德水平和专业胜任能力；强化行业制度建设，提升行业专业服务的独立性；研究和完善执业机构的组织形式和内部运行机制，构造行业发展的微观基础；强化行业自律性监管体系，加强执业质量的监督检查；加强协会建设，提高协会服务水平；积极营造有利于行业诚信建设的社会氛围；大力培育行业诚信文化。同时，还研究建立调查委员会、技术鉴定委员会、惩戒委员会等行业自律性决策组织，对违反执业规则和职业道德规范的注册会计师，依照行规行约进行道德谴责和惩戒；关注接任前任注册会计师的审计业务以及同行诋毁、恶性压价等不正当竞争行为，对有关当事人或者执业机构采取谈话提醒制度，对其面临的审计风险及时作出警示和指导，并且将有关执业机构或执业人员的不良记录记入诚信档案，逐步使行业自律和惩戒规范化、制度化。当然，由于我国会计职业组织实施与惩戒过程中仍存在不少问题。要求注册会计师职业组织从行业整体利益和社会责任出发，切实改进管理和服务，把行业建设好。

四、会计职业道德激励机制

《中华人民共和国会计法》第六条规定："对认真执行本法，忠于职守，坚持原则，做出显著成绩的会计人员给予精神的或者物质的奖励。"对于符合会计职业道德规范的行为予以奖赏、表彰，可以使受奖者感到对遵守道德规范的回报和社会的肯定，从而促使其强化道德行为；又可以使受奖者周围的人得到鞭策和鼓励，使他们学有榜样、赶有目标，形成学、赶、帮、超的良好氛围。同时，我们还应看到，奖赏是积极的，是对一个人的肯定，它利用人的上进心，调动人的荣誉感，使其遵纪守法、尽职尽责，并发挥内在的潜能。因此，对于那些自觉遵守会计职业道德规范的优秀会计人员，应当通过建立激励机制，给予精神的或物质的奖励。

从我国会计人员表彰制度的形成和发展看，始终突出对会计职业道德的弘扬。受到表彰的会计人员具有很高的职业道德素养和思想境界，表彰是社会各界对他们的职业道德风尚的高度评价和充分肯定。会计职业道德激励机制应当继承和发扬会计人员表彰制度，以起到弘扬正气、激励先进、鞭策后进的作用。对会计职业道德检查中涌现出的先进人物进行表彰奖励应注意将物质奖励和精神奖励相结合。具体可以采用给予一定数额的奖金、晋升工资、授予荣誉称号、颁发荣誉证书等方式，并通过公开刊物等大众媒体予以广泛宣传。大众传媒覆盖面广、时效迅速，通过报道，宣传某个个人或群体，可以提高其声望，给予其社会地位。当某个个人或群体获得大众传媒的好评时，他们的社会地位得以提高，对公众的影响力得以增加。他们的行为成为人们模仿的对象，他们的思想观念也影响着公众的价值取向。因此，对自觉遵守会计职业道德的优秀会计人员进行表彰宣传，不仅是对他们自身的一种奖励，同时还可以树立会计行业的楷模、榜样，使会计职业道德原则和规范具体化、人格化，使广大会计人员从这些富于感染性、可行性的道德榜样中获得启示、获得动力，在潜移默化中逐渐提高自身的职业道德素质。

五、违反会计职业道德的惩罚

《会计基础工作规范》第二十四条规定："财政部门、业务主管部门和各单位应当定期检查会计人员遵守职业道德的情况，并作为会计人员晋升、晋级、出任专业职务、表彰奖励的重要考核依据。会计人员违反职业道德的，由所在的单位进行处罚，情节严重的，由会计从业资格证书发证机关吊销其会计从业资格证书。"这是对违反会计职业道德的会计人员进行处罚的规定，即会计人员违反会计职业道德的，由其所在单位进行相应的处罚，但情节严重的，由财政部门吊销其会计从业资格证书，剥夺其从事会计职业的资格。

第五节　会计职业道德建设的组织与实施

会计职业道德建设是一项复杂的系统工程，要抓好会计职业道德建设，关键在于加强和发挥会计职业道德建设的组织和领导，并得到切实的贯彻和实施。各级财政部门、会计职业团体、机关和企事业单位要充分认识到加强会计职业道德建设对于促进社会经济秩序健康发展的重要意义，积极探索会计职业道德建设组织与实施的制度和机制，齐抓共管，保证会计职业道德的各项任务和要求落到实处。一般来说，会计职业道德建设组织与实施主要包括以下五个方面。

一、财政部门的组织推动

财政部门的组织推动是会计职业道德建设，依法行政，探索会计职业道德建设的有效途径和实现形式。《中华人民共和国会计法》第七条规定："国务院财政部门管理全国的会计工作。县级以上地方各级人民政府财政部门管理本行政区域内的会计工作。"《注册会计师》第五条规定："国务院财政部门和省、自治区、直辖市人民政府财政部门，依法对注册会计师、会计师事务所和注册会计师协会进行监督、指导。"财政部门是会计工作的管理部门，同时会计职业道德建设是会计管理工作的重要组成部分，因此，财政部门也是组织与推动会计职业道德建设的主要部门，应当将会计职业道德建设的组织与实施列入其管理会计工作的重要议事日程。

财政部门应当充分认识到新形势下加强会计职业道德建设的艰巨性、长期性和紧迫性，把会计职业道德建设作为新时期会计管理工作的一项重要的内容，负起组织和推动会计职业道德建设的责任，做到有计划、有步骤、有目标地开展各项工作。要深入实际，调查研究，了解情况，分析新问题，及时发现、总结和推广会计职业道德建设的新经验，在内容、形式、方法、手段、机制等方面积极创新，与时俱进，探索新的有效途径和实践形式，把会计职业道德建设不断提高到新水平。

财政部门要从市场经济条件下会计管理工作的需要出发，转变观念，改进工作作风，提高服务意识，创造性地开展会计职业道德建设工作。会计管理工作者要以高度的责任感和事业心，为适应新时期的要求，努力学习会计法律知识，不断提高自身的政策理论水平和服务质量，在工作中求真务实、依法办事、廉洁奉公、勤政为民、率先垂范、以身作则，树立良好的会计职业道德风尚。

财政部门要充分结合实际情况，加大宣传力度，制定切实可行的宣传方案，采取灵活多样的宣传形式，积极发挥思想文化阵地在会计职业道德建设中的作用，牢牢把握正确的舆论导向，营造会计职业道德建设的良好氛围。同时，要把会计职业道德建设与会计法制建设紧密结合起来，除了认真宣传贯彻《中华人民共和国会计法》和国家统一的会计制度之外，还应加大执法力度，严厉打击违法会计行为，维护国家利益和社会公众利益，维护正常的经济秩序，为会计职业道德建设提供有力的法律支持和制度保障。在建立会计法律制度时，要把思想引导与利益调节、精神鼓励与物质奖励统一起来，加强督促检查，严格考核奖惩，为会计职业道德建设提供有效的制度保障。

财政部门应当根据会计法律制度，积极探索将会计职业道德建设与会计从业人员管理相结合的机制，进一步完善会计从业人员资格准入、考核、奖励、培训、退出等制度，同时通过会计从业资格发证、注册、年检等手段，建立会计从业人员诚信档案。在组织开展会计人员继续教育中，要将会计职业道德作为一项重要内容，通过一定学时的继续教育，使会计人员了解和掌握会计职业道德的主要内容。

二、会计职业组织的行业自律

会计职业组织建立行业自律机制和会计职业道德惩戒制度。会计职业组织起着联系会员与政府的桥梁作用，应充分发挥协会等会计职业组织的作用，建立健全会计职业行业自律机制和会计职业道德惩戒制度，有效发挥自律机制在会计职业道德建设中的促进作用。一方面可以通过在注册会计师协会、会计学会、总会计师协会等会计职业组织中设立职业道德委员会，专司职业道德规范的制定、解释、修订和实施之职；另一方面应当严格执行会计职业道德惩戒制度，保证会计职业自律机制的有效运行。

三、任用合格会计人员

企事业单位任用合格会计人员、开展会计人员职业道德教育，建立和完善内部控制制度，形成内部约束机制，防范舞弊和经营风险，支持并督促会计人员遵循会计职业道德，依法开展会计工作。《中华人民共和国会计法》第四条规定："单位负责人对本单位的会计工作和会计资料的真实性、完整性负责。"会计人员职业道德表现的好与坏，直接关系到单位会计工作的质量和会计资料的真实性、完整性，因此，单位负责人应重视和加强本单位会计人员的职业道德教育，切实抓好会计职业道德建设。单位负责人在任用会计人员时，应当审查会计人员的职业记录和诚信档案，选择业务素质高、职业道德好、无不良记录的人员从事会计工作；在日常工作中，应注意开展对会计人员的职业道德和纪律教育，并加强检查，督促会计人员坚持原则，诚实守信；在制度建设上，要重视内部控制制度的建立与完善，形成内部约束机制，有效防范舞弊和经营风险。

四、社会各界齐抓共管

社会各界各尽其责，相互配合，齐抓共管。加强会计职业道德建设，既是提高广大会计人员素质的一项基础性工作，又是一项复杂的社会系统工程，不仅是某一个单位、某一个部门的任务，而且是各地区、各部门、各单位的共同责任。因此，加强会计职业道德建设，不仅各级党组织要管，各级机关、群众组织也要管。只有重视和加强各级组织、广大群众和新闻媒体的监督作用，相互配合，齐抓共管，形成合力，才能有效地搞好会计职业道德建设，更好地提高广大会计人员的思想道德素质。

五、社会舆论监督

社会舆论监督，形成良好的社会氛围。全面加强会计职业道德建设，提高会计人员道德素质，是一项重大而紧迫的任务。良好会计职业道德风尚的树立，离不开社会舆论的支持和监督。强化舆论监督，有利于在全社会形成诚实守信的氛围。要以新闻媒体为阵地，广泛开展会计职业道德的宣传教育，使社会各界了解会计职业道德规范的内容，促进良好的会计职业道德深入人心。要在全社会会计人员中倡导诚信为荣、失信为耻的职业道德意识，引导会计人员加强职业修养。通过会计职业道德建设中正反典型的宣传，弘扬正气，打击歪风。各部门、行业、会计职业组织和社会各界应共同努力，把会计职业道德建设搞好。在依法治国与以德治国相结合的思想指导下，有政府部门的组织推动，会计职业组织的自律约束，社会各界的齐抓共管，会计职业道德建设一定会开创新局面，会计人员也将以崭新的姿态、高尚的精神风貌、优良的社会公信力，为全面建设小康社会，建设中国特色社会主义事业做出新的贡献。

本章习题

一、单项选择题

1. 下列关于会计职业道德调整对象的表述中，正确的是（   ）。

    A. 调整会计职业关系

    B. 调整会计职业中的经济利益

C. 调整会计职业内部从业人员之间的关系

D. 调整与会计活动有关的所有关系

2. 某公司资金紧张，需向银行贷款 500 万元。公司张经理请返聘的张会计对公司提供给银行的会计报表进行技术处理。张会计很清楚公司目前的财务状况和偿债能力，做这种技术处理是很危险的，但在经理的反复劝导下，张会计感恩于张经理平时对自己的照顾，于是编制了一份经过技术处理后的漂亮的会计报告，公司获得了银行贷款。下列对张会计行为的认定中正确的是（　　）。

　A. 张会计违反了"爱岗敬业"、"客观公正"的职业道德

　B. 张会计违反了"参与管理"、"坚持准则"的会计职业道德

　C. 张会计违反了"客观公正"、"坚持准则"的会计职业道德

　D. 张会计违反了"强化服务"、"客观公正"的会计职业道德

3. 公司会计小李不仅熟悉会计电算化业务，而且对利用现代信息技术加强经营管理很有研究，"上海世博会"期间，小李向公司建议开办网上售票业务，并实行优惠的折扣政策。公司采纳了小李的建议，当期销售额未受影响，保持了较好的增长。小李的行为体现的会计职业道德是（　　）。

　A. 爱岗敬业、参与管理　　　　　　B. 爱岗敬业、坚持准则

　C. 爱岗敬业、廉洁自律　　　　　　D. 提高技能、强化服务

4. 会计职业道德除具备职业道德的一般特征外，还具有一定的强制性和（　　）特征。

　A. 复杂性　　　　　　　　　　　　B. 较多关注公众利益

　C. 教育性　　　　　　　　　　　　D. 独立性

5. 东山公司为获得一项工程合同，拟向工程发包方的有关人员支付好处费 6 万元。公司市场部持公司董事长的批示到公司财务部领该笔款项。财务部经理王某认为该项支出不符合有关规定，但考虑到公司主要领导已作了指示，就同意拨付了款项。下列对王某的做法认定中正确的是（　　）。

　A. 王某违反了爱岗敬业的会计职业道德要求

　B. 王某违反了参与管理的会计职业道德要求

　C. 王某违反了客观公正的会计职业道德要求

　D. 王某违反了坚持准则的会计职业道德要求

6. 会计人员经常会对自己的工作进行评价，对工作中的不足进行评判、剖析，这种自我教育方式属于（　　）。

　A. 自重自省法　　　　　　　　　　B. 自警自励法

　C. 自我剖析法　　　　　　　　　　D. 自律慎独法

7. "常在河边走，就是不湿鞋"，这句话体现会计职业道德是（　　）。

　A. 参与管理　　　　　　　　　　　B. 廉洁自律

　C. 提高技能　　　　　　　　　　　D. 强化服务

8. 在我国职业道德规范中（　　）是会计人员做到依法办事的核心内容。

　　A. 诚信为本　　　　　　　　　B. 操守为重

　　C. 坚持准则　　　　　　　　　D. 不做假账

9. 会计制度中账实相符的规定体现了（　　）的职业道德的要求。

　　A. 诚实、合理　　　　　　　　B. 诚实、客观

　　C. 公正、规范　　　　　　　　D. 公正、自律

10. 会计职业道德与中华人民共和国会计法律制度的区别，在下列表述中，错误的是（　　）。

　　A. 性质不同　　　　　　　　　B. 实现形式不同

　　C. 实施保障机制不同　　　　　D. 承担的法律责任不同

11. 下列关于会计职业道德调整对象的表述中，正确的有（　　）。

　　A. 调整会计职业关系

　　B. 调整会计职业中的经济利益关系

　　C. 调整会计职业内部从业人员之间关系

　　D. 调整与会计活动有关的所有关系

二、多项选择题

1. 爱岗敬业的基本要求包括（　　）。

　　A. 正确认识会计职业，树立职业荣誉感

　　B. 热爱会计工作，尊重会计职业

　　C. 严肃认真，一丝不苟

　　D. 忠于职守，尽职尽责

2. 自律的基本要求包括（　　）。

　　A. 树立正确的人生观和价值观　　B. 公私分明，不贪不占

　　C. 保守秘密，不为利益所诱惑　　D. 遵纪守法，尽职尽责

3. 某企业会计人员在讨论会计职业道德和会计法律制度的关系时提出下列观点，正确的是（　　）。

　　A. 两者在实施过程中相互作用，相互补充

　　B. 遵守会计法律制度是会计职业道德的最低要求

　　C. 违反会计法律制度一定违反会计职业道德

　　D. 违反会计职业道德也一定违反会计法律制度

4. 会计人员如果泄露本单位商业秘密，可能导致的后果将会有（　　）。

　　A. 会计人员的信誉受到损害　　B. 会计人员将承担法律责任

　　C. 单位经济利益受损　　　　　D. 会计行业声誉将受到损害

5. 下列有关会计职业道德"廉洁自律"的表述中，正确的有（　　）。

　　A. 廉洁自律的核心就是抵制自己的不良欲望

B. 廉洁自律是会计职业道德的内在要求

C. 只有自身廉洁自律，才能抵制他人的不法行为

D. 不能做到廉洁自律，也就很难做到客观公正和坚持准则

6. 会计职业道德教育的形式有（　　）。

 A. 接受教育   B. 学历教育

 C. 自我教育   D. 继续教育

7. 下列符合会计职业道德的"提高技能"要求的有（　　）。

 A. 出纳人员向银行工作人员请教判别假钞的技术

 B. 会计主管与单位其他会计交流隐瞒业务收入的做法

 C. 会计人员积极参加会计职称考试

 D. 总会计师通过自学提高会计职业判断能力、精通经济政策

8. 开展会计职业道德教育的意义在于（　　）。

 A. 会计职业资格证书登记注册管理   B. 培养会计职业道德情操

 C. 树立会计职业道德观念   D. 提高会计职业道德水平

9. 小王是某代理记账公司提供专业服务的会计人员，其在为客户提供的下列服务中，违背会计职业道德要求的做法有（　　）。

 A. 向委托单位提出改进内部会计控制的建议

 B. 利用专业知识向委托单位提出偷税建议

 C. 在委托单位举办的会计知识培训班上，帮助树立依法理财观念

 D. 为帮助委托单位负责人完成年度计划业绩，提出将固定资产折旧和银行借款利息挂账处理的建议

10. 下列各项中，体现会计职业道德"客观公正"要求的有（　　）。

 A. 保持独立性   B. 依法办事

 C. 实施保障机制不同   D. 承担的法律责任不同

11. 下列关于会计职业道德作用的表述中，正确的有（　　）。

 A. 会计职业道德是规范会计行为的基础

 B. 会计职业道德是实现会计目标的重要保证

 C. 会计职业道德是对会计法律制度的重要补充

 D. 会计职业道德是提高会计人员素质的重要措施

12. 职业道德具有（　　）的特征。

 A. 职业性   B. 特殊性

 C. 继承性   D. 实践性

13. 职业道德的主要内容包括（　　）。

 A. 爱岗敬业、诚实守信   B. 办事公道

 C. 服务群众   D. 奉献社会

14. 爱岗敬业的基本要求包括（　　）。

　A. 正确认识会计职业，树立职业荣誉感

　B. 热爱会计工作，敬重会计职业

　C. 严肃认真，一丝不苟

　D. 忠于职守，尽职尽责

15. 廉洁自律的基本要求是（　　）。

　A. 树立正确的人生观和价值观　　　B. 公私分明，不贪不占

　C. 保密守信，不为利益所诱惑　　　D. 遵纪守法，尽职尽责

16. 会计职业道德的主要内容包括（　　）。

　A. 爱岗敬业、诚实守信　　　　　　B. 廉洁自律、客观公正

　C. 坚持原则、提高技能　　　　　　D. 参与管理、强化服务

17. 会计职业道德与会计法律制度的区别是（　　）。

　A. 性质不同　　　　　　　　　　　B. 作用范围不同

　C. 实现形式不同　　　　　　　　　D. 实施保障机制不同

18. 会计职业道德教育的内容有（　　）。

　A. 会计职业道德观念教育　　　　　B. 会计职业道德规范教育

　C. 职业道德警示教育　　　　　　　D. 其他与会计职业道德相关的教育

19. 会计职业道德教育途径为（　　）。

　A. 岗前职业道德教育　　　　　　　B. 岗位职业道德继续教育

　C. 会计专业学历教育　　　　　　　D. 会计从业资格中的职业道德教育

三、判断题

1. 会计职业道德具有一定的强制性。　　　　　　　　　　　　　　（　　）

2. 会计人员违背了会计职业道德，就会受到法律制裁。　　　　　　（　　）

3. 会计人员职业道德规范对象仅指单位会计人员，不包括注册会计师。（　　）

4. 道德的本质是由一定的社会经济基础所决定的社会意识形态，属于上层建筑的范畴，道德具有阶级性。　　　　　　　　　　　　　　　　　　　　　　　（　　）

5. 当单位利益与社会公众利益冲突时，会计人员应该首先维护社会公众利益。（　　）

6. 会计职业道德是调整会计职业活动中各种利益关系的手段。　　　（　　）

7. 会计职业道德具有一定的强制性。　　　　　　　　　　　　　　（　　）

8. 会计职业道德的表现形式既有明确成文规定，也有不成文的规范，存在于人们的意识和信念之中。　　　　　　　　　　　　　　　　　　　　　　　　（　　）

9. 社会实践是会计职业道德修养的根本途径。　　　　　　　　　　（　　）

四、简答题

1. 会计职业道德的含义、内容和作用具体是什么？

2. 什么是会计职业道德？其作用有哪些？

3. 会计职业道德与会计法律制度的主要区别有哪些？

4. 什么是会计职业道德规范？其主要内容有哪些？

5. 什么是爱岗敬业？怎样做到爱岗敬业？

6. 什么是诚实守信？诚实守信的基本要求是什么？

7. 什么是廉洁自律？廉洁自律的基本要求是什么？

8. 什么是客观公正？客观公正的基本要求是什么？

9. 什么是坚持准则？坚持准则的基本要求是什么？

10. 什么是提高技能？提高技能的基本要求是什么？

11. 财政部门可以通过什么方式开展会计职业道德检查？

五、案例题

1. 东方集团公司财务部组织系统会计工作人员进行座谈，座谈内容是关于会计职业道德概念、会计职业道德与会计法律制度关系、会计职业道德规范的内容等。下面是会计人员李某、宋某、杨某等人的发言。

李某：会计职业道德就是会计人员在社会交往和公共生活中应当遵循的行为准则，涵盖了人与人、人与社会、人与自然之间的关系。

宋某：会计职业道德与会计法律制度两者在性质上、实现形式上都一致。

杨某：会计职业道德规范的全部内容归纳起来就是廉洁自律和要强化服务。

要求：从会计职业道德的角度，分析李某、宋某、杨某三人的观点是否妥当。

2. 某国有企业集团总会计师李军参加了财政部门组织的会计职业道德培训班后，认识到会计诚信教育事关重大，随即组织了本集团会计人员职业道德培训。培训结束时进行了考试，试题中有一案例，要求学员进行分析。案例如下：东山电子公司会计李山因工作努力，钻研业务，积极提出合理化建议，多次被公司评为先进会计工作者。李山的丈夫在一家私有电子企业任总经理，在其丈夫的多次请求下，李山将在工作中接触到的公司新产品研发计划及相关会计资料复印件提供给其丈夫，给公司带来一定的损失。公司认为李山不宜继续担任会计工作。试分析回答下列问题。

(1) 李山违反了哪些会计职业道德要求？

(2) 哪些单位或部门可以对李山违反会计职业道德行为进行处理？并说明理由。

3. 小张和小赵是同一个单位的会计和出纳，多年来同处一室，在工作上互相配合，关系很好。小赵的丈夫个人开办了一个经销电脑配件的公司。最近根据电脑市场信息，有一种计算机软件销量前景看好，但因为个人账面资金不足，无法进货。于是小赵的丈夫让小赵想办法借些款项。小赵想到了单位账户的存款，于是自己填了票面金额为 68 000 元的现金支票一张，在小张上班离开办公室时，私自将小张保管的印鉴加盖在现金支票上，从银行提取了现金。一个月后，小赵又能将 68 000 元现金填现金缴款存入单位银行账户。不久，小张在月末对账时，发现了此事。

试从会计职业道德的角度分析，小赵的行为属于何种行为？如果你是小张，发现了此事应该如何处理？

4. 据某公司财务部门年末时发现，该年度业务执行费超过规定的开支标准，于是，会计人员按照领导的意图，找来一些假发票，准备将超支的业务执行费列入管理费用的其他项目。

试问：这种做法是否违背了会计职业道德？为什么？

5. 某商场出纳员在报销差旅费时，对于同样经过领导批准、主管会计审核无误的差旅费报销单，对和自己私人关系不错的人随来随报，但对和自己有矛盾、私人关系较为疏远的人则以账面无款、库存无现金、整理财务等理由无故拖欠。

请问该出纳员在报销差旅费时，是否遵守了会计人员职业道德规范？如果你是出纳员，对此问题应该如何处理？

6. 某企业每周二下午都有三个小时固定的业务理论学习时间，因为会计人员工作繁忙，现任会计主管向领导提出，财务部门的全体人员能否不参加或少参加学习。

试问：该会计主管的建议是否正确？为什么？

7. 会计人员将单位会计资料复印件提供给亲友。

试问：这种做法是否违背了会计职业道德？为什么？

8. 单位负责人指使会计人员对财务报告技术处理。

试问：这种做法是否违背了会计职业道德？为什么？

9. 某会计感到会计工作太具体，没出息，故工作上应付差事，从不参加继续教育。

试问：这种做法是否违背了会计职业道德？为什么？

10. 坚持好制度，胜于做好事，制度大于天，人情薄如烟。

试问：这种说法是否违背了会计职业道德？为什么？

11. 官大办得快，官小办得慢，无官拖着办。

试问：这种做法是否违背了会计职业道德？为什么？

12. 站得住的顶不住，顶得住的站不住。

试问：这种说法是否违背了会计职业道德？为什么？

13. 常在河边走，哪有不湿鞋？

试问：这种说法是否违背了会计职业道德？为什么？

附录 A
中华人民共和国会计法

《中华人民共和国会计法》已由中华人民共和国第九届全国人民代表大会常务委员会第十二次会议于 1999 年 10 月 31 日修订通过，现将修订后的《中华人民共和国会计法》公布，自 2000 年 7 月 1 日起施行。

目　录

第一章　总　　则

第一条　为了规范会计行为，保证会计资料真实、完整，加强经济管理和财务管理，提高经济效益，维护社会主义市场经济秩序，制定本法。

第二条　国家机关、社会团体、公司、企业、事业单位和其他组织（以下统称单位）必须依照本法办理会计事务。

第三条　各单位必须依法设置会计账簿，并保证其真实、完整。

第四条　单位负责人对本单位的会计工作和会计资料的真实性、完整性负责。

第五条　会计机构、会计人员依照本法规定进行会计核算，实行会计监督。

任何单位或者个人不得以任何方式授意、指使、强令会计机构、会计人员伪造、变造会计凭证、会计账簿和其他会计资料，提供虚假财务会计报告。

任何单位或者个人不得对依法履行职责、抵制违反本法规定行为的会计人员实行打击报复。

第六条　对认真执行本法，忠于职守，坚持原则，做出显著成绩的会计人员，给予精神的或者物质的奖励。

第七条　国务院财政部门主管全国的会计工作。

县级以上地方各级人民政府财政部门管理本行政区域内的会计工作。

第八条　国家实行统一的会计制度。国家统一的会计制度由国务院财政部门根据本法制定并公布。

国务院有关部门可以依照本法和国家统一的会计制度制定对会计核算和会计监督有特殊要求的行业实施国家统一的会计制度的具体办法或者补充规定，报国务院财政部门审核批准。

中国人民解放军总后勤部可以依照本法和国家统一的会计制度制定军队实施国家统一的会计制度的具体办法，报国务院财政部门备案。

第二章　会　计　核　算

第九条　各单位必须根据实际发生的经济业务事项进行会计核算，填制会计凭证，登记会计账簿，编制财务会计报告。

任何单位不得以虚假的经济业务事项或者资料进行会计核算。

第十条　下列经济业务事项，应当办理会计手续，进行会计核算：

（一）款项和有价证券的收付；

（二）财物的收发、增减和使用；

（三）债权债务的发生和结算；

（四）资本、基金的增减；

（五）收入、支出、费用、成本的计算；

（六）财务成果的计算和处理；

（七）需要办理会计手续、进行会计核算的其他事项。

第十一条　会计年度自公历1月1日起至12月31日止。

第十二条　会计核算以人民币为记账本位币。

业务收支以人民币以外的货币为主的单位，可以选定其中一种货币作为记账本位币，但是编报的财务会计报告应当折算为人民币。

第十三条　会计凭证、会计账簿、财务会计报告和其他会计资料，必须符合国家统一的会计制度的规定。

使用电子计算机进行会计核算的，其软件及其生成的会计凭证、会计账簿、财务会计报告和其他会计资料，也必须符合国家统一的会计制度的规定。

任何单位和个人不得伪造、变造会计凭证、会计账簿及其他会计资料，不得提供虚假的财务会计报告。

第十四条　会计凭证包括原始凭证和记账凭证。

办理本法第十条所列的经济业务事项，必须填制或者取得原始凭证并及时送交会计机构。会计机构、会计人员必须按照国家统一的会计制度的规定对原始凭证进行审核，对不真实、不合法的原始凭证有权不予接受，并向单位负责人报告；对记载不准确、不完整的原始凭证予以退回，并要求按照国家统一的会计制度的规定更正、补充。

原始凭证记载的各项内容均不得涂改；原始凭证有错误的，应当由出具单位重开或者更正，更正处应当加盖出具单位印章。原始凭证金额有错误的，应当由出具单位重开，不得在原始凭证上更正。

记账凭证应当根据经过审核的原始凭证及有关资料编制。

第十五条　会计账簿登记，必须以经过审核的会计凭证为依据，并符合有关法律、行政法规和国家统一的会计制度的规定。会计账簿包括总账、明细账、日记账和其他辅助性账簿。会计账簿应当按照连续编号的页码顺序登记。会计账簿记录发生错误或者隔页、缺号、跳行的，应当按照国家统一的会计制度规定的方法更正，并由会计人员和会计机构负责人（会计主管人员）在更正处盖章。

使用电子计算机进行会计核算的，其会计账簿的登记、更正，应当符合国家统一的会计制度的规定。

第十六条　各单位发生的各项经济业务事项应当在依法设置的会计账簿上统一登记、核算，不得违反本法和国家统一的会计制度的规定私设会计账簿登记、核算。

第十七条　各单位应当定期将会计账簿记录与实物、款项及有关资料相互核对，保证会计账簿记录与实物及款项的实有数额相符、会计账簿记录与会计凭证的有关内容相符、会计账簿之间相对应的记录相符、会计账簿记录与会计报表的有关内容相符。

第十八条　各单位采用的会计处理方法，前后各期应当一致，不得随意变更；确有必要变更的，应当按照国家统一的会计制度的规定变更，并将变更的原因、情况及影响在财务会计报告中说明。

第十九条　单位提供的担保、未决诉讼等或有事项，应当按照国家统一的会计制度的规定，在财务会计报告中予以说明。

第二十条　财务会计报告应当根据经过审核的会计账簿记录和有关资料编制，并符合本法和国家统一的会计制度关于财务会计报告的编制要求、提供对象和提供期限的规定；其他法律、行政法规另有规定的，从其规定。

财务会计报告由会计报表、会计报表附注和财务情况说明书组成。向不同的会计资料使用者提供的财务会计报告，其编制依据应当一致。有关法律、行政法规规定会计报表、会计报表附注和财务情况说明书须经注册会计师审计的，注册会计师及其所在的会计师事务所出具的审计报告应当随同财务会计报告一并提供。

第二十一条　财务会计报告应当由单位负责人和主管会计工作的负责人、会计机构负责人（会计主管人员）签名并盖章；设置总会计师的单位，还须由总会计师签名并盖章。

单位负责人应当保证财务会计报告真实、完整。

第二十二条　会计记录的文字应当使用中文。在民族自治地方，会计记录可以同时使用当地通用的一种民族文字。在中华人民共和国境内的外商投资企业、外国企业和其他外国组织的会计记录可以同时使用一种外国文字。

第二十三条 各单位对会计凭证、会计账簿、财务会计报告和其他会计资料应当建立档案，妥善保管。会计档案的保管期限和销毁办法，由国务院财政部门会同有关部门制定。

第三章 公司、企业会计核算的特别规定

第二十四条 公司、企业进行会计核算，除应当遵守本法第二章的规定外，还应当遵守本章规定。

第二十五条 公司、企业必须根据实际发生的经济业务事项，按照国家统一的会计制度的规定确认、计量和记录资产、负债、所有者权益、收入、费用、成本和利润。

第二十六条 公司、企业进行会计核算不得有下列行为：

（一）随意改变资产、负债、所有者权益的确认标准或者计量方法，虚列、多列、不列或者少列资产、负债、所有者权益；

（二）虚列或者隐瞒收入，推迟或者提前确认收入；

（三）随意改变费用、成本的确认标准或者计量方法，虚列、多列、不列或者少列费用、成本；

（四）随意调整利润的计算、分配方法，编造虚假利润或者隐瞒利润；

（五）违反国家统一的会计制度规定的其他行为。

第四章 会 计 监 督

第二十七条 各单位应当建立、健全本单位内部会计监督制度。单位内部会计监督制度应当符合下列要求：

（一）记账人员与经济业务事项和会计事项的审批人员、经办人员、财物保管人员的职责权限应当明确，并相互分离、相互制约；

（二）重大对外投资、资产处置、资金调度和其他重要经济业务事项的决策和执行的相互监督、相互制约程序应当明确；

（三）财产清查的范围、期限和组织程序应当明确；

（四）对会计资料定期进行内部审计的办法和程序应当明确。

第二十八条 单位负责人应当保证会计机构、会计人员依法履行职责，不得授意、指使、强令会计机构、会计人员违法办理会计事项。

会计机构、会计人员对违反本法和国家统一的会计制度规定的会计事项，有权拒绝办理或者按照职权予以纠正。

第二十九条 会计机构、会计人员发现会计账簿记录与实物、款项及有关资料不相符的，按照国家统一的会计制度的规定有权自行处理的，应当及时处理；无权处理的，应当立即向单位负责人报告，请求查明原因，作出处理。

第三十条　任何单位和个人对违反本法和国家统一的会计制度规定的行为，有权检举。收到检举的部门有权处理的，应当依法按照职责分工及时处理；无权处理的，应当及时移送有权处理的部门处理。收到检举的部门、负责处理的部门应当为检举人保密，不得将检举人姓名和检举材料转给被检举单位和被检举人个人。

第三十一条　有关法律、行政法规规定，须经注册会计师进行审计的单位，应当向受委托的会计师事务所如实提供会计凭证、会计账簿、财务会计报告和其他会计资料以及有关情况。

任何单位或者个人不得以任何方式要求或者示意注册会计师及其所在的会计师事务所出具不实或者不当的审计报告。

财政部门有权对会计师事务所出具审计报告的程序和内容进行监督。

第三十二条　财政部门对各单位的下列情况实施监督：

（一）是否依法设置会计账簿；

（二）会计凭证、会计账簿、财务会计报告和其他会计资料是否真实、完整；

（三）会计核算是否符合本法和国家统一的会计制度的规定；

（四）从事会计工作的人员是否具备从业资格。

在对前款第（二）项所列事项实施监督，发现重大违法嫌疑时，国务院财政部门及其派出机构可以向与被监督单位有经济业务往来的单位和被监督单位开立账户的金融机构查询有关情况，有关单位和金融机构应当给予支持。

第三十三条　财政、审计、税务、人民银行、证券监管、保险监管等部门应当依照有关法律、行政法规规定的职责，对有关单位的会计资料实施监督检查。

前款所列监督检查部门对有关单位的会计资料依法实施监督检查后，应当出具检查结论。有关监督检查部门已经作出的检查结论能够满足其他监督检查部门履行本部门职责需要的，其他监督检查部门应当加以利用，避免重复查账。

第三十四条　依法对有关单位的会计资料实施监督检查的部门及其工作人员对在监督检查中知悉的国家秘密和商业秘密负有保密义务。

第三十五条　各单位必须依照有关法律、行政法规的规定，接受有关监督检查部门依法实施的监督检查，如实提供会计凭证、会计账簿、财务会计报告和其他会计资料以及有关情况，不得拒绝、隐匿、谎报。

第五章　会计机构和会计人员

第三十六条　各单位应当根据会计业务的需要，设置会计机构，或者在有关机构中设置会计人员并指定会计主管人员；不具备设置条件的，应当委托经批准设立从事会计代理记账业务的中介机构代理记账。

国有的和国有资产占控股地位或者主导地位的大中型企业必须设置总会计师。总会计师的任职资格、任免程序、职责权限由国务院规定。

第三十七条　会计机构内部应当建立稽核制度。

出纳人员不得兼任稽核、会计档案保管和收入、支出、费用、债权债务账目的登记工作。

第三十八条　从事会计工作的人员，必须取得会计从业资格证书。

担任单位会计机构负责人（会计主管人员）的，除取得会计从业资格证书外，还应当具备会计师以上专业技术职务资格或者从事会计工作三年以上经历。

会计人员从业资格管理办法由国务院财政部门规定。

第三十九条　会计人员应当遵守职业道德，提高业务素质。对会计人员的教育和培训工作应当加强。

第四十条　因有提供虚假财务会计报告，做假账，隐匿或者故意销毁会计凭证、会计账簿、财务会计报告，贪污，挪用公款，职务侵占等与会计职务有关的违法行为被依法追究刑事责任的人员，不得取得或者重新取得会计从业资格证书。

除前款规定的人员外，因违法违纪行为被吊销会计从业资格证书的人员，自被吊销会计从业资格证书之日起五年内，不得重新取得会计从业资格证书。

第四十一条　会计人员调动工作或者离职，必须与接管人员办清交接手续。

一般会计人员办理交接手续，由会计机构负责人（会计主管人员）监交；会计机构负责人（会计主管人员）办理交接手续，由单位负责人监交，必要时主管单位可以派人会同监交。

第六章　法　律　责　任

第四十二条　违反本法规定，有下列行为之一的，由县级以上人民政府财政部门责令限期改正，可以对单位并处三千元以上五万元以下的罚款；对其直接负责的主管人员和其他直接责任人员，可以处二千元以上二万元以下的罚款；属于国家工作人员的，还应当由其所在单位或者有关单位依法给予行政处分：

（一）不依法设置会计账簿的；

（二）私设会计账簿的；

（三）未按照规定填制、取得原始凭证或者填制、取得的原始凭证不符合规定的；

（四）以未经审核的会计凭证为依据登记会计账簿或者登记会计账簿不符合规定的；

（五）随意变更会计处理方法的；

（六）向不同的会计资料使用者提供的财务会计报告编制依据不一致的；

（七）未按照规定使用会计记录文字或者记账本位币的；

（八）未按照规定保管会计资料，致使会计资料毁损、灭失的；

（九）未按照规定建立并实施单位内部会计监督制度或者拒绝依法实施的监督或者不如实提供有关会计资料及有关情况的；

（十）任用会计人员不符合本法规定的。

有前款所列行为之一，构成犯罪的，依法追究刑事责任。

会计人员有第一款所列行为之一，情节严重的，由县级以上人民政府财政部门吊销会计从业资格证书。

有关法律对第一款所列行为的处罚另有规定的，依照有关法律的规定办理。

第四十三条　伪造、变造会计凭证、会计账簿，编制虚假财务会计报告，构成犯罪的，依法追究刑事责任。有前款行为，尚不构成犯罪的，由县级以上人民政府财政部门予以通报，可以对单位并处五千元以上十万元以下的罚款；对其直接负责的主管人员和其他直接责任人员，可以处三千元以上五万元以下的罚款；属于国家工作人员的，还应当由其所在单位或者有关单位依法给予撤职直至开除的行政处分；对其中的会计人员，并由县级以上人民政府财政部门吊销会计从业资格证书。

第四十四条　隐匿或者故意销毁依法应当保存的会计凭证、会计账簿、财务会计报告，构成犯罪的，依法追究刑事责任。有前款行为，尚不构成犯罪的，由县级以上人民政府财政部门予以通报，可以对单位并处五千元以上十万元以下的罚款；对其直接负责的主管人员和其他直接责任人员，可以处三千元以上五万元以下的罚款；属于国家工作人员的，还应当由其所在单位或者有关单位依法给予撤职直至开除的行政处分；对其中的会计人员，并由县级以上人民政府财政部门吊销会计从业资格证书。

第四十五条　授意、指使、强令会计机构、会计人员及其他人员伪造、变造会计凭证、会计账簿，编制虚假财务会计报告或者隐匿、故意销毁依法应当保存的会计凭证、会计账簿、财务会计报告，构成犯罪的，依法追究刑事责任；尚不构成犯罪的，可以处五千元以上五万元以下的罚款；属于国家工作人员的，还应当由其所在单位或者有关单位依法给予降级、撤职、开除的行政处分。

第四十六条　单位负责人对依法履行职责、抵制违反本法规定行为的会计人员以降级、撤职、调离工作岗位、解聘或者开除等方式实行打击报复，构成犯罪的，依法追究刑事责任；尚不构成犯罪的，由其所在单位或者有关单位依法给予行政处分。对受打击报复的会计人员，应当恢复其名誉和原有职务、级别。

第四十七条　财政部门及有关行政部门的工作人员在实施监督管理中滥用职权、玩忽职守、徇私舞弊或者泄露国家秘密、商业秘密，构成犯罪的，依法追究刑事责任；尚不构成犯罪的，依法给予行政处分。

第四十八条　违反本法第三十条规定，将检举人姓名和检举材料转给被检举单位和被检举人个人的，由所在单位或者有关单位依法给予行政处分。

第四十九条　违反本法规定，同时违反其他法律规定的，由有关部门在各自职权范围内依法进行处罚。

第七章　附　　则

第五十条　本法下列用语的含义：

单位负责人，是指单位法定代表人或者法律、行政法规规定代表单位行使职权的主要负责人。

国家统一的会计制度，是指国务院财政部门根据本法制定的关于会计核算、会计监督、会计机构和会计人员以及会计工作管理的制度。

第五十一条 个体工商户会计管理的具体办法，由国务院财政部门根据本法的原则另行规定。

第五十二条 本法自 2000 年 7 月 1 日起施行。

附录 B
会计基础工作规范

第一章 总 则

第一条 为了加强会计基础工作，建立规范的会计工作秩序，提高会计工作水平，根据《中华人民共和国会计法》的有关规定，制定本法规。

第二条 国家机关、社会团体、企业、事业单位、个体工商户和其他组织的会计基础工作，应当符合本规范的规定。

第三条 各单位应当根据有关法律、法规和本规范的规定，加强会计基础工作，严格执行会计法规制度，保证会计工作依法有序的进行。

第四条 单位领导人对本单位的会计基础工作负有领导责任。

第五条 各省、自治区、直辖市财政厅（局）要加强对会计基础工作的管理和指导，通过政策领导、经验交流、监督检查等措施，促进基层单位加强会计基础工作，不断提高会计工作水平。

国务院业务主管部门根据职责权限管理本部门的会计基础工作。

第二章 会计机构和会计人员

第一节 会计机构设置和会计人员配备

第六条 各单位应当根据会计业务的需要设置会计机构；不具备单独设置的会计机构条件的，应当在有关机构中配备专职会计人员。

事业行政单位会计机构的设置和会计人员的配备，应当符合国家统一事业行政单位会计制度的规定。

设置会计机构，应当配备会计机构负责人；在有关机构中配备专职会计人员，应当在专职会计人员中指定会计主管人员。

会计机构负责人、会计主管人员的任免，应当符合《中华人民共和国会计法》和有关法律的规定。

第七条 会计机构负责人、会计主管人员应当具备下列基本条件：

（一）坚持原则、廉洁奉公；

（二）具有会计专业技术资格；

（三）主管一个单位或者单位内一个重要方面的财务会计工作时间不少于两年；

（四）熟悉国家财经法律、法规、规章和方针、政策，掌握本行业业务管理的有关知识；

（五）有较强的组织能力；

（六）身体状况能够适应本职工作的要求。

第八条　没有设置会计机构和配备会计人员的单位，应当根据《代理记账管理暂行办法》委托会计师事务所或者持有代理记账许可证书的其他代理记账机构进行代理记账。

第九条　大中型企业、事业单位、业务主管部门应当根据法律和国家有关规定设置总会计师。

总会计师行使《总会计师条例》规定的职责、权限。

总会计师的任命（聘任）、免职（解聘）依照《总会计师条例》和有关法律的规定办理。

第十条　各单位应当根据会计业务需要配备持有会计证的会计人员。未取得会计证的会计人员，不得从事会计工作。

第十一条　各单位应当根据会计业务需要设置会计工作岗位。

会计工作岗位一般可分为：会计机构负责人和会计主管人员，出纳、财产物资核算、资金核算、往来结算、总账核算、工资核算、成本费用核算、财务成果核算、往来核算、总账、报表、稽核、档案管理等。开展会计电算化和管理会计的单位，可以根据需要设置相应工作岗位，也可以与其他工作岗位相结合。

第十二条　会计人员的工作岗位，可以一人一岗、一人多岗或者一岗多人，但出纳人员不得兼管稽核，会计档案保管和收入、费用、债权债务账目的登记工作。

第十三条　会计人员的工作岗位应当有计划地进行轮换。

第十四条　会计人员应当具备必要的专业知识和专业技能，熟悉国家有关法律、法规、规章和国家统一制度，遵守职业道德。

会计人员应当按照国家有关规定参加会计业务培训。各单位应当合理安排会计人员的培训，保证会计人员每年有一定时间用于学习和参加培训。

第十五条　各单位领导人应当支持会计机构、会计人员行使职权；对忠于职守，坚持原则，做出显著成绩的会计机构、会计人员，应当给予精神或物质的奖励。

第十六条　国家机关、国有企业、事业单位任用会计人员应当实行回避制度。单位领导人的直系亲属不得担任本单位的会计机构负责人、会计主管人员。

会计机构负责人、会计主管人员的直系亲属不得在本单位会计机构中担任出纳工作。

需要回避的直系亲属为：夫妻关系、直系血亲关系、三代以内旁系血亲及配偶亲关系。

第二节　会计人员职业道德

第十七条　会计人员在会计工作中应当遵守职业道德，树立良好的职业品质、严谨的工作作风，严守工作纪律，努力提高工作效率和工作质量。

第十八条　会计人员应当热爱本职工作，努力钻研业务，使自己的知识和技能适应所从事工作的要求。

第十九条　会计人员应当熟悉财经法律、法规和国家统一的会计制度，并结合会计工作进行广泛宣传。

第二十条　会计人员应当按照会计法律、法规和国家统一的会计制度规定的程序和要求进行会计工作，保证所提供的会计信息合法、真实、准确、及时、完整。

第二十一条　会计人员办理会计事务所应当实事求是、客观公正。

第二十二条　会计人员应当熟悉本单位的生产经营和业务管理情况，运用掌握的会计信息和会计方法，为改善单位内部管理，提高经济效益服务。

第二十三条　会计人员应当保守本单位的商业秘密。除法律规定和单位领导人同意外，不能私自向外界提供或泄露单位的会计信息。

第二十四条　财政部门、业务主管部门和各单位应当定期检查会计人员遵守职业道德的情况，并作为会计人员晋升、晋级、聘任专业职务、表彰奖励的重要考核依据。

会计人员违反职业道德的，由所在单位进行处罚；情节严重的，由会计证发证机关吊销其会计证。

第三节　会计工作交接

第二十五条　会计人员工作调动或者因故离职，必须将本人所经管的会计工作全部移交给接替人员。没有办清交接手续的，不得调动或者离职。

第二十六条　接替人员应当认真接管移交工作，并继续办理移交的未了事项。

第二十七条　会计人员办理移交手续前，必须及时做好以下工作。

（一）已经受理的经济业务尚未填制会计凭证的，应当填制完毕。

（二）尚未登记的账目，应当登记完毕，并在最后一笔余额后加盖经办人的印章。

（三）整理应该移交的各项资料，对未了事项写出书面材料。

（四）编制移交清册，列明应当移交的会计凭证、会计账簿、会计报表、印章、现金、有价证券、支票簿、发票、文件、其他会计资料和物品等内容，实行会计电算化的单位，从事该项工作的移交人员还应当在移交清册上列明会计软件及密码、会计软件数据磁盘（磁带）等及有关资料、实物等内容。

第二十八条　会计人员办理交接手续，必须有监交人员负责监交。一般会计人员交接，由单位会计机构负责人、会计主管人员负责监交；会计机构负责人、会计主管人员交接，由单位领导人负责监交，必要时可由一级主管部门派人会同监交。

第二十九条　移交人员在办理移交手续时，要按移交清册逐项移交；接替人员要逐项核对点收。

（一）现金、有价证券要根据会计账簿有关记录进行点交；库存现金、有价证券必须与会计账簿记录保持一致。不一致时，移交人员必须限期查清。

（二）会计凭证、会计账簿、会计报表和其他会计资料必须完整无缺。如有短缺，必须查清原因，并在移交清册中注明，由移交人员负责。

（三）银行存款账户余额要与银行对账单核对，如不一致，应当编制银行存款余额调节表调节相符，各种财产物资和债权债务的明细账账户余额要与总账有关账户余额核对相符；必要时，要抽查个别账户的余额，与实物核对相符，或者与往来单位、个人核对清楚。

（四）移交人员经管的票据、印章和其他实物等，必须交接清楚；移交人员从事会计电算化工作的，要对有关电子数据在实际操作状态下进行交换。

第三十条 会计机构负责人、会计主管人员移交时，还必须将全部财务会计工作、重大财务收支和会计人员的情况等，向接替人员详细介绍。对需要移交的遗留问题，应当写出书面材料。

第三十一条 交接完毕后，交接双方和监交人员要在移交清册上签名或者盖章。并应在移交清册上注明：单位名称，交接日期，交接双方和监交人员的职务、姓名，移交清册页数以及需要说明的问题和意见等。

移交清册应当填制一式三份，交接双方各执一份，存档一份。

第三十二条 接替人员应当继续使用移交的会计账簿，不得自行另立新账，以保持会计记录的连续性。

第三十三条 接替人员临时离职或者因病暂时不能工作且需要接替或者代理的，会计机构负责人、会计主管人员或者单位领导人必须指定有关人员接替或者代理，并办理交接手续。

临时离职或者因病不能工作的会计人员恢复工作的，应当与接替或者代理人员办理交接手续。

移交人员因病或者其他特殊原因不能亲自办理移交的，经单位领导人批准，可由移交人员委托他人代办移交，但委托人应当承担本法规第三十五条规定的责任。

第三十四条 单位撤销时，必须留有必要的会计人员，会同有关人员办理清理工作，编制决算。未移交前，不得离职。接受单位和移交日期由主管部门确定。

单位合并、分立的，其会计工作交接手续比照上述有关规定办理。

第三十五条 移交人员对所移交的会计凭证、会计账簿、会计报表和其他有关资料的合法性、真实性承担法律责任。

第三章 会计核算

第一节 会计核算的一般要求

第三十六条 各单位应当按照《中华人民共和国会计法》和国家统一的会计制度的规定建立会计账册，进行会计核算，及时提供合法、真实、准确、完整的会计信息。

第三十七条 各单位发生的下列事项，应当及时办理会计手续、进行会计核算：

（一）款项和有价证券的收付；

（二）财物的收发、增减和使用；

（三）债权债务的发生和结算；

（四）资本、基金的增减；

（五）收入、支出、费用、成本的计算；

（六）财务成果的计算和处理；

（七）其他需要办理会计手续、进行会计核算的事项。

第三十八条　各单位的会计核算应当以实际发生的经济业务为依据，按照规定的会计处理方法进行，保证会计指标的口径一致、相互可比和会计处理方法的前后各期相一致。

第三十九条　会计年度自公历 1 月 1 日起自 12 月 31 日止。

第四十条　会计核算以人民币为记账本位币。

业务收支以外币为主的单位，也可以选定某种外国货币作为记账本位币，但编制的会计报表应当折算为人民币反映。

境外单位向国内有关部门编制的会计报表，应当折算为人民币反映。

第四十一条　各单位根据国家统一的会计制度的要求，在不影响会计核算要求、会计报表指标汇总和对外统一会计报表的前提下，可以根据实际情况自行设置和使用会计科目。

事业行政单位会计自立的设置和使用，应当符合国家统一事业行政单位会计制度的规定。

第四十二条　会计凭证、会计账簿、会计报表和其他会计资料的内容和要求必须符合国家统一的会计制度的规定，不得伪造、变造会计凭证、会计账簿，不得设置账外账，不得报送虚假会计报表。

第四十三条　各单位对外报送的会计报表格式由财政部统一规定。

第四十四条　实行会计电算化的单位，对使用的会计软件及其生成的会计凭证、会计账簿、会计报表和其他会计资料的要求，应当符合财政部关于会计电算化的有关规定。

第四十五条　各单位的会计凭证、会计账簿、会计报表和其他会计资料，应当建立档案，妥善保管。会计档案建档要求、保管期限、销毁办法等依据《会计档案管理办法》的规定进行。

实行会计电算化的单位，有关电子数据、会计软件资料等应当作为会计档案进行管理。

第四十六条　会计记录的文字应当使用中文，少数民族自治地区可以同时使用少数民族文字。我国境内的外商投资企业、外国企业和其他外国经济组织也可以同时使用某种外国文字。

第二节　填制会计凭证

第四十七条　各单位办理本规范第三十七条规定的事项，必须取得或者编制原始凭证，并及时送交会计机构。

第四十八条　原始凭证的基本要求如下。

（一）原始凭证的内容必须具备：凭证的名称；填制日期；填制凭证单位名称或者填制人姓名；经办人员的签章或者盖章；接受凭证单位名称；经营业务内容；数量、单位和金额。

（二）从外单位取得的原始凭证，必须盖有填制单位的公章；从个人取得的原始凭证，必须有填制人员的签名或者印章。自制原始凭证必须有经办单位领导人或者其指定人员的签名或者盖章。对外开出的原始凭证，必须加盖本单位公章。

（三）凡填有大写和小写金额的原始凭证，大写与小写金额必须相等。购买实物的原始凭证，必须有验收证明。支付款项的原始凭证，必须有收款单位和收款人的收款证明。

（四）一式几联的原始凭证，应当注明各联的用途，只能以一联作为报销凭证。

一式几联的原始凭证，必须用双面复写纸（发票和收据本身具有复写纸功能的除外）套写，并连续编号。作废时应该加盖"作废"戳记，连同存根一起保存，不得撕毁。

（五）发生销货退回的，除填制退货发票外，还必须有退货验收证明；退款时，必须取得对方的收款收据或者汇款银行的凭证，不得以退货发票代替收据。

（六）职工公出借款凭据，必须附在记账凭证之后。收回借款时，应当另开收据或者退还借据副本，不得退还借款收据。

（七）经上级有关部门批准的经济业务，应当将批准文件作为原始凭证附件。如果批准文件需要单独归档的，应当在凭证上注明批准机关名称、日期和文件字号。

第四十九条　原始凭证不得涂改、挖补。发现原始凭证有错误的，应当由开出的单位重开或者更正，更正处应当加盖开出单位的公章。

第五十条　会计机构、会计人员要根据审核无误的原始凭证填制记账凭证。

记账凭证可以分为收款凭证、付款凭证和转账凭证，也可以通用记账凭证。

第五十一条　记账凭证的基本要求：

（一）记账凭证的内容必须具备：填制凭证的日期；凭证编号；经济业务摘要；会计科目；金额；所附原始凭证张数；填制凭证人员、稽核人员、记账人员、会计机构负责人、会计主管人员签名或者盖章。收款人付款记账凭证还应当由出纳人员签名或者盖章。

以自制的原始凭证或者原始凭证汇总表代替记账凭证的，也必须具备记账凭证应有的项目。

（二）填制记账凭证时，应当对记账凭证进行连续编号。一笔经济业务需要填制两张以上记账凭证的，可以采用分数编号法进行编号。

（三）记账凭证可以根据每一张原始凭证填制，或者根据若干张同类原始凭证汇总填制，也可以根据原始凭证汇总表填制。但不得将不同内容和类别的原始凭证汇总填制在一张记账凭证上。

（四）除结账和更正错误的记账凭证可以不附原始凭证外，其他记账凭证必须附有原始凭证。如果一张原始凭证涉及几张记账凭证的，可以把原始凭证附在一张主要的记账凭证后面，并在其他记账凭证上面注明附有该原始凭证的记账凭证的编号或者附原始凭证复印件。

一张原始凭证所列支的需要几个单位共同负责的，应当把其他单位负担的部分，开给对方原始凭证分割单，进行结算。原始凭证分割单必须具备原始凭证的基本内容：凭证名称、填制凭证日期、填制凭证单位名称或者填制人姓名、经办人的签名或者盖章、接受凭证单位名称、经济业务内容、数量、单价、金额和费用分摊情况等。

（五）如果在填制记账凭证时发生错误，应当重新填制。

已经登记入账的记账凭证，在当年内发现填写错误的，可以用红字填写一张与原内容相同的记账凭证，在摘要栏注明"注销某月某日某号凭证"字样。同时再用蓝字填制一张正确的记账凭证，注明"订正某月某日某号凭证"字样。如果会计科目没有错误的，也可以将正确数字有错误数字之间的差额，另编一张调整的记账凭证，调增金额用蓝字，调减金额用红字。发现以前年度记账凭证有错误的，应当用蓝字填制一张更正的记账凭证。

（六）记账凭证填制完经济业务事项后，如有空行，应当至金额栏最后一笔金额数字下的空行处至合计数上的空格处画线注销。

第五十二条　填制会计凭证，字迹必须清晰、工整、并符合下列要求：

（一）阿拉伯数字应当一个一个的填写，不得写连笔。阿拉伯金额数字前面应当书写货币币种符号或者货币名称简写和币种符号。币种符号和阿拉伯金额数字之间不得留空白。凡阿拉伯数字前写有币种符号的，数字后面不再写货币单位。

（二）所有以元为单位的（其他货币种类货币基本单位，下同）的阿拉伯数字，除表示单价等情况外，一律填写到角分；无角分的，角位和分位可写"00"，或者符号"—"；有角无分的，分位应当写"0"，不得用符号"—"代替。

（三）汉字大写数字金额如零、壹、贰、叁、肆、伍、陆、柒、捌、玖、拾、佰、仟、万、亿等，一律用正楷或者行书体写，不得有〇、一、二、三、四、五、六、七、八、九、十等简化字形代替，不得任意制造简化字。大写金额数字到元或者角为止的，在"元"或者"角"之后应当写"整"字或者"正"字；大写金额数字有分的，分字后面不写"整"字或者"正"字。

（四）大写金额数字前未印明货币名称的，应当加货币名称，货币名称与金额数字之间不得留有空白。

（五）阿拉伯金额数字中间有"0"时，汉字大写金额要写"零"字；阿拉伯数字金额中间连续有几个"0"的，汉字大写金额中间可以只写一个"零"字；阿拉伯金额数字元位是"0"的，或者数字中间连续有几个"0"的、元位也是"0"但角位不是"0"时，汉字大写金额可以只写一个"零"字，也可以不写"零"字。

第五十三条　实行会计电算化的单位，对于机制记账凭证，要认真审核，做到会计科目使用正确，数字准确无误。打印出的机制记账凭证要加盖制单人员、审核人员、记账人员及会计机构负责人、会计主管人员印章或者签字。

第五十四条　各单位会计凭证的传递程序应当科学、合理，具体办法由各单位根据会计业务需要自行规定。

第五十五条　会计机构、会计人员要妥善保管会计凭证。

（一）会计凭证应当及时传递，不得积压。

（二）会计凭证登记完毕后，应当按照分类和编号顺序保管，不得散乱丢失。

（三）记账凭证应当连同所附的原始凭证或者原始凭证汇总表，按照编号顺序，折叠整齐，按期装订成册，并加具封面，注明单位名称、年度、月份和起讫日期、凭证种类、起讫号码，由装订人在装订线封签处签名或者盖章。

对于数量过多的原始凭证，可以单独装订保管，在封面上注明记账凭证日期、编号、种类，同时在记账凭证上注明"附件另订"和原始凭证名称及编号。

各种经济合同、存出保证金收据以及涉外文件等重要原始凭证，应当另编目录，单独登记保管，并在有关的原始凭证和记账凭证上相互注明日期和编号。

（四）原始凭证不得外借，其他单位如因特殊原因需要使用原始凭证时，经本单位会计机构负责人、会计主管人员批准，可以复制。向外单位提供的原始凭证复印件，应当在专设的登记簿上登记，并由提供人员和收取人员共同签名或者盖章。

（五）从外单位取得的原始凭证如有遗失，应当取得开出单位盖有公章的证明，并注明原来凭证的号码、金额和内容等，如果确实无法取得证明的，如火车、轮船、飞机票等凭证，由当事人写出详细情况，代作原始凭证。

第三节　登记会计账簿

第五十六条　各单位应当按照国家统一的会计制度的规定和会计业务的需要设置会计账簿。会计账簿包括总账、明细账、日记账和其他辅助性账簿。

第五十七条　现金日记账和银行存款日记账必须采用订本式账簿，不得用银行对账单或者其他方法代替日记账。

第五十八条　实行会计电算化的单位，用计算机打印的会计账簿必须连续编号，经审核无误后装订成册，并由记账人员和会计机构负责人、会计主管人员签字或者盖章。

第五十九条　启用会计账簿时，应当在账簿封面上写明单位名称和账簿名称。在账簿扉页上应附启用表，内容包括：启用日期、账簿页数、记账人员和会计机构负责人、会计主管人员姓名，并加盖公章或单位公章。记账人员和会计机构负责人、会计主管人员调动工作时，应当注明交接日期、接办人员或者接交人员姓名，并由交接双方人员签名或者盖章。

启用订本式账簿，应当从第一页到最后一页顺序编订页数，不得跳页、缺号。使用活页式账页，应当按账户顺序编号，并需定期装订成册。装订后在按实际使用的账页顺序编定页码。另加目录，记明每个账户的名称和页次。

第六十条　会计人员应当根据审核无误的会计凭证登记会计账簿。登记账簿的基本要求是：

（一）登记会计账簿时，应当将会计凭证日期、编号、业务内容摘要、金额和其他有关资料逐项记入账内，做到数字准确、摘要清楚、登记及时、字迹工整。

（二）登记完毕后，要在记账凭证上签名或者盖章，并注明已经登账的符号，表示已经记账。

（三）账簿中书写的文字和数字上面要留有适当空格，不要写满格，一般应占格距的二分之一。

（四）登记账簿要用蓝黑墨水或者碳素墨水书写，不得使用圆珠笔（银行的复写账簿除外）或者铅笔书写。

（五）下列情况可以用红色墨水记账：

1. 按照红字冲账的记账凭证，冲销错误记录；

2. 在不设借贷等栏的多栏式账页中，登记减少数；

3. 在三栏式账户的余额栏前，如未印明余额方向的，在余额栏内登记负数余额；

4. 根据国家统一的会计制度的规定可以用红字登记的其他会计记录。

（六）各种账簿按页次顺序连续登记，不得跳行、隔页。如发生跳行、隔页，应当将空行、空页划线注销，或者注明"此行空白"、"此页空白"字样，并由记账人员签名或盖章。

（七）需要结出余额的账户，结出余额后，应当在"借或贷"等栏内写明"借"或"贷"等字样。没有余额的账户，应当在"借或贷"等栏内写"平"字样，并在余额栏用"0"表示。

现金日记账和银行存款日记账必须逐日结出余额。

（八）每一账页登记完毕结转下页时，应当结出本月合计数及余额，写在本页最后一行和下页第一行有关栏内，并在摘要栏内注明"过次页"和"承前页"字样；也可以将本页合计数及金额只写在下页第一行有关栏内，并在摘要栏注明"承前页"字样。

对需要结算本月发生额的账户，结计"过次页"的本页合计数应当为自本月初起自本页末止的发生额合计数；对需要结算本年发生额的账户，结计"过次页"的本页合计数应当为自本年初起自本页末止的累计数；对既不需要结算本月发生额也不需要结算本年发生额的账户，可以将每页末的余额结转次页。

第六十一条　实行会计电算化的单位，总账和明细账应当定期打印。

发生收款和付款业务的，在输入收款凭证和付款凭证的当天必须打印出现金日记账和银行存款日记账，并与库存现金核对无误。

第六十二条　账簿记录发生错误，不得涂改、挖补、刮擦或者用药水消除字迹，不准重新抄写，必须按照下列方法进行更改：

（一）登记账簿时发生错误的，应当将错误的文字或者数字划线注销，但必须使原有字迹仍可辨认；然后在划线上方填写正确的文字或者数字，并由记账人员在更正处盖章。对于错误的数字，应当全部划红线更正，不得只更正其中错误的数字。对于文字错误，可只划去错误的部分。

（二）由于记账凭证错误而使账簿记录发生错误，应当按更正的记账凭证登记账簿。

第六十三条　各单位应当定期对会计账簿记录的有关数字与库存实物、货币资金、有价证券、往来单位或个人等进行相互核对，保证账证相符、账账相符、账实相符。对账工作至少每年进行一次。

（一）账证核对。核对会计账簿记录与原始凭证、记账凭证的时间、凭证字号、内容、金额是否一致，记账方向是否相符。

（二）账账核对。对不同会计账簿之间的账簿记录是否相符，包括：总账与有关账户的余额核对，总账与明细账核对，总账与日记账核对，会计部门的财产物资明细账与财产物资保管和使用部门的有关明细账核对等。

（三）账实核对。核对会计账簿记录与财产等实有数额是否相符，包括：现金日记账账面余额与现金实际库存数额相核对；银行存款日记账账面余额定期与银行对账单相核对；各种财务明细账账面余额与财物实存数额相核对；各种应收、应付明细账账面余额与有关债务、债权单位或者个人核对等。

第六十四条 各单位应当按照规定定期结账。

（一）结账前，必须将本期内所发生的各项经济业务全部登记入账。

（二）结账时，应当结出每个账户的期末余额。需要结出当月发生额的，应当在摘要栏内注明"本月合计"字样，并在下面通栏画单红线；需要结出本年累计发生额的，应当在摘要栏内注明"本年累计"字样，并在下面通栏画单红线；十二月末的"本年累计"就是全年累计发生额。全年累计发生额下面通栏画双红线。年度终了结账时，所有总账都应当结出全年发生额和年末余额。

（三）年度终了，要把各账户的余额结转到下一会计年度，并在摘要栏内注明"结转下年"字样；在下一会计年度新建有关会计账簿的第一行余额栏内填写上年结转的余额，并在摘要栏内注明"上年结转"字样。

第四节 编制财务会计报告

第六十五条 各单位必须按照国家统一的会计制度规定，定期编制财务会计报告。

财务报告包括会计报表及其说明。会计报表包括会计报表主表、会计报表附表、会计报表附注。

第六十六条 各单位对外报送的财务报告应当根据国家统一的会计制度规定的格式和要求编制。

单位内部使用的财务报告，其格式和要求各单位自行规定。

第六十七条 会计报表应当根据登记完整、核对无误的会计账簿记录和其他有关资料编制，做到数字真实、计算准确、内容完整、说明清楚。

任何人不得篡改或者授意、指使、强令他人篡改会计报表的有关数字。

第六十八条 会计报表之间、会计报表各项目之间，凡有对应关系的数字，应当相一致。本期会计报表与上期会计报表之间有关的数字应当相互衔接。如果不同会计年度会计报表中各项目的内容和核算方法有变更的，应当在年度会计报表中加以说明。

第六十九条 各单位应当按照国家统一的会计制度的规定认真编写会计报表附注及其说明，做到项目齐全，内容完整。

第七十条 各单位应当按照国家规定的期限内报送财务报告。

对外报送的财务报告，应当依次编定页码，加具封面，装订成册，加盖公章。封面上应当注明：单位名称，单位地址，财务报告所属的年度、季度、月度、送出日期，并由单位领导人、总会计师、会计机构负责人、会计主管人员签名或者盖章。

单位领导人对财务报告的合法性、真实性负法律责任。

第七十一条　根据法律和国家有关规定应当对财务报告进行审计的，财务报告编制单位应当先行委托注册会计师进行审计，并将注册会计师出具的审计报告随同财务报告按照规定的期限报送有关部门。

第七十二条　如果发现对外报送的财务报告有错误的，应当及时办理更正手续。除更正本单位留存的财务报告外，并应同时通知接受财务报告的单位更正。错误较多时，应当重新编制。

第四章　会　计　监　督

第七十三条　各单位的会计机构负责人、会计主管人员对本单位的经济活动进行会计监督。

第七十四条　会计机构、会计人员进行会计监督的依据是：

（一）财经法律、法规、规章；

（二）会计法律、法规和国家统一的会计制度；

（三）各省、自治区、直辖市财政厅（局）和国务院业务主管部门根据《中华人民共和国会计法》和国家统一的会计制度制定的个体实施办法或者补充规定；

（四）各单位根据《中华人民共和国会计法》和国家统一的会计制度制定的单位内部会计管理制度；

（五）各单位内部的预算、财务计划、经济计划、业务计划等。

第七十五条　会计机构、会计人员应当对原始凭证进行审核和监督。

对不真实、不合法的原始凭证，予以退回，要求经办人员更正、补充。

第七十六条　会计机构、会计人员对伪造、变造、故意销毁会计账簿或者账处设账行为的，应当制止和纠正无效的，应当向上级主管单位报告，请求做出处理。

第七十七条　会计机构、会计人员应当对实物、款项进行监督，督促建立并严格执行财产清查制度，发现账簿记录与实物、款项不符时，应当按照国家有关规定进行处理。超出会计机构、会计人员职权范围的，应当立即向本单位领导报告，请求查明原因，作出处理。

第七十八条　会计机构、会计人员对指使、强令编造、篡改财务报告行为，应当制止和纠正；制止和纠正无效的，应当向上级主管单位报告，请求处理。

第七十九条　会计机构、会计人员应当对财务收支进行监督：

（一）对审批手续不全的财务收支，应当退回，要求补充、更正。

（二）对违反规定不纳入单位统一会计核算的财务收支，应当制止和纠正。

（三）对违反国家统一的财政、财务、会计制度规定的财务收支，不予办理。

（四）对认为是违反国家统一的财政、财务、会计制度规定的财务收支，应当制止和纠正；制止或纠正无效的，应当向单位领导人提出书面意见请求处理。

单位领导人应当在接到书面意见起十日内作出书面决议，并对决定承担责任。

（五）对违反国家统一的财政、财务、会计制度规定的财务收支，不予制止和纠正，又不向单位领导人提出书面意见的，也应当承担责任。

（六）对严重违反国家利益和社会公众利益的财务收支，应当向主管单位或者财政、审计、税务机关报告。

第八十条　会计机构、会计人员对违反单位内部会计管理制度的经济活动，应当禁止和纠正；禁止和纠正无效的，向单位领导人报告，请求处理。

第八十一条　会计机构、会计人员应当对单位制定的预算、财务计划、经济计划、业务计划的执行情况进行监督。

第八十二条　各单位必须依照法律和国家有关规定接受财政、审计、税务等机关的监督，如实提供会计凭证、会计账簿、会计报表和其他会计资料以及有关情况，不得拒绝、隐匿、谎报。

第八十三条　按照法律规定应当委托注册会计师进行审计的单位，应当委托注册会计师进行审计，并配合注册会计师的工作，如实提供会计凭证、会计账簿、会计报表和其他会计资料以及有关情况，不得拒绝、隐匿、谎报。不得示意注册会计师出具不当的审计报告。

第五章　内部会计管理制度

第八十四条　各单位应当根据《中华人民共和国会计法》和国家统一的会计制度的规定，结合单位类型和内部管理的需要，建立健全相应的内部会计管理制度。

第八十五条　各单位制定内部会计管理制度应当遵循下列原则：

（一）应当执行法律、法规和国家统一的财务会计制度；

（二）应当体现本单位的生产经营、业务管理的特点和要求；

（三）应当全面规范本单位的各项会计工作，建立健全会计基础，保证会计工作的顺利进行；

（四）应当科学、合理，便于操作和执行；

（五）应当定期检查执行情况；

（六）应当根据管理需要和执行中问题不断完善。

第八十六条　各单位应当建立内部会计管理体系。主要内容包括：单位领导人、总会计师对会计工作的领导职责；会计部门及其会计机构负责人、会计主管人员的职责、权限；会计部门与其他职能部门的关系；会计核算的组织形式等。

第八十七条　各单位应当建立会计人员岗位责任制度。主要内容包括：会计人员的工作岗位设置；各单位工作岗位的职责和标准；各会计工作岗位的人员和具体分工；会计工作岗位轮换办法；对各会计工作岗位的考核办法。

第八十八条　各单位应当建立账务处理程序制度。主要内容包括：会计科目及其明细科目的设置和使用；会计凭证的格式、审核要求和传递程序；会计核算办法；会计账簿的设置；编制会计报表的种类和要求；单位会计指标体系。

第八十九条　单位应当建立内部牵制制度。主要内容包括：内部牵制制度的原则；组织分工；出纳岗位的职责和权限条件；有关岗位的职责和权限。

第九十条　各单位应当建立稽核制度。主要内容包括：稽核工作的组织形式和具体分工；稽核工作的职责、权限；审核会计凭证和复核会计账簿、会计报表的方法。

第九十一条　各单位应当建立原始记录管理制度。主要内容包括：原始记录的内容和方法；原始记录的格式；原始记录的审核；原始记录填制人的责任；原始记录签署、传递、汇集要求。

第九十二条　各单位应当建立定额管理制度。主要内容包括：定额管理的范围；制定和修订定额的依据、程序和方法；定额的执行；定额考核和奖惩办法等。

第九十三条　各单位应当建立计量验收管理制度。主要内容包括：计量检验手段和方法；计量验收管理的要求；计量验收人员的责任和奖惩办法等。

第九十四条　各单位应当建立财产清查制度。主要内容包括：财产清查范围；财产清查的组织；财产清查的期限和方法；财产清查中发现的处理办法；对财产管理人员的奖惩办法。

第九十五条　各单位应当建立财务收支审批制度。主要内容包括：财务收支审批人员和审批权限；财务收支审批程序；财务收支审批人员责任。

第九十六条　实行成本核算的单位应当建立成本核算制度。主要内容包括：成本核算的对象；成本核算的方法和程序；成本分析等。

第九十七条　各单位应当建立财务会计分析制度。主要内容包括：财务会计分析的主要内容；财务会计分析的基本要求和组织程序；财务会计分析的具体方法；财务会计分析报告的编写要求等。

第六章　附　　则

第九十八条　本规范所称国家统一的会计制度，是指由财政部制定，或者财政部与国务院有关部门联合制定，或者经财政部审核批准的在全国范围内统一执行的会计规章、准则、办法等规范性文件。

本规范所称会计主管人员，是指不设置会计机构、只在其他机构中设置专职会计人员的单位行使会计机构负责人职权的人员。

本规范第三章第二节和第三节关于填制会计凭证、登记会计账簿的规定。除特别指出外，一般适用于手工记账。实行会计电算化的单位，填制会计凭证和登记会计账簿的有关要求，应当符合财政部关于会计电算化的有关规定。

第九十九条　各省、自治区、直辖市财政厅（局）、国务院各业务主管部门可以根据本规范的原则，结合本地区、本部门的具体情况，制定具体实施办法，报财政部备案。

第一百条　本规范由财政部负责解释、修改。

第一百零一条　本规范自公布之日起实施。即 1996 年 6 月 17 日起实施，1984 年 4 月 24 日财政部发布的《会计人员工作规则》同时废止。

附录 C
中华人民共和国票据法

2004 年 8 月 28 日第十届全国人民代表大会常务委员会第十一次会议通过

目　录

第一章　总　　则

第一条　为了规范票据行为，保障票据活动中当事人的合法权益，维护社会经济秩序，促进社会主义市场经济的发展，制定本法。

第二条　在中华人民共和国境内的票据活动，适用本法。

本法所称票据，是指汇票、本票和支票。

第三条　票据活动应当遵守法律、行政法规，不得损害社会公共利益。

第四条　票据出票人制作票据，应当按照法定条件在票据上签章，并按照所记载的事项承担票据责任。

持票人行使票据权利，应当按照法定程序在票据上签章，并出示票据。

其他票据债务人在票据上签章的，按照票据所记载的事项承担票据责任。

本法所称票据权利，是指持票人向票据债务人请求支付票据金额的权利，包括付款请求权和追索权。

本法所称票据责任，是指票据债务人向持票人支付票据金额的义务。

第五条 票据当事人可以委托其代理人在票据上签章，并应当在票据上表明其代理关系。

没有代理权而以代理人名义在票据上签章的，应当由签章人承担票据责任；代理人超越代理权限的，应当就其超越权限的部分承担票据责任。

第六条 无民事行为能力人或者限制民事行为能力人在票据上签章的，其签章无效，但是不影响其他签章的效力。

第七条 票据上的签章，为签名、盖章或者签名加盖章。

法人和其他使用票据的单位在票据上的签章，为该法人或者该单位的盖章加其法定代表人或者其授权的代理人的签章。

在票据上的签名，应当为该当事人的本名。

第八条 票据金额以中文大写和数码同时记载，二者必须一致，二者不一致的，票据无效。

第九条 票据上的记载事项必须符合本法的规定。

票据金额、日期、收款人名称不得更改，更改的票据无效。

对票据上的其他记载事项，原记载人可以更改，更改时应当由原记载人签章证明。

第十条 票据的签发、取得和转让，应当遵循诚实信用的原则，具有真实的交易关系和债权债务关系。

票据的取得，必须给付对价，即应当给付票据双方当事人认可的相对应的代价。

第十一条 因税收、继承、赠与可以依法无偿取得票据的，不受给付对价的限制。但是，所享有的票据权利不得优于其前手的权利。

前手是指在票据签章人或者持票人之前签章的其他票据债务人。

第十二条 以欺诈、偷盗或者胁迫等手段取得票据的，或者明知有前列情形，出于恶意取得票据的，不得享有票据权利。

持票人因重大过失取得不符合本法规定的票据的，也不得享有票据权利。

第十三条 票据债务人不得以自己与出票人或者与持票人的前手之间的抗辩事由，对抗持票人。但是，持票人明知存在抗辩事由而取得票据的除外。

票据债务人可以对不履行约定义务的与自己有直接债权债务关系的持票人，进行抗辩。

本法所称抗辩，是指票据债务人根据本法规定对票据债权人拒绝履行义务的行为。

第十四条 票据上的记载事项应当真实，不得伪造、变造。伪造、变造票据上的签章和其他记载事项的，应当承担法律责任。

票据上有伪造、变造的签章的，不影响票据上其他真实签章的效力。

票据上其他记载事项被变造的，在变造之前签章的人，对原记载事项负责；在变造之后签章的人，对变造之后的记载事项负责；不能辨别是在票据被变造之前或者之后签章的，视同在变造之前签章。

第十五条　票据丧失，失票人可以及时通知票据的付款人挂失止付，但是，未记载付款人或者无法确定付款人及其代理付款人的票据除外。

收到挂失止付通知的付款人，应当暂停支付。

失票人应当在通知挂失止付后三日内，也可以在票据丧失后，依法向人民法院申请公示催告，或者向人民法院提起诉讼。

第十六条　持票人对票据债务人行使票据权利，或者保全票据权利，应当在票据当事人的营业场所和营业时间内进行，票据当事人无营业场所的，应当在其住所进行。

第十七条　票据权利在下列期限内不行使而消灭：

（一）持票人对票据的出票人和承兑人的权利，自票据到期日起二年。见票即付的汇票、本票，自出票日起二年；

（二）持票人对支票出票人的权利，自出票日起六个月；

（三）持票人对前手的追索权，自被拒绝承兑或者被拒绝付款之日起六个月；

（四）持票人对前手的再追索权，自清偿日或者被提起诉讼之日起三个月。

票据的出票日、到期日由票据当事人依法确定。

第十八条　持票人因超过票据权利时效或者因票据记载事项欠缺而丧失票据权利的，仍享有民事权利，可以请求出票人或者承兑人返还其与未支付的票据金额相当的利益。

第二章　汇　　票

第一节　出　　票

第十九条　汇票是出票人签发的，委托付款人在见票时或者在指定日期无条件支付确定的金额给收款人或者持票人的票据。

汇票分为银行汇票和商业汇票。

第二十条　出票是指出票人签发票据并将其交付给收款人的票据行为。

第二十一条　汇票的出票人必须与付款人具有真实的委托付款关系，并且具有支付汇票金额的可靠资金来源。

不得签发无对价的汇票用以骗取银行或者其他票据当事人的资金。

第二十二条　汇票必须记载下列事项：

（一）表明"汇票"的字样；

（二）无条件支付的委托；

（三）确定的金额；

（四）付款人名称；

（五）收款人名称；

（六）出票日期；

（七）出票人签章。

汇票上未记载前款规定事项之一的，汇票无效。

第二十三条 汇票上记载付款日期、付款地、出票地等事项的，应当清楚、明确。

汇票上未记载付款日期的，为见票即付。

汇票上未记载付款地的，付款人的营业场所、住所或者经常居住地为付款地。

汇票上未记载出票地的，出票人的营业场所、住所或者经常居住地为出票地。

第二十四条 汇票上可以记载本法规定事项以外的其他出票事项，但是该记载事项不具有汇票上的效力。

第二十五条 付款日期可以按照下列形式之一记载：

（一）见票即付；

（二）定日付款；

（三）出票后定期付款；

（四）见票后定期付款。

前款规定的付款日期为汇票到期日。

第二十六条 出票人签发汇票后，即承担保证该汇票承兑和付款的责任。出票人在汇票得不到承兑或者付款时，应当向持票人清偿本法第七十条、第七十一条规定的金额和费用。

第二节 背　书

第二十七条 持票人可以将汇票权利转让给他人或者将一定的汇票权利授予他人行使。

出票人在汇票上记载"不得转让"字样的，汇票不得转让。

持票人行使第一款规定的权利时，应当背书并交付汇票。

背书是指在票据背面或者粘单上记载有关事项并签章的票据行为。

第二十八条 票据凭证不能满足背书人记载事项的需要，可以加附粘单，粘附于票据凭证上。

粘单上的第一记载人，应当在汇票和粘单的粘接处签章。

第二十九条 背书由背书人签章并记载背书日期。

背书未记载日期的，视为在汇票到期日前背书。

第三十条 汇票以背书转让或者以背书将一定的汇票权利授予他人行使时，必须记载被背书人名称。

第三十一条 以背书转让的汇票，背书应当连续。持票人以背书的连续，证明其汇票权利；非经背书转让，而以其他合法方式取得汇票的，依法举证，证明其汇票权利。

前款所称背书连续，是指在票据转让中，转让汇票的背书人与受让汇票的被背书人在汇票上的签章依次前后衔接。

第三十二条 以背书转让的汇票，后手应当对其直接前手背书的真实性负责。

后手是指在票据签章人之后签章的其他票据债务人。

第三十三条 背书不得附有条件。背书时附有条件的，所附条件不具有汇票上的效力。

将汇票金额的一部分转让的背书或者将汇票金额分别转让给两人以上的背书无效。

第三十四条　背书人在汇票上记载"不得转让"字样，其后手再背书转让的，原背书人对后手的被背书人不承担保证责任。

第三十五条　背书记载"委托收款"字样的，被背书人有权代背书人行使被委托的汇票权利。但是，被背书人不得再以背书转让汇票权利。

汇票可以设定质押；质押时应当以背书记载"质押"字样。被背书人依法实现其质权时，可以行使汇票权利。

第三十六条　汇票被拒绝承兑、被拒绝付款或者超过付款提示期限的，不得背书转让；背书转让的，背书人应当承担汇票责任。

第三十七条　背书人以背书转让汇票后，即承担保证其后手所持汇票承兑和付款的责任。背书人在汇票得不到承兑或者付款时，应当向持票人清偿本法第七十条、第七十一条规定的金额和费用。

第三节　承　　兑

第三十八条　承兑是指汇票付款人承诺在汇票到期日支付汇票金额的票据行为。

第三十九条　定日付款或者出票后定期付款的汇票，持票人应当在汇票到期日前向付款人提示承兑。

提示承兑是指持票人向付款人出示汇票，并要求付款人承诺付款的行为。

第四十条　见票后定期付款的汇票，持票人应当自出票日起一个月内向付款人提示承兑。

汇票未按照规定期限提示承兑的，持票人丧失对其前手的追索权。

见票即付的汇票无须提示承兑。

第四十一条　付款人对向其提示承兑的汇票，应当自收到提示承兑的汇票之日起三日内承兑或者拒绝承兑。

付款人收到持票人提示承兑的汇票时，应当向持票人签发收到汇票的回单。回单上应当记明汇票提示承兑日期并签章。

第四十二条　付款人承兑汇票的，应当在汇票正面记载"承兑"字样和承兑日期并签章；见票后定期付款的汇票，应当在承兑时记载付款日期。

汇票上未记载承兑日期的，以前条第一款规定期限的最后一日为承兑日期。

第四十三条　付款人承兑汇票，不得附有条件；承兑附有条件的，视为拒绝承兑。

第四十四条　付款人承兑汇票后，应当承担到期付款的责任。

第四节　保　　证

第四十五条　汇票的债务可以由保证人承担保证责任。

保证人由汇票债务人以外的他人担当。

第四十六条　保证人必须在汇票或者粘单上记载下列事项：

（一）表明"保证"的字样；

（二）保证人名称和住所；

（三）被保证人的名称；

（四）保证日期；

（五）保证人签章。

第四十七条 保证人在汇票或者粘单上未记载前条第（三）项的，已承兑的汇票，承兑人为被保证人；未承兑的汇票，出票人为被保证人。

保证人在汇票或者粘单上未记载前条第（四）项的，出票日期为保证日期。

第四十八条 保证不得附有条件；附有条件的，不影响对汇票的保证责任。

第四十九条 保证人对合法取得汇票的持票人所享有的汇票权利，承担保证责任。但是，被保证人的债务因汇票记载事项欠缺而无效的除外。

第五十条 被保证的汇票，保证人应当与被保证人对持票人承担连带责任。汇票到期后得不到付款的，持票人有权向保证人请求付款，保证人应当足额付款。

第五十一条 保证人为两人以上的，保证人之间承担连带责任。

第五十二条 保证人清偿汇票债务后，可以行使持票人对被保证人及其前手的追索权。

第五节 付　　款

第五十三条 持票人应当按照下列期限提示付款：

（一）见票即付的汇票，自出票日起一个月内向付款人提示付款；

（二）定日付款、出票后定期付款或者见票后定期付款的汇票，自到期日起十日内向承兑人提示付款。

持票人未按照前款规定期限提示付款的，在作出说明后，承兑人或者付款人仍应当继续对持票人承担付款责任。

通过委托收款银行或者通过票据交换系统向付款人提示付款的，视同持票人提示付款。

第五十四条 持票人依照前条规定提示付款的，付款人必须在当日足额付款。

第五十五条 持票人获得付款的，应当在汇票上签收，并将汇票交给付款人。持票人委托银行收款的，受委托的银行将代收的汇票金额转账收入持票人账户，视同签收。

第五十六条 持票人委托的收款银行的责任，限于按照汇票上记载事项将汇票金额转入持票人账户。

付款人委托的付款银行的责任，限于按照汇票上记载事项从付款人账户支付汇票金额。

第五十七条 付款人及其代理付款人付款时，应当审查汇票背书的连续，并审查提示付款人的合法身份证明或者有效证件。

付款人及其代理付款人以恶意或者有重大过失付款的，应当自行承担责任。

第五十八条 对定日付款、出票后定期付款或者见票后定期付款的汇票，付款人在到期日前付款的，由付款人自行承担所产生的责任。

第五十九条 汇票金额为外币的，按照付款日的市场汇价，以人民币支付。

汇票当事人对汇票支付的货币种类另有约定的，从其约定。

第六十条　付款人依法足额付款后，全体汇票债务人的责任解除。

第六节　追　索　权

第六十一条　汇票到期被拒绝付款的，持票人可以对背书人、出票人以及汇票的其他债务人行使追索权。

汇票到期日前，有下列情形之一的，持票人也可以行使追索权：

（一）汇票被拒绝承兑的；

（二）承兑人或者付款人死亡、逃匿的；

（三）承兑人或者付款人被依法宣告破产的或者因违法被责令终止业务活动的。

第六十二条　持票人行使追索权时，应当提供被拒绝承兑或者被拒绝付款的有关证明。

持票人提示承兑或者提示付款被拒绝的，承兑人或者付款人必须出具拒绝证明，或者出具退票理由书。未出具拒绝证明或者退票理由书的，应当承担由此产生的民事责任。

第六十三条　持票人因承兑人或者付款人死亡、逃匿或者其他原因，不能取得拒绝证明的，可以依法取得其他有关证明。

第六十四条　承兑人或者付款人被人民法院依法宣告破产的，人民法院的有关司法文书具有拒绝证明的效力。

承兑人或者付款人因违法被责令终止业务活动的，有关行政主管部门的处罚决定具有拒绝证明的效力。

第六十五条　持票人不能出示拒绝证明、退票理由书或者未按照规定期限提供其他合法证明的，丧失对其前手的追索权。但是，承兑人或者付款人仍应当对持票人承担责任。

第六十六条　持票人应当自收到被拒绝承兑或者被拒绝付款的有关证明之日起三日内，将被拒绝事由书面通知其前手；其前手应当自收到通知之日起三日内书面通知其再前手。持票人也可以同时向各汇票债务人发出书面通知。

未按照前款规定期限通知的，持票人仍可以行使追索权。因延期通知给其前手或者出票人造成损失的，由没有按照规定期限通知的汇票当事人，承担对该损失的赔偿责任，但是所赔偿的金额以汇票金额为限。

在规定期限内将通知按照法定地址或者约定的地址邮寄的，视为已经发出通知。

第六十七条　依照前条第一款所作的书面通知，应当记明汇票的主要记载事项，并说明该汇票已被退票。

第六十八条　汇票的出票人、背书人、承兑人和保证人对持票人承担连带责任。

持票人可以不按照汇票债务人的先后顺序，对其中任何一人、数人或者全体行使追索权。

持票人对汇票债务人中的一人或者数人已经进行追索的，对其他汇票债务人仍可以行使追索权。被追索人清偿债务后，与持票人享有同一权利。

第六十九条　持票人为出票人的，对其前手无追索权。持票人为背书人的，对其后手无追索权。

第七十条　持票人行使追索权，可以请求被追索人支付下列金额和费用：

（一）被拒绝付款的汇票金额；

（二）汇票金额自到期日或者提示付款日起至清偿日止，按照中国人民银行规定的利率计算的利息；

（三）取得有关拒绝证明和发出通知书的费用。

被追索人清偿债务时，持票人应当交出汇票和有关拒绝证明，并出具所收到利息和费用的收据。

第七十一条　被追索人依照前条规定清偿后，可以向其他汇票债务人行使再追索权，请求其他汇票债务人支付下列金额和费用：

（一）已清偿的全部金额；

（二）前项金额自清偿日起至再追索清偿日止，按照中国人民银行规定的利率计算的利息；

（三）发出通知书的费用。

行使再追索权的被追索人获得清偿时，应当交出汇票和有关拒绝证明，并出具所收到利息和费用的收据。

第七十二条　被追索人依照前二条规定清偿债务后，其责任解除。

第三章　本　票

第七十三条　本票是出票人签发的，承诺自己在见票时无条件支付确定的金额给收款人或者持票人的票据。

本法所称本票，是指银行本票。

第七十四条　本票的出票人必须具有支付本票金额的可靠资金来源，并保证支付。

第七十五条　本票必须记载下列事项：

（一）表明"本票"的字样；

（二）无条件支付的承诺；

（三）确定的金额；

（四）收款人名称；

（五）出票日期；

（六）出票人签章。

本票上未记载前款规定事项之一的，本票无效。

第七十六条　本票上记载付款地、出票地等事项的，应当清楚、明确。

本票上未记载付款地的，出票人的营业场所为付款地。

本票上未记载出票地的，出票人的营业场所为出票地。

第七十七条　本票的出票人在持票人提示见票时，必须承担付款的责任。

第七十八条　本票自出票日起，付款期限最长不得超过两个月。

第七十九条　本票的持票人未按照规定期限提示见票的，丧失对出票人以外的前手的追索权。

第八十条　本票的背书、保证、付款行为和追索权的行使，除本章规定外，适用本法第二章有关汇票的规定。

本票的出票行为，除本章规定外，适用本法第二十四条关于汇票的规定。

第四章　支　　票

第八十一条　支票是出票人签发的，委托办理支票存款业务的银行或者其他金融机构在见票时无条件支付确定的金额给收款人或者持票人的票据。

第八十二条　开立支票存款账户，申请人必须使用其本名，并提交证明其身份的合法证件。

开立支票存款账户和领用支票，应当有可靠的资信，并存入一定的资金。

开立支票存款账户，申请人应当预留其本名的签名式样和印鉴。

第八十三条　支票可以支取现金，也可以转账，用于转账时，应当在支票正面注明。

支票中专门用于支取现金的，可以另行制作现金支票，现金支票只能用于支取现金。

支票中专门用于转账的，可以另行制作转账支票，转账支票只能用于转账，不得支取现金。

第八十四条　支票必须记载下列事项：

（一）表明"支票"的字样；

（二）无条件支付的委托；

（三）确定的金额；

（四）付款人名称；

（五）出票日期；

（六）出票人签章。

支票上未记载前款规定事项之一的，支票无效。

第八十五条　支票上的金额可以由出票人授权补记，未补记前的支票，不得使用。

第八十六条　支票上未记载收款人名称的，经出票人授权，可以补记。

支票上未记载付款地的，付款人的营业场所为付款地。

支票上未记载出票地的，出票人的营业场所、住所或者经常居住地为出票地。

出票人可以在支票上记载自己为收款人。

第八十七条　支票的出票人所签发的支票金额不得超过其付款时在付款人处实有的存款金额。

出票人签发的支票金额超过其付款时在付款人处实有的存款金额的，为空头支票。禁止签发空头支票。

第八十八条　支票的出票人不得签发与其预留本名的签名式样或者印鉴不符的支票。

第八十九条 出票人必须按照签发的支票金额承担保证向该持票人付款的责任。

出票人在付款人处的存款足以支付支票金额时，付款人应当在当日足额付款。

第九十条 支票限于见票即付，不得另行记载付款日期。另行记载付款日期的，该记载无效。

第九十一条 支票的持票人应当自出票日起十日内提示付款；异地使用的支票，其提示付款的期限由中国人民银行另行规定。

超过提示付款期限的，付款人可以不予付款；付款人不予付款的，出票人仍应当对持票人承担票据责任。

第九十二条 付款人依法支付支票金额的，对出票人不再承担受委托付款的责任，对持票人不再承担付款的责任。但是，付款人以恶意或者有重大过失付款的除外。

第九十三条 支票的背书、付款行为和追索权的行使，除本章规定外，适用本法第二章有关汇票的规定。

支票的出票行为，除本章规定外，适用本法第二十四条、第二十六条关于汇票的规定。

第五章　涉外票据的法律适用

第九十四条 涉外票据的法律适用，依照本章的规定确定。

前款所称涉外票据，是指出票、背书、承兑、保证、付款等行为中，既有发生在中华人民共和国境内又有发生在中华人民共和国境外的票据。

第九十五条 中华人民共和国缔结或者参加的国际条约同本法有不同规定的，适用国际条约的规定。但是，中华人民共和国声明保留的条款除外。

本法和中华人民共和国缔结或者参加的国际条约没有规定的，可以适用国际惯例。

第九十六条 票据债务人的民事行为能力，适用其本国法律。票据债务人的民事行为能力，依照其本国法律为无民事行为能力或者为限制民事行为能力而依照行为地法律为完全民事行为能力的，适用行为地法律。

第九十七条 汇票、本票出票时的记载事项，适用出票地法律。

支票出票时的记载事项，适用出票地法律，经当事人协议，也可以适用付款地法律。

第九十八条 票据的背书、承兑、付款和保证行为，适用行为地法律。

第九十九条 票据追索权的行使期限，适用出票地法律。

第一百条 票据的提示期限、有关拒绝证明的方式、出具拒绝证明的期限，适用付款地法律。

第一百零一条 票据丧失时，失票人请求保全票据权利的程序，适用付款地法律。

第六章　法　律　责　任

第一百零二条 有下列票据欺诈行为之一的，依法追究刑事责任：

（一）伪造、变造票据的；

（二）故意使用伪造、变造的票据的；

（三）签发空头支票或者故意签发与其预留的本名的签名式样或者印鉴不符的支票，骗取财物的；

（四）签发无可靠资金来源的汇票、本票，骗取资金的；

（五）汇票、本票的出票人在出票时作虚假记载，骗取财物的；

（六）冒用他人的票据，或者故意使用过期或者作废的票据，骗取财物的；

（七）付款人同出票人、持票人恶意串通，实施前六项所列行为之一的。

第一百零三条　有前条所列行为之一，情节轻微，不构成犯罪的，依照国家有关规定给予行政处罚。

第一百零四条　金融机构工作人员在票据业务中玩忽职守，对违反本法规定的票据予以承兑、付款或者保证的，给予处分；造成重大损失，构成犯罪的，依法追究刑事责任。

由于金融机构工作人员因前款行为给当事人造成损失的，由该金融机构和直接责任人员依法承担赔偿责任。

第一百零五条　票据的付款人对见票即付或者到期的票据，故意压票，拖延支付的，由金融行政管理部门处以罚款，对直接责任人员给予处分。

票据的付款人故意压票，拖延支付，给持票人造成损失的，依法承担赔偿责任。

第一百零六条　依照本法规定承担赔偿责任以外的其他违反本法规定的行为，给他人造成损失的，应当依法承担民事责任。

第七章　附　　则

第一百零七条　本法规定的各项期限的计算，适用民法通则关于计算期间的规定。

按月计算期限的，按到期月的对日计算；无对日的，月末日为到期日。

第一百零八条　汇票、本票、支票的格式应当统一。

票据凭证的格式和印制管理办法，由中国人民银行规定。

第一百零九条　票据管理的具体实施办法，由中国人民银行依照本法制定，报国务院批准后施行。

第一百一十条　本法自 1996 年 1 月 1 日起施行。

附录 D
中华人民共和国税收征收管理法

2001 年 4 月 28 日第九届全国人民代表大会常务委员会第二十一次会议修订

目 录

第一章 总 则

第一条 为了加强税收征收管理，规范税收征收和缴纳行为，保障国家税收收入，保护纳税人合法权益，促进经济和社会发展，制定本法。

第二条 凡依法由税务机关征收的各种税收的征收管理，均适用本法。

第三条 税收的开征、停征以及减税、免税、退税、补税，依照法律的规定执行；法律授权国务院规定的，依照国务院制定的行政法规的规定执行。任何机关、单位和个人不得违反法律、行政法规的规定，擅自作出税收开征、停征以及减税、免税、退税、补税和其他与税收法律、行政法规相抵触的决定。

第四条 法律、行政法规规定负有纳税义务的单位和个人为纳税人。法律、行政法规规定负有代扣代缴、代收代缴税款义务的单位和个人为扣缴义务人。纳税人、扣缴义务人必须依照法律、行政法规的规定缴纳税款、代扣代缴、代收代缴税款。

第五条 国务院税务主管部门主管全国税收征收管理工作。各地国家税务局和地方税务局应当按照国务院规定的税收征收管理范围分别进行征收管理。地方各级人民政府应当依法加强对本行政区域内税收征收管理工作的领导或者协调，支持税务机关依法执行职务、依照法定税率计算税额，依法征收税款。各有关部门和单位应当支持、协助税务机关依法执行职务。税务机关依法执行职务，任何单位和个人不得阻挠。

　　第六条　国家有计划地用现代信息技术装备各级税务机关，加强税收征收管理信息系统的现代化建设，建立、健全税务机关与政府其他管理机关的信息共享制度。纳税人、扣缴义务人和其他有关单位应当按照国家有关规定如实向税务机关提供与纳税和代扣代缴、代收代缴税款有关的信息。

　　第七条　税务机关应当广泛宣传税收法律、行政法规，普及纳税知识，无偿地为纳税人提供纳税咨询服务。

　　第八条　纳税人、扣缴义务人有权向税务机关了解国家税收法律、行政法规、政策的规定以及与纳税程序有关的情况。纳税人、扣缴义务人有权要求税务机关为纳税人、扣缴义务人的情况保密。税务机关应当依法为纳税人、扣缴义务人的情况保密。纳税人依法享有申请减税、免税、退税的权利。纳税人、扣缴义务人对税务机关所作出的决定，享有陈述权、申辩权；依法享有申请行政复议、提起行政诉讼、请求国家赔偿等权利。纳税人、扣缴义务人有权控告和检举税务机关、税务人员的违法违纪行为。

　　第九条　税务机关应当加强队伍建设，提高税务人员的政治业务素质。税务机关、税务人员必须秉公执法、忠于职守、清正廉洁、礼貌待人、文明服务，尊重和保护纳税人、扣缴义务人的权利，依法接受监督。税务人员不得索贿受贿、徇私舞弊、玩忽职守、不征或者少征应征税款；不得滥用职权多征税款或者故意刁难纳税人和扣缴义务人。

　　第十条　各级税务机关应当建立、健全内部制约和监督管理制度。上级税务机关应当对下级税务机关的执法活动依法进行监督。各级税务机关应当对其工作人员执行法律、行政法规和廉洁自律准则的情况进行监督检查。

　　第十一条　税务机关负责征收、管理、稽查、行政复议人员的职责应当明确，并相互分离、相互制约。

　　第十二条　税务人员征收税款和查处税收违法案件，与纳税人、扣缴义务人或者税收违法案件有利害关系的，应当回避。

　　第十三条　任何单位和个人都有权检举违反税收法律、行政法规的行为。收到检举的机关和负责查处的机关应当为检举人保密。税务机关应当按照规定给予奖励。

　　第十四条　本法所称税务机关是指各级税务局、税务分局、税务所和按照国务院规定设立的并向社会公告的税务机构。

第二章　税　务　管　理

第一节　税　务　登　记

　　第十五条　企业，企业在外地设立的分支机构和从事生产、经营的场所，个体工商户和从事生产、经营的事业单位（以下统称从事生产、经营的纳税人）自领取营业执照之日起三十日内，持有关证件，向税务机关申报办理税务登记。税务机关应当自收到申报之日起三十日内审核并发给税务登记证件。工商行政管理机关应当将办理登记注册、核发营业执照的情况，定期向税务机关通报。本条第一款规定以外的纳税人办理税务登记和扣缴义务人办理扣缴税款登记的范围和办法，由国务院规定。

第十六条 从事生产、经营的纳税人，税务登记内容发生变化的，自工商行政管理机关办理变更登记之日起三十日内或者在向工商行政管理机关申请办理注销登记之前，持有关证件向税务机关申报办理变更或者注销税务登记。

第十七条 从事生产、经营的纳税人应当按照国家有关规定，持税务登记证件，在银行或者其他金融机构开立基本存款账户和其他存款账户，并将其全部账号向税务机关报告。银行和其他金融机构应当在从事生产、经营的纳税人的账户中登录税务登记证件号码，并在税务登记证件中登录从事生产、经营的纳税人的账户账号。税务机关依法查询从事生产、经营的纳税人开立账户的情况时，有关银行和其他金融机构应当予以协助。

第十八条 纳税人按照国务院税务主管部门的规定使用税务登记证件。税务登记证件不得转借、涂改、损毁、买卖或者伪造。

第二节 账簿、凭证管理

第十九条 纳税人、扣缴义务人按照有关法律、行政法规和国务院财政、税务主管部门的规定设置账簿，根据合法、有效凭证记账，进行核算。

第二十条 从事生产、经营的纳税人的财务、会计制度或者财务、会计处理办法和会计核算软件，应当报送税务机关备案。纳税人、扣缴义务人的财务、会计制度或者财务、会计处理办法与国务院或者国务院财政、税务主管部门有关税收的规定抵触的，依照国务院或者国务院财政、税务主管部门有关税收的规定计算应纳税款、代扣代缴和代收代缴税款。

第二十一条 税务机关是发票的主管机关，负责发票印制、领购、开具、取得、保管、缴销的管理和监督。单位、个人在购销商品、提供或者接受经营服务以及从事其他经营活动中，应当按照规定开具、使用、取得发票。发票的管理办法由国务院规定。

第二十二条 增值税专用发票由国务院税务主管部门指定的企业印制；其他发票，按照国务院税务主管部门的规定，分别由省、自治区、直辖市国家税务局、地方税务局指定企业印制。未经前款规定的税务机关指定，不得印制发票。

第二十三条 国家根据税收征收管理的需要，积极推广使用税控装置。纳税人应当按照规定安装、使用税控装置，不得损毁或者擅自改动税控装置。

第二十四条 从事生产、经营的纳税人、扣缴义务人必须按照国务院财政、税务主管部门规定的保管期限保管账簿、记账凭证、完税凭证及其他有关资料。账簿、记账凭证、完税凭证及其他有关资料不得伪造、变造或者擅自损毁。

第三节 纳税申报

第二十五条 纳税人必须依照法律、行政法规规定或者税务机关依照法律、行政法规的规定确定的申报期限、申报内容如实办理纳税申报，报送纳税申报表、财务会计报表以及税务机关根据实际需要要求纳税人报送的其他纳税资料。扣缴义务人必须依照法律、行政法规规定或者税务机关依照法律、行政法规的规定确定的申报期限、申报内容如实报送代扣代缴、代收代缴税款报告表以及税务机关根据实际需要要求扣缴义务人报送的其他有关资料。

第二十六条　纳税人、扣缴义务人可以直接到税务机关办理纳税申报或者报送代扣代缴、代收代缴税款报告表，也可以按照规定采取邮寄、数据电文或者其他方式办理上述申报、报送事项。

第二十七条　纳税人、扣缴义务人不能按期办理纳税申报或者报送代扣代缴、代收代缴税款报告表的，经税务机关核准，可以延期申报。经核准延期办理前款规定的申报、报送事项的，应当在纳税期内按照上期实际缴纳的税额或者税务机关核定的税额预缴税款，并在核准的延期内办理税款结算。

第三章　税款征收

第二十八条　税务机关依照法律、行政法规的规定征收税款，不得违反法律、行政法规的规定开征、停征、多征、少征、提前征收、延缓征收或者摊派税款。农业税应纳税额按照法律、行政法规的规定核定。

第二十九条　除税务机关、税务人员以及经税务机关依照法律、行政法规委托的单位和人员外，任何单位和个人不得进行税款征收活动。

第三十条　扣缴义务人依照法律、行政法规的规定履行代扣、代收税款的义务。对法律、行政法规没有规定负有代扣、代收税款义务的单位和个人，税务机关不得要求其履行代扣、代收税款义务。扣缴义务人依法履行代扣、代收税款义务时，纳税人不得拒绝。纳税人拒绝的，扣缴义务人应当及时报告税务机关处理。税务机关按照规定付给扣缴义务人代扣、代收手续费。

第三十一条　纳税人、扣缴义务人按照法律、行政法规规定或者税务机关依照法律、行政法规的规定确定的期限，缴纳或者解缴税款。纳税人因有特殊困难，不能按期缴纳税款的，经省、自治区、直辖市国家税务局、地方税务局批准，可以延期缴纳税款，但是最长不得超过三个月。

第三十二条　纳税人未按照规定期限缴纳税款的，扣缴义务人未按照规定期限解缴税款的，税务机关除责令限期缴纳外，从滞纳税款之日起，按日加收滞纳税款万分之五的滞纳金。

第三十三条　纳税人可以依照法律、行政法规的规定书面申请减税、免税。减税、免税的申请须经法律、行政法规规定的减税、免税审查批准机关审批。地方各级人民政府、各级人民政府主管部门、单位和个人违反法律、行政法规规定，擅自作出的减税、免税决定无效，税务机关不得执行，并向上级税务机关报告。

第三十四条　税务机关征收税款时，必须给纳税人开具完税凭证。扣缴义务人代扣、代收税款时，纳税人要求扣缴义务人开具代扣、代收税款凭证的，扣缴义务人应当开具。

第三十五条　纳税人有下列情形之一的，税务机关有权核定其应纳税额：（一）依照法律、行政法规的规定可以不设置账簿的；（二）依照法律、行政法规的规定应当设置但未设置账簿的；（三）擅自销毁账簿的或者拒不提供纳税资料的；（四）虽设置账簿，但账目混乱或者成本资料、收入凭证、费用凭证残缺不全，难以查账的；（五）发生纳税义务，未按照规定的期限办理纳税申报，经税务机关责令限期申报，逾期仍不申报的；（六）纳税人申报的计税依据明显偏低，又无正当理由的。税务机关核定应纳税额的具体程序和方法由国务院税务主管部门规定。

第三十六条 企业或者外国企业在我国境内设立的从事生产、经营的机构、场所与其关联企业之间的业务往来，应当按照独立企业之间的业务往来收取或者支付价款、费用；不按照独立企业之间的业务往来收取或者支付价款、费用，而减少其应纳税的收入或者所得额的，税务机关有权进行合理调整。

第三十七条 对未按照规定办理税务登记的从事生产、经营的纳税人以及临时从事经营的纳税人，由税务机关核定其应纳税额，责令缴纳；不缴纳的，税务机关可以扣押其价值相当于应纳税款的商品、货物。扣押后缴纳应纳税款的，税务机关必须立即解除扣押，并归还所扣押的商品、货物；扣押后仍不缴纳税款的，经县以上税务局（分局）局长批准，依法拍卖或者变卖所扣押的商品、货物，以拍卖或者变卖所得抵缴税款。

第三十八条 税务机关有根据认为从事生产、经营的纳税人有逃避纳税义务行为的，可以在规定的纳税期之前，责令限期缴纳应纳税款；在限期内发现纳税人有明显的转移、隐匿其应纳税的商品、货物以及其他财产或者应纳税的收入的迹象的，税务机关可以责成纳税人提供纳税担保。如果纳税人不能提供纳税担保，经县以上税务局（分局）局长批准，税务机关可以采取下列税收保全措施：（一）书面通知纳税人开户银行或者其他金融机构冻结纳税人的金额相当于应纳税款的存款；（二）扣押、查封纳税人的价值相当于应纳税款的商品、货物或者其他财产。纳税人在前款规定的限期内缴纳税款的，税务机关必须立即解除税收保全措施；限期期满仍未缴纳税款的，经县以上税务局（分局）局长批准，税务机关可以书面通知纳税人开户银行或者其他金融机构从其冻结的存款中扣缴税款，或者依法拍卖或者变卖所扣押、查封的商品、货物或者其他财产，以拍卖或者变卖所得抵缴税款。个人及其所扶养家属维持生活必需的住房和用品，不在税收保全措施的范围之内。

第三十九条 纳税人在限期内已缴纳税款，税务机关未立即解除税收保全措施，使纳税人的合法利益遭受损失的，税务机关应当承担赔偿责任。

第四十条 从事生产、经营的纳税人、扣缴义务人未按照规定的期限缴纳或者解缴税款，纳税担保人未按照规定的期限缴纳所担保的税款，由税务机关责令限期缴纳，逾期仍未缴纳的，经县以上税务局（分局）局长批准，税务机关可以采取下列强制执行措施：（一）书面通知其开户银行或者其他金融机构从其存款中扣缴税款；（二）扣押、查封、依法拍卖或者变卖其价值相当于应纳税款的商品、货物或者其他财产，以拍卖或者变卖所得抵缴税款。税务机关采取强制执行措施时，对前款所列纳税人、扣缴义务人、纳税担保人未缴纳的滞纳金同时强制执行。个人及其所扶养家属维持生活必需的住房和用品，不在强制执行措施的范围之内。

第四十一条　本法第三十七条、第三十八条、第四十条规定的采取税收保全措施、强制执行措施的权力，不得由法定的税务机关以外的单位和个人行使。

第四十二条　税务机关采取税收保全措施和强制执行措施必须依照法定权限和法定程序，不得查封、扣押纳税人个人及其所扶养家属维持生活必需的住房和用品。

第四十三条　税务机关滥用职权违法采取税收保全措施、强制执行措施，或者采取税收保全措施、强制执行措施不当，使纳税人、扣缴义务人或者纳税担保人的合法权益遭受损失的，应当依法承担赔偿责任。

第四十四条　欠缴税款的纳税人或者他的法定代表人需要出境的，应当在出境前向税务机关结清应纳税款、滞纳金或者提供担保。未结清税款、滞纳金，又不提供担保的，税务机关可以通知出境管理机关阻止其出境。

第四十五条　税务机关征收税款，税收优先于无担保债权，法律另有规定的除外；纳税人欠缴的税款发生在纳税人以其财产设定抵押、质押或者纳税人的财产被留置之前的，税收应当先于抵押权、质权、留置权执行。纳税人欠缴税款，同时又被行政机关决定处以罚款、没收违法所得的，税收优先于罚款、没收违法所得。税务机关应当对纳税人欠缴税款的情况定期予以公告。

第四十六条　纳税人有欠税情形而以其财产设定抵押、质押的，应当向抵押权人、质权人说明其欠税情况。抵押权人、质权人可以请求税务机关提供有关的欠税情况。

第四十七条　税务机关扣押商品、货物或者其他财产时，必须开付收据；查封商品、货物或者其他财产时，必须开付清单。

第四十八条　纳税人有合并、分立情形的，应当向税务机关报告，并依法缴清税款。纳税人合并时未缴清税款的，应当由合并后的纳税人继续履行未履行的纳税义务；纳税人分立时未缴清税款的，分立后的纳税人对未履行纳税义务应当承担连带责任。

第四十九条　欠缴税款数额较大的纳税人在处分其不动产或者大额资产之前，应当向税务机关报告。

第五十条　欠缴税款的纳税人因怠于行使到期债权，或者放弃到期债权，或者无偿转让财产，或者以明显不合理的低价转让财产而受让人知道该情形，对国家税收造成损害的，税务机关可以依照合同法第七十三条、第七十四条的规定行使代位权、撤销权。税务机关依照前款规定行使代位权、撤销权的，不免除欠缴税款的纳税人尚未履行的纳税义务和应承担的法律责任。

第五十一条　纳税人超过应纳税额缴纳的税款，税务机关发现后应当立即退还；纳税人自结算缴纳税款之日起三年内发现的，可以向税务机关要求退还多缴的税款并加算银行同期存款利息，税务机关及时查实后应当立即退还；涉及从国库中退库的，依照法律、行政法规有关国库管理的规定退还。

第五十二条　因税务机关的责任，致使纳税人、扣缴义务人未缴或者少缴税款的，税务机关在三年内可以要求纳税人、扣缴义务人补缴税款，但是不得加收滞纳金。因纳税人、扣缴义务人计算错误等失误，未缴或者少缴税款的，税务机关在三年内可以追征税款、滞纳金；有特殊情况的，追征期可以延长到五年。对偷税、抗税、骗税的，税务机关追征其未缴或者少缴的税款、滞纳金或者所骗取的税款，不受前款规定期限的限制。

第五十三条　国家税务局和地方税务局应当按照国家规定的税收征收管理范围和税款入库预算级次，将征收的税款缴入国库。对审计机关、财政机关依法查出的税收违法行为，税务机关应当根据有关机关的决定、意见书，依法将应收的税款、滞纳金按税款入库预算级次缴入国库，并将结果及时回复有关机关。

第四章　税　务　检　查

第五十四条　税务机关有权进行下列税务检查：（一）检查纳税人的账簿、记账凭证、报表和有关资料，检查扣缴义务人代扣代缴、代收代缴税款账簿、记账凭证和有关资料；（二）到纳税人的生产、经营场所和货物存放地检查纳税人应纳税的商品、货物或者其他财产，检查扣缴义务人与代扣代缴、代收代缴税款有关的经营情况；（三）责成纳税人、扣缴义务人提供与纳税或者代扣代缴、代收代缴税款有关的文件、证明材料和有关资料；（四）询问纳税人、扣缴义务人与纳税或者代扣代缴、代收代缴税款有关的问题和情况；（五）到车站、码头、机场、邮政企业及其分支机构检查纳税人托运、邮寄应纳税商品、货物或者其他财产的有关单据、凭证和有关资料；（六）经县以上税务局（分局）局长批准，凭全国统一格式的检查存款账户许可证明，查询从事生产、经营的纳税人、扣缴义务人在银行或者其他金融机构的存款账户。税务机关在调查税收违法案件时，经设区的市、自治州以上税务局（分局）局长批准，可以查询案件涉嫌人员的储蓄存款。税务机关查询所获得的资料，不得用于税收以外的用途。

第五十五条　税务机关对从事生产、经营的纳税人以前纳税期的纳税情况依法进行税务检查时，发现纳税人有逃避纳税义务行为，并有明显的转移、隐匿其应纳税的商品、货物以及其他财产或者应纳税的收入的迹象的，可以按照本法规定的批准权限采取税收保全措施或者强制执行措施。

第五十六条　纳税人、扣缴义务人必须接受税务机关依法进行的税务检查，如实反映情况，提供有关资料，不得拒绝、隐瞒。

第五十七条　税务机关依法进行税务检查时，有权向有关单位和个人调查纳税人、扣缴义务人和其他当事人与纳税或者代扣代缴、代收代缴税款有关的情况，有关单位和个人有义务向税务机关如实提供有关资料及证明材料。

第五十八条　税务机关调查税务违法案件时，对与案件有关的情况和资料，可以记录、录音、录像、照相和复制。

第五十九条　税务机关派出的人员进行税务检查时，应当出示税务检查证和税务检查通知书，并有责任为被检查人保守秘密；未出示税务检查证和税务检查通知书的，被检查人有权拒绝检查。

第五章　法律责任

第六十条　纳税人有下列行为之一的，由税务机关责令限期改正，可以处二千元以下的罚款；情节严重的，处二千元以上一万元以下的罚款：（一）未按照规定的期限申报办理税务登记、变更或者注销登记的；（二）未按照规定设置、保管账簿或者保管记账凭证和有关资料的；（三）未按照规定将财务、会计制度或者财务、会计处理办法和会计核算软件报送税务机关备查的；（四）未按照规定将其全部银行账号向税务机关报告的；（五）未按照规定安装、使用税控装置，或者损毁或者擅自改动税控装置的。纳税人不办理税务登记的，由税务机关责令限期改正；逾期不改正的，经税务机关提请，由工商行政管理机关吊销其营业执照。纳税人未按照规定使用税务登记证件，或者转借、涂改、损毁、买卖、伪造税务登记证件的，处二千元以上一万元以下的罚款；情节严重的，处一万元以上五万元以下的罚款。

第六十一条　扣缴义务人未按照规定设置、保管代扣代缴、代收代缴税款账簿或者保管代扣代缴、代收代缴税款记账凭证及有关资料的，由税务机关责令限期改正，可以处二千元以下的罚款；情节严重的，处二千元以上五千元以下的罚款。

第六十二条　纳税人未按照规定的期限办理纳税申报和报送纳税资料的，或者扣缴义务人未按照规定的期限向税务机关报送代扣代缴、代收代缴税款报告表和有关资料的，由税务机关责令限期改正，可以处二千元以下的罚款；情节严重的，可以处二千元以上一万元以下的罚款。

第六十三条　纳税人伪造、变造、隐匿、擅自销毁账簿、记账凭证，或者在账簿上多列支出或者不列、少列收入，或者经税务机关通知申报而拒不申报或者进行虚假的纳税申报，不缴或者少缴应纳税款的，是偷税。对纳税人偷税的，由税务机关追缴其不缴或者少缴的税款、滞纳金，并处不缴或者少缴的税款百分之五十以上五倍以下的罚款；构成犯罪的，依法追究刑事责任。扣缴义务人采取前款所列手段，不缴或者少缴已扣、已收税款，由税务机关追缴其不缴或者少缴的税款、滞纳金，并处不缴或者少缴的税款百分之五十以上五倍以下的罚款；构成犯罪的，依法追究刑事责任。

第六十四条　纳税人、扣缴义务人编造虚假计税依据的，由税务机关责令限期改正，并处五万元以下的罚款。纳税人不进行纳税申报，不缴或者少缴应纳税款的，由税务机关追缴其不缴或者少缴的税款、滞纳金，并处不缴或者少缴的税款百分之五十以上五倍以下的罚款。

第六十五条　纳税人欠缴应纳税款，采取转移或者隐匿财产的手段，妨碍税务机关追缴欠缴的税款的，由税务机关追缴欠缴的税款、滞纳金，并处欠缴税款百分之五十以上五倍以下的罚款；构成犯罪的，依法追究刑事责任。

第六十六条　以假报出口或者其他欺骗手段，骗取国家出口退税款，由税务机关追缴其骗取的退税款，并处骗取税款一倍以上五倍以下的罚款；构成犯罪的，依法追究刑事责任。

对骗取国家出口退税款的，税务机关可以在规定期间内停止为其办理出口退税。

第六十七条 以暴力、威胁方法拒不缴纳税款的，是抗税，除由税务机关追缴其拒缴的税款、滞纳金外，依法追究刑事责任。情节轻微，未构成犯罪的，由税务机关追缴其拒缴的税款、滞纳金，并处拒缴税款一倍以上五倍以下的罚款。

第六十八条 纳税人、扣缴义务人在规定期限内不缴或者少缴应纳或者应解缴的税款，经税务机关责令限期缴纳，逾期仍未缴纳的，税务机关除依照本法第四十条的规定采取强制执行措施追缴其不缴或者少缴的税款外，可以处不缴或者少缴的税款百分之五十以上五倍以下的罚款。

第六十九条 扣缴义务人应扣未扣、应收而不收税款的，由税务机关向纳税人追缴税款，对扣缴义务人处应扣未扣、应收未收税款百分之五十以上三倍以下的罚款。

第七十条 纳税人、扣缴义务人逃避、拒绝或者以其他方式阻挠税务机关检查的，由税务机关责令改正，可以处一万元以下的罚款；情节严重的，处一万元以上五万元以下的罚款。

第七十一条 违反本法第二十二条规定，非法印制发票的，由税务机关销毁非法印制的发票，没收违法所得和作案工具，并处一万元以上五万元以下的罚款；构成犯罪的，依法追究刑事责任。

第七十二条 从事生产、经营的纳税人、扣缴义务人有本法规定的税收违法行为，拒不接受税务机关处理的，税务机关可以收缴其发票或者停止向其发售发票。

第七十三条 纳税人、扣缴义务人的开户银行或者其他金融机构拒绝接受税务机关依法检查纳税人、扣缴义务人存款账户，或者拒绝执行税务机关作出的冻结存款或者扣缴税款的决定，或者在接到税务机关的书面通知后帮助纳税人、扣缴义务人转移存款，造成税款流失的，由税务机关处十万元以上五十万元以下的罚款，对直接负责的主管人员和其他直接责任人员处一千元以上一万元以下的罚款。

第七十四条 本法规定的行政处罚，罚款额在二千元以下的，可以由税务所决定。

第七十五条 税务机关和司法机关的涉税罚没收入，应当按照税款入库预算级次上缴国库。

第七十六条 税务机关违反规定擅自改变税收征收管理范围和税款入库预算级次的，责令限期改正，对直接负责的主管人员和其他直接责任人员依法给予降级或者撤职的行政处分。

第七十七条 纳税人、扣缴义务人有本法第六十三条、第六十五条、第六十六条、第六十七条、第七十一条规定的行为涉嫌犯罪的，税务机关应当依法移交司法机关追究刑事责任。税务人员徇私舞弊，对依法应当移交司法机关追究刑事责任的不移交，情节严重的，依法追究刑事责任。

第七十八条 未经税务机关依法委托征收税款的，责令退还收取的财物，依法给予行政处分或者行政处罚；致使他人合法权益受到损失的，依法承担赔偿责任；构成犯罪的，依法追究刑事责任。

　　第七十九条　税务机关、税务人员查封、扣押纳税人个人及其所扶养家属维持生活必需的住房和用品的，责令退还，依法给予行政处分；构成犯罪的，依法追究刑事责任。

　　第八十条　税务人员与纳税人、扣缴义务人勾结，唆使或者协助纳税人、扣缴义务人有本法第六十三条、第六十五条、第六十六条规定的行为，构成犯罪的，依法追究刑事责任；尚不构成犯罪的，依法给予行政处分。

　　第八十一条　税务人员利用职务上的便利，收受或者索取纳税人、扣缴义务人财物或者谋取其他不正当利益，构成犯罪的，依法追究刑事责任；尚不构成犯罪的，依法给予行政处分。

　　第八十二条　税务人员徇私舞弊或者玩忽职守，不征或者少征应征税款，致使国家税收遭受重大损失，构成犯罪的，依法追究刑事责任；尚不构成犯罪的，依法给予行政处分。税务人员滥用职权，故意刁难纳税人、扣缴义务人的，调离税收工作岗位，并依法给予行政处分。税务人员对控告、检举税收违法违纪行为的纳税人、扣缴义务人以及其他检举人进行打击报复的，依法给予行政处分；构成犯罪的，依法追究刑事责任。税务人员违反法律、行政法规的规定，故意高估或者低估农业税计税产量，致使多征或者少征税款，侵犯农民合法权益或者损害国家利益，构成犯罪的，依法追究刑事责任；尚不构成犯罪的，依法给予行政处分。

　　第八十三条　违反法律、行政和法规的规定提前征收、延缓征收或者摊派税款的，由其上级机关或者行政监察机关责令改正，对直接负责的主管人员和其他直接责任人员依法给予行政处分。

　　第八十四条　违反法律、行政法规的规定，擅自作出税收的开征、停征或者减税、免税、退税、补税以及其他同税收法律、行政法规相抵触的决定的，除依照本法规定撤销其擅自作出的决定外，补征应征未征税款，退还不应征收而征收的税款，并由上级机关追究直接负责的主管人员和其他直接责任人员的行政责任；构成犯罪的，依法追究刑事责任。

　　第八十五条　税务人员在征收税款或者查处税收违法案件时，未按照本法规定进行回避的，对直接负责的主管人员和其他直接责任人员，依法给予行政处分。

　　第八十六条　违反税收法律、行政法规应当给予行政处罚的行为，在五年内未被发现的，不再给予行政处罚。

　　第八十七条　未按照本法规定为纳税人、扣缴义务人、检举人保密的，对直接负责的主管人员和其他直接责任人员，由所在单位或者有关单位依法给予行政处分。

　　第八十八条　纳税人、扣缴义务人、纳税担保人同税务机关在纳税上发生争议时，必须先依照税务机关的纳税决定缴纳或者解缴税款及滞纳金或者提供相应的担保，然后可以依法申请行政复议；对行政复议决定不服的，可以依法向人民法院起诉。当事人对税务机关的处罚决定、强制执行措施或者税收保全措施不服的，可以依法申请行政复议，也可以依法向人民法院起诉。当事人对税务机关的处罚决定逾期不申请行政复议也不向人民法院起诉、又不履行的，作出处罚决定的税务机关可以采取本法第四十条规定的强制执行措施，或者申请人民法院强制执行。

第六章　附　则

第八十九条　纳税人、扣缴义务人可以委托税务代理人代为办理税务事宜。

第九十条　耕地占用税、契税、农业税、牧业税征收管理的具体办法，由国务院另行制定。关税及海关代征税收的征收管理，依照法律、行政法规的有关规定执行。

第九十一条　中华人民共和国同外国缔结的有关税收的条约、协定同本法有不同规定的，依照条约、协定的规定办理。

第九十二条　本法施行前颁布的税收法律与本法有不同规定的，适用本法规定。

第九十三条　国务院根据本法制定实施细则。

第九十四条　本法自 2001 年 5 月 1 日起施行。

附录 E
会计从业管理办法

第一章 总 则

第一条 为了加强会计从业资格管理，规范会计人员行为，根据《中华人民共和国会计法》（以下简称《中华人民共和国会计法》）及相关法律的规定，制定本办法。

第二条 申请取得会计从业资格证书适用本办法。

在国家机关、社会团体、公司、企业、事业单位和其他组织（以下统称单位）从事下列会计工作的人员必须取得会计从业资格：

（一）会计机构负责人（会计主管人员）；

（二）出纳；

（三）稽核；

（四）资本、基金核算；

（五）收入、支出、债权债务核算；

（六）工资、成本费用、财务成果核算；

（七）财产物资的收发、增减核算；

（八）总账；

（九）财务会计报告编制；

（十）会计机构内会计档案管理。

第三条 各单位不得任用（聘用）不具备会计从业资格的人员从事会计工作。

不具备会计从业资格的人员，不得从事会计工作，不得参加会计专业技术资格考试或评审、会计专业职务的聘任，不得申请取得会计人员荣誉证书。

第四条 除本办法另有规定外，县级以上地方人民政府财政部门负责本行政区域内的会计从业资格管理。

第五条 财政部委托中共中央直属机关事务管理局、国务院机关事务管理局按照各自权限分别负责中央在京单位的会计从业资格的管理。

新疆生产建设兵团财务局负责所属单位的会计从业资格的管理。

财政部委托铁道部负责铁路系统的会计从业资格的管理。

第六条 财政部委托我国人民武装警察部队后勤部和我国人民解放军总后勤部分别负责

我国人民武装警察部队、我国人民解放军系统的会计从业资格的管理。

第二章 会计从业资格的取得

第七条 国家实行会计从业资格考试制度。

第八条 申请参加会计从业资格考试的人员，应当符合下列基本条件：

（一）遵守会计和其他财经法律、法规；

（二）具备良好的道德品质；

（三）具备会计专业基础知识和技能。

因有《中华人民共和国会计法》第四十二条、第四十三条、第四十四条所列违法情形，被依法吊销会计从业资格证书的人员，自被吊销之日起 5 年内（含 5 年）不得参加会计从业资格考试，不得重新取得会计从业资格证书。

因有提供虚假财务会计报告，做假账，隐匿或者故意销毁会计凭证、会计账簿、财务会计报告，贪污、挪用公款，职务侵占等与会计职务有关的违法行为，被依法追究刑事责任的人员，不得参加会计从业资格考试，不得取得或者重新取得会计从业资格证书。

第九条 会计从业资格考试科目为：财经法规与会计职业道德、会计基础、初级会计电算化（或者珠算五级）。

会计从业资格考试大纲由财政部统一制定并公布。

第十条 申请人符合本办法第八条规定且具备国家教育行政主管部门认可的中专以上（含中专，下同）会计类专业学历（或学位）的，自毕业之日起 2 年内（含 2 年），免试会计基础、初级会计电算化（或者珠算五级）。

前款所称会计类专业包括：

（一）会计学；

（二）会计电算化；

（三）注册会计师专门化；

（四）审计学；

（五）财务管理；

（六）理财学。

第十一条 省、自治区、直辖市、计划单列市财政厅（局），新疆生产建设兵团财务局，中共中央直属机关事务管理局、国务院机关事务管理局、铁道部、我国人民武装警察部队后勤部和我国人民解放军总后勤部（以下简称中央主管单位），按照本办法第四条、第五条、第六条规定的管理范围负责组织实施会计从业资格考试的下列事项：

（一）制定会计从业资格考试考务规则；

（二）组织会计从业资格考试命题；

（三）实施考试考务工作；

（四）监督检查会计从业资格考试考风、考纪。

省、自治区、直辖市、计划单列市财政厅（局），新疆生产建设兵团财务局和中央主管单位应当公布会计从业资格考试的报名条件、报考办法、考试科目、考务规则及考试相关要求，并将会计从业资格考试试题于考试结束后 30 日内报财政部备案。

第十二条　会计从业资格考试收费标准按照国家物价管理部门的有关规定执行。

第十三条　会计从业资格考试全科合格的申请人，可以向会计从业资格考试所在地的县级以上地方财政部门、新疆生产建设兵团财务局和中央主管单位（以下简称"会计从业资格管理机构"）申请会计从业资格证书。县级以上地方财政部门会计从业资格证书的颁发权限由各省、自治区、直辖市、计划单列市财政部门确定。

申请会计从业资格证书时，应当填写《会计从业资格证书申请表》，并持下列材料：

（一）考试成绩合格证明；

（二）有效身份证件原件；

（三）近期同一底片一寸免冠证件照两张。

符合本办法第十条规定条件，且财经法规与会计职业道德考试成绩合格的申请人，还需持学历或学位证书原件（香港特别行政区、澳门特别行政区、台湾地区居民及外国居民的学历或学位须经中华人民共和国教育行政主管部门认可）。

第十四条　申请人可以通过委托代理人申请会计从业资格证书。

申请人应当对其申请材料实质内容的真实性负责。

第十五条　申请人的申请材料齐全、符合规定形式的，会计从业资格管理机构应当当场受理；申请材料不齐全或者不符合规定形式的，会计从业资格管理机构应当当场或者 5 日内一次告知申请人需要补正的全部内容，逾期不告知的，自收到申请材料之日起即为受理。

会计从业资格管理机构受理或者不予受理会计从业资格证书申请，应当出具书面证明，同时注明日期，并加盖本机构专用印章。

第十六条　会计从业资格管理机构能够当场做出决定的，应当当场做出颁发会计从业资格证书的书面决定；不能当场做出决定的，应当自受理之日起 20 日内对申请人提交的申请材料进行审查，并做出是否颁发会计从业资格证书的决定；20 日内不能做出决定的，经会计从业资格管理机构负责人批准，可以延长 10 日，并应当将延长期限的理由告知申请人。

第十七条　会计从业资格管理机构做出准予颁发会计从业资格证书的决定，应当自做出决定之日起 10 日内向申请人颁发会计从业资格证书。

会计从业资格管理机构做出不予颁发会计从业资格证书的决定，应当说明理由，并告知申请人享有依法申请行政复议或者提起行政诉讼的权利。

第十八条　财政部统一规定会计从业资格证书样式和编号规则。

省、自治区、直辖市、计划单列市财政厅（局）和新疆生产建设兵团财务局、中央主管单位负责会计从业资格证书的印制、编号和颁发，并于年度终了后 30 日内将上年度会计从业资格证书颁发情况报财政部备案。

第十九条　会计从业资格证书是具备会计从业资格的证明文件，在全国范围内有效。持有会计从业资格证书的人员（以下简称"持证人员"）不得涂改、转让会计从业资格证书。

第三章　会计从业资格管理

第二十条　持证人员应当接受继续教育，提高业务素质和会计职业道德水平。

持证人员每年参加继续教育不得少于 24 小时。

第二十一条　财政部负责制定并公布持证人员继续教育大纲。

省、自治区、直辖市、计划单列市财政厅（局）和新疆生产建设兵团财务局、中央主管单位负责制定持证人员继续教育培训规划并组织实施。

第二十二条　会计从业资格管理机构应当加强对持证人员继续教育工作的监督、指导。

各单位应鼓励持证人员参加继续教育，保证学习时间，提供必要的学习条件。

第二十三条　会计从业资格证书实行注册登记制度。

持证人员从事会计工作，应当自从事会计工作之日起 90 日内，填写注册登记表，并持会计从业资格证书和所在单位出具的从事会计工作的证明，向单位所在地或所属部门、系统的会计从业资格管理机构办理注册登记。持证人员离开会计工作岗位超过 6 个月的，应当填写注册登记表，并持会计从业资格证书，向原注册登记的会计从业资格管理机构备案。

第二十四条　持证人员在同一会计从业资格管理机构管辖范围内调转工作单位，且继续从事会计工作的，应当自离开原工作单位之日起 90 日内，填写调转登记表，持会计从业资格证书及调入单位开具的从事会计工作的证明，办理调转登记。

持证人员在不同会计从业资格管理机构管辖范围调转工作单位，且继续从事会计工作的，应当填写调转登记表，持会计从业资格证书，及时向原注册登记的会计从业资格管理机构办理调出手续；并自办理调出手续之日起 90 日内，持会计从业资格证书、调转登记表和调入单位开具的从事会计工作证明，向调入单位所在地区的会计从业资格管理机构办理调入手续。

第二十五条　会计从业资格管理机构应当建立持证人员从业档案信息系统，及时记载、更新持证人员下列信息：

（一）持证人员相关基础信息和注册、变更、调转登记情况；

（二）持证人员从事会计工作情况；

（三）持证人员接受继续教育情况；

（四）持证人员受到表彰奖励情况；

（五）持证人员因违反会计法律、法规、规章和会计职业道德被处罚情况。

持证人员的学历或学位、会计专业技术职务资格以及前款第（一）至（五）项内容发生变更的，可以持相关有效证明和会计从业资格证书，向所属会计从业资格管理机构办理从业档案信息变更。

第二十六条　会计从业资格管理机构应当将申请会计从业资格证书和办理会计从业资格证书注册、变更、调转登记的条件、程序、期限以及需要提交的材料和相关申请登记表格示范文本等在办公场所公示。相关申请登记表格应当置放于会计从业资格管理机构办公场所，免费提供。申请人也可以从会计从业资格管理机构指定网站下载。

第二十七条　会计从业资格管理机构应当对下列情况实施监督检查：

（一）从事会计工作的人员持有会计从业资格证书并注册登记情况；

（二）持证人员从事会计工作和执行国家统一的会计制度情况；

（三）持证人员遵守会计职业道德情况；

（四）持证人员接受继续教育情况。

会计从业资格管理机构在实施监督检查时，持证人员应当如实提供有关情况和材料，各有关单位应当予以配合。

第二十八条　会计从业资格管理机构应当对开展会计人员继续教育培训单位进行监督和指导，规范培训市场，确保培训质量。

第二十九条　单位和个人对违反本办法规定的行为有权检举，会计从业资格管理机构应当及时核实、处理，并为检举人保密。

第四章　法律责任

第三十条　参加会计从业资格考试舞弊的，由会计从业资格管理机构取消其该科目的考试成绩，情节严重的，取消其全部考试成绩。

第三十一条　用假学历、假证书等手段得以免试考试科目并取得会计从业资格证书的，由会计从业资格管理部门撤销其会计从业资格。

第三十二条　持证人员未按照本办法规定办理注册、调转登记的，会计从业资格管理机构责令其限期改正；逾期不改正的，予以公告。

第三十三条　持证人员有《中华人民共和国会计法》第四十二条、第四十三条、第四十四条所列违法违纪情形之一，由会计从业资格管理机构按照《中华人民共和国会计法》的规定予以处理并向社会公告。

第三十四条　会计从业资格管理机构发现单位任用（聘用）未经注册、调转登记的人员从事会计工作的，应责令其限期改正，逾期不改正的，予以公告。

单位任用（聘用）没有会计从业资格证书人员从事会计工作的，由会计从业资格管理机构依据《中华人民共和国会计法》第四十二条的规定处理。

第三十五条　会计从业资格管理机构及其工作人员在实施会计从业资格管理中滥用职权、玩忽职守、徇私舞弊的，依法给予行政处分。

第三十六条　会计从业资格管理机构工作人员违反本办法第二十九条规定，将检举人姓名和检举材料转给被检举单位和被检举人个人的，由所在单位或者有关单位依法给予行政处分。

第五章　附　则

第三十七条　省、自治区、直辖市、计划单列市财政厅（局）、新疆生产建设兵团财务局和中央主管单位可以根据本办法制定具体实施办法，报财政部备案。

第三十八条　香港特别行政区、澳门特别行政区、台湾地区居民及外国居民申请取得会计从业资格证书，适用本办法。

第三十九条　农村集体经济组织会计从业资格的管理可参照本办法执行。

第四十条　本办法自 2005 年 3 月 1 日起施行。财政部 2000 年 5 月 8 日发布的《会计从业资格管理办法》（财会字〔2000〕5 号）、2000 年 9 月 13 日发布的《〈会计从业资格管理办法〉若干问题解答（一）》（财会〔2000〕13 号）、2002 年 7 月 25 日发布的《〈会计从业资格管理办法〉若干问题解答（二）》（财办会〔2002〕28 号）同时废止。

参 考 文 献

[1] 财政部会计资格评价中心. 经济法基础. 北京：中国财政经济出版社，2010.

[2] 会计从业资格考试辅导教材编写组. 财经法规与会计职业道德. 北京：人民出版社，2009.

[3] 会计从业资格考试辅导教材编写组. 会计基础. 北京：人民出版社，2009.

[4] 宗淑娟. 税法实务. 北京：北京交通大学出版社，2009.

[5] 王庆江. 会计基础工作规范. 北京：民主与建设出版社，2003.